T0277732

EL BESO DE LAS NOCTURNAS

EL BESO DE LAS NOCTURNAS

KATE J. ARMSTRONG

Traducción de José Monserrat Vicent

Argentina – Chile – Colombia – España
Estados Unidos – México – Perú – Uruguay

Título original: *Nightbirds*
Editor original: Nancy Paulsen Books, un sello de Penguin Random House
Traducción: José Monserrat Vicent

1.ª edición: octubre 2023

ISBN: 978-84-19252-43-2
E-ISBN: 978-84-19699-80-0
Depósito legal: B-14.543-2023

Fotocomposición: Ediciones Urano, S.A.U.

Impreso por: Rodesa, S.A. – Polígono Industrial San Miguel
Parcelas E7-E8 – 31132 Villatuerta (Navarra)

Impreso en España – *Printed in Spain*

Para mi madre,
que hace que todo parezca mágico.

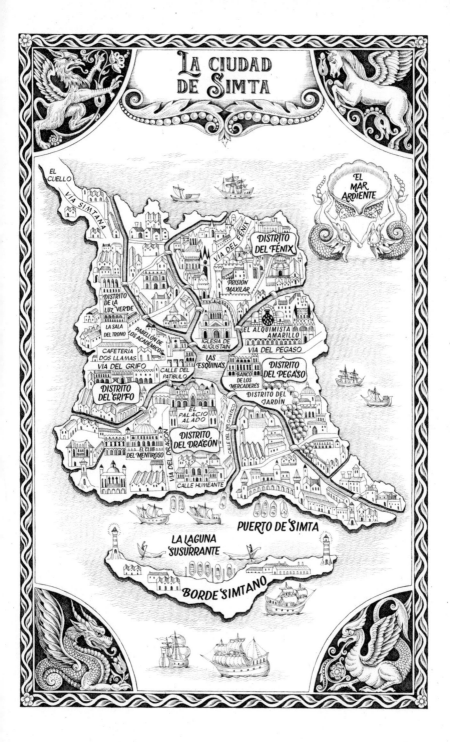

Prólogo
La Magia De Un Beso

Durante toda su vida, el joven lord Teneriffe Maylon ha oído susurros que han bordeado los extremos de los salones de baile y reptado por las conversaciones en voz baja entre copas de vino. «Las Nocturnas pueden alterar tu destino —prometían los susurros—. Su magia puede ser tuya con solo un beso».

Pero solo si logras encontrarlas y cumplir sus requisitos, claro. Son un privilegio que está a punto de pagar muy caro.

Al fin le permiten a Tenny retirarse la venda de los ojos. Durante un instante, lo único que alcanza a ver es la luz intensa de las llamas de las velas trazando círculos en las paredes moradas. Luego ve a una mujer tras un escritorio con un delicado vestido de terciopelo y una máscara cubierta de plumas oscuras que le envuelve la cara, con una malla estirada sobre los agujeros de los ojos. Tan solo la conoce por su nombre en clave: Madam Cuervo.

—El pago —le dice, extendiendo una mano enguantada hacia él y manteniéndola en el aire.

A Tenny le tiemblan un poco los dedos cuando le entrega el colgante de rubíes. Ese temblor es lo que siempre lo mete en problemas en las mesas de krellen; es un gesto delator tan evidente… Tenny está acostumbrado a que el dinero lo abandone, pero, de normal, se marcha en forma de monedas, no en forma de tesoros que ha hurtado del joyero de su señora madre. La vergüenza sabe a los últimos posos de un vino amargo. Está cansado, con los nervios a flor de piel por haber tenido que esquivar a su perverso acreedor y la ira innegable de su señor padre en el caso de que averigüe que su hijo ha contraído deudas que no dejan de crecer. Tenny no ha tenido mucha suerte, ni más ni menos; pero esta noche, todo va a cambiar.

Madam Cuervo entrelaza los rubíes en torno a sus dedos. Las gemas oscuras parecen tragarse la luz.

—¿Y el secreto? —le exige.

El sudor resbala por el cuello de Tenny.

—Las joyas son pago más que suficiente, ¿no cree?

Ella enarca una ceja.

—Los secretos protegen mejor a mis chicas que cualquier gema, por muy bonita que sea. Me revelará su secreto, o no obtendrá nada.

Tenny suspira y le entrega la nota que ha escrito esta tarde, en la que confiesa que fue él quien se llevó los rubíes de su señora madre. También ha incluido todas las deudas que ha contraído y que ha coqueteado con la doncella de la familia, por si acaso. Es un riesgo confiarle los secretos a Madam Cuervo para que los resguarde, pero sabe que el dinero no habría bastado para cruzar la puerta.

Madam lee sus secretos y luego vuelve a doblarlos. Sostiene un barra de cera violácea sobre la llama de una vela hasta que comienza a gotear. A Tenny se le acelera el pulso cuando la mujer derrama la cera sobre los pliegues del papel y se lo entrega. Presiona el anillo de la casa Maylon contra la cera para indicar que lo que pone en la nota es real. Con ello, se asegura de que Tenny no le hablará a nadie de lo que vea esta noche.

Una vez que termina, la dama sonríe.

—¿A qué Nocturna quiere ver?

Tenny se relame los labios. Algunos de sus amigos han presumido, sin entrar en detalles, sobre el tiempo que han pasado con una Nocturna, pero la magia de la que le han hablado parece demasiado extravagante como para creer lo que dicen. Son relatos dementes para atrapar a tontos desesperados como él.

Madam Cuervo coloca tres cartas sobre la mesa. Parecen cartas de krellen, pero no muestran criaturas mitológicas ni reyes, sino aves dibujadas con mucha delicadeza.

—La magia de cada Nocturna es distinta —le explica Madam Cuervo—. Cada una de ellas concede un poder distinto. El Jilguero le ayudará a mudar las plumas y le hará parecer otra persona. La Perdiz le servirá para camuflarse y volverse casi invisible. El Ruiseñor le permitirá manipular las emociones de los demás, para que pueda dirigirlas a su antojo con facilidad.

A Tenny se le ha quedado la boca seca. Toda clase de magia es ilegal en la República Eudeana, pero esta clase de magia en concreto es muy poco común. Ha probado muchas variedades de magia alquímica; esa magia que se mezcla en los cócteles que sirven en los tugurios de Simta y que se muele en polvo en las trastiendas de los alquimistas. Esos brebajes te permiten hablar otro idioma durante unos minutos o que te brille la piel en la oscuridad. Pero los dones de las Nocturnas son más puros, mucho más valiosos. Son los que los alquimistas y los bármanes intentan imitar sin descanso.

—El don solo dura unos cuantos usos —le advierte Madam—. De modo que escoja con cuidado.

Tenny se siente tentado por el Ruiseñor, que podría ayudarle a influir en los resultados de las mesas de krellen; pero no quiere librarse de sus problemas mediante engaños. Quiere recuperar su fortuna.

Señala el Jilguero.

—Como desee —afirma ella con una sonrisa afilada.

Le enumera las normas: nada de actitudes lascivas, nada de exigencias y nada de preguntas indiscretas. Tenny está demasiado nervioso y solo asimila parte de las palabras. Entonces vuelven a cubrirle los ojos con una venda y alguien lo conduce por un pasillo que huele a lirios. Abandona la gruesa moqueta sobre la que se encuentra mientras unos dedos esbeltos le tiran de la muñeca.

Tras doblar unas cuantas esquinas, se detienen y los dedos lo liberan. Un papel que se arruga, el sonido apagado de una carta que se desliza por debajo de una puerta.

El sudor empapa los puños de Tenny.

—Eh… ¿cómo debo dirigirme a ella? —le pregunta a la oscuridad.

Una pausa, seguida de una voz masculina rasposa que le hace dar un bote.

—Por su nombre en clave. Si no, no se dirija a ella para nada.

Más silencio. La culpa le hace cosquillas en la nuca a Tenny. Su señor padre apoya la Prohibición y es un abstinente acérrimo. ¿Qué diría si viera a su propio hijo comprando magia con unas joyas familiares robadas?

Tenny suspira. No sabe por qué está obsesionado con el krellen. Lo único que sabe es que adora el hecho de que ofrece a los jugadores la oportunidad de ser un indigente o un rey, un dios o un mortal; es un riesgo de lo más emocionante. Esta noche también es un riesgo, tan peligroso y dulce como cualquier otro.

Aparta sus pensamientos de su señor padre y se centra en el Jilguero: solo en el Jilguero, en esa magia misteriosa y milagrosa que está por llegar.

Tenny se arregla la corbata cuando la puerta se abre con un *clic*. La luz parpadea a través de la venda, cálida y delicada. Lo empujan hacia delante, y luego la puerta se cierra tras él.

—Puede mirar —le dice el Jilguero—. Estamos solos.

Tiene una voz dulce. No, una voz intensa, como el vino rosado de las Tierras Lejanas, pero está distorsionada de un modo extraño. Debe de estar consumiendo alguna clase de alquímico que le altera la voz. Otra capa de engaños.

Tenny se quita la venda de los ojos. La sala está tenuemente iluminada y repleta de muebles lujosos de madera oscura cubierta de terciopelo y alfombras del color del vino. Hay dos sillones cerca de la chimenea, hondos y acogedores. En medio de la estancia hay una chica con una máscara. Es como la de Madam Cuervo y le cubre casi toda la cara con plumas de bordes dorados que reflejan la luz de las velas del hogar. La malla que le oculta los ojos le confiere anonimato, pero él intuye que debe de tener su edad; puede que incluso sea un poco más joven. Aunque su sonrisa contiene una sabiduría de muchos más años.

No es una cortesana —sería estúpido creerlo—, pero le cuesta no quedarse mirando esos labios gruesos y generosos. ¿Los ha visto en alguna otra parte? Sería peligroso asociarlos a un nombre. Los nombres en clave y las máscaras existen por un motivo. Hay quien mataría por tener acceso ilimitado a una magia como la de estas chicas. Está seguro de que la Iglesia y gran parte de los abstinentes más fanáticos de la ciudad acabarían con ellas sin piedad. No. Es mejor que solo sea el Jilguero. Tenny no necesita más líos de los que tiene.

Hace una gran reverencia.

—Buenas noches, lady Jilguero.

Los labios se curvan, tímidos y juguetones.

—Joven lord Maylon. Qué sorpresa verle por aquí.

Tenny observa la cadena de oro que lleva la chica en torno al cuello y que desciende hacia el pecho. Se fija en su escote pronunciado. Alza la mirada. Espera que no se haya dado cuenta. Con la malla sobre los ojos, no tiene forma de saberlo.

—Tomemos un poco de vino —le dice el Jilguero—. ¿O quiere algo más fuerte?

Asiente, aunque se le ha formado un nudo en el estómago.

—Lo que usted quiera.

El Jilguero se aleja para servir las bebidas. Las lentejuelas oscuras de su vestido parpadean con cada uno de sus movimientos. La verdad es que Tenny no tiene muy claros los entresijos de la velada por la que ha pagado. ¿Cómo empezará? ¿Cómo se sentirá?

Ella le tiende una copa llena de un líquido ámbar que huele a resina de pino y nubes de tormenta.

—Que la fortuna le sonría —le dice, inclinando la copa hacia él.

Tenny traga saliva.

—Y a usted también.

Y beben. Tenny se termina la copa de un solo trago. Se sienta en uno de los sillones, a la espera de que ella se acomode en el que tiene delante. En cambio, se sienta en su regazo.

—¿Está listo? —le ronronea.

Él asiente y se esfuerza por que las manos dejen de temblarle.

El Jilguero extrae una máscara negra sencilla y se la coloca en la mitad superior del rostro.

—Con ella convocará la magia cuando esté listo para usarla —le explica—. Póngasela e imagínese a la persona cuyo rostro quiere adoptar. —Él se inclina hacia ella cuando lo toca; tiene la piel tan suave como pétalos de flores—. Tendrá que sujetar algo que pertenezca a la persona cuyo aspecto quiere imitar. Con un pañuelo basta, si hace poco que lo han tocado, pero el pelo y las uñas funcionan mejor.

Vuelve a asentir. El corazón le late desbocado. Se siente como en ese instante en el que muestra sus cartas de krellen, cuando aún no sabe si ha ganado o perdido.

—Imagínese cómo emplea mi don —le ordena—. Visualícelo en su mente, con claridad.

No le supone esfuerzo; las imágenes ya están ahí. Se ve entrando en el Banco Simtano, portando el rostro de su señor padre, su voz, sus gestos, accediendo a los fondos que necesita para ganar y escapar de las sombras. El dinero cae de sus bolsillos; y él vuelve a ser de oro. Es el hijo que su señor padre espera que sea.

El Jilguero le inclina la cabeza hacia atrás y le da un beso.

Tenny ha besado a otras chicas. De hecho, también ha besado a chicos, pero esos besos no eran más que chispas en comparación con este incendio. La magia se derrama desde sus labios y entra en los de él, cálida y embriagadora; se le enrosca en los huesos. Está ebrio de ella. Hace que se sienta un rey; puede que incluso un dios.

Él la abraza. Ahora entiende por qué esta chica es un secreto. Pagaría lo que fuera por sostenerla en sus brazos.

PRIMERA PARTE

MIL CAPAS DE SECRETOS

Querida Matilde:

El vestido es viejo, sí, pero es una exquisitez, y creo que te sentará muy bien. Me he encargado de que volvieran a encantarlo para que las flores joya se abran del mismo modo en que lo hicieron cuando estuve en tu pellejo, con todo el mundo resplandeciendo ante mí. Permite que sea la miel que atraiga tan solo a los que sean dignos de ti. Permite que, a su vez, sea tu armadura.

   Vuela con cuidado.

Con todo mi cariño,
Tu abuela.

NOTA DE LADY FREY DINATRIS
DIRIGIDA A SU NIETA.

1
ℐoya, Estrella y Mar

M atilde es mil capas de secretos. Algunos se posan en su piel, a la vista de cualquiera que sepa leerlos. Otros se encuentran remetidos en un lenguaje exclusivo que solo unas pocas chicas saben hablar. Aun así, otros tienen alas y están escondidos en su interior.

Sonríe tras la máscara.

Mientras Matilde desciende por las escaleras hasta el salón de baile, varias cabezas se giran hacia ella. Ese es el motivo exacto por el que ha obligado a su familia a esperar durante más de una hora antes de partir hacia el baile que ha organizado Leta para inaugurar la temporada. Opina que las entradas triunfales son las únicas que merecen la pena. Sobre todo en verano, cuando Simta se llena de gente de todos los rincones de la República Eudeana que viene a hacer enlaces, tratos y fortuna a la Ciudad de las Mareas.

La sala está llena de personas con vestidos elegantes que hablan y bailan al son de la música de un cuarteto de cuerdas maravilloso. Está claro que mucha gente ha acudido a los mejores sastres encantadores, que se han superado a sí mismos encantando los atuendos para la velada. Las perlas que lleva una chica en el escote se convierten en flores. El abrigo de noche de un chico resplandece cada vez que alguien lo toca. Las máscaras humean, las solapas florecen y los guantes brillan. Matilde está segura de que hay pociones alquímicas que no ve, ocultas en el interior de relojes de bolsillo y bastones huecos. Leta ha añadido un poco a sus velas para que las llamas sean celestes, esmeraldas y negras; los colores de su casa.

A cualquiera que observara este lugar le resultaría imposible afirmar que la magia es ilegal. En los círculos en los que se mueve Matilde, leyes como esas apenas se ponen en práctica.

Su hermano, Samson, observa con anhelo a Æsa, su hermosa compañera, pero ella está ocupada mirando toda la sala con los ojos como platos. Después de mirar a ambos lados para asegurarse de que su señora madre no los esté observando, Samson se apodera de unas cuantas bebidas de un camarero que pasa por allí y le entrega una a la chica. Æsa niega con la cabeza; la última adquisición de las Nocturnas parece demasiado nerviosa como para disfrutar de su primera fiesta en condiciones de las grandes casas. Matilde tendrá que hacer algo al respecto.

—Ojalá te hubieras puesto el vestido que te preparé, Matilde —le dice su señora madre.

Un vestido con una falda vaporosa como la de Æsa y un corpiño demasiado ajustado, que hacía que Matilde pareciera un regalo que alguien ha envuelto para otra persona.

—¿En serio? —Matilde da una vuelta—. Yo estoy bastante contenta con mi elección.

Se trata de un vestido de tubo con flores joya que refulgen oscuras sobre el terciopelo del color del vino y se acumulan en una de las caderas con un cierre dorado. Le gusta que le quede holgado y, al mismo tiempo, sea sugerente. Es de su abuela, de cuando era una Nocturna, pero con un estilo más moderno. Puede que por eso no le guste a su señora madre; piensa que la abuela tendría que habérselo regalado a ella al igual que el don de Nocturna. La magia intrínseca corre por las venas de gran parte del linaje de las grandes casas. Pasa de mujer a mujer, pero a veces se salta una generación. Matilde no cree que su madre lo haya superado.

Su señora madre aprieta los labios.

—Es que el corte es bastante…

—¿Cautivador? —termina Matilde, dedicándole una sonrisa.

—Más bien diría que parece un poco subido de tono.

La abuela sonríe de un modo que Matilde ha practicado durante incontables horas pero que aún no ha perfeccionado.

—La buena moda nunca está subida de tono —responde—. Solo es un poco atrevida.

Su señora madre frunce aún más los labios.

Matilde pasa un dedo enguantado por uno de los pétalos de las flores joya, que se encoge sobre sí mismo; está encantado para abrirse y cerrarse con cada uno de sus movimientos. La abuela ha intentado cultivar flores joya de verdad en el jardín, pero no les sienta bien el tiempo de las ciénagas de Callistan. Sin embargo, una de ellas floreció el verano pasado, con unos pétalos casi negros que claman por que los acaricien. La abuela la atrapó con la mano antes que ella. «La belleza de la joya es la trampa —le advirtió—. Atrae a sus presas con su aspecto delicado, y cuando se acercan…». Entonces dejó caer una cinta y Matilde observó cómo la flor se la tragaba y la tela se convertía en ceniza con un siseo.

Piensa a menudo en esa flor que alberga un secreto. Veneno disfrazado de algo dulce.

—Vamos a buscar nuestra mesa —le dice su señora madre—. Debemos estudiar las perspectivas de la temporada.

Se refiere a los posibles pretendientes. Un ejército de muermos que su madre derramará sobre los carnés de baile de Matilde y Æsa con la intención de encaminarlas hacia un buen partido.

—¿En serio? —le dice Matilde—. Pero si acabamos de llegar.

—Ya han pasado muchas temporadas sin que consigas un pretendiente —le responde su señora madre en voz baja—. La gente empieza a hacer comentarios al respecto.

Matilde pone los ojos en blanco.

—No soy un trozo de carne de primera del mercado. No voy a empezar a oler mal si me dejas al sol.

No sabe por qué su señora madre se pone así: casi todos los chicos de las grandes casas se casarían sin pensárselo dos veces con una Nocturna. Deben pedírselo a Leta, su Madam, aun sin saber con quién se prometerán. Por lo que Matilde ha podido comprobar, no parece importarles demasiado. Los pretendientes han nacido en las grandes casas, y siempre son diamantes. Pero escoger una joya de un joyero pequeño y ordenado no es lo mismo que elegir por ti misma.

Se acerca a Æsa para agarrarla del brazo, pero su señora madre se le adelanta. Æsa parece un pescado atrapado en un anzuelo. Matilde tiene la sensación de que su señora madre está dirigiendo a Samson hacia Æsa; aunque tampoco es como si le hiciera falta que lo animaran. Está impresionante con el pelo rojizo y dorado, las curvas exuberantes y los ojos verdes. No tiene dinero, pero ser una Nocturna es una dote en sí.

Se pregunta si Æsa será capaz de ver las maquinaciones de su señora madre. Desde que llegó, parece echar demasiado de menos las Islas Illish como para ver mucha cosa.

—Primero voy a darme una vuelta —dice Matilde—. Voy a investigar un poco por mi cuenta.

—Lo último que necesitamos es que hagas alguna de tus fechorías —le dice su señora madre con el ceño fruncido.

Matilde tira de un guante largo y sedoso.

—No era mi intención.

Su señora madre toma aire por la nariz.

—Nunca lo es.

Samson cierra un ojo tras la máscara de colores sombríos, como si así pudiera bloquear la discusión que se está gestando ante él.

—¿En serio, señoritas? ¿Hace falta?

A Samson no le regañarán por el corte de su traje ni tampoco le obligarán a bailar con algún noble sudoroso con prognatismo. El resentimiento de Matilde le arde con fuerza en la lengua.

—No temas —le dice Matilde—. No creo que quebrante ninguna norma en lo que tardo en llegar a la mesa de los refrigerios.

Su señora madre está a punto de ponerse a discutir cuando la abuela la corta en seco.

—Oura, es la primera fiesta de Matilde de la temporada. Deja que se divierta.

Matilde espera a que su madre finja pensárselo. A fin de cuentas, no es la dirigente de la casa Dinatris.

—De acuerdo —accede al fin—. Pero no tardes, Matilde. Y nada de cócteles. Lo digo en serio.

Y dicho esto, se dirige hacia su mesa, llevándose consigo a Æsa. La chica mira hacia atrás con cara de «no me dejes sola». El pelo brillante parece arder bajo los reflejos de la luz. Matilde debería rescatarla de las garras de su señora madre, y lo hará... pero luego. Samson va tras ella, se adueña de uno de los cócteles característicos de Leta y lo alza como si brindara para burlarse de Matilde.

La abuela se gira hacia ella. Las lentejuelas azules y grisáceas de su máscara parpadean.

—No le hagas caso a tu madre. Ya sabes que siempre se preocupa demasiado.

Matilde se ajusta la máscara.

—Ya se me ha olvidado lo que me ha dicho.

Miente, claro. Las palabras que le ha dicho su señora madre esa misma tarde aún le rondan. «No puedes volar en libertad eternamente. En algún momento tendrás que sentar la cabeza y construir un nido». Matilde no quiere construir un nido con alguien que solo la quiera por su magia. Quiere la libertad de escoger su propio futuro.

—Pero tiene razón —prosigue su abuela—. Pronto tendrás que tomar una decisión.

Todo el mundo espera que una Nocturna se case para que pueda transmitirle su don a una nueva generación de chicas de las grandes casas. Es casi una obligación. Siente una presión en el pecho solo de pensarlo.

La abuela le ajusta el corsé de lirios alados a Matilde, el emblema floral de su casa, y le dedica una sonrisa callada.

—Yo tuve mis aventuras con ese vestido, ¿sabes? Les ha hecho creer a muchos que la chica que se esconde tras él es delicada y dócil.

Los labios de Matilde se curvan hacia arriba.

—¿Me estás diciendo que hiciste fechorías con este traje?

—Puede... —La abuela le da unos golpecitos en el dorso de la mano con dos dedos—. Vuela con cuidado, querida.

Matilde sonríe al escuchar el lema de las Nocturnas.

—Haré lo que pueda.

Se pasea por la sala, tratando de discernir a quién conoce y a quién le gustaría conocer. A Matilde le encantan los secretos y los rompecabezas, por lo que adora que las casas tengan afición por organizar bailes de máscaras durante el verano. Las personas se vuelven más atrevidas cuando se cubren el rostro; ponen en juego sus fortunas y sus corazones. Es muy fácil reconocer a quienes no son de Simta porque tienen un brillo en la mirada, como el de las alas de las polillas de fuego recién nacidas, al ver tanta magia. Simta presume de tener los mejores sastres encantadores y alquimistas, y quienes tienen dinero y buenas conexiones saben dónde pueden hallar sus brebajes ilegales. Esos polvos y pociones se obtienen de hierbas y de la tierra, y, elaborados por manos hábiles, son capaces de generar ilusiones muy logradas. Pero no son como la magia que recorre las venas de Matilde. Su magia no se puede elaborar; vive en su interior, excepcional, sin filtros. Le encanta ser un secreto que brilla a la vista de todo el mundo.

Inspira hondo. El aire sabe a flores y a champán, al comienzo de la temporada. Es un sabor que Matilde se sabe de memoria. Si este tiene que ser su último verano como Nocturna, piensa beberse hasta la última gota.

Se adueña de una copa llena del cóctel distintivo de Leta: Sylva. «Soñadora». La magia que contiene sabe a nostalgia: al sabor preferido de la infancia, a un campo soleado, a un beso robado. Pero mientras se desliza por su lengua, sus pensamientos se dirigen hacia el futuro. En unas pocas horas, se convertirá en el Jilguero para otra persona.

¿De quién seré la flor joya esta noche?

Sayer lo observa todo desde los extremos del salón de baile. Está acostumbrada a ser la que vigila, no a la que vigilan, y siente como si la mitad de la gente de esta maldita sala la estuviera observando. Les devuelve la mirada, conteniendo las ganas de enseñarles los dientes.

El salón de baile de Leta le recuerda a una versión en miniatura de Simta: una serie de anillos que se vuelven cada vez más bonitos y ricos a medida que te adentras en ellos. Los sirvientes, los guardias y los mayordomos se quedan junto a las paredes y no llegan a formar parte de lo que allí acontece. Son los Extremos. Unos pocos pasos más adelante se encuentran los que se esfuerzan por fingir que pertenecen a ese lugar. Son los Suburbios. Más adelante se llega a las grandes casas, que conforman el centro privilegiado de toda la estructura. Su señora madre pertenecía allí, brillaba como las polillas de fuego que encierran las lámparas del Distrito del Jardín. Pero claro, eso fue antes de que se tropezara y cayera en desgracia, lejos de su resplandor.

Se supone que Sayer debe relacionarse con los demás, pero tanta pompa y cháchara insustancial la inquietan. Está convencida de que con el contrabando que hay en este salón de baile se podría comprar una flota entera de barcos mercantiles. Esta gente luce la magia como si fuera un montón de joyas; es un símbolo de su estatus. Solo lo mejor para las personas más jóvenes y brillantes de toda Simta.

Cuando un hombre intenta echarle un vistazo por debajo de su vestido, siente la tentación de quitarle algo del bolsillo, aunque solo sea para practicar. Desde que abandonó el Distrito del Grifo, no ha tenido muchas ocasiones de emplear sus habilidades de ratera, ni tampoco necesidad de hacerlo. Leta, su guardiana, ha sido más que generosa. Leta le ha dicho a todo el mundo que su nueva y quisquillosa pupila es una prima lejana de fuera de la ciudad. Nadie parece haber averiguado que es la hija de la difunta Nadja Sant Held, que cayó en desgracia.

A diferencia de su señora madre, Sayer se crio en los canales del Distrito del Grifo. Vivían encima de una orfebrería, en un piso de cuatro habitaciones que olía a limpiametales y a restos polvorientos, donde sus amigas nunca iban a visitarlas. Hasta hace tan solo unos pocos meses, Sayer apenas había puesto un pie en el Distrito del Pegaso, aunque estuviera al otro lado del agua. Era un mundo distinto, lleno de nostalgia gracias a las historias de color de rosa que contaba su señora madre, que siempre parecían empezar con un «ojalá». Ojalá hubiera esperado a que Wyllo Regnis le hubiera propuesto matrimonio en vez de haber cedido a sus deseos de conseguir a su Nocturna preferida. Ojalá hubiera recobrado el sentido común y las hubiera reclamado como suyas.

La magia de Sayer comenzó a desarrollarse tarde, sobre todo tratándose de una chica como ella. Fue hace solo seis meses. Su señora madre quería llevársela a Madam Cuervo para que la pusiera a prueba, pero ella se negaba. Hasta que las toses de su madre comenzaron a teñir con sangre los pañuelos y sus «ojalá» se convirtieron en palabras urgentes e ininteligibles.

«Ojalá te unieras a las Nocturnas. Ojalá nos devolvieras a la luz».

Sayer no tenía ningún interés en unirse al antiguo club de su señora madre, pero le prometió que lo haría, con la esperanza de que así se recuperara. Pero no lo hizo. Su madre murió, y Sayer se quedó sola. Incluso entonces, no estaba segura de si quería convertirse en una Nocturna. Pero ¿qué otra opción tenía? Reunir unas cuantas monedas trabajando como camarera en una cafetería, sumarse a una banda callejera o acudir a un señor padre ausente: ninguna era posible. De modo que aquí está, en el corazón de todo aquello a lo que su señora madre ansiaba volver. Y ella lo único que quiere es destrozarlo.

Se detiene para observar a una doncella que está dejando un juego de café en una mesa auxiliar. El aroma le recuerda los días en el Dos Llamas, donde trabajó pese a las protestas de su señora madre. A fin de cuentas, necesitaban el dinero. Le gustaba el aroma de la sarga tostada y el sonido de los estudiantes en las mesas, que debatían sobre los movimientos de la política y de las estrellas. Los golfillos y los andarríos de las bandas que daban vueltas por la tienda le gustaban aún más. Le enseñaron muchas cosas útiles: cómo camuflarse entre la multitud, blandir un puñal o robar con una sonrisa.

Un juerguista pasa rozando a la doncella y, por su culpa, la pila de platos que sostiene se tambalea. El hombre, con la excusa de ayudarla a recobrar el equilibrio, se acerca más a ella. Sayer no le ve las manos, pero la doncella se sonroja con violencia por dondequiera que la haya tocado. Pero la chica no va a quejarse: el hombre en cuestión es un noble. Sayer hace un mohín de disgusto. En Simta siempre sufre la gente equivocada.

—No necesita que la ayudes —le dice Sayer, acercándose—. Apártate.

El hombre emite un sonido de afrenta, pero se marcha sin protestar.

—Ay —exclama la doncella—, gracias, señorita.

Luego hace un reverencia. El gesto molesta a Sayer.

—¿Puedo ayudarte a prepararlo todo? —le pregunta.

—No es un trabajo para señoritas —responde la chica, con los ojos abiertos de par en par.

Es lo mismo que le dijo su señora madre cuando consiguió el puesto en el Dos Llamas.

Palabras que Sayer no volverá a escuchar.

Carraspea y se traga el peso doloroso que siente. Le viene hasta bien que la doncella se haya negado, ya que Sayer no tiene muy claro que pueda inclinarse con el vestido que lleva. Es un vestido a la última moda. Tiene el talle bajo, justo a la altura de las caderas; una vaina azul oscura que se aferra a ella. Una capa pequeña le cae por la espalda, con cuentas relucientes que algún sastre la ha encantado para que se movieran como estrellas.

«Sonríe, querida —le dijo Leta cuando se la enseñó—. Eres una constelación andante. Una constelación a la que todo el mundo querrá pedirle deseos». Pero brillar con intensidad solo hace que otras personas quieran robarte la luz.

Esta misma noche, más tarde, se convertirá en la Perdiz: un nombre en clave que Leta escogió para ella por la habilidad con la que se camufla dicha ave. La magia de Sayer permite a quien la emplee mimetizarse con el entorno, para que pueda seguir a hurtadillas a cualquiera sin que lo vean. No es la vida que quiere, pero le hizo una promesa a su señora madre.

Lo soportará durante, al menos, un verano. Leta le juró que podía quedarse con todo lo que ganara siendo la Perdiz: en dos meses podría reunir más de lo que podría sacar trabajando durante una década en el Dos Llamas. Después de esto, jamás volverá a necesitar ayuda ni regresará a este sitio.

Desde el otro extremo de la sala, Matilde capta la atención de Sayer llamándola con el dedo. Por lo visto, quiere que las tres sean una bandada de polluelos que comparten vestidos, secretos y sueños. «Las Nocturnas son como hermanas —le dijo su señora madre en una ocasión—. Son las únicas que llegarán a conocerte de verdad». Pero ¿dónde estaban cuando su señora madre

34

las necesitaba? Seguramente riendo en una mesa en una fiesta tan resplandeciente como esta.

Sayer no ha venido aquí buscando hermanas. Ha venido a vaciarles los bolsillos a todas estas personas. A fin de cuentas, no es una estrella a la que pedirle deseos. Es una de esas estrellas que arde.

El abuelo de Æsa solía decirle que tenía a una sheldar en su interior. Es una historia antigua que habla en susurros sobre una época en la que las Islas Illish, siempre azotadas por el viento, no solo albergaban redes de pesca y arados oxidados, sino una fuerza y una magia poderosas e intensas. Una magia que podría regresar algún día.

«Las sheldars siempre eran mujeres —le decía mientras colgaban la captura del día junto al fuego para que las llamas curaran la carne—. Eran mujeres que habían recibido el don del Manantial. Brujas tan feroces como el mar e igual de temerarias».

«Disparaban a sus enemigos flechas embrujadas —añadía su abuela, deshaciendo sus fantasías—. Y cabalgaban a lomos de osos con cornamentas».

«No necesitaban monturas —la corregía él—, porque tenían alas».

A Æsa le gustaban sus cabellos trenzados, tan intrincados, entre los que entretejían huesos y deseos de cristal marino. También quería ser tan valiente como ellas.

«Recuerda, mi cielo —solía decirle su abuelo cuando las cosechas morían o cuando tenían que pagar el alquiler—. Hay una sheldar cantando en tu interior. Solo tienes que escuchar su canción y tener el valor de responder a su llamada».

A veces, cuando iba a la playa y la arena de color azul oscuro se hundía bajo su peso, creía oírla: una canción en su interior, más profunda que el anhelo, más fuerte que el miedo; pero ella no es una sheldar. A fin de cuentas, solo es una chica.

El abuelo murió el invierno pasado y, desde entonces, a Æsa no han vuelto a contarle historias. Su propio padre cree que no son más que cuentos blasfemos. Es un abstinente y va con frecuencia a la iglesia, y la Iglesia de los Eshamein —Los que Beben— predica que la magia es sagrada, que las manos mortales no pueden tocarla. Mucho menos las mujeres. La corrompieron en una ocasión y envenenaron el Manantial, el lugar desde el que fluye toda la magia. Por eso los páteres de la Iglesia se dedicaban antaño a dar caza a las sheldars. Creen que hace años que liberaron al mundo de chicas que tienen magia corriendo por las venas. Pero aquí está ella, intentando no ponerse nerviosa.

Æsa se apoya contra la pared, junto a una maceta en la que hay un helecho plumoso, aliviada de estar apartada de la mesa de los Dinatris y de las atenciones opresivas de Oura. Aún le cuesta creerse que la señora madre de Matilde y la suya sean amigas, pero se criaron juntas en Simta. Nada de lo que su madre le contó a Æsa sirvió para prepararla para un lugar tan ruidoso. La ciudad está llena de gente que habla idiomas que ella jamás ha escuchado, que mantiene conversaciones con muchas capas que a ella le cuesta seguir. Incluso tras vivir un mes con los Dinatris, se siente abrumada por todo esto, en especial por el salón de baile. El suelo de mármol color crema cubierto de ondas rojas no se parece en nada al suelo terroso de la casa de campo de su familia. No consigue quitarse las manchas de los pies, por más que frote.

El vestido vaporoso de tul ondea a su alrededor, de un tono verdeazulado pálido como el musgo de hielo que crece en los acantilados de Illan. Es más recatado que los demás, pero, aun así, se siente expuesta con él. La sala esta llena de espejos, pero no se atreve a mirarse.

Necesita encontrar a una de las Nocturnas. Seguro que su primer baile le resultará mucho menos aterrador si está con ellas.

Pero son unas extrañas: Matilde centellea y es impaciente, y Sayer es una combinación de ojos velados y palabras afiladas. De todos modos, ellas son de Simta. No saben lo que es ser una forastera que echa de menos su hogar con una añoranza que aflora con cada inhalación. Echa de menos a su familia, los acantilados agrestes y el sonido cercano de las olas del océano. Lo único que quiere es irse a casa.

«Ahora estás aquí —le dijo Matilde hace solo unos días mientras le pintaba las uñas a Æsa de un azul muy pálido—. Se acabaron los suelos sucios y los pasteles de pescado. ¿Por qué no disfrutas un poco?».

¿Cómo va a hacerlo siendo consciente de lo que habita en su interior? ¿Eso que, dentro de poco, se verá obligada a soltar?

Se acuerda de la noche en que Leta fue a su casa de campo. Su padre se había ido de viaje a Caggenway, en busca de trabajo. La pesca de otoño había sido mala, y en la mesa había poco más que pasteles agrios y una jarra de leche que se estaba poniendo mala por momentos. Hasta que Leta llegó, Æsa no se había dado cuenta de lo delgada que estaba su madre. La ropa le quedaba como velas de barcos que no se ajustaban a su cuerpo, que colgaban sin vida, sin viento. Con más hambre de lo que la vida podía ofrecerle.

Al principio, Æsa pensó que Leta era una de las antiguas amigas de su madre, que había ido a hacerle una visita. Pero, entonces, ¿por qué su madre no dejaba de frotarse las manos mientras miraba hacia la puerta?

Al final, el trato fue sencillo: se alojaría en una casa llena de lujos en la que no pasaría hambre y establecería un matrimonio ventajoso con uno de los nobles de las grandes casas. Se encargarían de que a su familia no les faltara de nada y les asegurarían un futuro.

«¿Estará a salvo?», le preguntó su madre a Leta.

«Será un secreto, y todos los secretos que guardo están a salvo».

«¿Qué tiene que hacer para entregarle su magia a otra persona?».

«Basta con un roce. Con un beso».

Más tarde, cuando Æsa le preguntó a su madre si su padre lo sabía, ella le respondió que no podía enterarse. Le diría que una vieja amiga de Simta se había ofrecido para encargarse de su hija, y él la creería.

Cuando Æsa le preguntó si tenía que irse, su madre le dijo que sí, porque quería una vida mejor para ella.

«Lo necesitas, Æsa. Todos lo necesitamos. Y ambas sabemos que no puedes quedarte aquí».

Incluso ahora, no está segura de si decidió marcharse por voluntad propia o si su madre la vendió. Aunque no debería importarle si con ello ha conseguido que su familia no volviera a tener problemas.

Los bailarines dan vueltas a su alrededor: una pareja de ancianos, un grupo de chicas, dos hombres jóvenes que se sujetan muy cerca. Le molestan los ojos al ver que las prendas cambian de color y se mueven a causa de vientos fantasmales. Jamás ha visto un despliegue de magia tan injustificado como este. En los sermones que le contaban de pequeña, el Páter Toth arremetía contra estos usos de la magia y afirmaba que la abstención era un deber moral.

Un aguijonazo de culpabilidad. ¿Qué diría el Páter Toth sobre su magia? Seguramente lo mismo que dice sobre los vicios y el musgo escarlata que crece entre los campos cubiertos de monsteras. «Son cosas que deben arrancarse antes de que se extiendan».

Como si no lo hubiera intentado ya. Después de lo que ocurrió con Enis Dale, le ha rezado a los Eshamein para que le arrebatasen su magia. Se ha llenado el pelo de cristales marinos y les ha pedido deseos a cada uno de ellos.

Un hombre se acerca y le impide seguir viendo a los bailarines. Tiene la piel morena como el bronce, como casi todos los habitantes de Simta, y es muy todo: muy redondo, muy rojo y brilla mucho. De la solapa le cuelga una maraña de flores de aspecto pegajoso.

—Buena temporada, jovencita.

—I-igualmente —tartamudea.

¿Lo ha dicho bien? Su simtano suena basto cuando se pone nerviosa.

La máscara del hombre brilla como el cobre y contrasta con las mejillas sonrosadas por el vino.

—¿Qué tal va la velada?

Trata de buscar las palabras que ha aprendido durante las clases de etiqueta de Oura.

—Es muy agradable, gracias.

Le sonríe. Tiene los labios húmedos, cubiertos de grasa del plato de carne que sostiene en la mano. La mesa más cercana sigue llena de comida que, en general, casi nadie ha tocado. Qué desperdicio.

—¿Eso que oigo es un acento illish? —le pregunta él—. Qué encantador. ¿De dónde eres?

Æsa suspira, agradecida de poder hablar de algo que ella conoce.

—De Adanway —responde—. Muy pegado a Faire.

—Ah, desde luego.

Él empieza a relatar una historia que a ella le cuesta seguir sobre la casa de campo de su abuelo, con sus encantadoras chimeneas que soltaban humo y una doncella pelirroja. Y ella se pregunta: *¿Acudirá este hombre a la puerta del Ruiseñor esta noche exigiendo besos? ¿Pidiéndole cosas que le resulta blasfemo entregar?*

Sus manos encuentran las de ella; tiene una mirada hambrienta.

—Baila conmigo.

Ella quiere apartarse, pero se queda paralizada.

—La verdad es que… preferiría no hacerlo.

Él no parece escucharla.

—Venga, vamos. Eres demasiado guapa como para esconderte contra un muro. Deja que la sala entera disfrute de ti.

Ella traga saliva. Matilde afirma que su belleza es una ventaja, pero ella la siente como una diana. A veces tiene la sensación de que ser bella es algo demasiado peligroso.

Alguien la libera del agarre del hombre brillante. Æsa suelta el aire.

—Querida —le dice Matilde—, ¿dónde estabas? Llevo horas buscándote.

El hombre saca pecho; es evidente que le molesta que lo haya interrumpido.

—Joven lord Brendle —Matilde se dirige a él—, ¿es usted?

—Ni siquiera con una máscara lograría parecerme a mi hijo, lady Dinatris —responde el hombre con una carcajada.

—Pero ¡si le quita un porrón de años, señor! —responde ella, dándole una palmadita en el brazo—. Se lo juro. Estaba absolutamente convencida.

Matilde es tan elegante, con esas ondas castañas y los ojos brillantes de color ámbar. Se siente tan cómoda en este mundo... No parece tenerle miedo a nadie.

El hombre vuelve la mirada hacia Æsa.

—¿Y qué te traes entre manos con esta criatura deslumbrante?

—Es bastante escandaloso —responde Matilde, con una sonrisa maléfica—. No es apto para oídos inocentes.

Él refunfuña, pero Matilde ya está agarrando del brazo a Æsa. Al sentir el roce de pieles por encima de los guantes, algo cosquillea en su interior. Siempre es igual cuando se tocan: una llamada y una respuesta en un idioma desconocido. Æsa da por hecho que se trata de la magia que albergan ambas. La sensación hace que quiera acercarse a ella y alejarse a la vez.

—Ese hombre es odioso. —Matilde arruga la nariz—. Tiene más de hurón que de noble.

Æsa intenta responder, pero su aliento es una ola que no quiere regresar con ella. La habitación entera da vueltas; las luces parecen espíritus en la niebla.

—El aire está para que lo respires, cariño. —Matilde le entrega un vaso con un líquido frío—. Así que respira y bébete esto.

Matilde no es de las que aceptan un «no» a la ligera, de modo que Æsa inclina el vaso. Sabe a la bruma del océano y a los pasteles que su madre solía preparar los domingos de cosecha. Intenta contener el sollozo que le trepa por la garganta.

—No hace falta que estés tan nerviosa —le susurra Matilde—. No hay nada bajo este techo a lo que le debas tener miedo.

Pero este sitio está lleno de tiburones, y ella es un pececillo. Está convencida de que la devorarán de un bocado antes de que la temporada llegue a su fin.

Matilde deja escapar un suspiro. Para que Æsa prospere va a tener que aprender a manejar a las comadrejas lujuriosas como Brendle. El problema es que miente fatal. Matilde ha intentado enseñarle el arte del engaño, pero a Æsa le da miedo todo, y la piel pálida tan característica de los illish no le hace ningún favor cada vez que tiene que ocultar que se ha sonrojado.

—Sabes que estás en una fiesta, ¿no? —le pregunta Matilde—. Se supone que tienes que disfrutar.

—Lo sé. Es que tengo un presentimiento...

—¿Qué clase de presentimiento?

—De que va a ocurrir algo malo —responde Æsa, mordiéndose el labio.

Menos mal que Tenny Maylon no escogió la otra noche al Ruiseñor. Matilde opina que esta chica no está lista para tratar con los clientes, pero la primera noche de la temporada siempre hay mucha demanda.

—Estamos bien protegidas —le dice, recolocándole un mechón de pelo tras la oreja—. No tienes de qué preocuparte.

Æsa no parece convencida.

—Me gustaría...

Pero no llega a decir lo que le gustaría, de modo que Matilde observa a la multitud. Ha llegado la hora de distraerse.

—Vamos a dar una vuelta.

Mientras rodean la sala, Matilde le explica quiénes son los diferentes bailarines. No señala a sus antiguos clientes ni tampoco le explica a Æsa qué es lo que el Jilguero hizo posible para cada uno de ellos. Está el noble que cobró el aspecto de su rival de negocios para desacreditarlo frente a sus rivales; la joven noble que se hizo pasar por un marinero para poder colarse en un buque de guerra. No sabe qué es lo que hacen algunos con su don, y la verdad es que no quiere saberlo, pero cree que debe ser emocionante llevar puesta una máscara tan completa.

Ella no tiene forma de saberlo. Las Nocturnas solo pueden regalar su magia a otras personas; aunque las historias que se cuentan en la familia dicen que las mujeres de las que descienden podían emplearla. Se crio con cuentos nocturnos sobre las hazañas de chicas poderosas a las que llamaban las Fyre. A Matilde le recordaban a diosas cuando separaban los mares y movían montañas. Son cuentos tentadores que parecen demasiado bonitos como para ser ciertos.

Una matrona de la casa las acompaña y deja un rastro de humo encantado tras ella.

—Hay tanta magia —susurra Æsa—. ¿Es que nadie le tiene miedo a la ley?

Se refiere a la Prohibición que defienden los abstinentes y la Iglesia, cuyos páteres adoran promulgar que la magia es sagrada y que no se puede tocar.

—Las fiestas de Leta son muy exclusivas —responde Matilde—. No verás a ningún abstinente ni a ningún vigilante por aquí.

A cambio de monedas y favores, muchos de ellos deciden apartar la mirada de fiestas como esta. Además, de todos modos, ninguno se atrevería a echar abajo la puerta de una de las grandes casas.

—¿Y no les tienes miedo? —pregunta Æsa.

Matilde gira sobre sí misma y las flores joya de su vestido se cierran de golpe.

—Ay, señor. Si un vigilante me viera con este vestido, tan solo me daría un golpe en la muñeca.

—No, o sea… Lo digo por lo otro…

¿La magia que portan en su interior? Matilde sonríe.

—Pues claro que no, cielo. Según afirma la Iglesia, las chicas como nosotras no existimos.

La Prohibición es un incordio, pero Matilde nunca ha tenido la sensación de que tuviera que aplicársela. A ella le resulta emocionante quebrantar las normas. Da un golpecito con el pie.

—¿Dónde se ha metido Sayer?

—¿Me echabas de menos?

Matilde y Æsa dan un bote.

—Maldita sea, Sayer —maldice Matilde—. ¿Qué te tengo dicho sobre acercarte con sigilo a la gente?

—No es culpa mía que te asustes tan fácilmente —le responde Sayer con una sonrisa afilada.

Sus ojos dorados brillan tras su máscara de medianoche y el pelo casi negro con un peinado a lo bob está recogido hacia atrás con ondas cautivadoras. La nueva moda le sienta bien a su cuerpo esbelto. Pero, incluso con unas telas tan finas, Matilde sabe que no se crio en el Pegaso. Es por la forma en que se mueve, como un gato hambriento.

—¿Y qué has estado haciendo? —le pregunta Matilde—. ¿Robar?

Sayer mantiene la expresión imperturbable.

—Solo a los que tienen el bolsillo muy abierto.

Leta no le ha contado a Matilde de dónde viene Sayer, pero su señora madre dice que tiene los ojos dorados de Nadja Sant Held, sobre la que se cuenta que perdió su puesto como Nocturna debido a un amor secreto de su juventud. Matilde le regalaría un baile seductor a lord Brendle si con ello lograra averiguar el secreto, pero los labios de Sayer están tan sellados como el caparazón de una ostra de las Tierras Lejanas.

Matilde acerca a las chicas hacia ella.

—Vamos a jugar a un juego.

—Otra vez no —gruñe Sayer.

Matilde reprime un suspiro de frustración. Echa de menos ser una Nocturna con Petra, Sive y Octavia; echa de menos los cotilleos y los secretos que se susurraban entre tragos de vino que robaban. Las noches con ellas solían brillar y estaban llenas de promesas. Pero Petra ha estado ocupada desde que se casó el invierno pasado, igual que Sive y Octavia, que se casaron poco después. Su magia se debilita cuando pasan una o dos décadas, por eso las Nocturnas suelen casarse tras una sola temporada. Desde entonces, reservan su don para sus maridos. Matilde estaba sola hasta hace unos meses, cuando llegó Sayer; Æsa apareció unas pocas semanas más tarde. A veces estar con ellas es peor que estar sola.

—Cada una va a revelar un secreto —prosigue Matilde—, y las otras tenemos que adivinar si es verdad.

—Vale. —Sayer inclina la cabeza, con lo que las lentejuelas de su máscara parpadean—. Llevo un puñal bajo el vestido.

—Por desgracia, me temo que es verdad —responde Matilde, arqueando una ceja—. Pero ¿dónde lo tienes escondido?

—Has dicho *un* secreto. Ahora te toca a ti.

Empieza a curvar los labios. ¿Por qué no divertirse un poco?

—Me he encaprichado con un aprendiz de alquimista. Estamos pensando en fugarnos juntos.

—Mentira —salta Sayer—. Estás demasiado enamorada de la buena vida. Jamás se te pasaría por la cabeza fugarte de tu jaula dorada.

Matilde se pone rígida, pero Sayer es todo aristas afiladas y no tiene ganas de que la desafilen. Siempre sabe cómo hacer que Matilde se sienta asfixiada y juzgada.

—No estamos en una jaula, querida. Es un club, y creo que te mueres de ganas de pertenecer a uno.

Los ojos dorados de Sayer destellan.

—Las chicas del Poni Morado también forman parte de un club. Y no es como si me vieras haciendo cola por unirme a ellas.

—No os peleéis —les advierte Æsa—. Aquí no.

Matilde la ignora.

—¿De verdad tienes que pintarlo así?

—¿Así como?

—Como si lo que hacemos fuera prostituirnos.

—¿Acaso no lo es?

La ira de Matilde se desata.

—Normal que pienses eso teniendo en cuenta quién es tu señora madre.

Æsa deja escapar un grito ahogado. Algo cruza la mirada de Sayer, como una estrella fugaz, pero es demasiado veloz como para verlo. Se marcha de allí hecha una furia sin pronunciar palabra.

—Matilde —la reprende Æsa—, eso ha sido muy grosero.

—¿Ah, sí? —responde ella, quitándose uno de los guantes.

—Su señora madre falleció hace solo unos meses.

Siente que le arden las mejillas.

—Ha empezado ella, maldición.

—Da igual —responde Æsa, observando a su compañera Nocturna—. Sayer lo está pasando mal.

¿Cómo es posible que Æsa lo sepa? ¿Mantienen conversaciones profundas cuando Matilde no está delante?

«Quiere a tus hermanas», solía decirle la abuela cuando ella y Petra discutían, o cuando Sive se ponía celosa, o cuando Octavia arrojaba un zapato. Pero estas dos, tan tímidas y reservadas, no aprecian lo que conlleva ser una Nocturna. No parecen querer conocerla en absoluto.

Se da la vuelta en busca de alguna distracción y ve a Samson caminando hacia ellas, con un amigo a la zaga. Se trata de Teneriffe Maylon. Sabe que es él, aun con la máscara brillante. Se han criado en el mismo círculo, han jugado en salas de estar mientras sus madres planeaban cómo dominar la sociedad durante el *brunch*. Pero ese no es el motivo por el que lo reconoce en este instante. Después de que alguien haya acudido a visitar al Jilguero, siempre siente una especie de cosquilleo entre esa persona y ella. Durante una semana o más, Matilde podría encontrarlo en cualquier parte de Simta. Su magia resplandece en él como una polilla de fuego, y es una luz que solo ella es capaz de ver.

Los chicos ya están delante de ellas, haciendo una reverencia. Samson sonríe y se come a Æsa con los ojos.

—Æsa, ¿me concedes el honor?

Tras un instante, la joven asiente. Se alejan y, de repente, Tenny y ella se quedan solos. Él le tiende la mano.

—Lady Dinatris, ¿querría bailar conmigo?

No está nerviosa. Los clientes nunca parecen ver al Jilguero cuando miran a Matilde. La gente solo nota las partes de sí misma que ella quiere que vean.

—Ya que me lo has preguntado con tanta educación…

Él la rodea con los brazos.

—Estás espectacular, Matilde. Pero tú siempre deslumbras.

—Tú también estás muy guapo.

Tenny tiene mucha mejor cara que cuando lo besó hace una semana. Debe haber empleado la magia del Jilguero para sus propósitos. Lo que puede ver de su rostro está enrojecido por las bebidas y la sensación de triunfo.

—Samson me ha comentado que últimamente tienes mucha suerte.

—He tenido buenas rondas en las mesas de krellen —responde el joven, sacando pecho—. Mi técnica está mejorando. Quizás incluso podría derrotarte.

¿Jugando al krellen? Venga ya.

—Está bien que no dejes de soñar.

No sabe cómo, pero está segura de que es su magia lo que ha ayudado al chico a volverse tan resplandeciente. Y, aún así, qué poco le ha costado fingir que no ha tenido ayuda de nadie.

Tenny la acerca a él. El aroma a humo de clavo y el de la madreselva que lleva prendida en la solapa son irresistibles.

—No es lo único con lo que he estado soñando —le dice.

—¿En serio?

—Mi señor padre me dice que ya va siendo hora de que me busque una esposa, y creo que tú serías una estupenda.

El modo en que lo dice, como si fuera una conclusión ineludible, consigue que le broten unas llamas rabiosas en el pecho.

—Me parece un poco presuntuoso.

—Venga ya —responde él, riéndose—. No soy tan mal partido.

Tenny no es la polilla de fuego más brillante de la lámpara, pero es guapo y pertenece a una casa de gran prestigio. En teoría, es tan buen partido como cualquiera. Pero Matilde no va a convertirse en el objeto decorativo de nadie. Ella es un veneno disfrazado de algo dulce.

Ella le sonríe, mostrándole los dientes.

—No creo que puedas permitirte obtenerme —le responde Matilde, sonriéndole y mostrándole los dientes.

Él malinterpreta sus palabras, como era de esperar.

—Ah, pero estoy seguro de que podría mantenerte con estilo.

Matilde echa un vistazo por encima del hombro del chico y ve a su señora madre mirándolos, con el rostro iluminado. Seguro que ya está organizando la recepción de la boda. Le encantaría ver a Matilde agarrada del brazo de Tenny, caminando hacia un futuro repleto de cenas sabrosas y poniendo los deseos de alguien por delante de los suyos.

De repente, Matilde se siente rebelde. La chispa de rabia se está convirtiendo en una llama.

—Espero que hayas conservado la máscara —le dice, acercándose a él.

Tenny se toca la cara, desconcertado.

—¿No la llevo puesta?

—Esa máscara, no —le susurra—. La que te dio el pájaro de plumas doradas.

Tenny se queda boquiabierto. Matilde debería contenerse, pero las palabras se le caen de la lengua.

—Imagino que no querrás perder un recuerdo tan preciado, ¿no? ¿Quién sabe si volverás a probar una riqueza igual en algún momento de tu vida?

La canción termina y, cuando Matilde se da la vuelta para marcharse, junta los labios de un modo que Tenny recordará y le lanza un beso al aire.

El chico abre aún más los ojos; el reconocimiento florece en ellos.

Matilde se aleja con el corazón latiéndole con fuerza.

¿De verdad acaba de revelarle su secreto a Tenny Maylon? No sabe qué es lo que se ha apoderado de ella para confesárselo. Lo único que quería era quitarle esa sonrisa de engreído de la cara y acabar con su confianza. Al menos lo ha conseguido. Por los diez infiernos…

Se sirve otro cóctel y le da un buen trago para tranquilizarse. La música fluye a su alrededor. Conoce cada uno de los pasos y cada gesto que dan los bailarines. Verlos bailar es reconfortante. A fin de cuentas, este es su mundo, estas son sus normas; es completamente suyo. Nada puede herirla en este juego que se sabe de memoria.

Uno nunca olvida la primera vez que prueba un alquímico exquisito. Crepita en la lengua como un vino burbujeante. Pero no es nada en comparación con el beso de una Nocturna. Los alquímicos son una mezcla de ingredientes y necesitan un par de manos humanas que los preparen y los destilen, mientras que la magia de una Nocturna es la mejor bebida espirituosa que se puede consumir. Los efectos de los alquímicos se desvanecen con el paso del tiempo, pero esas chicas son botellas de las que se puede beber todo el tiempo. Es fácil entender por qué su precio es tan alto.

FRAGMENTO DE LOS DOCUMENTOS PRIVADOS
DE LORD EDGAR ABRASIA.

2

VISITAS A MEDIANOCHE

Matilde se coloca su máscara de Jilguero. Es como una segunda piel: su rostro más auténtico y su mejor mentira. Es tarde y se ha posado en lo alto de una mansión del Distrito del Jardín. Leta cambia su ubicación de vez en cuando para asegurarse de que nadie encuentre a las Nocturnas a menos que pase primero por Madam Cuervo, pero la habitación es siempre igual: muebles de lujo, dos sillones, una máscara de plumas.

Siente la anticipación aleteando. ¿Quién será su cliente? Ya sea joven o anciano, hombre o mujer, pertenecerá a una de las grandes casas. Se trata de un club exclusivo y lujoso. Al menos está segura de que no será Tenny Maylon, gracias al Manantial. Leta tan solo le permite a los clientes visitar a una Nocturna una o dos veces al año. «Si consumes una droga en exceso, puede convertirte en un adicto», le gusta decir. Otra de sus frases favoritas es: «Todo tiene un precio».

¿Qué le costará el beso que le lanzó al aire a Teneriffe Maylon? Hace horas que terminó la fiesta de Leta, pero sus nervios siguen agitándose como un par de alas; es incapaz de tranquilizarse, aun cuando intenta no pensar en ello. No es como si le hubiera dicho de forma abierta que era una Nocturna. Es posible que Tenny ni siquiera lo haya entendido después de todo lo que había bebido…

Y, aunque lo hubiera comprendido, no tiene forma de demostrarlo. Está claro que no se lo dirá a nadie. Es un niño que lo único que quiere es seguir las reglas que las casas le han impuesto.

Hace mucho tiempo, cuando la Iglesia aún se dedicaba a cazar brujas, las más fuertes se escondieron en lo que por aquel entonces era la pequeña ciudad portuaria de Simta. Algunas familias dieron cobijo a las Fyre y las protegieron de quienes querían herirlas. Para agradecérselo, las mujeres comenzaron a regalarles su magia a sus protectores. Con el paso del tiempo, dicha práctica se formalizó y fundaron una especie de club. Las Fyre se convirtieron en las Nocturnas, nombre que recibieron porque solo podían trabajar al amparo de la oscuridad: era una especie de broma privada.

Las casas protegen a las chicas de quienes podrían querer hacerles daño. A cambio, tienen acceso exclusivo a sus dones. Se trata de un sistema que beneficia a todo el mundo, y Tenny lo tiene tan claro como ella. Del mismo modo, sabe que si el chico se va de la lengua, Leta haría llegar los secretos que entregó a lugares a los que él no quiere que lleguen. Su señor padre es un abstinente: para esa gente, utilizar la magia por placer o para intereses personales es un sacrilegio. Seguro que Tenny no correrá el riesgo de que lo descubran. Así que no tiene nada que temer.

Matilde observa su medallón; era de su abuela, de cuando era Nocturna. Las velas hacen que parezca oro derramado sobre la palma de su mano. Su contenido es un secreto, como lo es casi todo sobre ella. Normalmente, se enorgullece de guardar tantos secretos.

«Nunca te quites la máscara». Es una de las normas de las Nocturnas. «Jamás permitas que te vean».

¿Qué pensaría la abuela si averiguara que Matilde ha dejado que la suya se le cayera?

Llaman a la puerta. Dos golpes breves y una avalancha de golpeteos con los dedos que chocan contra la madera como lluvia.

Matilde vuelve a introducirse el medallón bajo el vestido e intenta despejar la mente.

Una nota se cuela por debajo de la puerta. La recoge del suelo y lee el nombre que viene escrito:

Lord Dennan Hain de la casa Vesten.

Matilde se queda sin aliento.

¿Dennan Hain está tras su puerta?

Le sorprende que Leta le haya permitido el paso. Dennan Hain pertenece a una de las grandes casas, sí, pero su hermana es la suzerana, la magistrada principal de la República Eudeana, y un miembro poderoso de la Mesa que la gobierna. También es una defensora acérrima de la Prohibición, que se convirtió en ley hace unos cinco años. Leta jamás permitiría que Epinine Vesten acudiera al Jilguero, eso seguro, pero Dennan no es del todo un Vesten. Mucha gente lo llama el Príncipe Bastardo.

La última vez que Matilde vio a Dennan Hain fue hace tres años, en una recepción en el Palacio Alado.

La última vez que lo vio, cometió un error espantoso.

Se apresura por la habitación y apaga algunas velas. La luz ya era tenue, pero quiere que lo sea aún más. Tan solo se detiene para echarse un vistazo rápido en el espejo que cuelga sobre la repisa de la chimenea. El disfraz está completo, pero de todas maneras…

Inspira hondo para tranquilizarse. Podría negarse a verlo; Leta siempre le advierte a los clientes que las Nocturnas son quienes deciden si acceden a verlos. No obstante, se descubre a sí misma estirando la mano hacia la puerta.

Cuando la abre, ve al Gorrión, la niña que guía a los clientes hasta su puerta, y al enorme Halcón, quien se encarga de protegerla, con el rostro cubierto. Dennan Hain está entre ambos; lleva un traje de color gris cálido y una venda que le cubre los ojos.

Matilde asiente hacia el Gorrión. La niña empuja al joven hacia delante y, de repente, se quedan solos. El goteo de la cera sobre la chimenea resulta demasiado ruidoso entre tanto silencio, ahogado tan solo por el latido del corazón de Matilde.

Se toma su tiempo para contemplarlo. El traje de buen corte y el pelo echado hacia atrás le hacen parecer mayor de lo que recordaba, pero claro, es que es mayor. También es más alto. Esbelto, muy moreno, tiene el aspecto de la mejor de las travesuras posibles. La curvatura de sus labios contiene una chispa a la que Matilde no sabe ponerle nombre.

Su voz es otra chispa.

—¿Puedo quitarme la máscara, mi señora?

A veces, la mejor forma de imponerse es recordarles a los clientes que están allí porque así lo quieren ellas.

—Aún no. Me gusta más cuando no puede ver nada.

Él introduce las manos en los bolsillos. Ella intenta relajar las suyas. El aceite de vox que ha encendido Matilde alterará el tono de su voz para que parezca el de otra persona, pero lo más importante a la hora de convertirse en el Jilguero es mostrarse segura de sí misma, así que le otorga a sus palabras una inflexión juguetona.

—Supongo que debería darle la bienvenida a casa, lord Hain. ¿Cuánto hace desde la última vez? Seguro que años.

Él agacha la cabeza, a modo de reverencia leve.

—Siempre es agradable que se acuerden de ti.

Ah, pues claro que se acuerda. Antes eran amigos, pero llevan al menos tres años sin hablar, en los que ella solo ha escuchado lo que dicen de él.

—Ya, bueno, las historias sobre vuestras hazañas os preceden.

—Entiendo… Y ¿son buenas las historias?

—Desde luego han conquistado a unos cuantos corazones simtianos.

Las historias hablan de un capitán prometedor que ha asegurado nuevas rutas comerciales con las Tierras Lejanas, luchado contra piratas y liderado las guerras comerciales contra Teka.

Bastardo o no, el pueblo considera que forma parte de la casa Vesten, cuyos miembros han sido los suzeranos de Eudea desde hace generaciones.

Pero antes Dennan era el chico con el que Matilde solía jugar en los límites de las fiestas. Al ser hijo de Marcus Vesten, siempre lo invitaban, pero, como no se sabía quién era su señora madre —lo único que estaba claro era que no era la esposa de Marcus—, aquello era un escándalo. La señora madre de Matilde le exigió que se mantuviera alejada, pero eso solo logró que Matilde quisiera ir tras él. El fruto prohibido es el más dulce de todos. Lo siguió hasta armarios y rincones oscuros, donde se inventaron juegos complicados y se escribieron notas en un código que solo ellos dos sabían.

La conexión entre ambos es uno de los secretos preferidos de Matilde. O al menos lo era antes de que él se marchara sin decirle nada.

—Dígame —le dice ella—. ¿Es cierto que se dedica a enfrentarse a piratas, o se ha convertido en uno de ellos?

—Eso depende de a quién le pregunte.

Seguramente debería obligarle a que se dejara la venda puesta, pero, de repente, siente la necesidad de verle los ojos. Antes soñaba con embotellar ese azul violáceo intenso, como el dulce sirope de cristelios de las Islas Joya. ¿Seguirán siendo iguales? ¿Y él?

Solo hay un modo de averiguarlo.

—Bueno, póngase cómodo.

Él se retira la venda y parpadea en la penumbra. Aún con tan poca luz, le brillan los ojos.

Se quedan ahí de pie durante unos largos segundos, observándose. Ella se asegura de mantener una postura lánguida, como si todo esto no fuera más que una broma. Que piense que ella no se apuesta nada en este juego.

—¿Quiere que tomemos algo, lord Hain? ¿Brindamos por su suerte?

Él asiente.

—Tomaré lo mismo que usted.

Matilde se da la vuelta, se dirige al aparador y saca su medallón con discreción. Una vez que lo abre, la parte superior se transforma en un cuentagotas dorado que libera el alquímico líquido que contiene. Se llama Estra Doole. «Alivio Intenso». Consigue que los clientes se relajen y se vuelvan más maleables, lo cual viene muy bien porque a veces se emocionan de más. Toda clase de magia —sin excepciones— tiene un efecto embriagador. Los dones de una Nocturna no se pueden obtener a la fuerza, y su Halcón está allí para asegurarse de que los clientes no lo intenten, pero nunca se puede ser demasiado precavida. Además, Matilde es una coleccionista de lo clandestino y suele obtener lo que quiere gracias al Estra Doole, porque uno de sus maravillosos efectos secundarios es que suelta lenguas.

De repente se da cuenta de que ansía conocer algunos de los secretos de Dennan Hain.

Matilde observa cómo la poción se acumula en el extremo del cuentagotas.

«¿Drogas a los clientes? —La voz de Sayer suena como las campanas de la iglesia durante el día de Eshamein, molesta e insistente—. Me han dicho que las chicas del Poni Morado también lo hacen».

Matilde responde en silencio:

«No estamos en uno de los burdeles de la calle Humeante».

Pero las palabras que Sayer ha pronunciado antes permanecen con ella:

«¿Ah, no?».

Matilde aparta el cuentagotas del vino que ha servido para ambos y lo engancha en el medallón antes de que pueda pensar mejor la decisión que acaba de tomar.

—Debo admitir —dice Dennan tras ella— que de pequeño creía que las Nocturnas no eran más que una fantasía que se habían inventado los hombres en los salones de fumar.

Matilde se da la vuelta.

—Sin embargo, aquí estoy, la fantasía hecha de carne y hueso.

Matilde le entrega la copa. Ahora que está más cerca, ve una cicatriz pálida que le atraviesa los labios que antes no estaba ahí. Le otorga aspecto de canalla duro.

—¿Por qué deberíamos brindar?

—A mi tripulación le gusta brindar por los buenos amigos —responde él con una sonrisa—, por los de toda la vida y por los que están por llegar.

Ella casi se atraganta con el vino.

—Pues por los amigos.

Brindan. Ella se sienta en una de las sillas y él la imita mientras hace girar el contenido de su copa. Tiene las manos cubiertas de callos; manos de marinero que se ha ganado a pulso en el océano. Matilde se pregunta cómo se sentiría si le rozaran la piel.

Da otro sorbo. Normalmente disfruta de este instante en el que la expectación flota en el aire y se convierte en una excitación teñida de bromas juguetonas. Pero, con él, tiene la sensación de que el guion habitual no encaja.

—Dígame —le dice él al fin—. ¿Le gusta?

Formula la pregunta como la confesión de amor de un amante. Matilde siente que algo se estremece en su pecho.

—¿El qué?

—Ser una Nocturna.

La verdad es que nadie se lo ha preguntado jamás. No entiende a qué clase de juego están jugando.

—A ratos.

—¿No le importa que llamen desconocidos a su puerta exigiéndole besos?

—Nadie puede exigirle nada a una Nocturna. Y usted y yo no seremos desconocidos durante mucho más tiempo.

Una vela se enciende. El ambiente parece cada vez más cálido. A Matilde se le da bien jugar con el silencio, pero el de este hombre la desgasta y la hace querer decir algo; lo que sea.

—Parece que hay muchas reglas —comenta él—. ¿No le molesta?

—Están para protegernos —responde Matilde, ofendida.

—Pero las reglas también pueden mantenernos en la inopia.

Tras la máscara, Matilde se sonroja. Está claro que intenta sacarla de quicio, pero ¿por qué motivo?

—Por muy agradable que sea esta conversación —responde, con un tono de voz ligero—, tenemos asuntos de los que encargarnos.

Él apoya los codos en las rodillas. Se está pareciendo más al chico de sus recuerdos.

—No he venido buscando un beso.

Matilde se queda sin aliento.

—¿Para qué ha venido entonces?

El jugueteo se desmorona.

—He venido para advertirle sobre la suzerana.

¿Su hermana? Le cuesta mantener la voz tranquila y que no le delate

—Dígame.

—Quiere secuestrar a las Nocturnas. A todas.

Matilde se queda sin habla. De repente, no hay suficiente aire en la habitación.

—Como supongo que ya sabe —continúa Dennan—, cuando nuestro señor padre murió, Epinine se convirtió en la suzerana gracias a un tecnicismo.

La Mesa, el organismo del gobierno que se encarga de que la república funcione como es debido, es la que elige a la suzerana. Está conformada por varios miembros de las grandes casas, el suzerano, el Pontífice de la Iglesia —todos hombres—, que comparten el poder. Hubo un tiempo en el que el suzerano gobernaba como un monarca, pero hoy en día es más bien una figura insigne. Pero eso no quiere decir que su posición sea inofensiva.

—El cargo de suzerano es para toda la vida —prosigue—, por lo que se debería haber celebrado una votación el día en que murió el antiguo suzerano. Pero en ese momento estábamos librando una guerra contra Teka y, como no se podía votar en tiempos de guerra, se honraron los deseos de mi señor padre y Epinine ocupó su lugar. Pero la reunión de verano de la Mesa se acerca y, ahora que la paz está asegurada, querrán votar de una vez por todas.

Matilde frunce el ceño.

—Seguro que la Mesa votará por ella. Es una Vesten.

Cualquier miembro de las grandes casas puede acceder al puesto, pero siempre lo han ocupado los Vesten. No pertenecen a la realeza, pero se le acercan.

—El Pontífice la apoya, y la Iglesia tiene mucha influencia en la Mesa. Pero la suzerana está convencida de que las otras casas van a votar en su contra. La han acusado de no haber sabido gestionar la guerra contra Teka. Y a algunos no les gusta la buena relación que mantiene con el Pontífice, ni tampoco que apoye su cruzada contra quienes emplean la magia. Creen que está agotando los recursos de Simta y envalentonando a las bandas.

Pero ¿de verdad se atreverían a romper la tradición y votar por otra persona? Parece un gesto muy audaz, pero Matilde ha escuchado bastantes conversaciones a hurtadillas a lo largo de su vida como para saber que repartir el poder de forma equitativa nunca es tarea fácil. Todo el mundo quiere más de lo que tiene.

—Epinine quiere asegurarse el puesto antes de que se celebre la votación —continúa Dennan—. Quiere debilitar a las demás casas arrebatándoles lo único que cree que las hace fuertes.

Matilde traga saliva.

—Las Nocturnas.

Dennan asiente.

—Dice que quiere secuestrarlas hasta que pase la votación para garantizar que todo vaya como ella quiere. Pero creo que es igual de probable que os entregue al Pontífice. Con ello consolidaría su favor y su compromiso con la causa de la Prohibición.

Pero Epinine debe de saber lo que los páteres de la Iglesia les hacían antaño a las chicas que poseían magia. Sean ciertas o no, Matilde aún tiene pesadillas por culpa de esas historias.

La palabra que ha empleado Dennan le recorre todo el cuerpo. «Dice». ¿Cómo es posible que él sepa cuáles son los planes de su hermana a menos que se los haya contado?

Matilde se pone en pie y retrocede varios pasos:

—¿Por eso ha acudido hoy? ¿Para venir a buscarnos porque ella se lo ha ordenado, como si fuéramos especias en algún puerto lejano?

—Claro que no. —La frustración le arruga la expresión—. Quiero salvarlas de ella.

Matilde se enorgullece de saber interpretar las intenciones de los demás. Por eso, cuando juega y apuesta, siempre gana. Pero hay demasiado que escudriñar en los ojos de Dennan, que siguen fijos y ardientes sobre ella, azules como el corazón de una llama.

—¿Por qué me lo cuenta a mí? ¿Por qué no se lo ha contado a Madam Cuervo?

—Porque dudo que fuera a creer en mis buenas intenciones —responde, con un suspiro brusco.

—¿Y piensa que yo sí voy a creérmelas? —A fin de cuentas, no le ha proporcionado ninguna prueba de que lo que afirma sea cierto—. Epinine es su hermana.

—¿Por qué iba a inventarme semejante historia sobre un miembro de mi propia casa? ¿Qué obtendría con ello?

Matilde no lo sabe, pero eso no significa que deba confiar en él.

—Quiero ser su aliado —responde Dennan—, pero tienen que confiar en mí.

Matilde alza la barbilla.

—La confianza hay que ganársela.

—Me gustaría creer que me la gané hace tiempo —contesta en voz baja—, después de que me besaras y no se lo dijera ni a un alma.

El corazón se le sube a la garganta. Lo sabe. Por los diez infiernos, lo sabe. Matilde tenía catorce años cuando lo besó; aún no era una Nocturna, pero sabía que la magia corría por las venas de la familia Dinatris. La notaba agitándose y cálida bajo la piel. Cuando él la desafió a que le diera un beso en aquella fiesta, Matilde no quiso echarse atrás. Creía que sabía cómo contener la magia, pero no fue así. Se derramó de sus labios y cayó en los de él.

Más tarde se convenció a sí misma de que se lo había imaginado todo. Algunas verdades, cuando se entierran en lo más hondo, se descomponen y se desvanecen. Está claro que se equivocaba, pero no piensa reconocerlo; no puede. Esta noche ya ha corrido demasiados riesgos.

—No sé a qué se refiere —responde—. Debe de estar confundiéndome con otra persona.

Él se levanta.

—Hemos jugado juntos en sombras mucho más oscuras que estas, Matilde. Te reconocería en cualquier parte.

Su nombre real en sus labios es como un encantamiento que la deja paralizada donde está. Él se acerca hasta que Matilde siente su aliento sobre el cuello.

—Confiaste en mí en una ocasión —le dice—, pero sé que solo hay un modo de demostrarte que aún puedes hacerlo: marcharme con tu secreto y seguir protegiéndolo. Cuando estés lista para hablar, aquí estaré.

Siente la presión de algo sobre la palma de la mano: una tarjeta de visita en la que viene una dirección del Distrito del Dragón. Dennan se da la vuelta y se dirige a la puerta. Matilde siente que el suelo ha perdido su firmeza. Necesita que vuelva a ser sólido.

—Lord Hain. —Él se da la vuelta. Ella se señala los labios—. ¿No olvida algo?

El comentario era para desconcertarlo, pero, cuando se acerca a ella, sus pensamientos se convierten en una bandada de pájaros agitados.

—Es lo que más me gustaría en el mundo. —La toma de la mano y la acaricia con los labios—. Pero preferiría que me besaras por voluntad propia y sin máscaras de por medio.

Dennan vuelve a cubrirse los ojos con la venda y se marcha, dejándola aún más aturdida de lo que la ha mareado el vino y con el sabor del peligro en la lengua.

Debería llamar a su Halcón, o ir buscar a Leta, o... hacer algo. Pero ¿qué va a decirle? «¿No solo le he revelado nuestro secreto a un chico, sino a dos? ¿Lo siento?». Es una locura. Igual que todo lo que le ha contado Dennan sobre Epinine Vesten. ¿Qué puede hacer con lo que le ha dicho?

Pasan los minutos. Matilde se gira hacia la chimenea. Le hormiguean las manos y, de repente, tiene la sensación de que se ha olvidado de algo importante. Entonces le parece oír un grito ahogado tras la pared. Aguza el oído, pero no... Lo único que se oye es el goteo de la cera de las velas. Aun así, el terror florece en su interior.

Algo no va bien.

El atuendo de Perdiz de Sayer es una monstruosidad de tul negro. El vestido de tubo oscuro y cubierto de estrellas del baile ha desaparecido, sustituido por una prenda que su Gorrión ha tenido que ceñirle. ¿Cómo se supone que va a moverse con esto puesto? Leta afirma que la pompa forma parte del engaño, pero a ella todo esto la pone de los nervios.

Y, para colmo, la máscara aún huele a la chica a la que pertenecía antes. Las plumas se han aferrado al aroma empalagoso de su perfume.

Ha visto a varios clientes durante las últimas semanas: un noble anciano que no pronunció ni una palabra durante todo el intercambio, una mujer que no dejaba de hablar y cuyo pinta-labios tenía un desagradable sabor a rosas... De modo que los sucesos de esta tarde no son nada nuevo. Aun así, tiene que contener las ganas de ponerse a dar vueltas por la sala mientras le sudan las manos. Creía que, tras las primeras veces, le resulta-ría más fácil ser una Nocturna. Pero, en cambio, parece que cada vez le cuesta más. Odia lo bien que se siente cuando emplea su magia. Su señora madre lo describió en una ocasión como intro-ducirse en una bañera con agua caliente en un día gélido. Para Sayer, es más como reventar una ampolla: una especie de alivio desagradable. Cada vez que se imagina a su madre con la más-cara puesta y con una sonrisa cargada de dulzura, se le revuelve el estómago. La catastrófica aventura que tuvo con el padre de Sayer comenzó en una habitación igual que esta.

Nadja Sant Held siempre describía con buenas palabras a Wyllo Regnis, el joven noble del que se enamoró perdidamente. Tuvo que describírselo, ya que Sayer aún no sabe qué aspecto tiene su señor padre. Tampoco es como si alguna vez hubiera ido a hacerles una visita. Pero Nadja jamás le contó la historia completa a Sayer sobre cómo una Nocturna acabó en un aparta-mento polvoriento en el Distrito del Grifo. Sospecha que su se-ñora madre prefería las historias que se inventaba. Sayer dejó de preocuparse por que su padre apareciera —no quiere saber nada de él—, pero su madre creía que volvería y que podrían arreglar las cosas entre ellos. Nunca lo hizo, pero otros hombres vinieron para ocupar su lugar.

Sayer lo descubrió todo a los trece años, cuando acababa de salir de uno de sus primeros turnos en el Dos Llamas, y oyó va-rios ruidos en el dormitorio del fondo. Se acercó a hurtadillas bajo la luz tenue, se escondió tras una cortina y observó como un hombre de aspecto refinado besaba a su señora madre contra la pared.

«Palomita —la llamaba, con los ojos vidriosos—, eres lo más dulce que he probado en toda mi vida».

Antes de marcharse, dejó una bolsa llena de dinero sobre la mesa. Sayer tardó varios días en comprender para qué era esa bolsa. Nunca quiso preguntarlo, pero supo que aquel hombre había acudido a su señora madre para arrebatarles los últimos restos de magia que le quedaban. Y ella se lo había permitido, una y otra vez. Por eso Sayer se resiste tanto a convertirse en una Nocturna. Juró hace mucho tiempo que no cometería los mismos errores.

Y, sin embargo, aquí estás, piensa. Las palabras irritantes que le ha dicho Matilde en el baile vuelven a ella flotando. «Es un club, y creo que te mueres de ganas de pertenecer a uno». Pero Sayer no tiene intención alguna de involucrarse con nadie. No piensa casarse con ninguno de estos pavos reales hinchados ni está aquí para hacer las paces con su señor padre. Ha venido para desplumar a sus clientes y, luego, se largará; puede que incluso se marche de Simta. Se imagina a sí misma en la ciudad de Sarask, rodeada por el río, o en una de las ciudades montañosas de Thirsk, alquilando una pintoresca casita de piedra. Quizás incluso monte su propia cafetería. Se imagina en la cocina, calentita y con olor a tarta estrellada; se imagina una mano que le limpia la harina de la cara, una persona que le sonríe con un parche verde oscuro en el ojo. Se trata de Fenlin Brae, y de repente se está acercando a ella…

Un golpecito en la puerta la saca de sus ensoñaciones. Una nota se cuela bajo la puerta y resplandece sobre la moqueta oscura.

Lord Robin Alewhin de la casa Rochet.

El nombre no le resulta familiar. Aunque, en realidad, ¿acaso no le pasa lo mismo con todos?

Se limpia las manos en el vestido y recuerda el mantra que Fen le enseñó durante una de sus lecciones de lucha: «Una sonrisa en el rostro y un puñal tras la espalda».

La puerta se abre y revela a un hombre con los ojos vendados de su misma estatura, una mata de cabello oscuro y la piel bronceada; con esos rasgos podría tratarse de cualquier hombre de Simta. Sayer se fija en que no sonríe.

Ve a su Halcón con su máscara picuda en las sombras, con actitud de matón. Sería mucho más fácil si tuviera allí a alguno de sus amigos del Distrito del Grifo, alguien en quien confiara. Piensa en la llama alborotada que es la cabellera de Fenlin Brae, en su sentido del humor afilado, en su elegancia flexible y brutal. De repente, Sayer le echa tanto de menos que le falta el aliento. Siente la culpa como una puñalada: ni siquiera se despidió de Fen..., pero ahora no es momento para ponerse a pensar en ello.

Se obliga a sonreír, aunque el cliente no puede verlo. Su señora madre siempre le decía que se pueden oír las sonrisas en la voz de las personas: una mentira agradable.

—Bienvenido, lord Alewhin.

Lo evalúa con la mirada. Una chica del Distrito del Grifo tiene que saber distinguir a un tonto de una amenaza real. Es delgado y fibroso como un marinero. Está quieto, vestido con un traje, pero parece nervioso, como una tetera que hierve a fuego lento hasta la ebullición.

Empujan al cliente hacia la habitación y la puerta se cierra, y él mueve una de las comisuras de la boca.

—¿Me puedo quitar la venda?

Matilde se cree que no la escucha durante las tutorías privadas de las Nocturnas, pero sí que lo hace. «Esta habitación es tu mundo. Es mejor que se lo hagas saber enseguida».

—Un momento. —Sayer se acerca al aparador y toma un generoso trago de *whisky* de un decantador de cristal que le quema con el sabor del océano y el humo—. Ya puede.

El hombre tiene los ojos marrones como el café aguado, y parece que se ha afeitado las cejas hace relativamente poco.

—¿Y ahora qué? —le pregunta, con las manos tensas contra los costados—. He de confesar que no tengo muy claros los pormenores de todo esto.

Sayer le señala unos de los sillones.

—Para empezar, puede tomar asiento.

Cuando se sienta, la luz tenue le dibuja líneas afiladas en los rasgos. Huele a algo terroso, como las algas maxilar de los canales de Simta, pero carbonizadas.

—¿Le gustaría beber algo?

—No —responde, con los dientes apretados—. Gracias.

Parece que quiere terminar cuanto antes con la transacción. Por suerte, ella también.

—Para que la magia funcione, necesita un modo de conjurarla —le explica, tomando la máscara gris y diáfana que hay sobre la repisa de la chimenea—. Cuando esté listo para conjurarla, solo tiene que ponerse esto.

Sayer le tiende la máscara, pero él se aferra a los reposabrazos del sillón.

—Tendrá que ponérsela cuando nos besemos —le dice, intentando no sonar irritada.

—¿Cuando nos besemos? —pregunta él, con cara de extrañeza.

¡Gatos ardientes! ¿Acaso Leta no le ha explicado nada?

—No tenga miedo. No muerdo.

Él se pone la máscara y cierra los ojos con fuerza. Sayer se plantea darle otro trago al *whisky*, pero decide ponerse delante de él. Se supone que hay que cerrar los ojos para dar un beso, imagina, pero ella jamás podría confiar en un hombre que pagara para que se lo dieran. De modo que, mientras se inclina hacia delante, los mantiene abiertos. Por eso ve el destello del metal.

Se echa hacia atrás, pero el maldito vestido se le enreda en las piernas y tropieza. El hombre se levanta velozmente, le da la vuelta y le pasa un brazo por encima de las costillas.

—Chilla —la amenaza, apretándole un puñal contra el cuello—, y acabo contigo.

Sayer trata de librarse de él. ¡Malditos gatos!, es muy fuerte. Solo tiene que hacer un poco de ruido, tirar algo al suelo, pero le cuesta respirar y, por culpa de la máscara, todo parece un borrón ensombrecido.

—Tu guardia no podrá ayudarte —le susurra—. Ya me he encargado de él.

Un instante después, oye algo pesado caer al suelo del pasillo. Debe de tratarse de su Halcón.

El cliente saca un vial del abrigo.

—Bébete esto —le ordena—, y nadie más resultará herido.

Sayer forcejea mientras el cliente le quita el tapón al vial —que huele a agua estancada— y se lo acerca a los labios. El pánico se apodera de ella, pero la voz de Fen se abre paso y le recuerda sus consejos sobre las peleas: «Sé impredecible». Rápida como un relámpago, le pisa el pie con el talón. El hombre se tambalea, pero se recupera al instante y la agarra por el brazo cuando Sayer intenta abalanzarse hacia la puerta. Da una vuelta, pero su vestido se convierte en una trampa que los aprisiona a ambos. Caen sobre la moqueta, retorciéndose y agarrándose a lo que pueden. Se oye un crujido cuando aplastan el vial.

Lord Alewhin —si es que de verdad se llama así— debe de haber soltado el puñal porque empieza a asfixiarla con ambas manos. Sayer siente su aliento caliente en el rostro, y a ella apenas le queda. El vestido se le sube alrededor de los muslos mientras se sacude bajo el peso del hombre. Durante un instante, le entran ganas de reírse. *Si has venido buscando a una cortesana que se quitase la ropa, te has equivocado de sitio.* Pero no, no puede querer eso, porque la tiene sujeta como si apenas soportara tocarla; es el único motivo por el que aún respira.

—Apártate de mí —le grita, intentando apoderarse de su puñal.

Lo tiene atado al muslo, atrapado bajo las plumas. Si pudiera estirar la mano unos pocos centímetros…

—Eres la prueba de que las brujas viven entre nosotros —le susurra el hombre—. Una brujas que envenenarán el mundo si se lo permitimos. Cuando te entregue, me recompensarán.

¿A quién va a entregarla? No lo sabe, pero lo que está claro es que este hombre tiene intención de hacerle daño. Algo con sabor a tormentas se desata en su pecho.

La saliva del hombre le salpica las mejillas.

—*Sant catchta aelit duo catchen ta weld.*

Sayer sigue forcejeando, pero no le queda aliento para gritar. Nadie va a venir a salvarla. Al final, va a morir por los caprichos de un hombre.

La puerta que da al pasadizo oculto que conecta las habitaciones de las Nocturnas se abre de golpe. Matilde entra dando tumbos y, cuando los ve, se pone a gritar.

El cliente sacude la cabeza de un lado a otro y, durante un momento, la sujeta con menos firmeza. A Sayer le basta ese instante para sacar el puñal de la vaina, levantarlo y hacerle un tajo en el hombro. El hombre se aparta de ella y comienza a gritarle obscenidades. Sayer sujeta el puñal ensangrentado y se levanta.

—Muévete y te cortaré donde te dolerá de verdad —le grita.

El cliente hace amago de abalanzarse sobre ella, pero alguien lo detiene: Matilde, que empuña un atizador. Sayer se sorprende al oír la rabia con la que habla.

—Ni se te ocurra.

La puerta principal de la sala se abre de golpe y aparece un Halcón que no es el de Sayer y agarra al cliente con violencia. Pelean un poco, pero la herida del arma parece haber extinguido parte del fuego que lo impulsaba. Durante la pelea se le desgarra la chaqueta y parte de su pecho queda al desnudo. Está cubierto de líneas oscuras; es un tatuaje de un diamante oblongo que enmarca una espada en llamas. Le resulta familiar, pero no sabe de qué le suena.

Matilde le da un codazo. Aún sostiene el atizador como si fuera un marinero que está a punto de arponear a un pulpo.

—Por favor, dime que no has empezado tú.

Sayer se limpia el puñal en el vestido.

—No, ha sido él. Yo solo le he hecho sangrar un poco.

El Halcón tiene sujeto al cliente con las manos en la espalda. Algo húmedo cubre la mano de Sayer, algo que gotea sobre la moqueta. *Es la sangre del hombre,* piensa, pero, quién sabe... Podría ser su propia sangre.

Da un paso hacia él y le habla en voz baja pero clara.

—¿Quién te ha enviado?

—Cumplo la voluntad de Marren —jadea el hombre—. Fue él quien me encomendó mi misión y, aunque yo haya fracasado, sé que mis hermanos no lo harán.

¿Qué es lo que ha dicho antes? *Sant catchta aelit duo catchen ta weld.* Son las palabras que pronuncian los páteres antes de comenzar la oración de la vela. «Un fuego purificador para purificar al mundo». Pero ¿de qué necesitan purificarlo?

—¿Y cuál es tu misión?

Él hombre sonríe, pero tiene la mirada ida.

—Exterminaros de la faz de la Tierra.

Algo cruje y una sangre oscura empieza a derramarse de los labios del hombre. Por los diez infiernos, Sayer ha estado a punto de besarle.

El Halcón suelta una palabrota e intenta sujetarlo mientras convulsiona.

—Se ha comido una cuenta de cristal.

Sayer ha oído historias sobre las cuentas de cristal: los soldados se las meten en la boca y las rompen si los capturan. Es mejor morir a manos del veneno que te torturen y avergüencen. ¿Por qué ha preferido morir aquí a que lo interrogasen? ¿Qué oculta?

—¿Quién te ha enviado? —le pregunta Sayer, agarrándolo por las solapas de la chaqueta—. Dímelo. Dímelo.

Un escupitajo negro y caliente aterriza en su cuello.

—Lo descubrirás muy pronto.

Sayer retrocede mientras el Halcón tumba al cliente en el suelo y observan, inmóviles, cómo la luz se desvanece de sus ojos.

Sayer viene del Distrito del Grifo: ha visto a gente apuñalada y también cadáveres, pero nadie ha intentado jamás drogarla y secuestrarla. Se estremece.

Matilde aún no se ha quitado la máscara y se gira hacia ella. Sayer se alegra de que no pueda verle los ojos tras la malla.

—¿Te ha hecho daño? —le pregunta Matilde, tocándole el brazo.

Algo susurra a través de Sayer. La piel le hormiguea, la lengua le sabe a electricidad. Siente una energía extraña entre ambas.

Se aparta de ella al momento y la sensación se desvanece.

—Estoy bien. Aunque no creía que la noche fuera a terminar así.

—Ya me imagino. —Matilde sacude la cabeza ligeramente—. Yo tampoco.

Sayer se frota el cuello e intenta no mirar al cliente. Sus ojos se posan en la palma de la mano, que resplandece a causa de una quemadura antigua.

—¿Cómo has sabido que me estaban atacando?

La habitación del Jilguero está en la esquina opuesta de la casa: es imposible que los haya oído.

Matilde se mira la mano que tenía apoyada en el brazo de Sayer.

—Supongo que he tenido un presentimiento.

Sayer frunce el ceño.

—¿A qué te refieres con «un presentimiento»?

Pero entonces ella también tiene uno. Lo siente como un puño nervioso y tenso alrededor del corazón. ¿Qué está pasando? Nota la mente confusa.

Matilde ahoga un grito y se gira hacia el muro del fondo.

—¿Dónde esta Æsa?

Æsa está junto a la ventana, tomando aire. Inspira, espira, pero el miedo se niega a abandonarla. Abre aún más la ventana de cristales tintados de rosa, que casi parecen morados bajo el resplandor de la luna, e intenta mirar hacia el puerto. El océano resplandece a lo lejos, pero no lo huele. Los aromas de la ciudad de Simta lo ahogan todo.

Nunca se había percatado de lo presente que ha estado siempre el sonido del mar en su vida hasta que llegó aquí. Su hogar es un lugar hostil, pero conoce sus ritmos, sus diferentes estados de ánimo y sus llantos más silenciosos. Es allí a donde pertenece.

Su cliente no tardará en llegar; es el primero al que recibe como Nocturna. Ya lleva puesta la peluca oscura que Leta escogió para camuflar el pelo rojo y dorado tan distintivo. Lo único que le hace falta es ajustarse la máscara emplumada y se convertirá en el Ruiseñor, un nombre en clave que se debe al hermoso canto con el que el ave cautiva a su público. Aunque su magia no cautiva a la gente, sino que controla sus sentimientos. Se estremece solo de pensar en qué podría hacer un cliente con semejante poder, aunque no tiene que imaginárselo. Ya lo ha visto. Una marea de culpa se alza veloz en su pecho.

La primera vez que besó a Enis Dale tras el cobertizo de secado de su padre, no sabía nada sobre la magia. Su madre nunca le había contado que fluía por la sangre de la familia. Recuerda que la sintió abandonando sus labios como el aliento en una mañana fría, delicada y silenciosa. Le gustó más de lo que creía que debería haberle gustado un beso clandestino.

—¿Lo has sentido? —le preguntó él entre susurros, con el aliento entrecortado.

—¿El qué?

—Era como si una ola corriera entre nosotros. Como un torrente.

Parecía borracho, o asombrado, y Æsa se sintió tan poderosa como una sheldar. De modo que tiró de él y volvió a besarlo.

Más tarde le contó a su madre lo del beso al recordar que el Páter Toth siempre predicaba que mentir provocaba que las cosechas fueran malas. Le habló de la sensación que había tenido. Su madre le dijo que el Páter Toth no podía enterarse, ni tampoco su padre. Æsa se sintió avergonzada por su promiscuidad y juró que no cedería ante ella, pero Enis fue a buscarla de nuevo.

—Inger me ha regalado su mejor caballo —le dijo, con los ojos brillantes y febriles—. Le obligué a que quisiera dármelo. Ha sido magia, Æsa. Y creo que provenía de ti.

Volvió a besarla y, que los dioses la asistan, ella se lo permitió. La magia brotó de ella, ansiosa y sonrojada. Aquel beso alimentó algo en su interior: un hambre, un dolor hueco al que aún no puede ponerle nombre pero que sabe que debe temer.

Estira la mano para tocar uno de los deseos de cristal marino que lleva enganchados en el pelo, donde nadie puede verlos. ¿Y si no hubiera cedido a la tentación? ¿Habría seguido latente su magia? ¿Habría desaparecido? ¿Podría haber cambiado su futuro si hubiera rezado más y no hubiera tenido tanta ansia?

No importa. Está aquí ahora, donde su madre quiere que esté. Se acerca a la máscara que está en la repisa de la chimenea y se obliga a alzarla. Pero se supone que la magia pertenece al Manantial y a los cuatro dioses, no a una chica de campo. Vuelve a acordarse de los sermones del Páter Toth: «En manos de los mortales, la magia se convierte en un vicio y, luego, en un veneno». Seguro que su madre no la habría mandado a este lugar si eso fuera cierto. Pero, aun así, no deja de preguntarse: ¿Estará mal ser una Nocturna? ¿Estará corrompiendo su alma o la de otra persona al entregar su magia?

Oye un crujido ligero a su espalda. Se da la vuelta y ve que la ventana de cristal rosado se abre de golpe. La piel se le eriza cuando alguien trepa por ella. Æsa da un salto, lista para chillar, pero entonces el intruso levanta la mirada.

—¿Enis? —pregunta Æsa, con un grito ahogado.

—Æsa —responde él con una amplia sonrisa—. Al fin.

Tiene exactamente el mismo aspecto que cuando lo dejó: el pelo rojo oscuro, las mejillas pálidas coloradas por la brisa marina. Es un fragmento de su hogar.

Æsa lo abraza y el alivio que siente es tan inmenso que le cuesta encontrar las palabras. Él la sujeta con fuerza, le retira la peluca y le acaricia el pelo con los dedos.

—No me lo creo —le dice Æsa—. ¿Cómo me has encontrado?

—Tenía que hacerlo.

Algo en la voz del chico la hace retroceder.

—Pero ¿cómo lo has hecho, Enis?

Sus ojos son del mismo tono de azul, pero bajo ellos se acumulan sombras profundas.

—Estaba preocupado por ti. Tu madre me dijo que te habías ido en barco a Simta para quedarte con un pariente, pero yo sabía que no me abandonarías. No cuando estamos hechos el uno para el otro.

Æsa se queda sin aliento. Hubo un tiempo en el que se habría deleitado al escuchar esas palabras, pero ahora lo único que siente es terror.

—Desde que te llevaron, no he podido dormir ni comer. —Enis le acaricia el brazo, el pelo, como si estuviera sediento de ella, pero sus ojos no parecen verla en absoluto—. Desde que nos besamos, he sentido una atracción hacia ti, un cabo que el Manantial ató entre mis costillas y las tuyas. Compré un pasaje a Simta y luego me he dedicado a vagabundear mientras seguía este vínculo hasta que te he encontrado. Cuando he pasado bajo tu ventana, he sabido que estabas aquí. Así que he trepado.

Matilde le ha contado que, tras los besos, las Nocturnas sienten una conexión con sus clientes durante una temporada, pero nunca le ha hablado de algo como lo que le cuenta Enis.

—No lo entiendo.

—¿Es que no lo ves? Æsa, los dioses quieren que estemos juntos. Lo sé. Estoy seguro.

Vuelve a sonreírle, pero, en esta ocasión, Æsa ve algo frenético en su sonrisa.

—Va a entrar alguien en cualquier momento —le dice—. No puedes estar aquí cuando lo haga.

Pero él no parece escucharla. Se limita a acercarla más contra su cuerpo, con una prisa brusca.

—Pues que intenten separarme de ti.

Enis empieza a tirar del traje del Ruiseñor. Al principio, Æsa cree que lo único que quiere es sujetarla, pero la urgencia de sus movimientos le parece peligrosa y oscura.

—Enis. —Es su amigo. No es propio de él comportarse así—. Para.

Pero no le obedece, y ella se queda helada, demasiado aterrada como para separarse de él. Sus labios la buscan. Algo frío y violento se alza en su pecho, algo que libera su voz. Al fin, chilla.

La puerta se abre de golpe y su Halcón le da un golpe a Enis en el costado. El Halcón es mucho más grande que su amigo, pero Enis lucha como un perro medio enloquecido. Ruedan por la habitación y derriban un jarrón y una silla. Æsa se encoge contra la chimenea y cierra los ojos con firmeza. Los puños golpean la carne, y luego alguien cae al suelo. Cómo le gustaría ser un pájaro para poder escapar volando.

Alguien se agacha junto a ella, despacio y en silencio. Escucha su respiración entrecortada; es como si estuviera sorprendido o le doliera. Abre los ojos, pero no se atreve a mirar a su Halcón, el chico que se encarga de proteger al Ruiseñor. Es su sombra, aunque no sepa su nombre ni cómo es su rostro.

Él no la toca. Lo tiene prohibido.

Sin embargo, le dice:

—*Kilventra ei'ish?*

Son palabras en illish, y su significado tiene tantas capas como el mar. En la superficie, quieren decir: «¿Estás bien, amiga?», pero al decir *ventra* y no *ventris*, le infunde un poco de cariño. «¿Estás bien, corazón?». Eso es lo que acaba de preguntarle.

Æsa alza la mirada. El chico se ha quitado la máscara y ha revelado una piel marrón y unos ojos de tonos verdes, azules y grises de la costa de Illan. En la oscuridad, casi parece que brillan. Los tiene bien abiertos, como si estuviera tan sorprendido como ella por lo que acaba de decir.

De repente se da cuenta de que ambos llevan la cara al descubierto. Se supone que no pueden quebrantar esa norma.

—Lo lamento, muchacha —le dice en un illish impecable—. No sé cómo se me ha podido pasar.

—Ha entrado por la ventana —responde Æsa, sin apartar la mirada de Enis, que sigue desplomado en el suelo.

El Halcón frunce el ceño.

—Al menos he de admitir que es muy valiente. —Se inclina un poco hacia delante—. ¿Te ha hecho daño?

Æsa niega con la cabeza porque no dejan de temblarle los labios.

—No te preocupes, se lo llevaré a Madam Cuervo. Ella se encargará de todo.

Ella lo agarra de la mano. Ha quebrantado otra norma, pero Æsa ya he perdido demasiadas cosas de su hogar.

—No puedes.

—¿Por qué? —pregunta el halcón, con cara de extrañeza.

—Porque no es culpa suya —le suelta—, sino mía.

El Halcón frunce el ceño. Durante un instante, se queda mirándola como si estuviera tratando de interpretar lo más hondo de ella. Entonces oyen tras la pared unos pasos que se acercan. El chico recoge la máscara del Ruiseñor, que se ha caído al suelo.

—Corre, póntela.

La anuda con dedos temblorosos y el chico se pone su máscara. Sayer y Matilde irrumpen en la habitación por la puerta oculta enarbolando sendos objetos afilados.

—Maldición —jadea Matilde, mirando al Halcón y a Enis, que siguen en la moqueta—. ¿Qué ha pasado?

Æsa no puede pensar. Jamás ha visto a las otras chicas con la máscara puesta. La malla que les cubre los ojos los convierte en fosos oscuros y extraños.

—Va todo bien —responde el Halcón, tranquilo—. Su cliente se ha emocionado un poco, nada más.

La mentira suena sincera, pero no sabe durante cuánto tiempo van a poder mantenerla. Su cliente de verdad entrará en cualquier momento por la puerta.

—¿Te ha atacado? —le pregunta Sayer, levantando a Æsa del suelo.

El pánico se apodera de ella.

—No... Bueno, sí, un poco, pero...

—Dos ataques en una misma noche —la interrumpe Sayer—. No puede ser coincidencia.

Matilde toca el pie de Enis con lo que parece ser un... ¿atizador?

—Este no luce como un páter fanático, pero supongo que...

—¿Queréis escucharme? —exclama Æsa, apretando los puños.

Ambas se quedan calladas.

—No es mi cliente. Es un amigo de mi tierra. —Oyen ruidos en el pasillo. Æsa toma aire, sin dejar de temblar—. Necesito que me ayudéis a esconderlo.

La máscara cubre sus expresiones, pero casi puede palpar la sorpresa de las chicas.

Matilde empieza a hablar, pero Æsa la interrumpe.

—Las preguntas para luego. Por favor, ayudadme. Os lo pido por favor.

Hay un instante de quietud, y entonces su Halcón se dirige a la puerta. A Æsa se le cae el alma a los pies, pero entonces el chico le hace un gesto con la mano izquierda: encoge los dedos y apoya el pulgar en ellos. Los marineros illish utilizan esa clase de señas cuando el viento sopla demasiado fuerte y no pueden hablar. Significa que «navegamos hacia casa». Significa que «confíes en mí».

—Yo me encargo de ellas —dice entonces, señalando hacia el pasillo exterior—. Metedlo en el pasadizo secreto. Aseguraos de atarlo y amordazarlo.

El chico sale de la habitación. Durante un instante, tan solo hay silencio. A Æsa le late el corazón tan fuerte que cree que va a rompérsele una costilla.

Sayer se acerca corriendo.

—Matilde, agárrale de un brazo. Æsa, ve a buscar algo de tela y encárgate de la puerta.

Æsa tira de la cortina fina que cubre la ventana. Sus compañeras arrastran a su amigo por el suelo. Aun inconsciente, Enis tiene una arruga de preocupación grabada entre las cejas.

—Ahora en serio —gruñe Matilde—. ¿Cómo es posible que un pelirrojo pese tanto?

Sayer frunce el ceño.

—Me cago en los gatos —responde Sayer, con el ceño fruncido—, pero si apenas estás haciendo fuerza.

Una vez que lo llevan hasta un pasillo estrecho y oculto, emplean la poca luz de la que disponen para atarlo y amordazarlo. Acaban de cerrar la puerta secreta cuando Leta entra en la habitación. Aun con su máscara de Madam Cuervo, Æsa se da cuenta de que está furiosa.

—Aquí estáis. ¿Todo bien, señoritas?

Æsa cree que asiente, pero nota sus pensamientos desdibujados.

—Quedaos aquí —les ordena Leta—. Vuelvo enseguida.

Mientras se marcha, Æsa se pega a la pared, se deja caer al suelo y aterriza en la moqueta de felpa. Sayer se retira un poco la máscara y se sienta a su lado. Tiene las manos manchadas de rojo y negro.

—¿Es sangre? —exclama Æsa, con un grito ahogado.

Sayer asiente y sostiene el puñal con fuerza.

—Puede.

Matilde se sienta al otro lado de Æsa, sin la máscara y con el decantador de vino en la mano. Con ambas chicas tan cerca, Æsa percibe ese cosquilleo que nota cada vez que se tocan. Son como pájaros en una cuerda; hay algo en su interior que llama a las demás. Aun así, no se siente más segura que antes.

—Bueno —dice Matilde, con la voz ligeramente temblorosa—. Menuda aventura. Creo que a todas nos vendría bien algo de beber que nos infundiera fuerzas.

Æsa da un buen trago y empieza a toser cuando el alcohol le quema la boca. No es vino, es *whisky* illish.

—El pelirrojo está en el pasadizo —comenta Matilde, adueñándose de nuevo de la botella—. ¿Seguro que es buena idea soltarlo?

—Mi Halcón se ocupará de él —contesta Æsa, con la esperanza de que sea cierto—. Enis no supone una amenaza. Ya os he dicho que es mi amigo.

—Los amigos no les meten mano a sus amigas —gruñe Sayer, señalando el corpiño roto.

—Lo sé —responde Æsa, que se sonroja—, pero… no parecía el mismo de siempre.

Ambas la miran, expectantes. De repente se le ha formado un nudo incómodo en la garganta. En realidad, estas chicas no son su amigas, pero la han ayudado sin pensárselo dos veces. Les debe algo. Sin embargo, cuando le preguntan cómo es posible que Enis haya podido encontrarla, Æsa miente. Les cuenta que han estado escribiéndose cartas y que, en un arrebato de añoranza, le reveló dónde podía encontrar al Ruiseñor. «No se lo contéis a Leta», les suplica. Mandará a Æsa a su casa, y su familia necesita que se quede aquí. No le parece correcto mentirles, pero es más seguro que contar la verdad.

«Desde que te llevaron, no he podido dormir ni comer», le ha dicho Enis. No era el amor lo que regía sus acciones. Todos los besos que se dieron en Illan —su magia— han cambiado al chico. Lo ha notado en el modo en que la miraba, con los ojos vidriosos como los hombres que ha visto salir de la posada El Árbol Hueco. Unos ojos sin alma en los que tan solo hay anhelo. Una adicción.

Es probable que, a fin de cuentas, sus besos sean venenosos.

Varias velas parpadean en una habitación secreta del Distrito del Fénix, inclinadas hacia Eli, que está arrodillado en el suelo. Eli no ha pasado mucho tiempo en iglesias. Hasta hace solo unas semanas, se ha pasado casi todas las noches durmiendo bajo escaleras, confiando en que no lo echaran de allí. Pero un día un páter se acercó a él y le ofreció una cama, comida caliente y un propósito. El mismo propósito que esta noche lo ha conducido hasta aquí.

A la altura de los ojos tiene un antiguo altar de piedra. Hay otros dos chicos arrodillados. En muy poco tiempo vestirán, como los hombres que los rodean, de gris, el color de las cenizas de un fuego que arde con intensidad.

Los hombres empiezan a entonar cánticos rítmicos con voz profunda. Eli se estremece de pies a cabeza, pero no por el frío. Solo espera que lo consideren digno. Nunca ha deseado nada como desea convertirse en un En Caska Dae. Los Caska no son como los otros páteres a los que ha conocido, cubiertos con sotanas de terciopelo y llenos de promesas vacías. Ellos no tienen miedo a luchar por lo que es correcto.

Un hombre vestido de gris sale de entre las sombras y se acerca. Tiene la cabeza y las cejas afeitadas, igual que los demás, pero este tiene el rostro cubierto de cicatrices. Eli se queda mirando la marca de una mano del color de la sangre que le cubre la mejilla, como si fuera pintura de guerra. La Mano Roja es el motivo por el que está aquí. Ese hombre es su general en la guerra que libran contra el pecado.

El hombre extiende los brazos.

—Eshamein Marren, te ofrecemos a estos muchachos.

La voz de la Mano Roja le recuerda al océano; Eli lo ve a menudo mientras busca chatarra para venderla entre los pilones fangosos del puerto cuando baja la marea. Su voz es más clara, pero es igual de poderosa. Tira de él con la misma firmeza con la que tira una corriente en la costa.

—Entrégales la luz de tu espada ardiente. Acepta su juramento.

La Mano Roja le hace un corte en la palma. La sangre brota y la recoge en un cáliz de madera. Después de que les haya hecho un corte a todos y hayan derramado su sangre, vierte el líquido sobre el altar, donde gotea por la piedra. Un sacrificio para su dios.

—Hemos permitido durante mucho tiempo que se abusase de los dones del Manantial —murmura la Mano—. Hemos permitido que la gente incumpliese la Prohibición y que emplease aquello que solo merecen emplear los dioses. ¿Y qué hemos conseguido con ello? Corrupción. Nuestra ciudad, otrora grandiosa, se ha convertido en un antro de vicio y pecado.

Eli aprieta los puños. Conoce muy bien qué clase de daños puede provocar el contrabando de magia. Acabó con su madre. Y al andarríos que se la vendió no le importó. Ni tampoco a quienes dirigen la ciudad. Toman y toman, sin preocuparse en absoluto por quienes viven por debajo de ellos. Pero la Mano Roja lo ve todo, lo entiende.

—Y lo que es aún peor. Hemos permitido que las brujas volvieran a alzarse —continúa la Mano—. Nuestra benevolencia ha creado una grieta por la que se ha colado ese mal.

Eli vuelve a estremecerse. Brujas. Chicas que han robado magia del Manantial, algo sagrado que no les pertenece.

La Mano Roja afirma que se esconden a plena vista, con aspecto de chicas inocentes, como cualquier otra chica de Simta, pero son peligrosas. Venenosas. Eli no se dejará engañar.

—Son una herida, y no podemos permitir que se infecte. Tenemos que limpiarla para que sane.

La Mano Roja cierra los ojos y se dirige hacia el altar.

—Marren, en el pasado entregaste tu vida para desterrar a las brujas. Ahora estos chicos se ofrecen para convertirse en tus soldados y luchar contra esta marea que no deja de crecer Pero, primero, te demostrarán su devoción.

Eli se asegura de ser el primero en ponerse en pie. Extiende la palma de la mano sobre la llama de la Mano Roja. Los hombres que lo rodean entonan cánticos mientras le cruje la piel. Le duele aún más que el tatuaje que le grabaron en el pecho, pero no aparta la mano. No con los ojos de la Mano Roja sobre él, ardiendo con tanta fuerza.

—¿Purificarás esta ciudad de blasfemos? —le pregunta la Mano Roja.

Eli repite las palabras a modo de afirmación, a modo de promesa.

Juntos, recitan la oración de Marren.

Encendemos la vela de Marren
y prendemos su espada,
para que las llamas persigan a las sombras,
y hagan arder la oscuridad.
Encendemos un fuego,
un fuego majestuoso,
un fuego purificador para purificar al mundo.

3

VERDAD O MENTIRA

El calor de la chimenea del cuarto interior de Leta resulta agobiante. Normalmente a Matilde le parece un truco muy bueno encargarse de que haga bastante calor como para que todo el mundo esté un poco incómodo; así es más fácil que revelen la verdad. Sin embargo, esta mañana, Matilde tiene mucho que esconder como para apreciarlo.

Todo el mundo está aquí: las Nocturnas se han sentado juntas en un diván, su señora madre y su abuela tras un biombo tintado, y Leta frente a su escritorio, dirigiéndose a los Halcones y los Gorriones. Todo el mundo lleva la máscara puesta. Matilde no les ve los ojos, pero se los imagina tan enrojecidos como los suyos. Después de las emociones de anoche, fue incapaz de pegar ojo.

Matilde va a por más café mientras su Halcón expone su informe. Es escueto y brusco, como siempre. Lleva años con ella, pero Matilde apenas sabe nada de él, solo que le encanta el brezo. El Halcón de Sayer no puede informar, ya que fuera lo que fuere lo que ese espantoso cliente logró hacerle tomar lo dejó inconsciente durante toda la noche y la mañana, de modo que el Halcón alto de Æsa da un paso adelante. Matilde está ansiosa por escuchar qué mentira va a hilar.

No se anda por las ramas. Estaba esperando a que llegara el cliente cuando escuchó un grito de angustia en el cuarto del

Ruiseñor, de modo que entró. La chica estaba un poco nerviosa por la noche e intentó tranquilizarla. Entonces llegaron el Jilguero y la Perdiz diciendo algo sobre unos intrusos, por lo que fue a investigar. Miente mucho mejor que Æsa: está tranquilo, no se precipita. No dice nada sobre el pelirrojo al que escondieron tras la pared. A saber qué fue lo que hizo el Halcón con él. Al menos parece leal a su Nocturna; bastante más que a Leta, lo cual le llama la atención. La tensión que muestra Æsa agarrándose a la falda mientras él habla hace sospechar a Matilde de que hay algo que ninguno les ha contado. Æsa ha quebrantado las normas, eso está claro. Pero Matilde no está como para ponerse a acusar a nadie.

Tras los sucesos de anoche, el beso que le lanzó al aire a Tenny Maylon parece una tontería, pero, de todos modos, aún la inquieta. ¿Qué pasaría si le contara a su familia lo que ha hecho? En el mejor de los casos, se sentirían decepcionados. En el peor, su señora madre podría aprovechar su descaro como excusa para obligarla a casarse…

Destierra el pensamiento de su mente mientras los Halcones y los Gorriones se marchan de allí y cierran la puerta tras ellos. Su señora madre sale de detrás del biombo.

—Cualquiera de ellos podría estar implicado —afirma—. Deberíamos despedirlos a todos y buscar a otros nuevos.

—Son leales —responde Leta—. Me he asegurado de ello. ¿Te crees que se puede sustituir a una bandada como esta así como si nada?

Leta se quita la máscara de Cuervo. Sigue siendo deslumbrante: tiene la piel del color del bronce, unos rizos castaños brillantes y el rostro angelical de una muñeca, aunque nadie que la conozca piensa que sea seguro jugar con ella. Matilde ha oído por ahí que Leta no nació en una de las grandes casas, sino que era la hija de un estibador: quizá sea el fruto de la juventud alocada de una chica de alguna casa. No es frecuente que una Nocturna salga de la nada, lejos de las casas, pero a veces pasa.

También ha oído por ahí que, en una ocasión, Leta trabajó en un burdel de la calle Humeante, pero cuesta creer que ese rumor sea cierto.

La abuela se sienta en una silla junto al fuego.

—Aun así, Leta, lo que ocurrió anoche es muy perturbador.

Además, no tiene ningún sentido. Siempre ha habido una Madam encargada de proteger a las Nocturnas, pero Leta es quisquillosa hasta decir basta. Fue ella quien impuso unos límites tan estrictos sobre cuántas veces puede acudir alguien a una Nocturna, aun con las protestas de los nobles de las distintas casas. Ella es el motivo por el que las Nocturnas cambian de ubicación y por el que los clientes acuden a ellas con los ojos vendados. Madam Cuervo adora sus normas y las protege con ferocidad. Pero, entonces, ¿cómo es posible que las serpientes hayan encontrado el modo de colarse en su nido?

—Es inexcusable que hayan atacado a una de las Nocturnas —escupe la señora madre de Matilde.

Leta endurece la expresión.

—Lord Alewhin pertenece a una de las grandes casas, es un primo del campo de la casa Rochet. Llevaba el anillo con su emblema, y tampoco tengo motivos para sospechar de él. Son las normas que establecieron las casas.

—Se supone que tienes que protegerlas. ¿Cómo has permitido que ocurriera algo así?

—Lo que a mí me gustaría saber —interviene la abuela— es por qué ese hombre hizo lo que hizo.

Sayer se quita la máscara, se levanta y da vueltas por los bordes de la alfombra morada. Parece que no le gusta quedarse quieta.

—Era un páter —afirma—. Tiene que serlo. Parecía que le habían afeitado las cejas hacía poco y no dejaba de hablar de Marren.

Leta asiente.

—El tatuaje que llevaba en el pecho se parece mucho a un fragmento de la estrella de cuatro puntas de los Eshamein. El que tiene el símbolo de Marren.

—Sabía que me sonaba de algo —dice Sayer, que de repente se queda quieta—. Es la espada en llamas.

A Matilde nunca le han gustado los Eshamein, la piedra angular de la religión oficial de Eudea, pero Marren es, de lejos, el más insufrible. Los páteres predican que, hace mucho tiempo, cuatro hombres recibieron el don de la magia del Manantial con la que obraron milagros antes de morir y convertirse en dioses. Marren empleó una espada en llamas para hacer arder la magia de las brujas. Por lo visto, aquellas chicas habían envenenado el Manantial. Menuda tontería. Todo vale para acabar con una mujer poderosa.

—Pero los páteres nunca se marcan el cuerpo con tinta. —Æsa frunce el ceño—. El Páter Toth siempre dice que la tinta contamina la sangre.

A Matilde se le escapa una carcajada.

—Y, de todos modos, pertenecía a la casa Rochet. Está claro que ningún chico de ninguna casa soltaría toda esa palabrería religiosa. Es lo bastante sensato como para no creerse esas cosas.

A fin de cuentas, las casas siempre han protegido a las Nocturnas. Quizá haya algunos abstinentes en ellas, pero jamás harían daño a alguien de los suyos.

—Lo que está claro es que era un fanático —sentencia Leta—. Pero no podemos saber si actuaba por su cuenta o siguiendo órdenes. Por desgracia, los muertos se llevan sus secretos a la tumba.

Antes de anoche, Matilde solo había visto un cadáver, cuando su señor padre se fue a las aguas. Pero parecía tranquilo en la muerte, mientras que el rostro de este hombre era todo maldad, con las mejillas manchadas de saliva negra y espuma. Se estremece. A su lado, Æsa la imita.

—Es evidente que no quería matarla —cavila la abuela—; o sea que alguien quería sacar provecho de ella.

—Quería llevarme a alguna parte —afirma Sayer. Está mirando las llamas y los ojos dorados le resplandecen—. Me dijo que yo era una prueba de que las brujas existían y que le recompensarían por entregarme.

A Leta se le endurece la expresión.

—¿Dijo a quién quería entregarte? ¿Al Pontífice?

—No, pero intentó drogarme.

Sayer parece... No parece asustada, sino más bien atormentada. De repente, Matilde se nota que quiere aligerar el ambiente.

—Menos mal que ibas armada —dice entonces—, y que yo peleo de miedo con un atizador.

Su señora madre emite un sonido escandalizado, pero el comentario hace que Sayer sonría un poco.

—No tengo muy claro que supieras qué estabas haciendo con él.

No es exactamente un «gracias», pero Matilde se conforma. Leta le dedica una mirada mordaz.

—Matilde, ¿cómo supiste que algo iba mal en el cuarto de Sayer?

Matilde tiene que controlarse para quedarse quieta.

—Oí un ruido.

—Pero tu Halcón no oyó nada.

—Puede que estuviera distraído pensando en otra cosa. No sé...

No piensa revelarles que sintió una especie de cosquilleo, sobre todo porque ni siquiera ella sabe qué fue lo que sintió. Fue como si la angustia de Sayer hubiera despertado algo en ella, alimentado con un eco de la sensación burbujeante que siente cada vez que roza a una de las chicas. Es todo un misterio: jamás ha sentido algo parecido con sus anteriores hermanas Nocturnas, y ellas eran sus amigas, no como estas dos.

Leta tamborilea con sus oscuras uñas pintadas sobre el escritorio.

—Interrogaré al dirigente de la casa Rochet, pero me sorprendería que supiera algo que nos resultara útil. También enviaré espías a los pasillos de la iglesia de Augustain. Si el Pontífice ha enviado a ese hombre, podríamos estar enfrentándonos a un peligro mayor de lo que nos imaginamos.

Sayer y Æsa se quedan tiesas, y no es de extrañar. Todas las Nocturnas conocen las historias de lo que la Iglesia les hizo a las Fyre en la antigüedad. La persecución de los fanáticos religiosos es el motivo por el que a día de hoy hay tan pocas chicas que posean magia. ¿Qué pasaría si el Pontífice y sus Hermanos descubrieran a las Nocturnas? ¿Empezarían a sacar a las chicas de las casas para interrogarlas una a una?

Matilde aparta el pensamiento de su mente. Seguramente el hombre no fuera más que un delincuente, una anomalía.

—De todos modos, no lo consiguió —sentencia, cruzando las piernas a la altura de los tobillos—. Y es imposible que quienquiera que lo haya enviado conozca nuestras identidades; de lo contrario, habrían venido directos a por nosotras.

—Eso es cierto. —La abuela apoya las manos en el regazo—. ¿Estamos seguras de que ninguno de los otros clientes estaba involucrado en el asunto?

—Æsa parecía no saber nada al respecto —comenta Leta—. Y, según cuenta su Halcón, su cliente jamás llegó a la puerta del Ruiseñor.

Matilde mira a Sayer, que a su vez mira a Æsa, que tiene la mirada fija en la máscara que sostiene en el regazo. Es evidente que si el chico al que la ayudaron a esconder fuera una amenaza, lo diría, ¿no? Parece empecinada en seguir manteniendo en secreto la existencia de su amigo pelirrojo. Matilde quiere confiar en Æsa, de modo que, por ahora, lo hará.

—¿Y qué pasa con el cliente de Matilde? —pregunta su señora madre.

Cuesta descifrar la expresión de Leta.

—Ya se había ido cuando empezó todo el jaleo.

La mirada de la abuela se agudiza.

—¿Y quién era?

Durante un instante, da la sensación de que Leta no va a responder, pero Matilde sabe que este no es un secreto que pueda guardar.

—Dennan Hain vino a ver al Jilguero —dice, y deja la taza de café—. Ha vuelto a la ciudad, ¿no lo sabíais?

Se oye el sonido de las tazas al entrechocar, y el silencio que lo sigue pende sobre ellas, tan espeso que podría cortarse con un cuchillo y servirse en un plato con el pastel que nadie ha probado.

Su señora madre es la primera en hablar.

—No sé si lo he entendido bien. ¿Dejaste que el Príncipe Bastardo visitara a mi hija?

—Pertenece a una de las grandes casas —se defiende Leta—. Tiene derecho a solicitarlo.

—Pero es un Vesten. Ya sabes lo que opina esa familia sobre la magia.

—El chico no es la suzerana. Matilde podría haberse negado a verlo si hubiera querido.

Su señora madre dirige la mirada de nuevo hacia Matilde.

—¿En qué estabas pensando?

—Creía que querías que me casara —responde, llena de rabia—. ¿Acaso no se supone que el Jilguero debe mostrar su mercancía?

—Pero a él no —contesta su señora madre, horrorizada—. Ni siquiera es un Vesten de verdad.

—Oura —salta la abuela, con tono de advertencia—. Lo que está hecho, hecho está.

Defiende a Matilde con sus palabras, pero la mirada que le dedica dice una cosa muy distinta: «Jamás deberías haber permitido que cruzara la puerta». Su abuela lo sabe. Matilde le confesó hace muchos años que había besado a Dennan. Cuando desapareció, su abuela le dijo que se olvidara de él, pero ahora...

—Matilde, ¿te sentiste amenazada por él? —le pregunta su abuela.

Hay otra pregunta silenciosa agazapada tras la primera: «¿Sabía que eras tú quien se ocultaba tras la máscara?».

Sabe que debería confesar la verdad. Es la norma que siguen: «Miente, pero jamás os mintáis entre vosotras. Al menos no aquí». Matilde no tiene la paciencia para soportar una de las diatribas de su señora madre. Necesita más tiempo para pensar en lo que le dijo Dennan. Cree que Epinine Vesten puede ser una amenaza, pero él no. Dennan hace años que sabe lo de su magia y jamás se lo ha revelado a nadie. Tiene que significar algo, ¿no?

Antaño fueron amigos, y Matilde se pregunta qué son ahora... y también qué podrían ser.

—No. —Matilde se toca el medallón—. Parecía como cualquier otro cliente.

Leta no la presiona, pero la mirada que le dedica la abuela le indica que ella sí lo hará. Matilde teme lo que pueda decirle. Quiere que la aconseje, pero que no la censure. Aun así, le contará todo lo que Dennan le reveló. Ella sabrá qué hacer.

—Esto es inaceptable. —Su señora madre alza la voz y suena alta y chillona—. Es indignante que le permitas el acceso a fanáticos, a los Vesten y a saber a quién más. Es como si quisieras ponerlas en peligro.

La expresión de Leta se endurece.

—¿Y por qué iba a querer hacerlo?

—Para que puedas cobrar más por permitirle a la gente que acuda a ellas; para subir los precios de un negocio con el que obtienes unos buenos beneficios.

—Esa es una acusación bastante grave.

Y es ridícula. Leta jamás le franquearía la entrada a un fanático religioso a propósito, ¿no?

Aunque puede que si alguien le ofreciera el precio adecuado... Leta suele decir que la confianza no se puede comprar. Pero ¿se la puede comprar a ella?

—Di lo que quieras —se defiende Leta—. Sé muy bien lo que susurras cuando crees que mis puertas están cerradas. Pero yo he sido una de estas chicas, y jamás les haría daño. Sé muy bien lo que les ocurre a las Nocturnas que no se cuidan entre ellas.

Leta clava la mirada en Sayer, que se queda mirándola con una actitud de interés.

—Enviaré a mis espías para que hallen respuesta —dice Leta, y se pone en pie—. Hasta entonces, no atenderéis a más clientes.

Los ojos de la señora madre relampaguean.

—Las casas no estarán de acuerdo.

—Estamos en peligro —responde Leta despacio, como si estuviera hablando con una niña pequeña—. No pienso poner en peligro su seguridad. No hasta que comprendamos a qué nos enfrentamos y podamos controlarlo.

—Pero, Leta —interviene la abuela—, recuerda que cerrarles las puertas a los clientes también implica sus riesgos —le dice, mirándola fijamente.

Matilde intenta comprender qué es lo que quiere decirle, pero el significado es como humo escapándosele entre los dedos. Una cosa sí está clara: las matriarcas guardan secretos. Hay cosas que no quieren que vean las chicas.

Estra Doole

5 cucharadas de matagallinas

3 pizcas de lete, desecada y molida

2 pizcas de hierba somnolienta en polvo
  (preferiblemente de variedad de Callistan)

12 bayas ahogadas frescas

un trago de sirope flavien envejecido 3 años en
  arcilla

medio cuenco de agua costera (del norte del Cuello)

una pizca de cenizas frías

2 lágrimas recién derramadas

Muele los ingredientes secos. Abre las bayas con las manos
(ponte guantes a menos que quieras tener las manos azules
para el resto de la eternidad) y mézclalas con el polvo en una
tetera. Revuélvelo despacio a fuego medio, en el sentido contrario a las agujas del reloj, hasta que empiece a oler a olvido. Añádele el sirope y el agua, luego las cenizas y luego las
lágrimas.

Casi todos los libros que tratan sobre pociones somníferas no dicen nada más, pero esta es una receta antigua diseñada para obtener sueños y confesiones. Cuando añadas las lágrimas, pronuncia este conjuro:

Fija la mirada, desconocido,
y cierra los ojos,
déjate llevar hacia el sueño, amigo,
pero no mientas.

EXTRACTO DEL LIBRO DE RECETAS
DEL ALQUIMISTA AMARILLO.

4

Todo lo Dorado

Matilde cruza el Mercado de Aguaclara. De pequeña solía venir por aquí con su abuela y les sonreía a los comerciantes hasta que le regalaban algún dulce o algo brillante. Ahora también les sonríe, pero no se siente tan calmada como esperaba.

El mercado está abarrotado de gente, y la tarde es tan calurosa que el sudor le gotea por la espalda; pero da igual, es agradable estar lejos del control de su señora madre. Han pasado dos días desde lo que ella ha bautizado como «el desastre de Leta», y hoy es el primero en que la ha dejado salir de casa. Matilde ha argumentado que el fanático está muerto y que, por tanto, no puede revelarle a quienquiera que lo enviara sus identidades reales. Pero no ha servido de nada; todas están con los nervios a flor de piel.

Ha accedido a que dos guardaespaldas de la casa Dinatris la acompañaran a cierta distancia, con discreción. A diferencia de su señora madre, ellos no la reprenderán por comer en público o por reírse demasiado alto. Aunque tampoco es que tenga muchas ganas de reírse. Una sombra la persigue desde esa noche en la que vieron a los clientes. Por el bien de las otras chicas, finge que no se ha obsesionado con el tema, pero no deja de soñar con ese hombre espantoso que yacía en el suelo de Sayer. En sus sueños, el hombre le arrebata la máscara de Jilguero y deja su rostro al descubierto. *Te veo.*

Sacude la cabeza para deshacerse de la imagen.

Matilde vuelve a centrar la atención en los puestos del mercado y observa sus tesoros: encajes de Stray, baratijas de piedra de Thirsk, tés aromáticos de Callistan, especias brillantes y perfumes de las Tierras Lejanas. No venden magia, como es evidente; ya no. Matilde recuerda cómo era todo antes de la Prohibición, cuando en los puestos vendían pociones que podían hacer crecer una buena barba en el transcurso de una tarde o que podían mantenerte seco durante una noche lluviosa. Pero ya no. Quien vende contrabando corre el riesgo de acabar en el cepo y ser sometido a la inquisición. Ya nadie se atreve a vender esa clase de productos a la luz del día.

Se detiene frente a un puesto lleno de ramos de flores. Hay tan pocos espacios verdes en Simta que todas estas flores son un lujo y un símbolo de estatus. Pronuncia sus nombres en silencio: flor de estta, espuela de caballero, lirios alados. La última es el emblema floral de su casa: sus pétalos con forma de ala son pálidos y encantadores. Recoge una flor y aspira su aroma, pero otro olor acaba con su dulzura. Alguien está quemando incienso, humo y carbón, y le recuerda a algo...

Una sensación desagradable le recorre el espinazo.

Te veo.

Matilde da un brinco con el corazón en un puño al oír un estruendo.

—¡Ten cuidado, Basil!

Matilde se da la vuelta al oír una voz familiar. Se trata de Brix Magna, que mira con el ceño fruncido a un chico y a una pila de bandejas de horno que están en el suelo. No son más que bandejas de horno. Inspira hondo y se dice a sí misma que tiene que calmarse.

—Hola, Brix.

—Buenos días, joven lady Dinatris —responde la mujer con una sonrisa—. Cada día que pasa está más hermosa.

Matilde posa con su sombrero cloche.

—Ten cuidado, a ver si se me va a olvidar cómo ser humilde.

—¿Usted? ¿Humilde? Si usted lo dice…

Matilde sonríe al oírlo.

—¿Cuántos quiere hoy? —le pregunta Brix.

—Seis, por favor. Es imposible tomarse solo uno de los mejores pasteles estrellados de toda Simta.

—Con cumplidos siempre se gana los mejores de la horneada —le responde Brix, guiñándole el ojo.

Le entrega una caja de cuadrados amarillos, aún calientes. Incluso con el azúcar en polvo, Matilde ve los remolinos de semillas de labnum. Las llaman las semillas de la suerte porque dicen que da suerte que una de ella se te meta entre los dientes.

—Para usted son gratis —le dice Brix, como siempre.

Matilde le paga el triple de lo que valen, como siempre, y se dice a sí misma que no ocurre nada, que es como deberían ser las cosas. Pero mucho por que mienta, no suele engañarse a sí misma.

Se detiene en el extremo del mercado y mira hacia las Esquinas. Es el centro neurálgico de la ciudad, el centro de poder. Las Esquinas es el lugar en el que se encuentran los canales principales de Simta y dividen la ciudad en cuatro barrios diferentes que reciben su nombre por las criaturas que se dice que antaño surcaban los cielos. A su espalda queda el Pegaso, su barrio, y también el Banco de los Mercaderes, donde se guarda casi todo el dinero de Simta. A la derecha queda el Distrito del Fénix y la iglesia de Augustain, donde se encuentra la sede del Pontífice y sus Hermanos. Enfrente está el Distrito del Grifo, hogar de algunas de las cosas más famosas de Simta: artesanos, jazz desenfrenado, clubes ilícitos y bandas de andarríos. A la izquierda se hallan el Distrito del Dragón y el Palacio Alado, donde vive la suzerana y donde se celebran las reuniones más importantes de la Mesa. Matilde se imagina que es allí donde llevarán a cabo la votación tras la Noche Menor, dentro de unas tres semanas.

Normalmente le gusta quedarse aquí a observar a los marineros contar chistes y hacer gestos de manos maleducados mientras reman en sus navíos repletos de soñadores y conspiraciones... ¿Estará ahí Dennan Hain hablando del Jilguero con su hermana? Lo duda. Aun así, no deja de pensar en la advertencia sobre Epinine. Desde que las Nocturnas se reunieron en el salón de Leta, una idea ha tomado forma en su mente: no puede creerse que haya tardado tanto en darse cuenta. ¿Y si fue la suzerana quien envió al fanático para que secuestrara a Sayer? Dennan le contó que querían llevárselas de las casas. El fanático dijo que alguien le recompensaría por llevarse a Sayer. ¿Es posible que Epinine Vesten haya hecho algo tan osado? Un acto como ese destrozaría a las grandes casas; quizás incluso podría desatar una guerra civil entre ellas. Está claro que, a la larga, no se ganaría su lealtad. Hace una semana, Matilde se habría echado a reír ante la mera idea de que alguien pudiera secuestrar a las Nocturnas. Pero eso fue antes de que peleara contra un fanático con un atizador y sacara a rastras de una habitación a un pelirrojo inconsciente.

Más tarde, esa noche, le contó a la abuela lo que le había revelado Dennan Hain. Matilde aún siente el gesto de disgusto que formaron los labios cerrados de su abuela. Creía que se iba a ganar una reprimenda, pero, en cambio, la abuela le hizo un montón de preguntas y luego se pasó media eternidad contemplando su copa de vino. «No temas querida —le dijo al fin—. Yo me encargo». Pero ¿acaso es posible encargarse de algo cuando aún hay tanto que desconocen?

Dennan Hain y su advertencia, el ataque de Sayer, Æsa manoseada por un amigo medio loco de su tierra... Todo parece conectado, como las grietas de una pared que se ramifican desde una fisura que no se ve. Pero las grietas se pueden arreglar; de hecho, hay que arreglarlas. Las cosas volverán a ser como eran.

Matilde se da la vuelta e ignora a sus guardaespaldas mientras recorre la vía del Pegaso, la vía pública que atraviesa el distrito. Está llena de casas adosadas preciosas, con los balcones decorados con macetas de enredadera damajuana y enmarcados con hierros forjados intrincados. No entiende cómo los vecinos soportan que las puertas de sus casas den a la calle, sin que haya un jardín que los proteja. Pero claro, a diferencia de ella, la mayoría de la gente no tiene jardín. Pasa bajo un polillero y su larga escoba, con la que retira las polillas de fuego de anoche de una farola. Arden demasiado rápido, pero sus alas emiten una luz deslumbrante.

Dobla una esquina, luego otra, y pasa junto a sastres y perfumistas que, en general, se dedican a satisfacer los caprichos de las grandes casas. Al fin llega a una tienda pintada de amarillo chillón. En lo alto cuelga un letrero enorme en el que pone: Krastan Padano. Emporio Alquímico. Todo el mundo lo conoce como el Alquimista Amarillo.

La campanilla de la puerta repiquetea cuando la abre. Matilde no se molesta en mirar hacia atrás, consciente de que sus guardaespaldas no la van a seguir. Saben que el dueño de esta tienda no supone ninguna amenaza. Tras un mostrador inmenso hay varias estanterías llenas hasta los topes de frascos de hierbas, plumas y piedras preciosas. Varios cráneos de distintos tamaños lo observan todo desde la repisa de la chimenea enseñando los dientes. El escaparate tintado de amarillo de la ventana lo cubre todo de un manto dorado, incluido Alecand, el aprendiz de Krastan, y su mata de rizos oscuros.

Matilde se detiene e inhala el olor dulzón y el humo. Si hay algo que de verdad puede calmarle los nervios, es estar en la tienda de Krastan. Algunos de sus primeros recuerdos son de cuando pasaba las tardes aquí con su abuela, charlando con

Krastan mientras el alquimista mezclaba sus brebajes y se peleaba con Alec por quién tenía que ayudarle a removerlos. Alec tiene la mirada fija en lo que sea que esté moliendo en el mortero, fingiendo que no se ha fijado en ella. Al lado tiene una taza con una infusión de ortino, como siempre; lo necesita para controlar el azúcar.

Matilde se acerca y deja los pasteles estrellados junto a la taza.

—Bueno, ¿a quién vamos a envenenar hoy?

Alec se aparta un mechón de pelo de los ojos con un bufido.

—Como inspires demasiado hondo, a ti. Así que apártate.

—¿Y privarte de que puedas echarle un vistazo rápido a mi escote? —responde ella, inclinándose hacia él.

—Ya lo he visto, y he visto mejores. Así que gracias —responde con una sonrisa que le forma un hoyuelo.

Su amistad siempre ha sido igual, llena de burlas y pullas. Alec es el hijo adoptivo de Krastan y se ha criado apartado de las grandes casas, de modo que Matilde y él apenas tienen nada en común, pero a ella eso le gusta. Y, aunque no se lo haya confesado, también le gusta que el hecho de que pertenezcan a estamentos sociales distintos no le impida a él decirle lo que piensa de verdad sobre ella.

De pequeño era un chico delgaducho, y sigue siendo esbelto, pero ahora se le marcan los músculos de los antebrazos mientras muele y el chaleco color mostaza que lleva puesto le queda ajustado. Es una pena que sea tan guapo y que no sepa qué hacer con tanta belleza. Sus mejillas, traicioneras, se sonrojan al percatarse de ese detalle.

—Bueno, ¿y qué estás haciendo?

Él alza la mirada. Alec tiene los ojos muy juntos y de un tono marrón intenso; típicos de Simta, pero tan oscuros que son casi negros.

—Un tónico para dormir. Nada del otro mundo.

Matilde se inclina aún más sobre el mostrador.

—¿Entonces no es una poción de amor? Qué pena. ¿Cómo piensas conquistar a una dama?

—Sabes que solo tengo ojos para ti.

A Matilde le entran ganas de reírse al oírlo. ¡Menuda tontería! Pero no lo ha dicho como si estuviera bromeando. De todos modos, Alec nunca ha sido de los que les gusta jugar.

Krastan hace acto de presencia y el instante se desvanece. Lleva el pelo acerado hacia atrás y recogido con un cordel, y también una gorra amarillo canario calada. Le dedica una sonrisa de dientes torcidos.

—Stella —la llama. «Pajarito». Es una broma privada—. Qué alegría verte.

—Eso lo dices ahora —bromea Alec—. Espera a que le prenda fuego a algo.

—Ay, señor. —Matilde pone los ojos en blanco—. Solo pasó una vez.

Observa cómo Krastan estira el brazo para guardar varios viales en una estantería alta. Las manos le tiemblan un poco más de lo habitual, pero sigue siendo el mejor alquimista de Simta. Los demás han empezado a pintar sus tiendas de colores vistosos para intentar arrebatarle algo de fama. Casi todo lo que prepara no contiene magia y es completamente legal, pero también hace muchos encantamientos clandestinos para las casas. Al menos, a ella se los hace.

Krastan desliza la mirada hasta llegar a la puerta cerrada de la tienda.

—¿Dónde está lady Frey?

—Mi abuela se ha quedado en casa hoy. Dice que te manda recuerdos y cariño, como siempre.

—Menuda mujer —suspira él—. Ya sabes que es el amor de mi vida.

—Así es, porque siempre insistes en repetírmelo.

Cuando la abuela era una Nocturna, entró en esta tienda exigiéndole a Krastan —quien por aquel entonces tan solo era

99

un aprendiz— que le preparara algo sin hacerle preguntas. Él la complació preparándole un poco de Estra Doole. No tardaron en hacerse amigos pese al abismo que se extendía entre sus dos estamentos. Con él tiempo, ella incluso le reveló lo que era. Matilde siempre se ha preguntado qué fue lo que hizo que la abuela confiara en él y le desvelara semejante secreto y, aun sí, ella jamás ha dudado de él. Krastan y Alec saben más cosas sobre ella que gran parte de su familia. En serio, Krastan es como un abuelo para ella. Y Alec... Bueno, no es como un hermano.

—¿Has venido a por algo en concreto? —le pregunta Krastan—. ¿O solo para saludar?

La angustia sombría comienza a apoderarse de nuevo de ella.

—Ay, mi señora madre me ha mantenido vigilada desde que comenzó la temporada. Necesitaba una excusa para salir de casa. —No es del todo mentira. Entonces desliza los dedos hasta el medallón—. He pensado que podríamos preparar algo juntos. Ha pasado mucho tiempo desde la última vez.

—Vale, pero siempre y cuando sigas mis indicaciones —responde Krastan, agitando un dedo torcido.

—¿Acaso no lo hago siempre? —responde ella, fingiendo haberse ofendido.

Cuando rodea el mostrador, Alec le pone la zancadilla y Matilde casi se cae.

—No hagas explotar la tienda —la advierte—. Vivo aquí.

Matilde se queda quieta.

—Eres tú el que tiene afición por explotar cosas.

Le golpea la cadera con la suya y él se tensa. Últimamente siempre hace lo mismo cada vez que se tocan. Supone que es lo apropiado. Él es aprendiz de alquimista; ella es hija de una de las grandes casas, y encima es una Nocturna. Jamás se han planteado algo que vaya más allá de la amistad. Aún así, tanta distancia le resulta molesta, de modo que Matilde se acerca aún más a él y le da un sorbo a su taza de té. Sabe a ortino y a fruta de ron... Sabe a Alec.

—Pórtate bien —le dice, a modo de broma—. Nunca sabes qué puedo echarte en la taza cuando no estés mirando.

Él no responde; tan solo se queda ahí como un hermoso tronco de madera a la deriva.

Matilde retrocede.

—En serio, Alec. —Ella retrocede más—. Ni que tuviera sífilis.

Y dicho esto, sigue a Krastan por un pasillo estrecho. A los clientes no se les permite el paso por muchos motivos, y la estantería ordenada que hay pegada a una de las paredes es uno de ellos. Nunca se sabe cuándo alguien va a intentar sacar un *Compendio de criaturas eudeanas de la antigüedad*, tal y como está haciendo Krastan en este instante, y va a descubrir que la estantería se abre y que, tras ella, hay una puerta oculta. Matilde se emociona al verla y estira la mano hacia el pomo de cristal tallado amarillo. Es de las que opinan que las habitaciones ocultas son las mejores.

A primera vista, el taller de la parte de atrás se parece mucho al de delante. Las estanterías están llenas de tarros y viales, cuencos relucientes, botellitas y hornillos; objetos típicos del oficio de cualquier alquimista. Pero, al fijarse, se ve todo lo ilegal. Polvos que brillan, pociones que humean, ungüentos que destellan. La magia alquímica también posee un aroma característico, como a azúcar quemado. La de Matilde, en cambio, no huele a nada.

Pocas plantas y minerales de Eudea tienen propiedades mágicas por sí solas, pero todas contienen fragmentos del Manantial en su interior. Los ingredientes, mezclados y procesados por manos expertas, pueden convertirse en brebajes por los que la gente está dispuesta a dejarse los cuartos. Pero claro, no pueden ofrecer todos los dones que pueden ofrecer las Nocturnas. Las buenas pociones son difíciles de preparar, los ingredientes son caros y sus efectos no duran mucho tiempo. Aun así, Krastan es el mejor en toda Simta. Es increíble lo que puede hacer con esas manos torcidas.

Krastan empieza a sacar bolsas y viales y lo dispone todo alrededor de un hornillo.

—Bueno, ¿cómo va la temporada por ahora? —le pregunta—. ¿Cómo vuelan esas alas?

Estira la mano hacia el jardín de hierbas desecadas que cuelgan del techo y recoge algunos pellizcos con los dedos.

—Está siendo… raro.

Él alza una ceja poblada pero no pregunta nada. Sabe que no puede exigirle que le cuente sus historias.

Matilde observa cómo aplasta un puñado de bayas grimm. Cuando las abre, un jugo granate y rojo le corre por las manos. Se supone que hay que ponerse guantes, pero él no lo hace. «Mis manos son un mapa de logros», le dijo en una ocasión. En Simta portar esas marcas puede ser peligroso. A quienes atrapan con pociones de contrabando les llaman la atención o los multan, a veces incluso se los llevan para que los vigilantes los sometan a la inquisición. En cuanto a quienes las preparan… Bueno, eso es otro tema. Aun así, jamás han arrestado a Krastan. Las grandes casas y su destreza lo mantienen a salvo.

El jugo rojo cae en el cuenco de bronce y tiñe de negro el metal. A veces a Matilde le gustaría poder preparar su propia magia de este modo. Puede que las pociones de Krastan no tenga la misma potencia que lo que habita en su interior, pero él puede usar lo que crea de formas que ella no puede.

—¿Vas a preguntármelo ya, Stella?

—¿Qué te hace pensar que quiero hacerte una pregunta? —le responde.

—Solo lo supongo —le responde, dedicándole una mirada cómplice.

Tiene razón, desde luego. Es parte del motivo por el que ha venido hasta aquí.

—¿Tienes pociones capaces de alterar los recuerdos de alguien?

—¿Quieres alterarlos o borrarlos? —le pregunta, frunciendo el ceño.

Matilde aplasta las flores —parecen un corazón sangrante, piensa— contra la encimera.

—Me vale cualquiera.

Krastan coloca el cuenco sobre un hornillo y remueve el jugo despacio con una cucharita de madera.

—Tengo pociones que pueden agudizar la percepción o mejorar la memoria. Pero ¿alterar los recuerdos que ya se han formado? ¿Eliminarlos por completo? Lo que me propones es muy peligroso.

Matilde traga saliva.

—Pero ¿podrías hacerlo si te lo pidiera?

Un silencio tenso.

—Lo que me pides no está al alcance de mi poder.

La frustración estalla. Está bastante segura de que Tenny no le contará a nadie lo del Jilguero, pero con tantas amenazas en el aire, se sentiría mejor si pudiera arrebatarle su secreto. No le gusta saber que el chico tiene esa carta en el bolsillo, aunque sea una que nunca vaya a jugar.

—Conozco esa mirada —señala Krastan, con gesto de preocupación.

—¿A qué te refieres?

—Esa mirada que pones cuando planeas hacer de las tuyas, o cuando ya las has hecho.

—Ay, por favor —bromea ella—. Pero si soy el buen comportamiento personificado.

Él no le sonríe. Sumidos en el silencio, el hornillo sisea; un susurro en una luz dorada tenue.

—¿Vas a contarme lo que quieres que esa persona en cuestión olvide?

La habitación se siente como uno de esos corsés tan apretados que su señora madre intenta ponerle, pero la mentira brota de su boca con facilidad. En ocasiones, incluso aquí se pone una máscara:

—Nada, solo es una idea que se me ha pasado por la cabeza.

Krastan no parece creerla. Varios zarcillos de vapor se enroscan alrededor de su capa amarilla.

—Debes tener cuidado, Stella. Las cosas se están poniendo tensas en Simta. Algo está cambiando.

—¿A qué te refieres? —pregunta Matilde con cara de extrañeza.

—Los vigilantes están llevando a cabo más redadas de lo habitual. Los castigos que se imponen por poseer o fabricar alquímicos se están endureciendo. Dicen que es para acabar con el descaro de los andarríos, pero no es a ellos a quienes castigan. Se llevaron a dos chicas para interrogarlas solo porque vendían flores encantadas.

—Ya, bueno. —Los vigilantes que se encargan de asegurarse que se cumpla la Prohibición siempre han sido un incordio, pero ella casi nunca ha tenido que tratar con ellos—. Tampoco me estás contando nada nuevo.

—Pero sí lo es —responde Krastan—. Es como si estuvieran buscando algo en concreto; puede que a alguien.

Matilde vuelve a pensar en el fanático. ¿Le habló a alguien de las Nocturnas antes de aquella visita con final trágico? ¿Es posible que el Pontífice y la Iglesia le hayan ordenado a los vigilantes que peinasen toda Simta para encontrarlas?

—Los vigilantes no nos encontrarán —responde, e intenta que su voz suene firme, segura—. Además, de todos modos, la ley no se promulgó para las chicas que son como yo.

—Solo lo dices porque jamás has sentido dicha ley en tus carnes.

Matilde da un brinco. ¿Cuánto hace que Alec ha estado merodeando junto a la puerta?

—Nunca se llevan a los miembros de la nobleza de las casas para interrogarlos —prosigue él, cruzándose de brazos—. Con el dinero pueden comprarse el lujo de hacer lo que les dé la gana sin temor.

No es la primera vez que mantienen esta discusión.

—No estoy de humor para que me sueltes un sermón sobre los privilegios, Alec.

—Tú te crees que los alquímicos no son más que detallitos para las fiestas, pero los ingredientes con los que se fabrican no solo son para pasárselo bien. También sirven para crear medicamentos, cosas que la gente necesita. La ley y las bandas se encargan de mantenerlas en la clandestinidad y que sigan siendo caras. ¿Crees que podría permitirme mi ortino si no tuviera un proveedor honrado?

—Yo no hago las normas —le suelta Matilde.

—Pero no deberías ignorarlas —dice Krastan—. Creo que a veces se te olvida la cantidad de gente que le teme a la magia que vive en esta ciudad. La Iglesia se ha encargado de difundir muy bien sus enseñanzas. Los vigilantes no son los únicos a los que les gustaría que nos castigaran ni los únicos que peinan las calles en busca de transgresores. Cada vez nos está costando más escondernos.

Sus palabras portan una especie de peso que la desconcierta.

—No tienes por qué preocuparte —le responde ella—. Las casas os protegerán a ambos.

—No eres más que un pájaro protegido —responde Alec, sacudiendo la cabeza.

—Alecand. —Hay un tono cortante en la voz de Krastan, donde normalmente solo hay paciencia—. No desatiendas tus hierbas. Se percatarán.

Alec sale por la puerta, pero sus palabras han hecho aparecer otra grieta en sus cimientos e incrementado ese temor creciente que siente Matilde.

En mitad del silencio, Matilde observa a Krastan mientras él mide con cuidado uno de sus polvos. Es posible que también esté midiendo sus palabras.

—Sabes que, en la antigüedad, las chicas que recibían los dones del Manantial eran más que recipientes en los que contener la magia, ¿no? —le dice al fin—. Eran capaces de blandir su magia. Las más poderosas determinaron el modo en que se dirigía Eudea. Dicen que algunas Fyre podían abrir los mares y mover montañas.

Matilde sonríe; está acostumbrada a que Krastan le cambie de tema de repente.

—Las leyendas también afirman que podían volar. Menudo espectáculo.

Sheldars, flaetherinn, mujeres del Manantial. Todos los rincones de Eudea tienen un nombre para las chicas mágicas más poderosas de la antigüedad, pero a Matilde siempre le ha gustado más la expresión «Aves Fyre». *Fyre* es una antigua palabra eudeana que significa *salvaje*. Las Fyre. Las Salvajes, libres y fieras, sin tener que rendirle cuentas a nadie. Todas las Nocturnas se imaginan ser como ellas en algún momento de su vida. Pero esa clase de sueños es como arrojar monedas al canal para pedir deseos: algo inútil.

—Últimamente me pregunto si es posible que la magia antigua no haya desaparecido —continúa Krastan—, sino que esté dormida. Si es posible que, algún día no muy lejano, despierte.

Matilde deja escapar un suspiro.

—Sabes de sobra que no puedo blandir mi magia.

—Aún no, Stella. Aún no.

De nuevo, ese peso en las palabras, cargadas de significado.

—¿Qué es lo que insinúas?

Krastan la sorprende envolviéndose la mano manchada de bayas en un pañuelo y acariciándole la mejilla con ella.

—Solo que, si alguna vez no sabes qué hacer, confío en que acudas a mí, Stella. Siempre seremos un puerto seguro en mitad de una tormenta.

Pero hay algo más, una verdad que no le está revelando.

Más tarde, Matilde vuelve a la parte delantera de la tienda, y pasa pegada a Alec sin decirle nada. Por desgracia, parece que él aún tiene ganas de pelea.

—¿No te molesta que tus clientes sean las personas más privilegiadas de Simta? ¿Que ya sean ricos y que cada vez lo sean más?

Matilde se encara a él.

—¿Preferirías que me pusiera en una esquina a darle besos a todo aquel que me lo pidiera?

Él se acerca aún más a ella.

—Me gustaría que alzaras la mirada por encima de los muros de tu jardín y vieras lo que ocurre al otro lado.

Su mirada le perfora la piel y ve a través de ella. Para horror suyo, siente el escozor de las lágrimas no derramadas.

—Tú te crees que lo único que hago es comer tarta y asistir a fiestas —le responde—. Pero, lo creas o no, yo también tengo mis propios problemas.

Tiene intención de darse la vuelta, pero Alec la toma de la mano. La suya está llena de callos pero es delicada: es la mano de un conjurador. Matilde le siente el pulso sobre la palma.

—Tilde, espera.

El corazón le da un brinco al oír el apodo, pero no puede revelárselo, de modo que se obliga a hablarle con ligereza.

—¿Has cambiado de parecer sobre lo de mirarme el escote?

—Es que… —Le acaricia la piel con el pulgar con tanta delicadeza que Matilde cree que se lo ha imaginado—. No quería que te enfadaras.

Tiene las mejillas sonrosadas. Maldición, ¿por qué se pone más guapo cuando discuten?

—No estoy enfadada —le contesta—. Estoy irritada. No es lo mismo.

Él le suelta la mano.

—Tengo una cosa para ti antes de que te vayas.

Y saca un vial del bolsillo del chaleco.

—Es para… los dolores femeninos que me comentaste —le dice, lo bastante alto como para que Krastan lo oiga si aparece de repente—. Asegúrate de leer bien la nota antes de utilizarlo.

Matilde le da la vuelta a la botella para leer la nota que hay pegada en la base.

MANTO NOCTURNO. Arrójalo con fuerza para que la botella se rompa. Te cubrirá con una oscuridad tan densa como la tinta. (Ten cuidado: pica en los ojos más que una medusa de río). Por si la necesitas para escapar de tu jaula de oro. ~A

Matilde se queda boquiabierta, pero él se lleva un dedo a los labios. Sabe que, de vez en cuando, Alec prepara brebajes sobre los que Krastan no sabe nada. El verano pasado, Matilde utilizó uno de sus experimentos para volver a Samson de un verde espantoso. Pero esto es magia de verdad; es un arma. Es la clase de magia que podría hacer que las personas más malvadas de Simta se fijaran en él y que acabara en la horca si lo atraparan.

Matilde ni siquiera debería atreverse a estar en posesión de algo así. Sin embargo, se descubre a sí misma abriendo el fondo oculto del bolso.

—Alecand Padano... No me esperaba que te atrevieras a correr tantos peligros.

Con ello se gana una sonrisa.

—Tú limítate a no hacer nada imprudente antes de que vuelva a verte.

La campana tintinea cuando se marcha. La calle Hester parece la de siempre, pero Matilde tiene la sensación de que algo ha cambiado. Krastan piensa que no debería bajar la guardia. Alec le ha entregado un arma. Le resulta inquietante, y eso que ni siquiera saben lo que les ocurrió a las Nocturnas hace dos noches. Se suponía que esta excursión tenía que calmarla, pero lo único que ha logrado ha sido ponerla aún más nerviosa.

La inquietud de la ciudad, la advertencia de Dennan —y la de Krastan—, el cliente de Sayer, el amigo de Æsa, las miradas capciosas de la abuela y de Leta... Son las piezas de un rompecabezas, pero no logra comprender la imagen que conforman. Aún hay demasiadas piezas ocultas en las sombras, fuera del alcance de la vista.

Matilde mete la mano en el bolsillo y la cierra en torno a la tarjeta que le entregó Dennan. Piense lo que piense Alec, ella no es un pájaro protegido. Quizá debería hallar algunas respuestas por sí misma.

En las entrañas del Grifo, pasado el Trino y a la derecha,
nos encontrarás casi todas las noches de juerga.
Nuestros secretos están bien ocultos
pero si las palabras adecuadas aciertas
puede que te dejemos bajar
bajar
bajar.

Música dulce, el contrabando resplandece,
sujétalo con fuerza, iré a por ti porque me perteneces.
Paga el precio y encontrarás
ese preciado lugar que nunca se queda seco
seco
seco.

EL LUGAR QUE NUNCA SE QUEDA SECO,
UNA CANCIÓN DE JAZZ SIMTANO.

5

SOMBRA Y LUSTRE

S ayer se ajusta la boina mientras la llevan en bote por el agua. Se alegra de tener el pelo lo bastante corto como para no tener que sujetárselo con horquillas y también de haber encontrado ropa de trabajo en un armario lleno de lo que parecían los vestigios de las conquistas de Leta.

Esta noche no quiere parecer una chica de una de las grandes casas.

Durante los dos días que han transcurrido desde que vieron a sus clientes, Leta se ha mantenido cerca de ella de un modo que ha resultado casi asfixiante. Se supone que no debe salir sola y, sobre todo, no de noche. Pero Sayer no cruzó los canales para que la mimaran o le dijeran que se sentara recta mientras que otros se encargaban de protegerla. Si quieres algo, a veces, es mejor ir a buscarlo por ti misma.

El barquero no habla mientras navega por las Esquinas. La luna se posa en el agua y cambia de aspecto por la débil marea. Es una típica noche de verano en Simta: calurosa y tranquila, con el ambiente tan cargado que podrías comértelo, impregnado del olor a sal y algas maxilar que se aferran a los bordes de los canales. La última vez que hizo este viaje fue hace meses, después de que su señora madre muriera. No ha vuelto al Grifo desde entonces.

Mira por detrás del hombro. A veces se quedaba en la esquina del Grifo, mirando hacia el Pegaso, mientras se preguntaba cómo sería vivir en lo que, por aquel entonces, parecía una costa lejana. Ahora ya ha visto que la riqueza, los fastuosos jardines y las lámparas de polillas de fuego protegen a las chicas como Matilde de la realidad de Simta. Resulta fácil creer que la vida es justa y que todo el mundo cuenta con las mismas oportunidades cuando te has criado protegida por unas inmensas hojas.

Cuando amarran, Sayer sale del bote y se dirige hacia el Grifo. Huele tal y como lo recordaba: a pan, pintura y sangre antigua. La calle del Patíbulo sigue vacía pero aciaga; es una advertencia a quienes quebrantan las leyes, sobre todo a los contrabandistas. Aunque no es como si los peores de ellos se movieran con cuidado.

Sayer baja por la vía del Grifo hasta las entrañas del distrito. Aquí no hay farolas de polillas de fuego, por lo que las sombras son el doble de oscuras. Las casas adosadas que quedan cerca de las Esquinas están limpias y pintadas de colores llamativos, pero a lo lejos empiezan a volverse más pequeñas y sucias. Las grietas cubren algunas de las fachadas pese a la mezcla de hierbas y barro que los vecinos utilizan para cubrirlas. Los hilos de tender con la colada se extienden entre las ventanas, como fantasmas en la oscuridad. Ve a varios golfillos desaliñados merodeando bajo una escalera. Antes solía darles pasteles estrellados del día anterior cuando el dueño del Dos Llamas no miraba. Se pregunta si alguien se encargará de darles de comer ahora.

Un páter intenta persuadirlos con unas hogazas de pan caliente para que salgan de ahí. También intentará convencerlos de que vayan a unos de los orfanatos o de las escuelas que dirigen los páteres. Sayer sabe que la Iglesia lleva a cabo obras de caridad, pero también son el motivo de que tantos simtanos crean que la magia corrompe el alma y la moralidad. Le dicen a la gente que las chicas que poseen magia son —o, más bien, eran— algo a lo que temer.

Las palabras del fanático vuelven e ella: «Envenenaréis el mundo si os lo permitimos».

Las aparta de su mente, se niega a que la persigan hasta aquí. Mientras se dirige hacia el Trino, la luz cambia. Varios faroles coloridos cuelgan de los balcones sobre todas las puertas. En esta parte del Grifo a la gente le gusta quedarse en la calle hasta tarde, tanto por cuestión de negocios como de placer. Se dirige hacia la calle Bayard y se detiene en el borde del Pabellón de los Académicos. La cafetería Dos Llamas tiene las puertas abiertas de par en par y por ellas escapa un aroma dulce y tostado. Una banda de música callejera brama en el patio mientras los estudiantes borrachos ligan con las camareras bajo faroles centelleantes.

¡Gatos ardientes!, cómo echaba de menos este sitio.

Matilde se reiría al verlo: comparado con el sitio del que viene, el Grifo está sucio y es vulgar, pero no finge ser lo que no es.

Rodea el pabellón, pegándose a las sombras porque no quiere que nadie en el Dos Llamas la reconozca, aunque es imposible que lo hagan con las pintas que lleva. La gente solo ve lo que quiere ver. Si alza la vista, Sayer verá la ventana del antiguo dormitorio de su señora madre, vacío y oscuro. Algo le oprime en lo más profundo del pecho.

Espera a que la banda termine la canción y a que los clientes de las tiendas empiecen a aplaudir antes de darle un pellizco al trompetista que está por el fondo. Rankin se da la vuelta y le sonríe bajo la boina devorada por las polillas, revelándole un hueco entre los incisivos.

—¿Sayer?

—Shh. Me vas a estropear la tapadera.

Sayer se lo lleva de allí antes de que la banda pueda protestar y doblan la esquina de la tienda.

Rankin alza la mirada hacia ella, pero solo un poco. El chico ha crecido desde la última vez que lo vio.

—¿Dónde te habías metido, Say? He estado buscándote.

Sayer traga saliva por el nudo que se le ha formado en la garganta.

—Ahora vivo con unas amigas en el Pegaso.

—De modo que te has convertido en una joven refinada —responde él con una mueca.

La verdad es que no.

—Un poco.

—Demasiado refinada para nosotros.

—Nunca —le responde mientras le limpia una mancha de hollín de la mejilla.

Rankin se engancha la trompeta a la espalda. Tiene trece años, lo sabe, pero a veces parece mayor. Las calles del Grifo no son un lugar fácil para un niño.

—¿Qué haces por aquí entonces?

—Tengo un asunto pendiente con Fen. —A Sayer han empezado a sudarle las manos—. ¿Dónde está? ¿En el club?

Rankin le enseña el broche con lazos naranjas y dorados que lleva en la solapa.

—No. En la Sala del Trono.

Sayer conoce el local, como es normal, pero nunca ha estado allí. Es un lugar lleno de andarríos. Se le revuelve el estómago al pensarlo.

—¿Te sabes la contraseña de esta noche? —le pregunta.

—Claro, pero no voy a decírtela.

—¿Por qué?

—Porque últimamente las cosas están más moviditas que de costumbre en el Luz Verde —responde, tirándose del chaleco naranja chillón—. Y Fen no querría que te acercaras por allí sin un escolta.

—¿Y ese eres tú? —Sayer le da un golpecito en la visera de la boina—. ¿Llegas a la mirilla siquiera?

—Vigila esos modales, amiga —le responde Rankin frunciendo el ceño.

Recorren juntos varias calles estrechas bañadas por el resplandor de los faroles con cristales tintados de verde. En esta parte del Grifo la música suena más alta: el jazz se derrama de balcones cubiertos de enredaderas, los buhoneros venden copas de citricello dulce e intentan atraer a los juerguistas hacia sus locales. Es increíble que los bares clandestinos conviertan el Distrito de la Luz Verde en el corazón de la fiesta no oficial de Simta, al menos para un tipo en concreto de clientela, pero entraña sus propios peligros. Los locales están llenos de andarríos, que deben su nombre al modo en que las bandas trasladan sustancias ilegales dentro y fuera de la ciudad: recorriendo los bordes de las mareas, como los pájaros.

Pasan junto a una chica que está en una esquina sombría, entregándole de manera furtiva varias monedas a un chico que lleva un chaleco y una boina. Apesta a ese olor a azúcar quemado que emiten quienes beben demasiadas pociones. El chico le pasa un vial delgado. Sayer apostaría cualquier cosa a que se trata de Polvo de Sirena: un alquímico que agudiza los sentidos. Por el bien de esa chica, espera que sea del bueno. Toda la magia resulta adictiva, pero el Polvo más que ninguna otra, y suelen diluirlo con aditivos baratos. A los vigilantes les resulta más fácil rastrear el contrabando de poca calidad, y puede provocar que la gente enferme o se quede ciega.

Rankin rompe el silencio.

—Bueno, ¿por qué te fuiste?

Sayer intenta sonreír.

—La amiga de mi madre me ofreció un sitio para quedarme, y tenía que vivir en alguna parte.

—Podrías haberte mudado con nosotros. Las Estrellas se habrían encargado de ti.

Sayer lo sabe. Fen y su grupo, las Estrellas Oscuras, la habrían aceptado, pero su señora madre se revolvería en su sueño eterno si supiera que su hija se ha unido a una banda de andarríos.

—Tenía que encargarme de unos asuntos al otro lado del canal y sacar dinero.

Él le dedica una mirada crítica.

—*Sain minth tu gansen.*

El juramento de las Estrellas Oscuras: «Juntos, como las sombras».

Sayer tiene que apartar la mirada.

—Bueno, el caso es que Fen está bastante gruñona desde que te fuiste. Te echa de menos. No lo dice, pero lo sé.

Sayer traga saliva con dificultad. Anhela ver a Fen, pero también está nerviosa. Después de cómo se marchó del Grifo, no está segura de cómo será el reencuentro. ¿Estará enfadada? ¿Cómo se sentirá al verla de nuevo?

Sayer se tira del chaleco. No es momento para sentimentalismos. Esta noche tiene que mantenerse alerta.

Se detienen en la curva de un callejón oscuro. No hay cartel que indique dónde está la Sala del Trono, solo una puerta insulsa y oxidada. Rankin llama cinco veces: tres golpeteos rápidos, y dos largos con los nudillos. Se abre una rendija que enmarca dos ojos antipáticos.

—¿Contraseña?

—Potra —responde Rankin.

La puerta se abre y revela a un hombre al que le faltan varios dientes y que lleva puesto un chaleco verde que parece a punto de reventar.

—Pero bueno, ¿qué te crees que estás haciendo por aquí, Rankin?

—Tenemos un asunto que tratar con el Zorro —responde el chico, sacando pecho.

El guardia no parece impresionado. Sayer teme que no vaya a dejarlos pasar, pero entonces el hombre extiende una mano rolliza.

—De acuerdo. Entregadme las armas.

Rankin se saca tres puñales de la nada, uno de ellos tan largo como su pierna, y unos cuantos viales con una pinta que a Sayer no le hace mucha gracia.

—¿Vas a esperar a que se haga de día, amigo? —le dice el guardia, mirándola con los ojos entrecerrados.

—No llevo nada —responde Sayer, encogiéndose de hombros.

El hombre agita la manaza. Con un suspiro, Sayer se saca un abrecartas cuya empuñadura tiene forma de cuello de cisne. Leta le confiscó el puñal, pero no pensaba venir hasta aquí desarmada.

—¿Qué pensabas hacer con esto? —le pregunta el hombre, sujetando el abrecartas con dos dedos gruesos—. ¿Usarlo de mondadientes?

Rankin suelta una risotada. Sayer le da un codazo.

—Tiene un extremo afilado, ¿no?

El guardia les hace un gesto para que entren sin dejar de reírse y cierra la puerta tras ellos. Rankin la guía por unas escaleras oscuras y estrechas. La única luz que hay proviene de los faroles con los cristales tintados de verde que cuelgan en el pasillo. Apenas se ve las manos y le cuesta leer el cartel que aparece a su lado.

NORMAS DE LA CASA
NADA DE POCIONES QUE NO SEAN DEL LOCAL
NADA DE ARMAS
NADA DE PELEAS

El jazz invade el ambiente y les hace señas para que sigan adelante. Una cortina resplandeciente se abre y llegan al interior.

De primeras la Sala del Trono le recuerda al salón de baile de Leta: techos altos, colores brillantes, espejos por las paredes. Pero allí solo había máscaras y pretenciosidad, y este sitio no finge ser nada que no sea salvaje. El jazz es más intenso, como una promesa sensual. El aroma a dulce quemado de la magia flota en el aire.

Un sastre encantador ha encantado varios candelabros de cristal basto para que den luz sin velas y cubran de dorado a la muchedumbre. El local está lleno de andarríos; las distintas bandas están marcadas por las flores que llevan enganchadas a la solapa. Helecho azul de río para el Kraken, fresias granates para los Cortes Rápidos, sangre de corazón morado para los Mares Profundos. Aquí pueden interactuar entre ellas; aquí no hay negocios, solo placer. Aquí todos mandan, de ahí el nombre del local.

No esperaba encontrarse con tantas chicas aquí. La mayor parte de los andarríos no las dejan unirse a las bandas. Se aferran las unas a las otras en la pista de baile y bailan el escandaloso Desliz de las Aguas Profundas. Hay magia por todas partes. Se retuerce y resplandece en los vestidos encantados, cuyos diseños cambian con los movimientos de sus caderas. Ve dientes que se vuelven puntiagudos con un poco de Sonrisa de Lobo, uñas que se convierten en garras después de mojarlas en Garra Afilada, pelo que se vuelve de colores chillones con un bálsamo de Cuatro Estaciones. La voz del cantante en el escenario parece humo, amplificada por algún alquímico; y en la barra, los camareros preparan cócteles mágicos. Víbora Verde Oscura, que hace que la lengua se le ponga bífida a quien la bebe, y Matarrelojero, que hace que parezca que el tiempo transcurre más despacio. Es evidente que el andarríos de la esquina ha estado bebiendo Doncella Hermosa porque la piel le resplandece. Al chico que está comiéndole la boca parece gustarle.

El contrabando que hay aquí dentro debe costar una fortuna, pero los andarríos controlan la mayor parte del mercado alquímico clandestino de la ciudad. La Iglesia y los vigilantes de Simta matarían por hacer una redada en este club y ahorcar a casi todos los que están en él, pero nadie del Grifo les revelaría dónde está. Los andarríos dirigen este barrio con tanta seguridad como la Mesa, puede que incluso más. No por nada se llama «señores» a los jefes de las bandas.

La multitud se separa y Sayer ve durante un instante a Fen en una mesa de una esquina. Siente que el corazón le trepa por la garganta.

A primera vista, Fen parece como cualquier otro andarríos —un chico arrogante despiadado y hambriento—, pero Sayer sabe que no es así. Se queda embelesada observando sus pómulos afilados y el pelo corto que se enrosca hacia arriba como una llama. Es del mismo tono cálido que los caramelos quemados del Dos Llamas, pero Fen no tiene nada de delicada. Ser la única mujer líder de una banda en Simta la ha vuelto dura.

Cuando ambas tenían catorce años, Fen apareció sangrando por la puerta trasera del Dos Llamas. Sayer la reconoció por el parche que llevaba puesto. Fenlin Brae: el Zorro Astuto. Eso fue antes de que fundara las Estrellas Oscuras, pero ya se estaba forjando un nombre entre las bandas y la conocían como alguien de manos rápidas, mente aún más ágil y un don para abrir cajas fuertes que a todos los demás se les resistían. Sayer esperaba que le pidiera algo de malas maneras, como los otros andarríos, pero le sonrió. «He oído por ahí que les das comida a los golfillos —le dijo, con los dientes cubiertos de sangre—. ¿Cómo verías darme algo de comer y ponerme unos puntos?».

Sayer se rio. Al poco tiempo, se hicieron amigas. Mejores amigas. Pero ¿aún lo son?

—¡Fen! ¡La he encontrado! —grita Rankin cuando llegan a la mesa—. Me debes diez chelis.

—Ya veo, ya —contesta Fen—. Te las debo, te las debo…

Fen se recuesta en la silla en una pose relajada y al mismo tiempo, por extraño que parezca, agresiva. El parche de terciopelo verde no hace que resulte más fácil sostenerle la mirada.

«¿Me enseñarás algún día lo que tienes debajo?», bromeaba Sayer durante las lecciones de pelea.

Fen se limitaba a responder con una sonrisa: «Te lo enseño si tú me lo enseñas primero».

Pero nunca han sido esa clase de amigas, y Fen no es de las que bajan la guardia. Excepto aquella vez... Los recuerdos de la noche en que murió su señora madre llegan a ella, cuando Fen la abrazó tan fuerte.

«Estoy sola», dijo Sayer, con la voz entrecortada por las lágrimas.

«No es verdad», respondió Fen, rodeándole la cintura con el brazo.

Esa fue la noche en que Fen la acercó contra sí con los labios entreabiertos. Esa fue la noche en que casi...

Olsa, la mano derecha de Fen, carraspea.

—Esto... El renacuajo y yo nos vamos a por otra ronda.

Fen no le quita los ojos de encima.

—Nada de cócteles para Rankin. No quiero que frenemos su crecimiento más de lo que ya lo hemos hecho.

Rankin suelta una maldición.

—Algún día seré lo bastante grande como para aplastaros a todas.

Aunque sería incapaz. Rankin adora a Fen; todo el mundo la adora. Fue ella la que decidió que su grupo se llamara igual que una estrella de mar típica de la ciudad: un animal discreto pero tenaz. Se aferra a las rocas con tanta fuerza que ninguna tormenta puede arrancarla. Las Estrellas Oscuras se convirtieron en una roca para los niños y la niña que las otras bandas ignoraban o consideraban poco valiosos. Fen siempre ha sabido ver la fortaleza que esconden las personas; pero también sabe hallar sus puntos débiles.

Sayer se sienta. Fen la observa y la mide con la mirada. Sayer hace un esfuerzo por no mirarle los labios gruesos y suaves. Varias cicatrices asoman por el cuello levantado de la camisa, mucho más pálidas que el emblema de las Estrellas Oscuras que florece sobre el chaleco de Fen. A diferencia de la mayoría de los andarríos no ha encantado la dedalera naranja, porque ella no comercia con magia. Sayer ni siquiera está segura de haberla visto emplearla en alguna ocasión.

—Tig —le dice Fen al fin.

Es un apodo, una abreviatura de «tigren», un felino de la selva que habita en las Tierras Lejanas. Sayer nota que el nudo que siente en el pecho se le afloja al oírlo.

—Bonita ropa. Los pantalones te quedan muy bien.

—Lo mismo digo —responde Sayer, incapaz de contener una sonrisa.

Fen se recuesta mientras mastica su almáciga, como siempre. Está fabricada con una planta que, según ella, anula los efectos de cualquier alquímico que alguien pueda echarle en la copa. Fen se muestra recelosa con la magia, aunque Sayer no sabe por qué. Puede que sea porque se crio con un páter de la Iglesia, aunque no es que Fen lo tenga en mucha estima.

—Pensaba que tus nuevos amigos del Pegaso preferirían que llevaras vestidos —comenta Fen—. Seguro que lady Leta Tangreel no lo aprobaría.

Sayer se queda boquiabierta. ¿Cómo se ha enterado de lo de Leta?

—Cierra la boca, que pareces un salmonete —le dice Fen—. ¿Creías que no iba a investigar un poco cuando desapareciste sin despedirte?

Sayer siente las mejillas encendidas.

—¿Cómo me encontraste?

—Tu señora madre se crio en el Pegaso —responde Fen—. Y luego vi a esa señora de una de las casas con esa pinta tan fina en el velatorio de tu madre, hablándote en susurros. Me imaginé que debía de estar ofreciéndote algo. Tuvo que ser algo muy bueno para que te fugaras.

—No me fugué —responde Sayer, frunciendo el ceño.

—¿Entonces qué fue lo que hiciste?

—Una antigua amiga de mi señora madre me ofreció un buen trato, así que lo acepté.

—Aun así —Fen apoya los codos en la mesa—, podrías haberte despedido antes de marcharte.

Fen le habría dicho que no se fuera. De todos modos, ¿qué podría haberle dicho Sayer? Las Nocturnas son un secreto, y ella no quería mentirle a Fen.

—¿Dónde está tu broche de las Estrellas? —le pregunta Fen, señalándole el chaleco.

—Aquí.

Sayer se lo saca del bolsillo, y las cuentas negras cosidas a la dedalera de seda naranja resplandecen bajo la luz de los candelabros.

—No te sirve de nada si lo llevas en el bolsillo, Tig.

—Lo sé, pero... —Mira la flor. Es un símbolo que indica que las Estrellas Oscuras la protegen y una señal para que las otras bandas sepan que Fen la considera una de ellos—. No sabía si aún tenía permiso para llevarlo puesto.

Sayer se obliga a alzar la mirada, medio convencida de que Fen se lo va a arrebatar al fin. La chica levanta la comisura del labio.

—No seas canalla. Sabes de sobra que sí.

Sayer deja escapar el aliento y siente el alivio recorriéndole todo el cuerpo. La cantante del escenario alcanza una nota larga y aguda.

—Bueno, ¿y qué estás haciendo en el Trono? —le pregunta Fen.

Sayer ha venido para obtener información. Fen es una ladrona y sabe más que muchas otras personas de lo que ocurre entre las sombras de Simta. Es posible que sepa algo sobre el fanático que la atacó. Sin embargo, ahora que está aquí sentada, se da cuenta de que, en realidad, ha venido por otro motivo: por su amiga. Los últimos días han sido muy extraños, y quiere estar con alguien que no tenga nada que ver con las Nocturnas. Alguien que la quiera por quien es y no por su don.

—He venido para hacerte unas preguntas —le responde al fin—. Y para pedirte prestado un puñal.

—¿Qué ha pasado con el que te di? —pregunta Fen, frunciendo el ceño.

—Apuñalé a alguien con él.

Cualquier otra persona se habría sorprendido, pero Fen ni se inmuta.

—¿Y qué hizo para ganarse ese honor?

Sayer traga saliva con dificultad.

—Intentó matarme.

Entonces es cuando Fen reacciona.

—Vamos a un lugar más tranquilo.

Guía a Sayer detrás del escenario y suben por unas escaleras de caracol que conducen a un cuartito vacío. Una de las paredes es un mural de vidrieras que representan un sillón dorado flotando en un mar rojo. Fen se acerca para apoyarse allí donde la luz brilla con más intensidad. Nunca le han gustado los sitios oscuros y abarrotados.

—¿Necesitas que te ayude a hundir el cuerpo en los canales? —le pregunta.

—No. Ya se han encargado de eso.

Sayer vuelve a ver al fanático luchando sobre ella. No sabe qué es lo que la horroriza más: que haya apuñalado a alguien o lo mucho que tardó en hacerlo. A la hora de la verdad, fue como si todas las lecciones de lucha de Fen se hubieran desvanecido.

Se limpia las manos en los pantalones.

—Quiero que me ayudes a averiguar quién era y quién lo envío a por mí.

Fen mantiene la expresión imperturbable.

—Cuéntame lo que ocurrió.

Por los diez infiernos. Ha sido una tonta por creer que podría pedirle ayuda a Fen sin contárselo todo. Sabe que ella le guardará el secreto —a fin de cuentas, la chica está prácticamente hecha de secretos—, pero la voz de Matilde se abre paso a través de sus pensamientos. «Un andarríos podría forrarse vendiendo nuestros secretos». Fen jamás le haría algo así, pero, no obstante...

—Vamos, Tig. Eres tú la que ha acudido a mí, ¿recuerdas? Y somos amigas, o al menos eso creía.

Si Leta se enterara, Sayer podría acabar en la calle y perdería la oportunidad de ganar una fortuna. Pero las Nocturnas no están trabajando, y no lo harán hasta que pase el peligro. Sayer no puede permitirse esperar.

Al final todo se reduce a si confía o no en Fen.

Sayer confía en ella más que en cualquier otra persona en el mundo.

De modo que Sayer le habla de las Nocturnas. No le proporciona nombres ni detalles, tan solo lo que implica el trabajo. Le explica lo que ocurrió la otra noche con el cliente, le cuenta lo que le dijo y le habla del vial del que quiso obligarla a beber. Narrar la historia la materializa de nuevo: huele las cenizas chamuscadas de su piel, siente su agarre de hierro y su odio apasionado. A Sayer han empezado a temblarle las manos, por lo que cierra los puños para intentar controlarlas.

Cuando termina, el silencio las envuelve. Si Fen está sorprendida al descubrir que existen chicas que poseen magia en su interior, no lo muestra.

—¿Cuál es tu don? —le pregunta, lo cual la sorprende—. ¿Qué hace tu magia?

—Permite a la gente camuflarse entre las sombras; es como la invisibilidad.

—¿Y tú puedes usarla?

—No.

Fen permanece con el rostro inmóvil y los ojos velados. Es la cara que pone siempre que mantiene sus intenciones ocultas. Pero hay cierta tensión en el modo en que se yergue, con los brazos pegados a los costados y mordiendo la almáciga. Parte del motivo por el que no le ha contado todo esto antes a Fen es porque ella evita la magia… toda la magia. Ahora, cuando mire a Sayer, ¿verá algo que no le guste?

Sayer toma las riendas de la conversación.

—El cliente dijo que lo recompensarían por entregarme a alguien. Pero no creo que se refiera al Pontífice. ¿Sabes algo de alguna secta nueva de la Iglesia? ¿Alguna que esté relacionada con Marren?

Fen se pasea por la habitación, pero solo una vez.

—Se llaman En Caska Dae. Las Cuchillas de la Llama.

Su voz rezuma veneno. Fen odia a los hombres de la Iglesia. Sayer no conoce toda la historia sobre su infancia, pero sabe que muchas de las cicatrices que tiene Fen se las debe al páter que dirigía el orfanato en el que acabó.

—Su líder se llama a sí mismo La Mano Roja de Marren —prosigue—. Cree que la ley se queda corta a la hora de imponer la Prohibición. Quiere prenderle fuego a todo aquel que emplee la magia.

«Un fuego purificador para purificar al mundo».

Sayer cruza los brazos. Tiene que contarle todo esto a Leta. Con suerte, saber de dónde proviene la amenaza les resultará útil para controlarla.

—Al menos uno de sus agentes está muerto —comenta Fen—. No va a decirle nada a la Mano.

Sayer asiente.

—O sea, que aún no sabe quiénes somos ni cómo encontrarnos.

Fen se pasa una mano por la cabellera roja como una llama.

—Ya te han encontrado una vez, Tig, y la Mano es persistente. No sabes hasta dónde es capaz de llegar.

—¿Y tú sí? —responde Sayer, frunciendo el ceño.

La expresión de Fen vuelve a ser impasible. Sayer no es capaz de interpretarla. La voz de la cantante atraviesa el cristal: «Eres un ladrón, así que róbame entera porque ya me has robado el corazón».

—Veré qué puedo averiguar sobre lo que están tramando. —Fen pronuncia las siguientes palabras con calma, como si ni siquiera supiera que las está diciendo—. Le he permitido ir demasiado lejos.

Sayer está a punto de preguntarle a Fen qué quiere decir con eso, pero esta prosigue.

—Por ahora puedes quedarte en el club de las Estrellas Oscuras, o en alguno de los pisos francos. Tengo varios.

—Fen, no voy a volver al Grifo. Aún no.

Fen está muy tranquila, casi nunca muestra ningún indicio de rabia, pero Sayer percibe un destello de ira.

—¿Quieres quedarte?

Fen da un paso adelante y a Sayer le llega el olor húmedo y acre de la almáciga. A veces se pregunta si es posible que Fen la mastique solo para mantener a la gente a raya.

—Me cago en los gatos, Sayer. ¿Cómo puedes hacerlo?

Sayer se tensa.

—Madam me permite quedarme con todo lo que obtenga. Ganaré más dinero en un verano de lo que podría ganar como camarera. Me bastará para tener la vida que quiera.

Vuelve a pensar en esa fantasía en la que Fen y ella viven en una casita de piedra. A veces, bien entrada la noche, la imagen brota en su mente. Harina en las mejillas, las manos flotando en el aire, los labios gruesos de Fen cerca de ella... pero no es real. No es lo que quiere Fen. El modo en que actuó la noche en que murió la señora madre de Sayer es prueba más que suficiente. Cuando Sayer se acercó a ella, Fen saltó de la cama, como si la hubiera quemado. Ahora, al pensarlo, le arden las mejillas.

Fen sonríe con una mueca.

—Si querías dinero, podrías haber acudido a mí.

—No quiero tu caridad —le espeta Sayer—. Quiero forjarme mi propio camino. Además, no solo lo hago por eso.

—¿Pues entonces por qué lo haces?

Las palabras de su madre acuden a ella volando. Ojalá te unieras a las Nocturnas. Ojalá nos devolvieras a la luz.

—Mi señora madre quería que fuera con ellas. Se lo prometí.

—Ya, bueno, no creo que le hiciera gracia que por ello te asestaran una puñalada.

Sayer se abalanza sobre Fen, y la joven pega la espalda contra el cristal, de modo que no se tocan. El movimiento llena a Sayer con una mezcla de rabia y angustia.

—¿Cuál es tu problema? —le pregunta—. ¿Estás así porque tengo magia o porque me he unido a un club que no es el tuyo.

—Eso no es un club —le responde Fen, con una mirada que podría marchitar la fruta—. Es un burdel.

Son palabras afiladas, pero Sayer se niega a dejarse cortar.

—No me esperaba que fueras de las que juzgan.

Sayer da un paso atrás. Fen levanta las manos, pero luego las deja caer. El ambiente está cargado con todas las cosas que no se dicen.

—Vale, vale, eso ha sido un golpe bajo —le dice Fen, y deja escapar un suspiro—. Pero, Tig, por los diez infiernos, te gusta meterte en líos más que a mí.

—Yo creo que estamos a la par —responde Sayer, poniendo los ojos en blanco.

Sayer se marcha sola del Trono. Si Fen averigua algo, enviará a Rankin para que toque la trompeta frente a la verja del jardín de Leta. Hasta entonces, Sayer tendrá que quedarse de brazos cruzados.

Fen quería que Rankin la acompañara de vuelta a las Esquinas, pero Sayer no necesita un escolta. Ha paseado por estas calles de noche a menudo. Quizá por eso empieza a divagar, pensando en las Nocturnas, en su señora madre, en la rabia de

Fen y en los misteriosos En Caska Dae. No oye los pasos hasta que es demasiado tarde.

—Me cago en los gatos —dice alguien tras ella—. Menuda hermosura con esos pantalones.

Unos brazos la sujetan contra un pecho ancho. El pánico amenaza con apoderarse de ella.

—Será mejor que me sueltes —le dice—. O te robaré las únicas joyas que seguramente tendrás en toda tu vida.

Los brazos la sueltan.

—Vaya, la hermosura tiene garras.

Se oye una risa; varias risas de hecho. Cuando se da la vuelta, lo primero que ve son los pétalos azules y las enredaderas verdes de su flor: el emblema del Kraken. La cara que le sonríe con una mueca pertenece a Gwellyn Mane. Lo conoce desde hace años, y preferiría que no fuera así.

Él le sonríe, revelándole un corona dental metalizada de color azul que indica que pertenece a un rango alto dentro del Kraken.

—Hace mucho que no nos vemos, Sayer.

—¿Qué quieres? —le pregunta ella, tensa.

—Tan susceptible como siempre. ¿Tanto te cuesta saludar a un viejo amante.

A Sayer se le forma un nudo en el estómago.

—Tú y yo nunca hemos sido amantes.

—¿Y qué te parece si le ponemos remedio?

Los tres chicos se vuelven a reír. Su señora madre le diría que se riera con ellos, que sonriera. Si arma un escándalo solo conseguirá que se enfaden. Pero Sayer no piensa fingir que está disfrutando de todo esto.

—¿Es que tu señora madre no te enseñó que no hay que agarrar desprevenida a la gente? —le pregunta, frunciendo el ceño.

—Puede —responder Gwellyn—, pero mi señora madre no está por aquí.

Tiene las pupilas alargadas. Debe de haber tomado Ojo de Gato, el alquímico preferido de los andarríos. Agudiza la visión nocturna para que sea como la de un felino.

—¿Por qué no te quedas un rato con nosotros? —le pregunta—. La noche es joven.

Sayer no saca el puñal nuevo que le ha entregado Fen, pero lo mantiene bien sujeto.

—Tengo que irme a otro sitio.

—Bueno, vale. Te dejo irte, pero quiero algo a cambio. ¿Qué tal si me das un beso?

Lo dice de un modo extraño, con astucia y complicidad. La rabia, entretejida con el miedo, hace que le hierva la sangre.

—El viejo jefe no es tan astuto como solía ser —comenta Gwellyn, con una mueca—. Últimamente, cuando bebe se va de la lengua, y a veces habla de tu vieja.

El corazón deja de latirle.

—Me habló de... los favores que ella solía hacerle a cambio de que la protegiera.

«Favores». La magia de su señora madre era una especie de suerte líquida con la que otorgaba buena fortuna. Sayer tiene claro que Nadja no era tan insensata como para concedérsela a un andarríos. Pero recuerda las manos refinadas de ese hombre sobre la muñeca de su señora madre, sus susurros enfebrecidos. «Palomita, eres lo más dulce que he probado en toda mi vida».

Opta por mentir.

—Ese viejo te está contando historias.

—Puede, pero sus historias han despertado mi curiosidad. Y ya sabes que me vendría bien tener un poco de suerte.

Algo roza la espalda de Sayer: la pared del callejón. Los chicos del Kraken se han dispersado a ambos lados, y Gwellyn está demasiado cerca. El terror tira de ella hacia abajo como si fuera de plomo.

Él se acerca. No pueden arrebatarle la magia por la fuerza, pero eso él no lo sabe, y puede arrebatarle más que eso si no actúa con rapidez.

Así que le da un rodillazo entre las piernas.

—¡Zorra de mierda! —le escupe él, intentando no desplomarse.

Sus amigos dan un paso adelante, enarbolando puñales relucientes. El corazón le late acelerado, el miedo invade su mente. Ve al hombre en el apartamento en el que vivía con su señora madre, siente las manos del fanático alrededor del cuello. Se imagina a Gwellyn arrastrándola hacia unas sombras de las que no puede escapar.

Pero Sayer no está dispuesta a ser la víctima de nadie. No piensa rendirse sin pelear.

—Buenas noches, caballeros —dice una voz tras ellos. Es Fen, que aparece con las manos en los bolsillos, como si esto no fuera más que un pícnic de verano. «Una sonrisa en el rostro y un puñal tras la espalda»—. ¿Te has quedado tonto de beber tantos cócteles, Gwell? Porque eso que veo que ella lleva puesto es un emblema de las Estrellas Oscuras.

Dado el rango de Fen, todos deberían retroceder, pero los tres Kraken le dedican una sonrisa maliciosa.

—Lárgate, cerda —le gruñe Gwellyn—. No eres quién para decirme si puedo quedarme.

Fen escupe la almáciga y le dedica una sonrisa salvaje de zorro.

—Venga, prueba otra vez.

Fen blande su cuchillo y le hace un corte a Gwellyn en el brazo. Este suelta una palabrota y contrataca, y así el callejón se convierte en un borrón de movimientos, patadas brutales y el destello del acero. Sayer se queda helada al observar a Fen, grácil pero despiadada, con un cuchillo que se convierte en una extensión de su rabia, fría y astuta. Nadie puede derrotar al Zorro Astuto en una pelea de cuchillos, a menos que sepa que el parche le reduce el campo de visión. Pero lo disimula bien, igual que todo lo demás.

Fen recibe un golpe en el costado y Sayer emerge de su estupor. Cuando otro de los chicos de Kraken intenta unirse a la pelea, le da una patada en las piernas. El Kraken se levanta al momento, pero ella es aún más rápida y esta vez no lleva puesto ningún vestido con el que pueda tropezarse. Se agacha para esquivar un puñetazo chapucero y le golpea la nariz.

La sangre sale despedida, pero no es la suya. Alguien empieza a gritar maldiciones. Gwellyn levanta algo: un vial.

Gwellyn sonríe y el diente azul resplandece como aceite sobre el agua. Está en el punto ciego de Fen.

—¡Cuidado, Fen!

Fen se da la vuelta demasiado tarde. El cristal se rompe. Un humo gris se fusiona hasta convertirse en unas manos que se extienden hacia ella. Sayer no quiere saber qué ocurrirá si le tocan la piel. El miedo aún anida en su pecho y siente un trueno en la boca. Un trueno que la atraviesa como una tormenta repentina y violenta.

Una ráfaga de viento entra en el callejón y sacude la tranquilidad húmeda del lugar, atrapa las manos de humo y las arroja contra el rostro de Gwellyn. El olor a piel derretida contamina el aire. Gwellyn grita. Sus amigos se mueven a su alrededor e intentan ayudarlo. Sayer no puede apartar la mirada.

—Tig —resuella Fen, que ha aparecido a su lado—. Vámonos.

Huyen juntas, giran hacia la derecha y hacia la izquierda, doblando esquinas. El corazón de Sayer late tan fuerte que le cuesta ver lo que tiene delante. Se meten por un callejón estrecho y corren hacia una puerta que hay al final.

Fen sacude el picaporte y suelta una palabrota. Sayer mira hacia atrás: ni rastro de Gwellyn, pero no tardará en encontrarlas gracias al Ojo de Gato. De repente se oye un *clic*. Fen debe de haber sacado las ganzúas. Se lanza contra la puerta, pero tan solo se abre una rendija.

—Debe haber algo bloqueándola —le dice, con sangre goteándole de la barbilla.

Desde el otro extremo del callejón les llegan gritos. No pueden huir por ahí.

—Tenemos que escondernos —susurra Sayer.

Fen sigue aferrándose al pomo de la puerta.

—¿Dónde?

Ahí tiene razón. No hay muchos sitios en los que ocultarse: unas cuantas pilas de cajas viejas, un carro antiguo y la oscuridad.

Otro grito. Sayer tira de Fen hacia la cajas y la apretuja tras ellas en cuanto varios pasos comienzan a sonar por el callejón.

—Saaaayer —canturrea Gwellyn, cada vez más cerca—. Venga, sal.

Sayer se muerde el labio. Van a tener que pelear con unos chicos que no serán amables con ellas, y Fen está herida. Sayer sujeta con fuerza el puñal y siente la furia en su interior.

Fen le enseñó el secreto para seguir a alguien. «Tienes que convertirte en un fragmento de oscuridad». Es lo que haría si pudiera emplear su magia. En una ocasión le preguntó a su señora madre por qué las Nocturnas no podían utilizar su magia como las Fyre de los cuentos que le contaba a la hora de dormir. «Es un don —le respondió—, un don que hay que compartir». Pero ¿de qué sirve un don que solo se puede regalar a los demás? ¿De qué sirve ser poderosa si no puedes ser fuerte por ti misma?

Apartan de golpe una de las cajas que están delante de la pila.

Alguien se ríe a carcajadas.

Se le acelera el pulso cuando una locura le cruza la mente. Pega los labios al oído de Fen y le susurra:

—Tómala. Úsala.

Fen niega con la cabeza, pero Sayer la besa.

Fen tensa los labios, sorprendida, pero luego se relaja un poco, sus labios se funden y le devuelve el beso. El regusto de la almáciga de Fen hace que Sayer quiera encogerse y apartarse, pero la sensación se desvanece al momento y se ve reemplazada por algo distinto, más fuerte.

La sensación de entregarle la magia a otra persona suele ser como derramar algo y es ligeramente mareante, pero esta vez es diferente. Cuando la magia de Sayer brota de sus labios, algo que sabe a raíces, tierra y hierro la llena. Se siente… poderosa.

El beso es como dos fuerzas que chocan.

Conviértela en un fragmento de oscuridad, piensa Sayer, obligando a Fen a volverse invisible. *Conviértela en sombras y humo.*

Apartan la última caja de una patada. Sayer interrumpe el beso y se apoya contra la pared. Gwellyn y sus chicos se quedan mirándolas. Fen le devuelve la mirada, pero se da la vuelta corriendo. A Sayer se le cae el alma a los pies. No ha funcionado; aún pueden ver a Fen.

—¿Dónde está, Brae? —dice entonces Gwellyn.

Con el corazón en un puño, Sayer baja la mirada y ve… No ve nada. Su cuerpo no ha desaparecido, no del todo, pero está envuelto en sombras del mismo color que las paredes y la noche.

Avanza sin hacer ruido hacia un lado y las sombras la acompañan. La emoción de todo esto hace que un escalofrío le recorra el pecho.

—Deja de hacer el tonto —dice Fen—. Ambos sabemos que no vas a asaltar a un señor de los andarríos en un callejón. Ya sabes lo que les pasa a los chicos que amenazan a sus jefes.

—Tú no eres mi jefa —gruñe Gwellyn, con unas marcas moradas muy feas con forma de manos en la mejilla—. Y, haya vigilantes o no, cuando encuentre a Sayer, voy a enseñarle un par de cosas a esa zorra. Va a estar una semana sin poder caminar derecha.

Algo crepita. Gwellyn se lleva la mano a la boca y atrapa la sangre que brota de ella. Los gritos de Gwellyn son tan incoherentes que Sayer no logra entenderlos… *¿Mi diente?* Entonces mira al suelo y se encuentra la corona azul, doblada y cubierta de sangre. Por las oscuras profundidades, ¿cómo es posible que haya terminado ahí?

Los chicos han rodeado a Fen, que respira con dificultad, mostrando los dientes. Tiene un aspecto salvaje. Son tres contra una; o eso es lo que los miembros de Kraken creen. Sayer blande el cuchillo y se mueve entre ellos como Fen le enseñó; se mueve como el humo; es imposible atraparla. Hace tajos en los antebrazos, en las espinillas y en las nucas. Los hombres gritan y giran sobre sí mismos, pero no ven más que oscuridad. Gwellyn suelta un aullido agudo cuando Sayer lo derriba de un puñetazo.

Se incorpora con dificultad y todos echan a correr. Los sonidos de sus pasos se desvanecen y Sayer deja escapar un jadeo tembloroso.

—Fen —susurra entonces—, ¿me ves?

Cuando responde, Fen suena tensa:

—No, no puedo.

La cabeza le da vueltas, llena de asombro y preguntas. Quería concederle a Fen el poder de volverse invisible, pero… ¿cómo es posible que haya podido emplearlo por sí misma? No lo sabe, pero se nota más despierta que nunca. Prácticamente puede sentir la magia bajo la piel, sonrojada y hormigueante. Pero entonces la sensación comienza a desvanecerse.

Poco a poco, los efectos de la magia se evaporan. Es como si todo su cuerpo y su ropa se hubieran teñido para mezclarse entre las sombras y el tinte se hubiera desgastado. Le duelen los ojos al verlo. Al mismo tiempo, siente la emoción por todo el cuerpo.

—Sayer —la voz de Fen aún suena con ese tono plano y tenso—, ¿qué ha sido…?

—Mi magia —responde, sonriendo.

La magia que se supone que no debería poder utilizar por sí misma.

Hay peligros
en el mar Botella Azul,
mantén la mirada en el agua
y reza para no ver...

———

A las hashna cantando en las olas,
un malvado vendaval que se avecina,
o una sheldar en el timón de tu rival
que acabará con tu barco.

Mantén la mirada en el agua,
una canción de marineros Illish.

6

ᗪᴇ Oʟᴀ Eɴ Oʟᴀ

Es maravilloso estar sumergida en agua. Nunca se ha bañado en algo tan claro y calentito. La señora madre de Matilde, Oura, le ha pedido a una doncella que echase algo en la bañera: una sal rosácea mezclada con pétalos que flotan como barquitos. Duermebién, la ha llamado. Æsa duda de que sea lo bastante fuerte como para tranquilizarla. Sus pensamientos se revuelven como las olas salvajes de Illan y la arena azul, tan oscura que parece negra cuando las olas caen sobre ella. Lleva tres días así, desde los ataques.

Sigue viendo a Enis, con la mirada hambrienta y clavándole los dedos en la espalda; el recuerdo se niega a abandonarla. ¿Hasta dónde habría llegado si su Halcón no se lo hubiera impedido?

Aun así, Æsa confía en que esté a salvo. Su Halcón no le ha dicho nada al respecto. Los Halcones y los Gorriones solo sirven a las Nocturnas en los pisos francos de Leta. No saben dónde vive cada una de ellas, porque eso querría decir que saben quiénes son. Sin embargo, la otra noche, antes de que se marcharan, Æsa escribió una nota y la dejó en el pasillo, donde seguro que el Halcón la vería. «Por favor, dime algo de mi amigo en cuanto tengas ocasión». Apuntó la dirección de los Dinatris y firmó con su nombre; y lo lamenta desde entonces. ¿En qué estaba pensando al revelarle su identidad a un chico al que no conoce? Pero es su Halcón, quien ha jurado protegerla. Solo espera que ese juramento se mantenga tanto cuando llevan las máscaras puestas como cuando no.

Al menos no delató a Enis ante Leta. Narró su historia con tanta facilidad cuando interrogaron a los Halcones que, de no haber sabido la verdad, Æsa jamás se habría percatado de la mentira. Matilde y Sayer también mintieron por ella, y les está agradecida. Creen que tiene miedo de que la manden a casa por haber cometido un error, y es cierto que lo tiene, ya que su familia necesita el dinero que puede ganar trabajando como Nocturna. Pero tiene menos miedo de eso que de la pregunta que no abandona su mente.

¿Fue mi magia la que hizo que Enis actuara así?

Se hunde y su cabello flota a su alrededor como las hashnas que se dice que aparecen en las costas de Illan. Mitad mujeres mitad peces, merodean cerca de salientes rocosos en busca de humanos a los que atraen cantando con sus voces melodiosas para ahogarlos y matarlos.

¿Su magia será igual? ¿Un veneno? De ser así, no sería correcto ser una Nocturna. Sería muy peligroso volver a besar a alguien.

Al menos de momento, no hay clientes, pero Samson sigue rondándola. El hermano de Matilde no sabe nada de su magia. Æsa se pregunta si se le oculta el secreto a los hombres de la familia por tradición o si es que las mujeres de la familia Dinatris consideran que el chico es demasiado asalvajado como para confiar en él. Aun así, sus atenciones no se han visto desanimadas. Le lleva flores y se sienta a su lado durante la cena, muy cerca de ella. Oura sonríe, es evidente que está encantada con la situación, igual que debería estarlo Æsa. Su madre la envió aquí con ciertas expectativas, y se esperan ciertas cosas de una Nocturna. Aun así, siente terror cada vez que piensa en Samson robándole un beso.

Estira la mano para acariciarse el cristal marino que lleva trenzado en el pelo y que se ha aflojado con el agua. «Por favor —les reza a los dioses—, quitádmela. No la quiero». Esta magia es un peso que no sabe cómo soportar.

Oye un golpeteo y unos roces. Æsa se incorpora enseguida y el agua se derrama por los laterales de la bañera. Apenas se ha puesto la bata antes de que el sonido aparezca de nuevo, un poco más alto.

Toc, toc, toc, toc. Viene de la ventana, y es demasiado rítmico como para tratarse de un pájaro o de un gato.

Con el corazón en un puño, piensa en gritar para que venga alguien, pero, en cambio, agarra el atizador que hay al lado de la chimenea. La noche se empuja contra la ventana. Algo resplandece en medio de la oscuridad. Se obliga a acercarse, con el agua goteándole por la columna vertebral.

—Soy yo, tu Halcón —dice una voz muy tenue que se cuela en la casa—. ¿Ves?

Æsa reconoce lo que está contra el cristal: una máscara emplumada de Halcón. Entrecierra los ojos y ve que es él; aun así, los latidos de su corazón no se apaciguan.

Descorre el cerrojo de la ventana y la abre hacia arriba. El chico se ha posado sobre un enrejado repleto de rosas y se aferra con los dedos a los laterales del alféizar. Dioses, debe de haberse movido a hurtadillas por el jardín y pasado junto a las ventanas del salón. Es un milagro que ningún miembro de la familia Dinatris ni los guardias que patrullan por la casa lo hayan descubierto.

—¿Qué estás haci...?

—¿Podemos hablar dentro? —le pregunta entre susurros—. Estas espinas parecen empeñadas en pincharme.

Ella asiente y retrocede para dejarle entrar. Apenas hace ruido con los pies cuando sus botas entran en contacto con la alfombra. Le observa el rostro con detenimiento, ya que la otra noche tan solo lo vio durante esos instantes en que ambos se quitaron las máscaras. Æsa nunca ha visto unos ojos del color del mar —unos ojos illish— con una piel tan oscura. También tiene el pelo oscuro, rapado por los laterales y denso en lo alto, casi rizado. Además, con esos pómulos afilados y esos labios sensuales, el chico llama mucho la atención. Es posible que sea el más guapo que ha visto en toda su vida.

Ha estado observándolo durante mucho tiempo, y la mirada del chico va de su rostro al atizador.

—Espero de todo corazón que no tengas intención de utilizarlo.

Æsa afloja el agarre, pero no lo suelta.

—Tienes suerte —le dice en illish—. Podría haberte ensartado con esto.

—Te creo —responde, con el destello de una sonrisa—. Parece que las tres tenéis tendencia a enarbolar objetos afilados.

Su illish fluye con facilidad, envolviéndola, pero sus palabras la sacuden por igual. «Las tres».

—Siento presentarme así por sorpresa —se disculpa él—. No se me ha ocurrido otra forma de que hablásemos.

A Æsa el agua le gotea desde las puntas del cabello; también lleva la bata mojada y se le pega demasiado a las curvas. Siente cómo se le encienden las mejillas como una llamarada.

—Tengo que vestirme. No estaba preparada para recibir visitas.

—Ya veo —responde él, mientras le acaricia el pelo con una mano—. Esperaré.

Æsa va tras el biombo que está junto a la bañera. Aún siente el pulso acelerado. Empieza a quitarse la bata, pero entonces le entran dudas.

—Te importaría cerrar los ojos.

Cuando el Halcón responde, cree oír una sonrisa en sus palabras.

—Ya lo he hecho, mi señora.

Æsa echa un vistazo para asegurarse: su mirada se entretiene sobre su cuerpo y repasa las líneas esbeltas que le revelan la ropa negra ajustada. Vuelve en sí. ¿Qué está haciendo? Hace solo unas noches, otro chico al que conocía desde hacía más tiempo entró por una ventana y todo terminó fatal. El pensamiento logra devolverle la razón.

Se seca con rapidez y se pone un vestido suelto y una bata de seda. Es una prenda hermosa con ondas de terciopelo verdeazulado y borlas, pero ahora daría lo que fuera por poder ponerse su antiguo vestido y su capa.

Æsa se acerca a la chimenea.

—Ya puedes abrirlos.

El Halcón la observa con detenimiento, pero su mirada no se posa en ella. Se quita los zapatos y avanza en silencio hacia la puerta.

—¿Aquí también hay pasadizos entre las habitaciones?

Æsa niega con la cabeza. El chico tantea con las manos el pomo de cristal para sentir el cerrojo y lo empuja con cuidado. Una sensación de peligro se abre paso por el pecho de Æsa. Su Halcón sabe su nombre, dónde vive y con quién. No tardará mucho en llegar a la conclusión de que Matilde también es una Nocturna. Matilde, que le ha guardado el secreto sobre lo de Enis, y aquí está Æsa, revelando sus secretos…

El Halcón parece percibir su intranquilidad, y entonces se lleva un pulgar a la frente; la señal de respeto de las Islas Illish.

—Æsa. —Pronuncia su nombre como si fuera algo precioso—. Hice un juramento para protegeros, a todas. No tienes por qué tenerme miedo.

Pero estos últimos días han logrado que tuviera miedo de todo, sobre todo de sí misma.

—Tal vez estaría más tranquila si supiera cómo te llamas —le dice al fin—. A fin de cuentas, tú ya sabes cuál es mi nombre.

Él asiente.

—Me llamo Willan.

Siente cómo el nudo del pecho se deshace un poco.

—¿Igual que el bicho?

—No te pases, fue mi padre quien me lo puso —responde, alzando la comisura del labio—. Me dijo que era porque tenía unas piernas larguísimas.

Æsa no puede contener una sonrisa al oírla.

—Los willans son muy fuertes, y su música es más hermosa que de la que podría presumir cualquier violinista illish.

Æsa lo sabe, ya que su canturreo solía alzarse desde el campo de monsteras que había detrás de su casa durante las noches de verano. La nostalgia se apodera de ella como una marea incesante.

El chico se acerca a la chimenea y se apoya en el extremo más alejado. Æsa debería preguntarle por Enis y luego obligarle a marcharse; no es buena idea que se quede por aquí. O al menos debería ir a buscar a Matilde para que hiciera de carabina. Pero es agradable hablar con alguien en illish. Puede que sea ese detalle lo que hace que tenga más ganas de hablar.

Se sienta y le hace un gesto para que él haga lo mismo.

—¿Entonces vienes de Illan?

El chico dobla las piernas y se sienta, dejando una distancia apropiada entre ambos; está mucho más lejos de lo que lo estaba la otra noche.

—Me crie allí. Al menos cuando estaba en tierra.

—Pero…

No prosigue.

Él arquea una ceja.

—Pero ¿tengo la piel demasiado oscura como para ser de las Islas Oleadas?

—No pretendía… —Se está sonrojando de nuevo. ¿Por qué está tan nerviosa?—. Bueno, sí, pero no quería ser indiscreta. Es solo que me has ayudado mucho y no sé nada de ti.

La observa durante un instante, chocando el pulgar contra la punta de los dedos, uno tras otro, como el ritmo de una ola.

—Un marinero me encontró en un bote salvavidas a dieciocho leguas de Erie cuando tenía seis años. Me moría de sed, y tardé días en recuperar la voz.

Willan apoya los codos en las rodillas. Desde tan cerca, huele a sal y a algo dulce.

—No recuerdo nada de mis padres. No son más que formas: las manos de mi madre arreglando redes, tan oscuras como nueces. Mi padre, tan blanco como la espuma marina, está a los remos. Creo que algo le ocurrió a su barco. Hubo una tormenta.

—Lo lamento —responde Æsa, con el corazón encogido.

Willan aparta la mirada.

—El caso es que aquel marinero me adoptó. Mi padre me enseñó a navegar, a hacer nudos, a silbar, a pelear para huir de un apuro. Vivimos muchas aventuras juntos.

Habla como si su padre ya no siguiera con vida. Tiene que contenerse para no acariciarle la mano.

—¿Entonces tu padre era pescador?

—No exactamente —responde él, con una mirada preñada de tristeza—. ¿Has oído hablar de Serpiente?

—¿El pirata? —contesta Æsa, perpleja.

—Él prefería considerarse un libertador, pero sí, ese.

Serpiente era famoso en Illan. Algunos dicen que era un canalla, pero el padre de Æsa decía que solo saqueaba a los más adinerados. También decía que acababa con los contrabandistas.

—Me pasé la mayor parte de mi infancia en el mar —prosigue Willan—. Pero todos los veranos íbamos a una casa en Illan para impregnarnos de la tierra de sus ancestros. Esa casa es como mi hogar, aparte del mar.

«Hogar». Su voz contiene el mismo dolor cargado de cariño que vive en el interior de Æsa. Hace que se sienta mucho menos sola.

—¿Y cómo es que acabaste en Simta protegiendo al Ruiseñor?

La sonrisa de antes se ha desvanecido y sus ojos se han llenado de tormentas.

—Es una historia muy larga, muchacha. Y no creo que sea la historia que quieres oír.

—De acuerdo —responde ella—. ¿Qué es lo que has hecho con mi amigo?

—Se lo llevé a un compañero —contesta Willan, cauteloso—, a un sitio para que se le pase el mono antes de que partiera de vuelta a Illan en un barco. Pero no dejaba de sacudirse y de hablar de cosas de las que no debía.

Sus próximas palabras brotan con lentitud.

—¿Dirías que tenía… mal aspecto?

Al oírla, Willan frunce el ceño.

—Hablaba como si se hubiera bebido demasiados cócteles de contrabando, y la verdad es que no ha parado desde entonces.

Se le cae el alma a los pies. ¿Esa pasión que siente por ella es algo pasajero, como una enfermedad? ¿O lo ha maldecido para que vagase por el mundo sumido en una confusión.

—¿Y dónde está ahora?

—Sigue con mi amigo. No me quedo tranquilo metiéndolo en un barco con nadie más, así que, si quieres que vuelva a casa, tendré que llevarlo yo mismo.

Se le acelera el pulso.

—Pero… ¿Madam Cuervo no hará preguntas?

—Le he dicho que mi abuela se encuentra en su lecho de muerte. Además, como las Nocturnas no están atendiendo a ningún cliente, no pareció demasiado enfadada por que me ausentara durante una temporada. —Tuerce la boca, como si hubiera saboreado algo amargo—. El caso es que me tiene bien atado; sabe que volveré.

Las palabras que pronunció Leta durante la reunión vuelven a ella: «Son leales, me he asegurado de ello». Æsa ha estado tan inmersa en sus miedos y preocupaciones que no se ha parado a pensar en qué querría decir con ello.

—Gracias por ayudar a Enis —le dice—. Y también a mí. Sé que tuviste que correr riesgos para hacerlo. —Debería callarse, pero algo tira de su caja torácica y la anima a ser valiente, al menos por una sola vez—. ¿Por qué lo hiciste?

—Porque *kell ta kell, en bren to-magne.*

Es un dicho illish: «De ola en ola, navegamos juntos». Significa que los illeños cuidan los unos de los otros. Pero ¿seguiría sintiendo ese vínculo si supiera lo que ha hecho? Su mirada de ojos verde mar es tan intensa que apenas logra sostenerla. El chico la dirige hacia la chimenea encendida con velas.

—Por cómo hablaba —dice al fin—, sonaba como si fuera tu apselm.

Æsa abre los ojos de par en par al oír el término, de origen illish, que significa algo entre «amado» y «marcado por el destino». «Apselm» son las piezas de un todo, dos flechas que se apuntan entre sí. Ese vínculo es lo que hizo que su madre abandonara a su familia en Simta para irse con un pescador illish al que conoció durante unas vacaciones.

—No —responde ella—. Solo es un amigo.

—No quiero meterme donde no me llaman —contesta Willan, tensando la mandíbula—, pero la otra noche no parecía muy amistoso.

—No fue culpa suya —dice, acariciándose el cristal marino del pelo.

—No dejas de repetirlo. Pero no creerás que fue culpa tuya, ¿no?

Æsa no se ve capaz de revelarle la vergüenza que siente a este chico; ni a él ni a nadie. Pero no hay modo de contener la presión creciente que le oprime el pecho.

La historia escapa de sus labios; cómo se sintió al besar a Enis cuando estaban en Illan y lo que él le dijo sobre su magia; que Enis la encontró en Simta, cuando no debería haber tenido forma de saber dónde estaba. Siente la misma euforia e igual alivio que cuando solía confesarse con el Páter Toth en el confesionario de la iglesia, salvo que a él jamás se habría atrevido a contarle nada de esto.

Cuando termina, se quedan en silencio durante varios segundos. Están más cerca que antes, casi se están rozando; es como si una corriente que no logra ver los hubiera atraído entre sí.

—¿Le ha pasado algo parecido a las otras chicas? —pregunta Willan.

Æsa deja escapar un suspiro.

—Dicen que los clientes pueden... obsesionarse un poco con nosotras. Por eso Madam Cuervo solo permite que nos visiten unas pocas veces al año. Me han dicho que, al compartir nuestros dones, se puede crear una especie de conexión durante un breve periodo de tiempo. Pero no creo que jamás les haya pasado algo así.

Las manos de Willan han empezado a bailar de nuevo y se toca los dedos con el pulgar. Es como si estuviera escogiendo sus palabras con mucho cuidado.

—En una ocasión conocí a un marinero de la tripulación de mi padre que tenía afición por un alquímico en concreto. Logró ocultarlo durante bastante tiempo; mi padre era un hombre devoto y un abstinente. Sin embargo, este marinero en particular era más susceptible al alquímico que otros hombres y lo dejó tocado.

La idea de ser la droga de otra persona la hace estremecerse. Un recuerdo acude a su mente: su madre y ella estaban en la cabaña de secado, moliendo un poco de noche estrellada para preparar una cataplasma. «Si la conviertes en un ungüento, las hojas pueden aliviar el dolor de cabeza —le dijo su madre—. Pero si preparas un té con ellas, son letales. Una medicina también puede ser un veneno».

—¿Crees que es posible que haya dejado tocado a Enis?

Willan sacude la cabeza.

—Él es el responsable de sus actos. No tiene excusa. Lo que ocurrió no fue culpa tuya.

A Æsa le gustaría creerle.

—Y tu padre... —le dice, apartando la mirada—. Me has dicho que era un abstinente, así que imagino que no me habría mirado con buenos ojos.

Willan le dedica una sonrisa triste y pesarosa.

—Anda ya, mi padre te habría adorado.

Æsa se sorprende al oírlo.

—Solía contarme unas historias estupendas sobre las sheldars, las chicas que escogía el Manantial para hacer grandes hazañas. Siempre decía que eran salvadoras.

Æsa piensa en las historias que le contaba su abuelo sobre aquellas mujeres guerreras, feroces y seguras de sí mismas, pero ella no es así.

—El páter al que veía en Illan solía decir que esas mujeres habían envenenado el Manantial —responde—. Decía que eran una perversión de lo sagrado.

—Menuda tontería —responde Willan, que pone mala cara—. Tenía que ser tronchante ver a ese páter cuando llegaba la Fiesta de las Mareas.

De repente se pone serio al verle la expresión y se inclina hacia ella.

—Debes saber que nada de eso es cierto.

Æsa piensa en el deseo que ha pedido antes de que él llegara: «Quitádmela». Lo decía en serio. Un rubor agitado le trepa por el cuello.

—¿Y si es una blasfemia regalar esto que habita en mi interior? ¿Y si enveneno a alguien más?

—Creo que eres más fuerte de lo que te imaginas, Æsa.

Entonces le acaricia la mano y es como si la hubieran arrojado de repente al mar.

—Tu magia es algo excepcional y, sin duda, poderoso. Pero no es un veneno.

Se le forma un nudo en la garganta.

—No tienes modo de saberlo.

—Lo sé porque proviene de ti.

Está cerca, muy muy cerca. Debería apartarse, pero no lo hace. Se inclina hacia él, como una polilla que se ve atraída por una llama.

Kilventra ei'ish?, le preguntó la otra noche. «¿Estás bien, corazón?». Es algo que dicen los apselm, pero es peligroso imaginarse algo así cuando sus besos podrían ser canciones de hashnas.

Alguien llama a la puerta y ambos dan un brinco.

—¿Æsa? —Es la señora madre de Matilde—. ¿Ya has terminado de bañarte? —El pomo de la puerta se sacude—. ¿Por qué has cerrado la puerta?

—¡Un momento! —responde Æsa, demasiado alto.

Obliga a Willan a levantarse y lo empuja hacia la ventana.

—Volveré pronto a Simta —le susurra mientras se pone los zapatos—. Te lo prometo.

Para sorpresa suya, siente que le falta el aliento.

—Ten cuidado.

—Tú también.

Vuelve a subirse al alféizar, tan rápido como un puma. Le acaricia las puntas del cabello.

—Quédate cerca de las otras chicas. Confía solo en ellas, en nadie más.

Y dicho esto desciende hasta el jardín. Æsa se da la vuelta y ve la máscara de Halcón sobre la moqueta. Se adueña de ella y la esconde bajo la almohada. Varias horas después, cuando está en la cama, la saca, alisa las plumas de color marrón rojizo y piensa en lo que le ha dicho Willan.

«Tu magia es algo excepcional y, sin duda, poderoso… Lo sé porque proviene de ti».

Pero la verdad es que ninguno de ellos sabe de lo que es capaz de hacer, y eso la aterra, igual que todo lo que ocurrió en los cuartos de las Nocturnas. Se encuentran en una posición vulnerable; están expuestas. Una parte de ella quiere volver a meterse en la bañera de los Dinatris y quedarse ahí. Pero Willan ha sido lo bastante valiente como para correr riesgos por ella y por las Nocturnas. Seguro que ella puede intentar imitarlo.

Segunda Parte

Jugar Con Fuego

Teneriffe Maylon cierra los ojos e intenta entender cómo es posible que haya vuelto a acabar en este bar de mala muerte del Grifo y en este estado tan lamentable de ruina. Debería estar en su club, rodeado de amigos, con una sensación de triunfo, pero no le dejan entrar. No hasta que pague sus deudas. Después de aquella noche en la que vio al Jilguero, todo iba de maravilla. Daba igual lo que hiciera, era como si no pudiera perder. De modo que se permitió ser un poco más inconsciente de lo que resulta prudente. Apostó mucho y compró demasiado Polvo de Sirena. Era el alma de las fiestas.

Pero entonces empezó a quedarse sin dinero, y la fiesta siguió sin él. Y aquí está ahora, bebiendo cerveza barata y luchando desesperadamente contra las ansias de pedirle algo de dinero suelto a sus amigos. No lo soporta, ni tampoco se ve capaz de enfrentarse a su padre.

Tenny se relame los labios y mete la mano en el bolsillo para sacar la máscara que le entregó el Jilguero. La magia que tenía antaño, fuera cual fuere, se ha gastado. No se ha molestado en ir a suplicarle a Madam Cuervo: ha oído que las Nocturnas están cerradas y, de todos modos, no le queda dinero con el que pagar por sus servicios.

Da igual. El Jilguero se aseguró de que pudiera volver a encontrarla.

Matilde Dinatris tiene justo lo que necesita.

7

Enseñar las Cartas

Matilde se agarra al asiento del carruaje mientras se adentran en el Distrito del Dragón. Los faroles de polillas de fuego brillan en la ventana y las invitan a adentrarse en la noche. Pasan junto al Palacio Alado, que se ve pálido contra el cielo violáceo, y por la amplia avenida que atraviesa el corazón del Dragón. Como el puerto de Simta está en este distrito, no es un lugar tranquilo. Este camino a todas partes rebosa vida. Pasan junto a hoteles elegantes y también junto a hoteles cochambrosos; los diplomáticos y los marineros salen de los teatros y las cafeterías. Las calles que quedan más cerca del puerto están llenas de soldados de la Marina y del caos de los comerciantes, que se dirigen hacia los prostíbulos de la calle Humeante. Aunque a Matilde no la pescarían ni muerta por esa zona.

Mira a Sayer y a Æsa, que están sentadas delante de ella. Hace tres días que fue a la tienda de Krastan, y cinco que atacaron a las Nocturnas, y, aun así, esta es la primera vez que se han quedado las tres solas durante más de unos instantes fugaces. Sayer parece cansada, y Matilde sabe que Æsa no ha estado durmiendo mucho. La verdad es que ella tampoco. Tiene demasiadas preguntas rondándole la mente, como polillas de fuego en un farol que intentan buscar una grieta en el cristal. De normal, a Matilde le gustan los rompecabezas, pero el misterio de las amenazas contra las Nocturnas la está sacando de quicio.

Al menos desde el ataque no se ha producido ningún otro acto de maldad; está claro que nadie sabe cómo encontrarlas cuando no están ejerciendo como Nocturnas. No sabe nada de Tenny Maylon, y no se le ha vuelto a ver el pelo al amigo pelirrojo de Æsa. Parece que el Halcón se encargó de él.

Aun así, las matriarcas continúan mostrándose demasiado protectoras. Leta insiste en que las Nocturnas sigan sin atender a nadie. Han mantenido a las chicas encerradas en casa la mayor parte del tiempo, entreteniéndolas con arreglos florales y meriendas bajo vigilancia. La abuela de Matilde ni siquiera le permite ver a sus antiguas hermanas Nocturnas. «No hace falta asustarlas —dijo para justificar su decisión—. Además, no me gustaría que les contaras cosas que no son verdad». Su señora madre ha aprovechado la oportunidad para obligarlas a ella y a Æsa a estudiar detenidamente el linaje de las grandes casas, señalando a los mejores. Ha mencionado varias veces a Tenny Maylon, y Matilde no sabe cuánto tiempo más podrá soportar que intenten emparejarla con alguien.

Matilde sabe que Leta está investigando sobre el fanático, pero no parece estar haciendo muchos progresos. La abuela tampoco ha dicho nada de Epinine ni de Dennan. Desde que se reunieron todas en el estudio de Leta, Matilde está cada vez más convencida de que les ocultan algo. A veces ha descubierto a la abuela y a Leta manteniendo discusiones acaloradas que cesan en cuanto ella entra por la puerta. Cuando le ha insistido, la abuela le ha dicho que está todo bajo control, pero su silencio inquieta a Matilde. A veces le entran ganas de sacar el vial de Manto Nocturno que le entregó Alec y desaparecer envuelta en una nube de humo.

No es la única que se siente encerrada. Sayer ha estado comportándose como un gato enjaulado, se la ve tensa y se irrita con facilidad; y Æsa se las ha arreglado para retraerse aún más. Aun así, no hay modo de escapar de esto que hay entre ellas. Matilde lo siente cuando se rozan las manos o cuando se sientan cerca, como ahora. Da por hecho que es su magia, pero sigue siendo un misterio. Es casi como si tuviera hormigas recorriéndole la piel.

Cambia de postura, envuelta en el aire caliente, y hace que todo su traje tintinee. Van vestidas para deslumbrar, con diademas a la moda y vestidos tejidos con hileras de cuentas. Sayer va de plateado; Matilde, de dorado; y Æsa, de cobre: son un trío de metales preciosos a juego. Matilde esperaba que las chicas se soltaran un poco más al quedarse solas, pero ambas guardan silencio. Es hora de ponerse manos al asunto.

Apoya los talones en las rodillas de Sayer.

—Ahora en serio, chicas, ¿no estáis emocionadas por que al fin hayamos salido de casa?

—Sí, emocionadísima —responde Sayer, quitándose a Matilde de encima—. ¿Cómo has conseguido que nuestras carceleras nos dejasen salir esta noche?

En su mayor parte, con muchísima persuasión.

—Samson ha prometido ser nuestra carabina. —En ese instante, lo oye reírse en el pescante con uno de los conductores—. Mi señora madre tenía muchas ganas de que Æsa y él pasaran tiempo juntos, así que me he aprovechado de ello sin pensármelo dos veces.

Las mejillas de Æsa se ponen rojas.

—Y también les he dejado escoger el lugar al que vamos a ir —prosigue—. Creen que vamos al teatro.

—¿Y no vamos al teatro? —pregunta Æsa con cara de extrañeza.

—Se me ha ocurrido algo un poquito más emocionante.

Matilde siente la carta que le dio Dennan ardiendo en el bolsillo; en ella viene impresa la dirección del Hotel Eila Loon.

—¿Seguro que es buena idea? —pregunta Æsa, tirándose del dobladillo del vestido.

—Cariño, no te vas a meter en ningún lío —responde Matilde, dándole vueltas a su medallón—. Si nos descubren, mi señora madre sabrá de quién es la culpa.

—No, o sea… podría ser peligroso.

Matilde se acomoda en el asiento.

—Allí donde vamos no habrá ningún páter, confía en mí. Además, daría igual que los hubiera. No saben la identidad real de las Nocturnas. Lo único que verá cualquiera que nos mire será a tres chicas de las grandes casas disfrutando de los placeres de Simta.

Las chicas no parecen muy convencidas, y Matilde tiene que contener un suspiro. Le encantaba salir de noche con sus hermanas Nocturnas. Intercambiaban joyas y bromeaban mientras la ciudad se abría ante ellas como una mano amistosa. A esas chicas no les daba miedo correr riesgos con ella, y esta noche necesita que Sayer y Æsa sean como ellas.

—Vamos a jugar a un juego —dice entonces, juntando las manos—. Cada una tiene que revelar un secreto.

—¿En serio? —gruñe Sayer.

—Te rescaté de un fanático solo con mi valentía y un atizador —le señala Matilde—, y a ti te ayudé a esconder a un chico detrás de la pared. ¿No creéis que me lo he ganado?

Sayer murmura algo como que lo tenía todo bajo control y Æsa se muerde el labio y aparta la mirada. Pero Matilde necesita que se suelten un poco y que confíen en ella. Esta noche no saldrá bien a menos que lo hagan.

Para sorpresa suya, Æsa es la primera en hablar.

—¿Recordáis que os dije que no sabía nada de mi Halcón? —Vuelve a tirarse del vestido—. Bueno, pues os mentí.

Matilde y Sayer prestan atención mientras Æsa les narra la visita clandestina que le hizo su Halcón hace unas pocas noches. Matilde no se cree que no lo supiera. Al menos se han encargado de Enis, pero el Halcón le vio la cara a Æsa y ahora sabe dónde vive; y también donde vive ella. Eso la preocupa.

—Demasiado confías en ese Halcón tuyo —dice Sayer, frunciendo el ceño.

—Me ayudó con lo de Enis —se defiende Æsa—. Willan no supone ninguna amenaza, pero…

—Pero ¿qué? —pregunta Matilde, inclinándose hacia delante.

—Es que… —empieza a decir Æsa, pero entonces se detiene—. Solo espero que esté bien.

Matilde no sabe si se refiere al Halcón o al pelirrojo. Puede que a ambos.

—Te toca —dice entonces girándose hacia Sayer—. A ver ese secreto.

Se produce una larga pausa durante la que Sayer parece estar dándole vueltas algo. Su mirada, fría y calculadora, se clava en Matilde.

Al final deja escapar un suspiro.

—Vale —accede al final, y resopla—. De todos modos, creo ambas deberíais saberlo.

Matilde no sabe qué esperar de Sayer, pero desde luego no se esperaba que se hubiera escapado para ver a una andarríos del Distrito de la Luz Verde, en uno de los clubes más secretos de Simta. Una señora de los andarríos. Matilde estaría impresionada si no fuera por la poca estima que les tiene a los delincuentes. Le sorprende que Sayer se refiera a alguien tan despiadado como «mi amiga».

—Y dime —le dice Matilde, enarcando una ceja—, ¿qué fue exactamente lo que le dijiste a esa vieja amiga sobre tu nueva vida?

Algo complicado se refleja en los ojos dorados de Sayer y los funde, pero luego vuelve a endurecer la mirada, como la miel que se enfría.

—Nada que me delatara. Le pregunté si había oído hablar sobre una secta que le rezaba a Marren. Me contó que se llaman En Caska Dae.

«Las Cuchillas de la Llama». Eso explica la espada en llamas que el fanático tenía tatuada en la piel.

—Fen afirma que su líder es un páter renegado que se llama a sí mismo la Mano Roja —prosigue Sayer—. Ha estado reclutando a pilluelos de la calle para su causa, para intentar convertirlos en soldados.

—¿Para qué quiere soldados? —pregunta Æsa, que está más pálida de lo habitual.

—Para desatar una guerra contra quienes emplean la magia —responde Sayer, apretando los labios.

—Y parece que ahí incluye a las chicas que poseen magia —añade Matilde con un estremecimiento.

Un silencio cargado de preguntas las envuelve. Matilde formula las suyas en voz alta:

—Creéis que fue la Mano Roja quien envió al fanático.

—Quizá haya venido a nosotras por iniciativa propia —responde Sayer, recostándose en su asiento—. Dijo que yo era la prueba de que las brujas existen. Puede que se refiriera a que sería la prueba para la Mano Roja. Puede que la secta no sepa de nuestra existencia.

Parece igual de probable que esta Mano Roja sepa de la existencia de las Nocturnas pero no dónde encontrarlas. Aún no. Matilde piensa en lo que le dijeron Alec y Krastan. ¿Qué fue lo que dijo Krastan sobre que los vigilantes estaban más estrictos? «Es como si estuvieran buscando algo». Puede que esta secta se haya infiltrado entre los vigilantes. Podrían estar siguiéndoles el rastro incluso en este mismo momento...

—¿Se lo has contado a Leta? —pregunta Æsa.

—Sí. —Sayer deja escapar una bocanada de aire—. Y eso quiere decir que tuve que contarle cómo obtuve la información. Ahora no me deja en paz. Ni siquiera puedo ir al lavabo sin que quiera venir conmigo.

—¿Y qué fue lo que te dijo al respecto? —pregunta Matilde, cruzándose de brazos.

A Sayer le tiembla la mandíbula.

—Me dijo que no hiciera nada mientras ella seguía investigando.

«No hagas nada, quédate quieta, mantente oculta». Parece que últimamente no oyen otra cosa. «Repliega las alas y cierra esos ojos tan bonitos que tienes». ¿Las matriarcas intentan protegerlas de las preocupaciones, o no quieren que sepan lo perdidas que están.

—Venga —la anima Sayer—. Cuéntanos tu secreto.

Matilde quiere esquivar la pregunta, responder con una broma; se ha convertido en algo casi instintivo. Pero necesita mostrar algunas de sus cartas.

—Dennan Hain no vino a ver al Jilguero buscando un beso —les confiesa—. Vino para decirme algo.

Les narra la visita de Dennan con todo lujo de detalles: la precaria posición en la que se halla Epinine Vesten y la advertencia de Dennan en la que le reveló que su hermana quería apoderarse de las Nocturnas. Cuando termina, las chicas la miran perplejas.

—¿Me estás diciendo que el Príncipe Bastardo vino a advertirte de que la suzerana quiere secuestrarnos la misma noche en la que un fanático intenta hacer justo lo que te había dicho? —pregunta Sayer.

—Estoy de acuerdo —asiente Matilde—. No creo que sea coincidencia.

La secta de renegados, la suzerana, el silencio cargado de tensión de las matriarcas…. Todo junto conforma una telaraña: si tiras de uno de los hilos, todo se estremece.

—Me pregunto si Epinine se habrá aliado con esta secta. Puede que los esté utilizando para que le hagan el trabajo sucio. —Matilde inspira hondo—. Por eso quiero hablar con Dennan Hain. Esta noche.

Tanto Æsa como Sayer se quedan rígidas.

—¿Quieres ir a ver al hermano de la suzerana mientras nosotras… —pregunta Sayer con tono mordaz— vigilamos?

—Más o menos —responde—. Mientras vigiláis y entretenéis a Samson. No quiero que me siga de un lado a otro.

Los ojos verdes de Æsa resplandecen de un modo que Matilde no ha visto hasta esta noche; es como si captara todo lo que Matilde no querría que viera a través de ella. Entonces le pregunta:

—¿Cómo piensas hacerle preguntas sin revelarle que eres una Nocturna?

Matilde traga saliva. Si estuvieran en una partida de krellen, esta sería su jugada más arriesgada; la carta que podría darle la vuelta al juego.

—Ya lo sabe. Desde hace años.

Ambas se quedan sin habla.

—Le entregué mi magia hace varios años por error, antes de que supiera cómo controlarla. Pensé que quizá no había sido consciente de lo que había ocurrido entre nosotros, pero entonces apareció en la sala del Jilguero.

Las chicas no dicen nada, pero su silencio sorprendido habla por sí solo. Matilde tiene que esforzarse por contener el rubor que le trepa por el cuello.

—¿Leta lo sabía cuando lo dejó entrar? —pregunta Sayer.

—No, pero la abuela sí. Se enteró de todo.

Por eso Matilde discutió con su abuela sobre ir a hablar con Dennan. «Tienes que mantenerte alejada hasta que estemos seguras de que podemos fiarnos de él», le dijo. Pero Matilde no piensa pasarse el verano de brazos cruzados.

—¿Y confías en Dennan Hain? —le pregunta Æsa.

—Si quisiera entregarme a su hermana, ya lo habría hecho. Pero no fue así.

—Me cago en los gatos, Dinatris —exclama Sayer—. Sigue siendo un Vesten. ¿Cómo puedes estar segura de que no lleva años tramando algún plan?

Matilde piensa en la inflexión sincera del tono de voz de Dennan, en su convicción. En las palabras que pronunció cuando le dijo que las normas de las Nocturnas las mantendrían a salvo.

«Pero las reglas también pueden mantenernos en la inopia».

Entrecruza las manos y se pone muy seria.

—Lleva años guardándome el secreto. Y tiene una posición ventajosa al estar tan cerca de Epinine. Si existe una conexión entre esta secta de renegados y la suzerana, es posible que lo sepa. Puede ayudarnos a lidiar con esta amenaza.

—¿Y qué es lo que va a pedirte a cambio? —le pregunta Sayer, cuya diadema refulge—. ¿Poder acudir a ti gratis cada vez que quiera? ¿O a las tres?

Matilde frunce el ceño al oírlo.

—Jamás haría algo así.

—Tu problema es que te piensas que la gente que ha nacido en una de las casas es de fiar, pero créeme cuando te digo que están tan sedientos de poder como cualquier andarríos, y son igual de taimados. Aun cuando está cubierto de joyas y bañado en oro, un puñal sigue siendo un puñal.

—Matilde, deberías habernos dicho lo que te traías entre manos —le dice Æsa, dedicándole una mirada de reproche—. No deberías habernos impuesto tu plan.

—No creía que fueras a venir conmigo si os lo contaba —les espeta Matilde—, y os necesito. No quiero tener que hacer esto sola.

La voz le sale descarnada, demasiado sincera. Un ambiente oscuro como un moratón envuelve el carruaje, de modo que vuelve a intentarlo.

—¿No estáis hartas de quedaros encerradas en casa mientras esperáis a que otras personas se encarguen de que volváis a estar a salvo? Os estoy pidiendo que me ayudéis a solucionar esto.

El silencio se alarga, tanto que hasta resulta doloroso.

—Entonces, ¿cuál es exactamente el plan? —pregunta Sayer, cruzándose de brazos.

Matilde intenta que no oigan el suspiro que deja escapar.

Reflexiona sobre lo que ha ocurrido esta tarde. Qué agradable estar conspirando al fin con sus nuevas hermanas Nocturnas. La abuela estaría furiosa si pudiera verlas en este instante, pero Matilde está cansada de esperar encerrada en casa con esa molestia incansable que no deja de crecer. Necesita pasar a la acción.

Esta noche, van a volar por su cuenta.

Para los jóvenes ambiciosos y los aficionados al placer elegantemente vestidos recomendamos el Club del Mentiroso. Para acceder necesitarán la invitación de algún miembro, pero el esfuerzo merece la pena. Los nombres de la flor y nata de la nobleza vienen en sus listas.

FRAGMENTO DE

LA GUÍA DE BOLSILLO DE LOS PLACERES SECRETOS
DE SIMTA.

8

El Club Del Mentiroso

Æsa observa una polilla de fuego que aterriza a su lado en el asiento de terciopelo. Su luz hace que sus medias de seda metalizadas brillen. Se tira del dobladillo del vestido, intentando, en vano, que sea más largo. No debería haberse dejado convencer por Matilde para que se pusiera el vestido o se metiera en el carruaje. Pero aquí están, y Matilde suena más seria de lo habitual.

—¿No estáis hartas de quedaros encerradas en casa mientras esperáis a que otras personas se encarguen de que volváis a estar a salvo? Os estoy pidiendo que me ayudéis a solucionar esto.

Es como si el silencio tuviera dientes.

—Entonces, ¿cuál es exactamente el plan? —pregunta Sayer, cruzándose de brazos.

Mientras Matilde lo explica, Æsa mira por la ventana. No ha estado en este distrito desde que llegó por primera vez al puerto de Simta. Willan y Enis deberían llegar a la costa de Illish más o menos en una semana si suben a bordo de un barco rápido. A veces se descubre a sí misma anhelando que su Halcón vuelva con ella.

«Quédate cerca de las otras chicas», le dijo Willan, y eso es lo que ha hecho. Se siente más cercana a ellas que nunca, pero no siempre del modo en que le gustaría. La sensación tirante que nota entre ellas sigue presente y cada vez parece más fuerte. A veces la siente incluso cuando no se están tocando. Es como si toda la magia que no pueden emplear se estuviera acumulando en su interior, buscando una forma de escapar.

Y lo que es aún peor, ha empezado a tener sueños extraños y muy vívidos. En uno de ellos llovía cristal azul sobre una multitud de caballeros vestidos con ropas elegantes; y uno de ellos apretaba a Matilde contra una pared. En otro aparecía Matilde en lo que parecía ser el jardín de su familia, y también aparecía un hombre con una marca roja con forma de mano en la mejilla, abalanzándose hacia ella; sin embargo, Æsa despertó antes de ver lo que ocurría a continuación. No le ha dicho nada a las otras chicas; a fin de cuentas, no son más que sueños. Pero parecían muy reales, y era como si hubieran surgido de una parte de ella que lleva mucho tiempo dormida; un parte que Æsa no quiere que despierte.

—¿Estamos todas de acuerdo? —pregunta Matilde.

Æsa se limpia el sudor de las manos en el vestido. Todo este asunto le parece peligroso, pero quiere ser valiente por las Nocturnas.

—Sí. —Inspira muy hondo y asiente—. De acuerdo.

—Te seguimos, Dinatris —asiente Sayer.

El carruaje se detiene de golpe, y Matilde echa un vistazo por la ventana. Esta chica alberga en su interior tantas sonrisas como criaturas tiene el mar, y la que cubre ahora su rostro está cargada de travesura.

—Ya hemos llegado.

Matilde baja de un salto del carruaje como si fuera suyo; de hecho, lo es. Æsa nota el estómago revuelto por los nervios. Tiene la sensación de que se está olvidando de algo importante. Esos sueños le han dejado tras de sí una sensación de angustia de la que no consigue librarse.

Sayer se inclina hacia delante, recoge con cuidado a la polilla de fuego del asiento y la sostiene frente a la noche. Resplandece en la palma de su mano durante un instante antes de salir volando. No llega muy lejos, tan solo hasta la farola que está al lado del carruaje. Se posa en la jaula de cristal como si quisiera entrar con sus amigas o hallar el modo de liberarlas.

—No tengas miedo —le dice Sayer—. No voy a separarme de ti en ningún momento.

Bajo el resplandor dorado, los labios de Sayer adquieren la misma tonalidad que los frutos del lancero, un arbusto salvaje que crece en Illan. Son dulces, pero es complicado recolectarlos por culpa de las espinas de la planta, que son tan largas como dedos. La imagen de la planta le recuerda a Sayer, y se pregunta qué fue lo que la cubrió de espinas.

—Voy a revelarte otro secreto —le dice Sayer—. En Simta, todo el mundo lleva puesta una máscara y finge ser alguien más valiente, más inteligente, más astuto... lo que sea que les venga mejor. Si la sabes llevar puesta nadie verá tu versión real, sino tan solo lo que tú quieras que vean.

Æsa no tiene muy claro cómo hacerlo, pero se prometió a sí misma que sería más valiente. Por una vez, quiere sentirse como una sheldar.

—Vale —responde, intentando esbozar una sonrisa—. Finjamos.

La puerta se abre y ahí aparece Samson.

—¿Entramos, señoritas?

Las baja una a una del carruaje, y sus vestidos tintinean mientras se dirigen hacia las escaleras. Sayer la sorprende tomándola del brazo, y el hormigueo de siempre le recorre la piel, como el viento que sobrevuela las olas, rozándolas.

El hotel que se alza ante ellas es un gran edificio del color de los berberechos coronado con una inmensa y encantadora cúpula. El Eila Loon. Delante de la puerta principal, Samson discute durante un instante con el portero, quien acaba por dejarles entrar a un enorme vestíbulo. El mobiliario es de madera reluciente y de bronce pulido, pero este se va oscureciendo a medida que Samson las guía por lo que parece ser el pasillo del servicio. Doblan una esquina, luego otra, siguen por unas escaleras que parecen no terminar nunca y entonces llegan a... ¿un armario? Parece un armario normal y corriente salvo por el símbolo diminuto que tiene grabado en un lateral: una mano que sujeta una cerilla bajo una chistera. Un hombre corpulento está apoyado a un lado con aire despreocupado.

—Joven lord Dinatris —saluda a Samson—. Buenas noches.

—Buenas noches, Steven. Sí que se ha quedado buena noche, sí.

La sonrisa de Matilde va a juego con la de su hermano.

—Y hemos venido para que sea aún más buena.

El hombre, Steven, la mira de la cabeza a los pies.

—Me temo que no se admiten mujeres.

Samson le dedica una mirada a Æsa y luego vuelve a mirar a Steven.

—Venga, sé qué hacéis excepciones. No me privarías de una compañía tan cautivadora, ¿no?

—Nos portaremos muy bien —dice Matilde, con voz seductora—. O muy mal, depende de lo que prefieras.

Steven no parece muy impresionado.

—Parece la clase de joven que me va a meter en un lío.

Æsa recuerda lo que le dijo Sayer sobre las máscaras. «Si la sabes llevar puesta nadie verá tu versión real, sino tan solo lo que tú quieras que vean». Se obliga a abrir bien los ojos, a endulzar la voz y a hacer florecer su acento illish.

—Ay, ¿y no puede hacer una excepción? ¿Solo por esta vez?

El guardia y Samson la miran sorprendidos, como despertándose de un sueño que aún no había acabado. Por el rabillo del ojo, ve que Sayer esboza una sonrisa.

—Bueno, vale —responde Steven—. Pero están a su cargo, joven lord Dinatris. —Luego abre el armario—. Bienvenidos al Club del Mentiroso.

Da un paso atrás y aparta varios abrigos. La música emerge de las profundidades del armario. Es imposible que haya una fiesta al otro lado, ¿no?

Matilde dirige la marcha, y Steven cierra la puerta tras ellos. Lo único que ve Æsa son los trajes brillantes pero entonces la luz cambia y se adentran en un mundo completamente distinto.

Han llegado a un torbellino de voces que se alzan hasta el techo dorado y redondeado. Deben de hallarse en el interior de la cúpula del hotel. La sala circular apenas está iluminada, los suelos están pulidos, suena jazz sensual y hay terciopelo azul lujoso por todas partes. Los hombres, una colección de corbatas desanudadas y risas exageradas, se reúnen en torno a la barra. Todo esta teñido de un encantador resplandor azulado. Æsa alza la mirada y se encuentra un inmenso candelabros de cristal azul en el que cuelgan miles de velas encendidas. Al verlo, siente que algo le oprime el pecho.

—Aquí estamos —dice Matilde—. Y, quién sabe, señoritas, quizás incluso os lo paséis bien.

—Si para ti pasarlo bien es que te manosee un viejo… —bufa Sayer.

—Seguro que no solo os manosean los viejos —responde Samson con una sonrisa malévola.

Las guía a través de la sala y varios pares de ojos se posan en ellas. La verdad es que aquí no hay muchas chicas; pero sí hay magia: solapas que cambian de color, corbatas que no se quedan quietas. Discreta pero presente. El camarero sirve una bebida de un morado intenso que suelta un poco de humo. Sobre él, varios orbes plateados dibujan formas cambiantes que se reflejan en los espejos que cuelgan por aquí y por allá.

—Recuerda —le dice Samson a Matilde—. Nuestra señora madre me matará como se entere de que os he traído a mi club, así que nada de subirse a las mesas a bailar.

Matilde da un pasito vacilante y las cuentas doradas de su vestido tintinean.

—Ya sabes que no hago promesas que no sé si podré cumplir.

Samson suelta un suspiro cargado de dramatismo. Luego le tiende el brazo a Æsa y se aproximan a una mesa en la que apenas hay luz. Hay dos chicos en ella, con una baraja de cartas entre ambos. Se presentan.

—¿Queréis jugar con nosotros a una partida de krellen? —pregunta el chico que se llama Maxim, y que se come a Sayer con los ojos.

—Si tienes monedas que no te importe perder —responde Sayer, con una sonrisa sombría.

Samson le aprieta el brazo con los dedos. Siente como si su corazón quisiera agazaparse tras las costillas, pero ahora no es momento de mostrarse tímida. Puede ponerse una máscara si con eso ayuda a Matilde.

—No he jugado nunca —les dice—. Supongo que no querríais enseñarme, ¿no?

Samson y el otro chico, West, hablan al mismo tiempo, interrumpiéndose. Matilde le sonríe y asiente.

—Jugad una ronda sin mí —les dice—. Tengo que encargarme de un recado.

—¿Qué? —se ríe Samson—. ¿Dónde?

—En el tocador, ya que tienes tanto interés —dice Matilde, enarcando una ceja—. Tengo que encargarme de una marea roja.

A Maxim se le va la bebida por el otro lado.

—No necesitábamos tanta información.

—Pero si me lo ha preguntado Samson. —Luego le da un trago a la bebida azul claro de West y hace una mueca—. Chicas, no dejéis que os inviten a cócteles.

Y dicho esto, Matilde se da la vuelta. Æsa obedece a un impulso y le acaricia la mano con dos dedos. Es una de las señales de las Nocturnas. «Vuela con cuidado».

—No te preocupes, cielo —le dice Matilde, acercándose—. Siempre lo hago.

Y se escabulle. Al verla marcharse, Æsa se pone nerviosa, pero se dice a sí misma que tiene que relajarse. Esa chica es un tiburón en este sitio, no un pececillo. A Æsa le gustaría nadar la mitad de rápido que ella.

Matilde se toma su tiempo. Las prisas hacen que parezca que estás haciendo algo clandestino. Nadie la para cuando pasa junto a la barra, pero varias cabezas se giran hacia ella. Puede que vestirse para brillar no haya sido su mejor idea. Confía en que Æsa y Sayer puedan mantener a Samson entretenido durante todo el tiempo que necesite.

Se cuela en un pasillo mal iluminado que parece rodear los bordes del club. Las paredes curvadas azules están llenas de cuadros de ninfas con grandes atributos y batallas épicas, todos ellos enmarcados por enredaderas medialuna que crecen de macetas. Le preocupaba que alguien pudiera impedirle el paso, pero no ve a nadie cuando pasa junto a varias puertas, cerradas en su mayoría. Al final llega a unas escaleras de hierro forjado que conducen a la planta superior. Los tacones hacen ruido al subirla hasta que llega a un pasillo estrecho, y el tintineo de su vestido resulta demasiado estrepitoso. Pero hay algo más flotando en el ambiente: una melodía pegadiza que proviene de detrás de una puerta en la que pone LA SUITE KESTREL.

Comprueba la tarjeta que le entregó Dennan hace ya tantas noches, aunque se haya aprendido su contenido de memoria. Tiene la respiración más acelerada de lo que le gustaría. *No hay por qué ponerse nerviosa*, razona consigo misma. No es como si fuera a revelarse ante él. Pero una cosa es que digan tu verdad en alto y otra es retirarse la máscara por completo. Si entra en la habitación, no podrá dudar. Además, Dennan es un Vesten, el hermano de la suzerana, un miembro de las casas que apoya abiertamente la Prohibición. Si la abuela se enterara de esta visita, jamás la dejaría volver a salir de casa.

Entonces recuerda las palabras burlonas de Alec del otro día. «Eres un pájaro protegido», le dijo. Pero esta noche no; ya no. Matilde aprieta los puños. Se acabó el posponerlo. Llama a la puerta: dos golpes rápidos y una cascada de dedos, el mismo ritmo con el que el Gorrión llamaría a la puerta de una Nocturna. No sabe si Dennan recordará el código. Tras una pausa, una voz grave responde:

—Pase, mi señora.

Matilde curva los labios y gira el pomo. El pestillo no está echado; es como si Dennan hubiera estado esperando a alguien. Quizás estuviera esperándola a ella.

La lujosa habitación está teñida de una luz titilante y sombras profundas. Varias velas gotean sobre la repisa de la chimenea y unos cuantos orbes de luz que laten como corazones flotan por encima de ambos. Dennan está de pie junto a una ventana que recuerda a un ojo de buey. Tiene cara de que lo ha sorprendido, pero para bien. Hay cierta intimidad en el modo en que se suelta la corbata y se abre los botones del cuello de la camisa. Es como si ella hubiera entrado justo cuando iba a desvestirse.

—Joven lady Dinatris —le dice, haciendo una reverencia—. Ha venido.

—¿Lo dudaba?

—Pensaba que me enviaría una nota, no que vendría en persona. Aunque debería haberlo imaginado.

Matilde se acerca a él, despacio, tranquila. Esto es un juego —con Dennan siempre lo es—, de modo que se ha asegurado de estar preparada para jugar.

—¿Cómo ha entrado? —le pregunta Dennan—. Normalmente no permiten el acceso a mujeres. Bueno… a las señoritas más bien. Las chicas que recorren estos pasillos suelen ser cortesía de la calle Humeante.

Matilde no reacciona —al menos visiblemente— a un cotilleo tan escandaloso.

—¿Y por qué da por hecho que soy una dama? —dice, llevándose una mano a la cadera resplandeciente.

—Tenéis un aspecto demasiado elegante como para ser cualquier otra cosa.

Su sonrisa hace que el suelo bajo sus pies tiemble. *No pierdas la cabeza*, Dinatris. Maldita sea, las únicas rodillas que deberían flaquear son las suyas.

La música tan pegadiza vuelve a sonar, y Matilde se aferra a ella.

—¿Qué es eso?

—Venga y lo verá —le responde—. Creo que le va a gustar.

Se reúne con él en una mesa de cartas cubierta de terciopelo. Lo único que hay en ella es una caja de madera oscura con la forma de una estrella con muchas puntas. Dennan le da a una ranura con el pulgar y la música se detiene.

—Responde a la calidez de la piel —la explica—. Y para que vuelva a sonar.

Pasa dos dedos rápidamente sobre la vela que arde al lado de la caja y luego toca otra muesca. La música vuelve a sonar, no muy alto, pero suena real, como si hubiera músicos en miniatura escondidos en su interior.

—¿Es magia? —pregunta Matilde, rozando una de las muescas.

—No en el sentido al que se refiere. —Dennan levanta un panel de madera y revela un embrollo de metal—. Está hecho con engranajes, palancas y una artesanía de lo más ingeniosa. Como en las Tierras Lejanas no existe la magia, los artesanos tienen que buscar otros modos de crear maravillas. Se sorprendería si viera lo que se puede encontrar en los puertos del extranjero.

Matilde no tiene forma de saberlo. Jamás ha salido de Eudea. Hay algo en las palabras de Dennan que la hace sentir muy joven.

—¿Algo de beber? —le pregunta.

Matilde asiente. Dennan se acerca a una mesa auxiliar y saca dos copas con forma de tulipán. Ella se sienta y les dice a sus nervios que se tranquilicen. Puede que hablar la ayude; a fin de cuentas, se le da bastante bien.

—Me sorprende que se esconda aquí y que no esté en el bar, rodeado de sus amigos.

Dennan remueve la copa despacio y los cubitos de hielo tintinean.

—Los chicos de las grandes casas se ponen nerviosos en mi presencia. Nadie quiere emborracharse con el Príncipe Bastardo. Creen que le revelaré sus secretos a mi hermana.

—Parece una vida muy solitaria.

Dennan se gira y sus ojos, del color de los cristelios, se clavan en ella.

—Siempre puedo contar con mi tripulación cuando me apetece salir una noche. Pero últimamente me he pasado las noches esperándola.

Lo dice de un modo que bien podría estar desnudándola. Matilde se agarra a la silla sin que la vea.

—Pues aquí estoy —le dice—, vestida para la ocasión; y va usted y se presenta con la corbata desanudada.

Dennan se ríe; es un sonido muy agradable.

—Mis más sinceras disculpas.

Dennan acerca las bebidas. La de Matilde burbujea y es de color violeta. Se la bebe directamente, sin preguntar qué lleva. Dennan examina cada uno de sus movimientos.

—Entonces… —le dice, frente a ella. Los orbes de luz tiñen su rostro de morado—. ¿Esta visita significa que has decidido confiar en mí?

Matilde remueve su bebida. Quiere confiar en él. Teniendo en cuenta la cantidad de amenazas que asolan a las Nocturnas, lo quiere como aliado.

—Verás, aún no lo tengo muy claro.

—No me vale. —Dennan inclina la cabeza del modo en que lo hacía cuando jugaban juntos, cuando esperaba a que ella diera el primer paso—. ¿Qué más tengo que hacer para convencerte?

—Responderme a algunas preguntas.

La caja de música sigue sonando. Dennan le da un trago a su copa y Matilde espera, paciente, como si tuviera todo el tiempo del mundo.

—Vale —le responde, recostándose—. Dispara.

Debería averiguar más información sobre Epinine. Sin embargo, le formula la pregunta que lleva tres años rondándole la mente.

—¿Por qué te marchaste de Simta?

Dennan se pone tenso, y Matilde intenta leerle la expresión. ¿Es culpabilidad lo que ve, o solo incomodidad? Como siempre, resulta muy complicado interpretar lo que siente Dennan.

—¿Qué fue lo que oíste por ahí?

—Muchas cosas —responde, enarcando una ceja—, ya sabes que me vuelven loco las buenas historias. Pero, teniendo en cuenta que me besaste y huiste, creo que merezco saber la verdad. ¿No opinas igual?

Dennan la observa durante unos segundos muy largos e intensos. Matilde no piensa ser la primera en apartar la mirada. Entonces Dennan se quita el brazalete de plata que lleva alrededor de la muñeca, el que tiene grabado el dragón que representa a la casa Vesten y varios ámbares diminutos de rocadragón engarzados. La franja de la piel sobre la que se habían posado sus ojos es un poco más clara.

—Mi señor padre me entregó este brazalete cuando tenía diez años. «Pórtalo con orgullo», me dijo. «Que sirva para recordarte quién eres: uno de nosotros». Aunque sus consejeros le decían que mi presencia daba mala imagen a la familia, mi señor padre siempre me quiso. Fue lo único de lo que estuve seguro hasta que estuvo ante su lecho de muerte.

Matilde se inclina hacia delante. Esto no es una historia; es un secreto. Uno que le está confiando.

—Los médicos me apartaron de su cama —prosigue Dennan—, pero me quedé junto a una rejilla en la habitación de al lado, para oírlo si me llamaba. No quería que nadie le envenenara la mente, ya debilitada, y lo pusiera en mi contra. —Traga saliva. No aparta la mirada de esa franja pálida de piel—. Y entonces oí su voz. «Mátalo, Epinine. Sembrará la discordia mientras siga con vida. Se aprovecharán de él para arrebatarle el poder a nuestra familia». Y mi hermana accedió.

El terror la sobrecoge. Samson y ella siempre se hablan como si quisieran matarse, pero no es más que un juego. Son familia, y la familia lo es todo. No puede imaginarse lo que debe sentirse al descubrir que todo es una mentira.

—Tuvo que resultar doloroso —le dice Matilde.

—Aún me duele —responde él, tras levantar la mirada.

Algo le aletea en el pecho. La sinceridad le favorece mucho a Dennan. Las llamas de la vela parecen sentirse atraídas por él, como si estuvieran encantadas.

—No tuve tiempo para despedirme; no tuve tiempo para nada que no fuera huir. De modo que abandoné el Palacio Alado solo con lo que llevaba en los bolsillos. —Curva los labios—. Sin ti no lo habría logrado, así que gracias.

Se le acelera el pulso al recordar el beso que se dieron. Jamás lo ha olvidado. Estaban jugando al escondite en una fiesta en el Palacio Alado y Dennan la encontró en un rincón bajo unas escaleras. «He ganado —le dijo—. ¿Cuál es mi premio?». Recuerda el brillo juguetón de su mirada, las palabras que no estaba diciendo en alto: «Te reto». La adrenalina recorriéndole las venas cuando se levantó y juntó los labios con los suyos. Fue su primer beso, fue la primera vez que le entregó su magia a alguien. Qué extraño que le haya entregado un poder que aún no sabía que poseía.

—No supe qué poder me habías otorgado con ese beso —prosigue Dennan, apoyando los codos sobre la mesa—, pero debió de entender lo que necesitaba. Me puse uno de los uniformes de los guardias, confiando en que me serviría para escapar sin que nadie se fijara en mí. Pero, cuando me miré en el espejo, vi que tenía el aspecto de mi guardia, Timmo; era clavadito a él. Con eso me resultó fácil huir. Salí del palacio y me encontré con una tripulación de la Marina con la que ya había viajado en alguna ocasión. Falsifiqué una carta de mi señor padre y les dije que me habían enviado para llevármelos a las Tierras Lejanas. De modo que partimos sin dejar rastro.

Matilde se pregunta cómo debe ser marcharse de tu hogar sin saber si podrás volver alguna vez. Le cuesta hasta imaginárselo.

Dennan se acaricia la cicatriz del labio con el pulgar.

—Me pasé los años siguientes en el mar forjando vínculos diplomáticos y enfrentándome a piratas. Labrándome un nombre. El defensor del pueblo y de Eudea. Sabía que si lograba forjar esa imagen en nombre de los Vesten, Epinine no podría ponerme un dedo encima. Tendría que decir que ella me había enviado. Así que, cuando al fin regresé, me recibió con los brazos abiertos. O al menos lo fingió. Tal y como están las cosas, no puede permitirse el lujo de que parezca que su familia está dividida. Desde entonces, me he esforzado por ganarme un puesto en su círculo interno y su confianza, pero no lo he hecho porque le tenga aprecio.

El brillo de sus ojos es del color del odio, pero también hay otro tono. Matilde cree que es el del dolor.

La siguiente pregunta surge con facilidad.

—Dennan, ¿para qué has vuelto?

—Para ser el suzerano que se merece esta república —responde, sin apartar la mirada.

Matilde tiene que hacer un esfuerzo sobrehumano para no alterar su expresión.

—¿Tienes intención de sustituir a Epinine?

El silencio se tensa, y luego Dennan asiente.

—Se ha enemistado con muchos nobles de las grandes casas por las decisiones que tomó durante la guerra comercial con Teka y la presión fiscal que ha ejercido sobre algunos productos de importación, una presión de la que eximió a los Vesten —continúa Dennan—. Pero, en general, no les gusta lo cercana que se muestra con la Iglesia. Creen que permite que el Pontífice ejerza demasiado poder en la Mesa. Ni siquiera a los más devotos les gusta que parezca que la suzerana les ha dado la espalda a las demás casas. Se mueren de ganas de arrebatarle el puesto.

Matilde le da un trago a su copa. La cabeza le da vueltas.

—¿Y estás seguro de que te escogerían a ti en vez de a ella?

No le dice: «¿A ti? ¿Al Príncipe Bastardo?». No hace falta que lo haga. Ambos saben lo que todo el mundo dice a sus espaldas.

—Es posible que no me vean como un igual —responde—, pero son pragmáticos. Desde que se fundó la república, los suzeranos siempre han pertenecido a la familia de los Vesten. Nuestro apellido alberga poder y seguridad. Si escogieran a otro para el puesto, Simta estaría inquieta. Quizás incluso habría disturbios.

Matilde piensa en Krastan y Alec, en lo que le han dicho sobre que ya había tensión en las calles.

—También saben que el pueblo me aceptaría —añade después—. Me aprecian más a mí que a mi hermana.

Bastardo, capitán de los mares, noble renegado. Pues claro que lo prefieren a él.

—Necesitarás los votos de todos los nobles de la Mesa para contrarrestar al Pontífice —le dice Matilde—. Porque imagino que no te votará.

—No —responde Dennan con una mueca—, pero estoy bastante seguro de que los otros nobles me apoyarán. Me he asegurado de tener bastante influencia sobre todos ellos para garantizarlo, aunque espero no tener que recurrir a ello.

Lleva años planeándolo, puede que incluso desde que se marchó de Simta. Siempre se le ha dado bien pensar a largo plazo.

—¿Y en qué te diferenciarías de tu hermana? —le pregunta Matilde.

—Si algo he aprendido durante mis viajes —responde Dennan, inclinándose hacia delante—, es que ilegalizar cualquier cosa no hace que desaparezca, sino que la destierra a las sombras, donde quienes se dedican a hacer negocios con ella solo siguen las normas que ellos mismos marcan.

Se le corta el aliento.

—¿Intentarías abolir la Prohibición?

Dennan asiente.

—No inmediatamente; está demasiado arraigada en la sociedad, y hay demasiada gente que la apoya. Pero intentaría deshacerme de la ley, sí. Le da libertad a la Iglesia para controlar moralmente a la gente a través de sus vigilantes, y hace que el comercio de la magia sea clandestino y corrupto. Convertir la magia en un tabú nos ha debilitado... a todos. Me gustaría volver a sacarla a la luz.

—¿Toda la magia? —insiste Matilde.

Los comentarios que hizo aquella noche en el cuarto del Jilguero la hacen pensar que a Dennan no le parece bien que exista el club secreto que conforman las Nocturnas. ¿Es porque, como Alec, cree que debería compartir su don con más gente, o porque no está de acuerdo con que se venda un poder a cambio de dinero?

—No voy a mentirte. No creo que ninguna clase de magia deba esconderse —le dice Dennan, cauteloso—. Y no me gusta cómo os tratan las casas, como si fuerais joyas que hay que guardar en una caja. Pero tu don es tuyo, Matilde, de nadie más. Y lo que haces con él es decisión tuya; solo tuya.

Sus palabras hacen que una puerta se abra en su interior y que una oleada de calor se derrame.

Se sorprende de lo muchísimo que está confiando en ella al revelarle sus planes. Si quisiera, Matilde podría acudir a Epinine o al Pontífice mañana mismo para contárselo todo. Dennan debe de saber que no tiene intención de hacerlo, pero, aun así, está confiando en ella.

Matilde se termina la copa de un trago.

—Háblame de Epinine. ¿Qué está tramando?

Dennan tamborilea los dedos sobre el terciopelo.

—Sabe que las Nocturnas no están abiertas al público. Le he asegurado que me estoy esforzando por encontraros a través de otros medios. Me encargaré de que siga pistas falsas hasta que pase la Noche Menor, cuando se celebre la votación. Pero Epinine es meticulosa: no me sorprendería que le hubiera encargado a más personas que os buscaran.

A Matilde le hormiguea la piel.

—Yo también lo creo.

—¿Por qué? —pregunta Dennan, frunciendo el ceño.

Le cuenta, brevemente, lo que ocurrió con el fanático que fue a ver a la Perdiz, y también le habla del grupo que se hace llamar En Caska Dae.

—Podría haberlos enviado el Pontífice —comenta Dennan, tras darle un par de vueltas—. Podrían ser sus agentes secretos.

—Podría ser —responde Matilde—, pero también podría ser cosa de Epinine. Que yo sepa, podría hasta estar conspirando con el Pontífice.

—A mí no me ha mencionado nada al respecto —responde Dennan—, pero veré si puedo averiguar algo.

La música sigue sonando. La mirada de Dennan se torna seria.

—Lo que sí te prometo es que jamás permitiré que te atrapen —le dice entonces.

Sus palabras la reconfortan, pero aún sigue pensando en la advertencia de Sayer. «Te piensas que la gente que ha nacido en una de las casas es de fiar, pero aun cuando está cubierto de joyas y bañado en oro, un puñal sigue siendo un puñal». No sabe si la afirmación es cierta, pero sí que todo lo valioso siempre tiene un precio.

—¿Y qué esperarías que te diera a cambio de tu protección?

Dennan se acerca un poco hacia ella. Matilde intenta no contener el aliento mientras espera a que le responda.

—Hace años, me hiciste un regalo —le dice—. En todo caso, soy yo quien está saldando su deuda.

Matilde se pone firme.

—¿Me estás diciendo que no querrías que te concediera mi magia cada vez que quisieras?

A Dennan le cambia la expresión y revela algo que podría ser frustración.

—No quiero comprar tu favor. Quiero ganármelo. Lo que te dije la otra noche era en serio.

Lo recuerda. «Preferiría que me besaras por voluntad propia». La mirada de Matilde vuelve a posarse en la cicatriz del labio. Son unos labios bonitos. Se pregunta qué sentirá al juntarlos con los suyos.

Matilde carraspea.

—Llevo demasiado tiempo aquí —le dice, poniéndose en pie—. Tengo que volver antes de que alguien me eche en falta. ¿Me escribirás para mantenerme al tanto de lo que ocurre?

—Desde luego.

Matilde se alisa el vestido.

—Hay un ladrillo suelto en el muro de los jardines de mi familia, a la izquierda de la puerta. Puedes dejarme allí tus mensajes.

Dennan rodea la mesa y trae consigo el aroma a especias ahumadas.

—Tengo otra idea.

Le deja algo en la palma de la mano. Es un pájaro pesado de metal sobre un círculo tan fino como una oblea, también de metal.

—¿Qué se supone que tengo que hacer con esto? —pregunta Matilde, con expresión de extrañeza.

—Acaríciale la espalda con el dedo.

Al hacerlo, el pajarillo eriza las plumas y gira la cabeza para encontrarse con los ojos de Matilde, que lo miran abiertos de par en par. Salta de su base y se posa en uno de sus dedos.

—Deja aquí tu mensaje —le dice Dennan, indicándole una ranura en la tripa del animal—. Luego despiértalo y vendrá volando hasta mí. Mientras tengas el círculo contigo, siempre podré mandártelo de vuelta.

—¿Y qué hay que hacer para que se vuelva a dormir?

—Acarícialo.

Al rozarlo de nuevo, la criatura estira las alas y luego se queda quieta.

—Desde luego sabes cómo sorprender a una chica —dice Matilde, tras reírse.

—Siempre me gusta complacerlas —responde él, con una mueca pícara.

Desde tan cerca, sus ojos son casi brillantes. De repente se da cuenta de que se está acercando aún más a él.

—Creo que me gustaría —le dice Matilde en voz baja.

—¿El qué?

—Besarte de nuevo.

Siente su mirada ardiendo sobre ella, como las velas, pero no puede permitirse quemarse.

—Pero no esta noche.

Matilde siente su mirada sobre ella mientras se marcha, pero no se gira. Mejor que no vea la sonrisa que tiene en el rostro.

Sayer le da golpecitos a las cartas con el meñique. Fen siempre se burla de ella: es un gesto delator tan evidente...

—¿Me toca? —pregunta Æsa.

—Así es —responde Samson, terminándose el último cóctel que se ha pedido. Si se metiera en un estanque, flotaría.

Ahora que se ha dejado llevar por el ambiente de la noche, Æsa se siente efusiva. El modo en que inclina la cabeza, y el destello de su mirada expresan un «ay, estoy perdidísima, ¿me puedes ayudar?». Sayer se alegra de ver que al fin sale de su caparazón. Pero ¿dónde está Matilde? Sayer mira por enésima vez el lugar por el que la chica ha desaparecido. Empieza a lamentar haber accedido a formar parte del plan de esta noche. La Nocturna más veterana confía demasiado en sus encantos.

Sin dejar de dar golpecitos con el pie, Sayer baja la mirada hacia sus cartas. Las normas del krellen son bastante sencillas: consigue tantas cartas buenas como te sea posible antes de que la pila del centro se agote. En cada turno, los jugadores deben escoger una carta de la pila o verter la copa krellen. Æsa opta por lo segundo, y derrama el contenido de la copa. La estrella de siete caras se desliza por la tela resbaladiza. Sayer se inclina hacia delante para ver lo que sale: dos manos juntas.

—Ay, qué bien —exclama Æsa con una palmadita—. ¡Tenemos que intercambiar cartas!

Maxim, el amigo de Samson se gira hacia ella y sonríe a Sayer con ese bigote tan desafortunado que le cae como si se le hubiera marchitado por estar demasiado tiempo al sol.

—¿No me das una pista? —le dice—. Venga, una pistita de nada.

—Vas a tener que leerme la mente —responde Sayer, dedicándole una sonrisa afilada.

Maxim entrecierra los ojos. Puedes escoger una carta de forma aleatoria, pero la clave está en interpretar las expresiones de tu oponente para averiguar dónde están las más valiosas. Los mejores jugadores de krellen siempre son buenos mentirosos.

Sayer se ha percatado del gesto delator de Maxim después de dos rondas: mira a todas partes menos hacia sus mejores cartas.

—La tercera empezando por la izquierda —le dice Maxim, señalando la carta.

—La última de la derecha —lo imita Sayer.

El bigote le cae aún más.

—Maldita sea.

Normalmente estaría disfrutando de dejar sin blanca a estos niños malcriados de la casas, pero le cuesta relajarse desde que Matilde se ha ido. Está tardando muchísimo. La música cambia, es más lenta y calmada, pero Sayer se muere de ganas de moverse.

No es solo que el plan de Matilde la tenga de los nervios. Está inquieta desde aquella noche en que peleó contra Gwellyn, cuando se volvió invisible. Ha estado practicando para convocar su don de Nocturna desde entonces, cada vez que Leta se va de casa y nadie está pendiente de ella. Lo consigue la mitad de las veces, pero nunca con la misma facilidad o fuerza con la que lo hizo en el callejón. Es como si faltara algo, pero no sabe el qué.

Seguramente debería decirles a las otras chicas lo que hizo, pero, por alguna extraña razón, le parece algo demasiado personal. Puede que sea porque todo empezó con un beso. El recuerdo reaparece en momentos extraños: cuando está tomando té con las chicas o mientras pasea por el frondoso invernadero de Leta. Aún nota esa sensación tan embriagadora en los labios.

¿Por qué su magia acudió a ella en ese instante y no en otro? ¿Por qué el don de la Perdiz no funcionó con Fen? ¿Estará Fen igual de obsesionada como ella con lo que pasó? No tiene forma de saberlo, ya que no han vuelto a hablar desde entonces. Fen apenas pronunció palabras después de que Gwellyn y sus hombres salieran huyendo del callejón. Tan solo se aferró a la pared y miró a Sayer como si hubiera visto un fantasma. En cuanto se aseguró de que se hubieran quedado solas, prácticamente salió corriendo del callejón. Fue como si se repitiera la noche en la que la señora madre de Sayer murió.

Sayer sostiene sus cartas con tanta fuerza que los pulgares se le han puesto blancos. Æsa debe de haberse dado cuenta, porque apoya una mano en el codo de Sayer, donde los chicos no puedan verla. Cuando la roza, siente esa descarga que nota siempre. También le pasa con Matilde. No es una amistad, no exactamente, sino algo más bien como un reconocimiento. La inquieta de un modo que no sabe explicar.

Alguien dice: «Te toca, Sayer». La chica se adueña de la copa de krellen y hace girar la estrella. Cuando se detiene, muestra una flecha que señala tras el hombro de Æsa, hacia el centro de la sala, donde hay un hombre riéndose. Cuando Sayer lo reconoce, es como si le dieran una bofetada.

Es el hombre al que vio aquella tarde, hace ya tantos años, con su señora madre. Tiene el mismo aspecto, pero parece un poco más grueso a la altura de la cintura. La piel como el bronce, el pelo oscuro cubierto de aceite, los anillos dorados. Resplandece ligeramente. Su traje es del mismo morado que los vinos más caros de Eudea. En la solapa ve el emblema de su casa cosido con hilo dorado en el que se refleja la luz azulona. Es un lobo eudeano.

Sayer sabe a qué casa pertenece.

Una terrible sospecha desciende por su espalda, clavándole las garras en la columna vertebral.

—Me planto —anuncia Sayer, y deja las cartas.

—¿Qué? —estalla Samson—. Pero si estoy ganando; no seas mala perdedora.

Sayer se obliga a sonreír.

—Alguien tiene que asegurarse de que Matilde no se haya tirado a uno de los canales.

Los chicos se ríen, pero Æsa no.

—¿A dónde vas? —le susurra.

—A buscar a Matilde. —Es una mentira—. Enseguida regreso.

Serpentea entre la multitud y va tras el hombre, que se dirige hacia una puerta por la que entra. Sayer lo sigue, intentando pegarse a las sombras, pero su vestido es un adefesio plateado reluciente. ¡Maldita sean Matilde y su necesidad de llamar la atención!

Corre por un pasillo curvado, con el pulso acelerado, y llega a ver al hombre antes de que se meta en una sala. Sayer se acerca lo bastante como para oírle saludar a otro hombre, pero no puede acercarse más sin riesgo a que la descubran. Si pudiera volverse invisible…

Se pega contra un rincón oscuro y convoca su magia. Es posible que no funcione, pero tiene que seguirlo. Tiene que averiguarlo.

Cierra los ojos.

Conviérteme en un fragmento de oscuridad.

Conviérteme en sombras y humo.

La sensación comienza alrededor de las costillas y se extiende como si mil cuchillos le acariciaran con cuidado la piel. El pulso se le acelera cuando el vestido y la piel se vuelven del mismo tono de azul que las paredes y el diseño de la alfombra le cubre las piernas.

Se mira en un espejito. Cuando se mueve, la ilusión la sigue. Al verse, piensa en un tigren: le han dicho que los felinos de la selva tienen manchas en la piel para camuflarse entre la hierba. No son invisibles, pero casi.

Un escalofrío le recorre la piel. Esto es mucho mejor que lo que le prometió su señora madre. Este es un poder que le pertenece por completo.

Se cuela a hurtadillas en la habitación y se agazapa tras una enredadera medialuna. El hombre se ha reunido con otro, que está sirviendo sendas copas de un líquido ambarino. El oído se le ha agudizado, como ya pasó en el callejón. ¡Malditos gatos!, si hasta el tintineo de los cubitos de hielo del vaso suena altísimo.

Desde más cerca, el hombre que besó a su señora madre parece más viejo de lo que recordaba, pero sigue resplandeciendo a causa de todos los años de suntuosa prosperidad. Algo que, como sospecha, ha obtenido gracias a la ayuda de Nadja Sant Held.

Enciende un puro. No es de clavo, como los que fuman todos los jóvenes nobles, sino algo que huele a humedad y tierra.

—Bueno, dime, Antony —dice, dándole vueltas a su copa con decoraciones—. ¿Qué es eso tan importante que me tienes que contar como para que nos veamos aquí a esta hora?

Antony tiene un rostro enjuto y contraído.

—Me temo que malas noticias. No hemos hecho muchos avances con el Pontífice. Dice que apoyará a la suzerana en la votación.

—¿Le ofreciste la donación de la que hablamos?

—Sí. —Antony apura su copa—. Pero no le ha hecho mucha gracia.

— A lo mejor deberíamos chantajearlo con algo —responde el hombre con un gruñido de exasperación—. Hasta los hombres de los dioses tienen trapos sucios en sus confesionarios.

—La votación será dentro de unas semanas —responde Antony.

Sus palabras parecen confirmar lo que el Príncipe Bastardo le dijo al Jilguero: estos hombres pretenden arrebatarle el poder a la suzerana durante la votación. Sayer no le tiene ninguna simpatía a Epinine Vesten, sobre todo después de que Matilde les dijera que la suzerana tenía intención de secuestrar a las Nocturnas. Pero ¿quién ocuparía su lugar? ¿Este hombre que, al amparo de las sombras, solía robarle a su señora madre?

Antony mira a su alrededor, como si alguien pudiera estar escuchándolos a hurtadillas. Sayer se pega aún más al muro.

—Podríamos hablar con Madam Cuervo. Necesitamos la magia de las Nocturnas, y es imposible que se niegue. A fin de cuentas, esas chicas son lo que son gracias a las grandes casas.

A Sayer se le eriza el vello. Ni un solo ricachón bien vestido ha hecho nada por ella.

Los labios del otro hombre esbozan una mueca de desdén.

—No las necesitamos.

—Ya sé que los consideras una blasfemia —responde Antony, con un suspiro—, pero no todos tenemos tus principios.

¿Principios? Sayer recuerda las manos de ese hombre aferrándose a la cintura de su señora madre, y también sus susurros fervorosos. «Palomita, eres lo más dulce que he probado en toda mi vida».

—Es una blasfemia. Pero ¿sabes por qué me opongo de verdad? Porque sería hacer trampas. La fortuna hay que ganársela trabajando, no tumbado de espaldas.

—Venga ya, Wyllo —responde Antony, que parece sorprendido—. Hablas de ellas como si no fueran más que unas rameras.

Su nombre resuena en la mente de Sayer: *Wyllo, Wyllo, Wyllo.*

De repente es como si viajara de vuelta al pasado.

Se ve a sí misma, con diez años, cruzando por primera vez los canales, hasta llegar a la puerta de la casa de este hombre. No se atrevió a levantar la gran aldaba con forma de lobo, de modo que se escondió tras una farola de polillas de fuego y esperó, tratando de que no se le manchara su mejor vestido. Recuerda que llovía, y que le preocupaba ensuciarse con barro. Cuando el hombre salió de su mansión en el Distrito del Jardín, dos chicas y una mujer le siguieron: su auténtica familia. Como llevaba sombrero y paraguas, Sayer no pudo verle bien el rostro. Sin embargo, pensaba que, si él le veía la cara, su señor padre la reconocería. Así podría saber de una vez por todas si las historias de su señora madre sobre Wyllo Regnis eran ciertas.

Pero el hombre no alzó la mirada. Cuando su carruaje recorrió la calle, alguien le arrojó una moneda a Sayer: un cheli, con lo que no se podría comprar ni un pastelito del Dos Llamas. En este instante, se aferra a ese cheli, en lo más hondo de su bolso. Sus bordes no son afilados, el tiempo los ha desgastado, pero se le clavan en las manos, igual que las palabras del hombre.

—No son más que un vicio —responde Wyllo, arreglándose la corbata—, una debilidad de la que las casas se han vuelto demasiado dependientes.

Necesita aire. Sayer se asegura de que su camuflaje aún funcione y sale a hurtadillas de su escondite. Cuando llega al pasillo, encuentra el rincón en el que usó su magia y vuelve a meterse dentro. El aire es más fresco aquí, pero nota la mente obnubilada. Cierra los ojos e intenta centrarse.

La verdad le clava los dientes. *El hombre al que vi besando a mi madre es mi padre.* Volvió, tal y como su señora madre siempre le prometió, pero no para salvarlas, sino para arrebatarle la magia que le quedaba. No bastaba con que la utilizara y la abandonara cuando era una Nocturna. Volvía una y otra vez, y no dejaba más que monedas y promesas vacías tras haberle robado la luz que le quedaba.

Oye un ruido: pasos. Abre los ojos y se encuentra a Wyllo Regnis delante de ella, mirándola. Ni rastro de su camuflaje.

La está viendo.

—¿Qué se supone que estás haciendo aquí, jovencita? —le pregunta, con un tono casi… paternal. Sayer descubre que no puede hablar.

—Se… —balbucea—. Se supone que he quedado aquí con alguien.

—¿Con quién?

—No puedo decirlo.

Su expresión se altera; ya no es tan paternal.

—Ya, entiendo. Así que se trata de uno de esos encuentros. Bueno, alabo tu discreción.

Sayer quiere decir algo, hacer algo, pero tiene diez años y está bajo una farola, deseando que su señor padre la vea y la reconozca como suya.

—Tu cara me suena —le dice el hombre, ladeando la cabeza—. ¿Nos conocemos?

Nota que se le detiene el corazón.

—No.

Él le recorre el cuerpo con la mirada y luego envuelve sus dedos carnosos en torno a su brazo.

—Pues a lo mejor deberíamos.

Su mano es aún peor que la de Gwellyn en el callejón, peor que cualquier cosa que se le ocurra. Hace que unas alas de miedo e ira comiencen a moverse en el interior de su pecho. Con ellas, se alza algo más, algo salvaje y urgente. Una tormenta que vive en lo más profundo de sus huesos.

Sayer extiende las manos y Wyllo sale volando por los aires hasta que se estrella contra una pared. El hombre está a punto de caerse, pero algo lo mantiene en pie, con los brazos pegados a los costados. Sayer ve que se trata de unas bandas de aire teñidas de azul, gris y negro que brillan en la oscuridad, que se han endurecido alrededor del cuerpo de Wyllo y que lo oprimen como si fueran una mano gigante.

Wyllo tiene los ojos muy abiertos y comienza a ponerse morado.

—¿Qué clase de brujería es esta?

Es la magia de Sayer, pero jamás la ha sentido así. Esto es una tempestad que sale despedida de su piel.

—¿Quieres saber quién soy? —le dice, con la voz temblorosa—. ¿Por qué no se lo preguntas a Nadja Sant Held?

Al oírlo, el hombre empalidece.

—Pero no puedes preguntárselo, ¿verdad? Porque está muerta. —Nota un cambio en el ambiente; un sabor a electricidad. Su corazón es un torbellino oscuro—. Y es culpa tuya.

—Apenas la conocía —responde, con el rostro tenso a causa de la rabia—. No sé qué fue lo que te contó sobre mí, pero te mintió.

Siguiendo su instinto, Sayer cierra los ojos y le pide al aire que se cierre en torno a su garganta y aprieta con fuerza. Wyllo jadea, con los ojos saltones. Qué agradable es ver el miedo que tiene.

—Ella te quería —logra decirle—, y tú la traicionaste. Nos abandonaste.

Sayer aprieta los puños y le corta la respiración del todo. Sus labios forman dos palabras: parece que dice «por favor».

Una parte recóndita de su mente sabe que debería parar, pero es como si la magia hubiera estado aguardando este instante. Es como si estuviera diseñada para hacer esto.

El estruendo de algo que se rompe suena a lo lejos y acaba con su concentración. De repente pierde el control.

Su señor padre respira con dificultad, con los ojos cargados de maldad.

—Pagarás por esto.

Pero cuando va a abalanzarse sobre ella, se oye otro estruendo. Uno de los candeleros de la pared estalla con una llama roja intensa y furiosa.

Hijo mío, he hecho algunas modificaciones en mi testamento que creo que pueden interesarte.

A mi esposa, Maud Maylon, le dejo mi casa
de campo y los suministros que se men-
cionan en el apartado XII.
A mi hija más pequeña, Tessa Maylon, le dejo
una dote de 10 000 andels.
A mi hijo, Teneriffe Maylon III, no le dejo
nada.

La situación podría cambiar si arreglaras tus entuertos, pero tendrás que esforzarte para recuperar todo lo que has perdido.

UNA CARTA DE
LORD TENERIFFE MAYLON II
DIRIGIDA A SU HIJO.

9
UNA LLUVIA DE CRISTAL AZUL

Matilde vuelve a la sala del club y no puede dejar de pensar en Dennan. El chico le recuerda a un rompecabezas que le entregó su abuela. A primera vista, parecía un jardín, pero cuando desenfocabas la vista un poco se convertía en la falda de una mujer. Una vez que veías la imagen auténtica, ya no podías dejar de verla, aunque antes jamás te hubieras imaginado que estaba ahí. ¿Cómo tiene que ser averiguar que tu vida es como uno de esos rompecabezas? ¿Qué se siente al descubrir que tu familia se ha convertido en tu enemiga en un abrir y cerrar de ojos?

Camina tan ensimismada en sus pensamientos que no lo ve hasta que se planta ante ella y le bloquea la salida. Matilde se sobresalta. El chico lleva la corbata torcida, el pelo alborotado y tiene los ojos rojos; Tenny Maylon está hecho un desastre.

—Matilde —la saluda, y hace una reverencia a medias un tanto incómoda—. Quiero decir, joven lady Dinatris. Buenas noches.

Hacen falta años de experiencia llevando máscaras —reales e imaginarias— para mantener el rostro imperturbable. Como le diría su abuela: «No permitas que tus clientes te saquen de quicio».

—¿Puedo ofrecerle algo de beber, joven lord Maylon? —le pregunta—. ¿Le apetece un poco de agua con gas? Parece un poco… sediento.

Y es verdad, pero no parece que sea agua lo que está buscando. El miedo le forma un nudo en el estómago.

—No —responde él, relamiéndose—. Gracias, pero… la verdad es que me vendría muy bien un beso.

—¿Un beso mío? —Matilde se cruza de brazos para ocultar que le tiemblan las manos—. Qué atrevido.

Pero él frunce el ceño.

—Creí que… después de lo de la otra noche…

Maldita sea, debería haber sabido que se iba a meter en un lío, pero jamás se esperaba que fuera a abordarla de este modo.

Matilde yergue el cuerpo.

—Creo que te equivocas —responde Matilde, enderezando la espalda—. No puedes exigirme un beso, Tenny.

—Puede que aún no —dice, más para sí mismo que para ella—. Aún no.

Matilde observa horrorizada cómo el chico se apoya en una rodilla y, con una mano sudada, le envuelve la suya.

—Matilde Dinatris, ¿me concederías el honor…?

Ella retira la mano y mira a su alrededor para asegurarse de que estén solos.

—En serio, Tenny. Deberías saber que no es así como se hacen las cosas.

Le expresión del chico se estremece, llena de dolor y de algo más sombrío. Tenny se estira las solapas de la chaqueta mientras se levanta.

—Matilde, estoy metido en un lío. —Los candeleros de las paredes trazan sombras oscuras sobre el muchacho—. Mi señor padre está a punto de desheredarme. Necesito ayuda. Necesito… Te necesito a ti.

Matilde inspira para tranquilizarse.

—Lo que necesitas es dejar de jugar al krellen.

Tenny da un paso adelante y, de repente, Matilde se choca contra la pared, aprisionada entre sus brazos.

—Sabes que podría acudir a Madam Cuervo, o a tu familia. Podría contarles que me has revelado lo que eres y emplear esa información para forzar un matrimonio.

Una llama arde con fuerza tras sus costillas.

—No te atreverías.

—Ah, ¿no? —Tenny aprieta los dientes—. Maldita sea, fuiste tú quien me lanzaste ese beso. Tú te lo has buscado.

Matilde no iba buscando que la manoseara en un pasillo, atrapada en la jaula que conforman los brazos de otro. Intenta quitárselo de encima, pero él se acerca aún más y pega sus labios a los de ella.

Matilde forcejea para apartarse, pero él la retiene, como si estuviera en su derecho de adueñarse de lo que le plazca.

¿Cómo se atreve a hacerle eso?

¿Cómo se atreve?

Una ola de calor le recorre el cuerpo, al rojo vivo.

Cuando la magia brota de ella, normalmente es como si los pétalos de una flor se abrieran y le dejaran un sabor a cenizas en la lengua. Pero esta sensación es un torrente, un incendio repentino que arde con toda la fuerza de su rabia.

Tenny da un bote hacia atrás cuando el candelero que tienen al lado revienta y muestra una llama temblorosa. La llama crece, pasa del amarillo a un rojo intenso. Es suya, su llama, que destella al ritmo de su corazón. Cree que la oye susurrar su nombre.

Un segundo estallido se produce en el pasillo, y luego otro. Matilde siente las llamas como si fueran una extensión de su cuerpo. Desde algún lugar lejano se oye un crujido muy potente.

Tenny tiene una expresión de terror en el rostro, pero Matilde esta embriagada con su propia magia. Se siente viva, siente una llama en su interior a la que no puede ponerle nombre.

Æsa ha bebido demasiados cócteles, pero resulta complicado no hacerlo cuando Samson no deja de ponerle uno tras otro en las manos. Los otros dos chicos, Maxim y West, se han ido a la barra y los han dejado a solas. Æsa no está muy segura de cuánto tiempo ha pasado desde que se fueron las otras chicas, pero le parece una eternidad. Le está resultando complicado controlar el tiempo.

—¿Te gusta? —le pregunta Samson en el oído.

—¿El qué? —pregunta ella, con un hipido.

—Mi acento.

—Pero… —Æsa lo mira, sorprendida—. ¿Acabas de hablarme en illish?

—Es por el cóctel —responde a Samson, al que se le ensancha la sonrisa—. Lo llaman Trotamundos. Tiene unos… ingredientes especiales… que te ayudan a hablar en otro idioma.

Por todos los dioses, ni siquiera se había dado cuenta. De repente hace mucho calor en el club. El jazz es rápido, pero el aire está quieto; casi resulta sofocante.

Samson carraspea.

—Æsa, mira, sabes que… Bueno, creo que eres maravillosa.

—¿De veras? —le pregunta, y Æsa siente el calor trepándole por el cuello.

Él asiente; los ojos le resplandecen bajo la luz azul.

—De veras. Eres deslumbrante.

Samson es atractivo, con ese pelo oscuro despeinado y esos ojos del color del ámbar. Puede que sea un poco frívolo, pero es un buen chico. Además, es uno de los solteros de Simta entre los que podrá escoger, la clase de chico que le aseguraría que su familia jamás tuviera que volver a pasar penurias.

Samson se acerca a ella, con el aliento impregnado del aroma de su cóctel.

—¿Crees que podrías llegar a sentir lo mismo por mí?

El rostro de otro chico se le aparece en la mente: piel marrón, ojos verdeazulados, unos labios gruesos a punto de esbozar una sonrisa. Un escalofrío le recorre el cuerpo, pero Æsa no puede permitirse pensar en que le gustaría que fuera Willan quien estuviera sentado a su lado.

—Quizá —le responde, obligándose a sonreír.

Samson se inclina un poco hacia delante; es un invitación. Æsa se arma de valor y hace lo mismo, aferrándose al asiento con los dedos. ¿Se atreve? ¿Aun después de lo que le pasó a Enis? ¿Envenenará a Samson? No. Puede besar a este chico sin liberar su magia; tiene que hacerlo. Debe encontrar el modo de ser la chica que todo el mundo espera que sea.

Una sensación repentina la hace soltar un jadeo.

—¿Æsa? —pregunta Samson, y retrocede—. ¿Qué pasa?

La chica niega con la cabeza. ¿Es algún efecto secundario de los cócteles? No. Siente que algo tira de ella con la misma firmeza con la que lo harían unos sedales enganchados a sus costillas. Percibe dos hebras de hilo que producen un hormigueo que se debe a un miedo y a una rabia que no le pertenecen.

—Algo va mal —farfulla.

Æsa se siente como cuando se despierta de uno de esos sueños tan extraños que tiene: es como una premonición. La vista se le va hacia el candelabro de cristal azul.

—Métete debajo de la mesa —le ordena a Samson, empujándolo—. Ya.

Él se ríe.

—¿Vamos a jugar al escondite?

En el techo se oye un crujido brillante.

Samson suelta una maldición.

—Por los diez infiernos, pero ¿qué…?

El cristal azul estalla y cae sobre las cabezas de todos los hombres de la sala. Igual que lo que ha visto en el sueño. Las llamas del candelabro arden al descubierto y saltan de sus velas. ¿Por qué son tan rojas?

Los hombres echan a correr por todas partes entre gritos. Samson intenta tirar de ella para que se esconda debajo de la mesa, pero ese tirón que siente en las costillas la aferra con demasiada fuerza; la hace pensar en la otra parte de su sueño, la parte en la que un hombre arrinconaba a Matilde contra un muro mientras ella lo miraba con pavor.

De repente, Æsa sabe qué es lo que tiene que hacer.

Sale de su banco. El cristal cae desde el techo y ahoga los gritos de Samson. Piensa, en lo más hondo de su mente, que debería tener miedo, pero el miedo no tiene cabida en este lugar; no con el océano susurrándole al oído. Deja que el tirón la guíe a través de la sala, en medio de unos brazos que se mueven agitados y unos camareros que no dejan de chillar; dobla una esquina y llega hasta un pasillo curvado. Ahí está Matilde, respirando con dificultad, mirando a un chico con cara de loco que la tiene atrapada. Æsa lo reconoce; lo vio en el baile que organizó Leta: es Tenny Maylon. Está mirándose el chaleco, en el que hay dos marcas humeantes con forma de mano. Es como si alguien hubiera marcado la tela rojiza.

—Tú… —susurra, con la mirada clavada en Matilde—. Lo has estropeado todo.

A Tenny le tiembla todo el cuerpo, parece a punto de hacer algo peligroso. Æsa puede percibirlo. El océano que alberga en su interior la empuja a actuar, entre susurros, para arreglar la situación.

—Tenny Maylon —retumba su voz, haciendo que parezca que viene de todas partes. El sabor a salmuera y a sal le cubre la lengua—. Escúchame.

Æsa jamás ha empleado su magia del Ruiseñor para alterar las emociones de otra persona. No sabe cómo hacerlo, pero, cuando toma la mano sudorosa del chico, prácticamente las ve, fluyendo por su cuerpo como torrentes veloces. Deseo y vergüenza, rabia y dolor… Tiene que apaciguarlas. Æsa piensa en el mar, en cómo transforma la costa y limpia la arena cuando la cubre.

—No estás molesto —le dice—. Y no estás enfadado.

—Pero... —Su expresión cambia. Primero está enfadado, luego duda y parece confundido—. No. Claro que no.

—Te preocupa Matilde, y jamás le harías daño.

Sus palabras y algo mucho más profundo que ellas guían las corrientes de sus emociones, empujándolas por canales por los que ella quiere que fluyan.

—Sí —dice, y suena casi aliviado—. Me preocupo por ella.

Matilde tiene los ojos abiertos de par en par y la llama suspendida al lado de su cabeza sigue parpadeando.

Al final del pasillo, alguien suelta un grito ahogado.

Æsa se da la vuelta y pierde la concentración al ver a una figura a unos diez pasos con la corbata suelta y la camisa desabrochada.

Matilde susurra su nombre.

—Dennan.

Sus ojos violáceos resplandecen bajo las llamas titilantes.

Dennan se acerca a ellas. Tenny se tambalea, con la mirada ida. Ay, dioses, tiene la misma cara que Enis.

¿Qué es lo que le ha hecho?

Durante un instante, parece que están flotando bajo el agua. Entonces, de repente, todas las luces se apagan.

—Venid conmigo. —La voz de Dennan flota sobre la oscuridad—. Rápido.

Alguien la agarra del brazo. Debe de tratarse de Matilde porque el océano que alberga Æsa en su interior se agita ante su contacto. Luego siente un cosquilleo en la espalda. *¿Sayer?* Æsa avanza, a rastras por lo que parece un mar sin límites lleno de monstruos allí donde la luz no puede rozarlos.

Sayer sigue a las chicas como una sombra oculta. No le parece sensato dejar atrás a Tenny Maylon; sabe demasiado. Pero lo mismo pasa con Dennan Hain, y Matilde sigue caminando hacia él. Y su señor padre… podría estar en cualquier parte. ¡Malditos gatos!, menudo desastre.

Está oscuro, pero Sayer se asegura de permanecer invisible. Al emplear su magia, parece que se le agudiza el oído. Distingue lo que dicen los hombres en el salón principal del local. «¿No lo has sentido? —pregunta uno de ellos—. Era magia, te lo digo yo. Era algo poderoso, algo extraño…».

Otros gritan para que alguien busque velas, para que alguien les diga qué hacer, para que alguien les explique qué ha pasado. Tienes que salir de aquí. Que ella sepa, solo hay una salida: el armario falso, pero Dennan Hain no va en esa dirección.

—Dennan. —Matilde suena aturdida, como si le hubieran arrebatado todo su esplendor—. ¿A dónde nos llevas?

—A mi cuarto —responde—, para esconderos.

El corazón de Sayer empieza a latir con fuerza, alerta.

—El club tiene una serie de protocolos —les explica mientras les hace subir unas escaleras de hierro forjado—. Si hay alguna amenaza, cierran la puerta e interrogan a todo el mundo. Querrán saber nombres. No creo que sea sensato que tengan los vuestros.

A Sayer le dan ganas de soltar varias palabrotas.

Dennan abre la puerta del final del pasillo y deja entrar a las chicas. Sayer se desliza tras ellos antes de que se la cierre en las narices. Se queda pegada contra un muro, alejada de los tres, y se fija en cómo observa Dennan a sus Nocturnas. ¿Hay hambre en su mirada, o es solo por la luz cambiante?

—Hola —dice Dennan, haciéndole una reverencia a Æsa—. Creo que no nos conocemos. Me llamo Dennan.

Æsa lo mira como si no lo hubiera escuchado.

—No… No sé qué es lo que le he hecho.

—Ya —responde Dennan, pasándose una mano por el pelo—, en cuanto a eso. Voy a buscar al joven lord Maylon y voy a encerrarlo en mi otro cuarto antes de que tenga ocasión de hablar con alguien. Luego buscaré una forma de sacaros de aquí con discreción.

—Pero ¿la hay? —pregunta Matilde, que parece enferma.

Dennan asiente.

—Hay una escalera trasera, pero tengo que asegurarme de que no haya nadie. Voy a cerrar la puerta. No dejéis que entre nadie.

Le aprieta la mano a Matilde y luego pasa corriendo al lado de Sayer. La puerta se cierra con un *clic* tras él, y por fin se quedan a solas.

—No pienso esperar a que el Príncipe Bastardo venga a rescatarme —dice entonces Sayer, y las otras dos chicas pegan un respingo—. Tenemos que salir de aquí antes de que vuelva.

—¿Sayer? —la llama Matilde, dando vueltas sobre sí misma—. ¿Dónde estás?

Sayer reaparece en un fragmento de luz lunar y vuelve a ser visible. Primero las manos, luego los brazos y el torso pasan de las sombras a la luz. Cuando se da la vuelta, ve a Æsa hundida en una silla, con cara de desconcierto. Matilde mira a Sayer como si fuera un rompecabezas que la confunde.

—Sayer, ¿acabas de emplear tu propia magia?

Se refiere al don de la Perdiz, pero Sayer recuerda el modo en que el aire se retorcía alrededor de Wyllo Regnis, en cómo se alteraba y endurecía a su voluntad.

—Sí —responde—. Y está claro que Æsa también. Por los diez infiernos, ¿se puede saber qué has hecho?

—No lo sé. —Matilde parpadea una, dos veces—. Pero es imposible.

Se quedan mirándose. La habitación está tranquila, pero el ambiente esta cargado de… algo. Esa energía que existe entre ellas es mucho más fuerte ahora. Las olas del océano chocan contra sus costillas y el fuego le recorre las venas. ¿Qué es esto? Gatos, ¿qué está pasando?

Se oyen pasos apresurados en el pasillo. A Sayer le late el corazón a toda velocidad. Le duelen los pies por los tacones de aguja, pero, aun así, se apresura.

—No pueden encontrarnos aquí —repite Sayer—. Tenemos que irnos. Ahora.

—No pensaran que hemos sido nosotras —responde Matilde, frunciendo el ceño.

—¿Estás de broma? Es evidente que ha sido magia; la misma magia que acababa con las chicas en la horca.

Prácticamente siente cómo se estremecen.

—Y aunque no lo sospechan, Dennan Hain lo sabe sin lugar a dudas. Ahora mismo podría estar de camino a buscar a su hermana.

—No va a hacerlo —responde Matilde, negando con la cabeza—. Ya te lo he dicho.

—¿Y qué pasa con Tenny Maylon? —Los ojos verdes de Æsa se muestran imperturbables. Sayer se percata de que hay fuerza en esa mirada, aunque está bien oculta—. ¿Lo haría él?

Silencio.

—¿Cuánto hace que sabe que eres una Nocturna? —insiste.

—Vino a ver al Jilguero hace varias semanas. —Matilde traga saliva—. Antes de que empezara la temporada. Hice mi trabajo y se marchó. Pero luego, en el baile de Leta…, hice algo que no debería haber hecho. Le hice una señal que le hizo pensar que…

—¿Le besaste? —pregunta Sayer, con la boca abierta de par en par.

—¿En el baile? Claro que no. Pero… tonteé con él con un poco de descaro.

Sayer sabe que ella también les ha ocultado cosas, que ha cometido errores, pero este le pone los pelos de punta, de modo que aprieta los puños para que no le tiemblen.

—Eres una hipócrita —la acusa—. Todo el día hablando de confianza y hermandad, y lo único que haces es mentirnos. Eres de las que predican las normas pero no las siguen, ¿verdad? No, tú eres Matilde Dinatris, y para ti todo es un juego.

—Fue una mala decisión. —La voz de Matilde suena más como una orden que como una confesión—. No pensé que fuera a pasar nada serio.

Sayer está tan cerca de Matilde que puede verle el sudor que le recorre el borde del cuero cabelludo.

—Tu problema es que siempre hay alguien que te saca de los líos en los que te metes. No tienes ni idea de lo que es vivir con miedo. Te crees intocable con esa casa y ese nombre tan elegantes. Mi señora madre también pensaba lo mismo —dice Sayer, y se le quiebra la voz—, pero acabó aprendiendo la lección. Haz el favor de quitarte esa venda de oro de los ojos.

Sayer parpadea rápido para contener las lágrimas. Esto es lo que pasa por confiarle a otra gente su futuro. No volverá a cometer el mismo error.

A lo lejos se oye un silbato, alto y agudo, y luego un aullido. Le hormiguea la piel.

—Una redada —exclama Matilde, con los ojos abiertos de par en par.

Un ladrido. Los vigilantes han traído a esos perros a los que entrenan para detectar alquímicos. Pero ¿podrán olfatear lo que acaban de hacer?

—Una vez me topé con un saluki y no detectó mi magia —comenta Matilde.

—Pero me apuesto lo que quieras a que no acababas de emplear tu magia —responde Sayer, rígida.

Se oyen voces justo debajo de ellas, cada vez más cerca, seguidas de un gimoteo.

—Tenemos que escondernos —dice Æsa.

Pero ¿dónde? Sayer mira a su alrededor, pero apenas hay muebles en la sala. Varias sillas, una mesa, la chimenea…

—Puedo desaparecer y provocar una distracción.

—No. —La voz de Matilde suena lejana—. Yo nos he metido en este lío y yo voy a sacarnos de él.

Sayer frunce el ceño.

—¿Qué vas a...?

—Vosotras escondeos. —Los ojos del color del ámbar se clavan en los de ella—. Yo me encargo.

Æsa tira de Sayer bajo la mesa y ambas se cubren con un mantel de terciopelo. Ve a Matilde delante del espejo, junto a la puerta. Tiene algo en la mano. ¿Es posible que sea una camisa?

—Pero ¿qué está haciendo? —susurra Æsa.

Un ladrido, unos pasos que se acercan. Matilde sigue ahí de pie sin hacer nada.

—Matilde, ven aquí.

—Cállate, joder. Intento concentrarme.

En el espejo, Sayer ve cómo Matilde va cambiando. La transformación empieza en las manos, cuyos límites se desdibujan, se encogen y se funden como un espejismo en el desierto. No... más bien como una llama, que le da una nueva forma a la madera. Su cuerpo, su ropa... Todo cambia.

Alguien llama con fuerza, se oye un entrechocar de llaves, y la puerta se abre de par en par. Al otro lado aparecen el portero del hotel, dos vigilantes y las patas blancas y esbeltas de un perro.

Por los diez infiernos, ya está, las han descubierto.

—¿Qué significa todo esto?

Las palabras provienen de Matilde, pero su voz es la de otra persona. Es más profunda e intensa. Suena igualita que la de...

—Lord Hain —dice el portero, sudado y perplejo—. Han alertado a los vigilantes porque hay una amenaza en el local. Si no le importa, les gustaría registrar su *suite*.

—Pues claro que me importa —responde el Príncipe Bastardo (en realidad, Matilde). Por los diez infiernos, qué bien lo hace. A Sayer jamás se le pasaría por la cabeza que está viendo a una chica con una máscara—. Y no me gusta que invadan mi privacidad.

—Me da igual quién sea —dice uno de los vigilantes—. No va a recibir un trato especial.

—Imagino que la suzerana tendrá algo que decir al respecto.

Se oye algo que se arrastra y crujidos, el golpeteo de unas botas, los ruidos de algo que olfatea. Æsa clava las uñas en el muslo de Sayer. El saluki mete el hocico alargado bajo la mesa. Suelta un ladrido y, luego, otro. Uno de los vigilantes se acerca al perro.

—¿Qué pasa, chico?

Las puntas de sus botas quedan a centímetros de Sayer, quien, con el corazón en la garganta, estira la mano hacia su puñal.

—Poner en duda mi palabra es dudar de la palabra de los Vesten —insiste Matilde, a modo de amenaza velada—. Los Vesten, que han apoyado al Pontífice y a los vigilantes. Así que yo me lo pensaría dos veces antes de hacer nada.

Se produce una larga pausa y luego una discusión bastante acalorada. Sayer contiene el aliento cuando el perro sigue olfateando. Pero Matilde debe haber dicho algo convincente porque, al final, los hombres se marchan y cierran la puerta tras de sí. El silencio que dejan tras su retirada parece gritar.

La puerta vuelve a abrirse. Sayer se tensa. Alguien habla con una voz idéntica a la que ha robado Matilde.

—Matilde... ¿Eres tú?

Teneriffe Maylon cae de rodillas en el confesionario. La parte posterior de la ventana de oración tiene grabado el signo de los cuatro dioses: una estrella de cuatro puntas, una por cada uno de los Eshamein. En estos momentos le vendría muy bien alguno de sus milagros.

Por favor, suplica. Perdonadme por todo. Por las apuestas, los tonteos, las partidas y las mentiras. Tenny se ha quedado sin Polvo de Sirena, pero le gustaría tener un poco. Con él, el mundo parece más brillante y amable; te envuelve en una nube de euforia.

No sabe qué fue lo que le hizo la amiga illish de Matilde, pero la sensación era parecida; logró apaciguar sus miedos. Quería sumergirse en ella. Sin embargo, durante las últimas horas, se ha desvanecido, y lo único que queda es un dolor de cabeza y unos pensamientos alterados. Era como si estuvieran guiando a una parte de él; como si la estuvieran controlando. Se estremece. Nadie debería tener semejante poder.

La ventana se mueve y revela un par de ojos oscuros tras una malla. Se trata de un páter, pero lo único que ve Tenny es a su señor padre, formando con los labios las últimas palabras que le ha dedicado. «Tú ya no eres mi hijo».

—Hermano —*dice el páter*—. ¿Qué cargas vienes a presentar ante los dioses?

—He deshonrado a mi casa. He apostado todo el dinero que me da mi familia y... he hecho otras cosas. Muchas cosas. —*Traga saliva y nota los labios secos*—. Les he robado a mi señor padre y a mi señora madre. He mancillado su nombre.

Siente un arrebato de vergüenza, aunque viene envuelto en furia. Es culpa de Matilde que siga enredado en este lío. Le hizo promesas con palabras provocativas y luego se las negó. Un engaño, eso es lo que es. Una traición.

—¿Y qué más? —pregunta el hombre, como si le hubiera leído la mente a Tenny.

—Compré magia —suelta entonces—. Bueno, me la entregaron. Lo hizo una chica.

Varios instantes de silencio.

—¿Fuiste a ver a una de esas chicas que se hacen llamar «las Nocturnas»?

Tenny se encoge al oírlo, pero ya no hay vuelta atrás.

—Sí, y...

No debería revelar qué fue lo que vio. Ni siquiera está seguro de lo que hizo Matilde en el Club del Mentiroso, pero su señor padre es un abstinente y querría que su hijo dijera la verdad en este confesionario. Quizás al hacerlo pueda ganarse nuevamente su favor.

Cuando el páter vuelve a hablar, su voz suena diferente, como rasposa.

—Tienes problemas, hermano. Pero aún hay salvación para ti. Revélale el nombre de esta mujer al Manantial.

Tenny traga saliva, siente náuseas. No creía que... No tenía intención de...

—No puedo.

—Debes hacerlo. Los dioses te lo exigen.

Tenny cierra los ojos inyectados en sangre y apoya la cabeza contra el terciopelo. Quiere darse un baño, sábanas limpias y una oportunidad de empezar de cero.

—Quiero hacer mejor las cosas —susurra, con la voz ronca—. Quiero ser mejor persona.

—Lo serás en cuanto te liberes de la carga que portas en el alma.

Y Tenny la libera.

10

ALAS CLAVADAS

El jardín de Matilde sigue tranquilo. Es pasada la medianoche, y los lirios alados han extendido los pétalos. Su aroma dulce y perfumado llega hasta el árbol bajo el que está sentada. Se trata de un lugar tranquilo en el que huele a néctar y a algas; pero su mente va de un lado a otro, llena de cosas imposibles.

Lo que ha pasado esta noche en el Club del Mentiroso va contra todo lo que le han enseñado sobre la magia. Por un lado, porque se supone que la magia es invisible; poderosa, sí, pero sutil. Por otro, las Nocturnas no pueden emplear sus dones por sí mismas. Además Matilde no se ha limitado a transformar su rostro, sino que también ha controlado el fuego. Bueno, no lo ha controlado exactamente… No sentía que tenía el control, pero una parte de sí misma ha resonado en cada llama, como un latido colectivo. Es la clase de magia que solo las Fyre son capaces de controlar.

Piensa en lo que le dijo Krastan sobre las Fyre la última vez que lo vio. «Me pregunto si es posible que la magia antigua no haya desaparecido, sino que esté dormida. Si es posible que, algún día no muy lejano, despierte».

Sus antiguas hermanas Nocturnas y ella intentaron entregarse su magia las unas a las otras. Bebieron vino rosado y se besaron; sintieron un cosquilleo en los labios, pero no sucedió nada, tal y como les había dicho su abuela. Las Nocturnas no pueden entregarse sus dones entre ellas. Así son las cosas. Pero, entonces, ¿por qué parece que cada una de las tres consigue despertar la magia que albergan las demás? Cada vez que se rozan, la magia crece en su interior y se vuelve más poderosa. Es como si pasar tiempo juntas estuviera despertando algo.

Matilde suspira. ¿Por qué está ocurriendo con estas dos chicas, que no quieren ser sus amigas y que encima le resultan de lo más molestas? Las palabras de Sayer resuenan como un susurro en su mente.

«Eres de las que predican las normas pero no las siguen, ¿verdad? Para ti todo es un juego».

Esta noche ha sido una jugada arriesgada, eso lo sabe, pero no esperaba que acabara con semejante desastre. Ha desvelado su secreto de un modo distinto; y no solo el de ella. Ahora Dennan y Tenny saben lo de Æsa. Matilde agacha la cabeza entre las manos.

Mientras Dennan las sacaba a escondidas por una escalera trasera secreta y las dejaba en el carruaje de los Dinatris como si jamás hubieran puesto un pie en el club, Matilde no dejaba de pensar en Tenny. Aún no puede creerse del todo lo que ha hecho. No puede olvidar la cara que han puesto las chicas al contárselo: Æsa se sentía triste; Sayer, traicionada.

Algo se estrella contra la palmera tundrana que hay cerca de la fuente, y Matilde se pone en pie en cuanto algo oscuro aletea sobre una hoja. Da dos saltitos, vuela hacia ella y aterriza con pesadez en la palma de su mano. A pesar de lo hundida que se siente, una parte de ella se emociona al verlo.

—Hola —le susurra—. ¿Qué tienes que contarme?

Le había enviado el pájaro de metal a Dennan hace horas, para ver cómo iban las cosas con Tenny en el Club del Mentiroso. El papelito blanco que tiene el animal en la tripa debe de ser su respuesta. Lo saca y la caligrafía en la que está escrita es pequeña y ladeada. Han empleado un código bastante simple que ambos se inventaron hace muchos años.

Los vigilantes registraron el club para buscar alquímicos. Encontraron algunos, pero no lo que de verdad estaban buscando. Los clientes han empezado a difundir rumores e historias descabelladas. No creo que entiendan lo que de verdad ha ocurrido, pero a mí me gustaría comprenderlo.

Matilde cierra los ojos. Pues claro que quiere saberlo. Dennan entró en su habitación y se topó con una copia de sí mismo. Se quedó observándola, maravillado, mientras ella se deshacía de la farsa. Recuerda cómo se sintió al deprenderse de los callos imaginarios y al revelar sus propios dedos. Fue emocionante y perturbador a la vez.

Debería estar eufórica. ¿Acaso no ha querido siempre poder emplear el don del Jilguero? En cambio, siente un peso en el estómago que tira de ella. ¿Cómo es posible que las cosas se hayan descontrolado tanto?

Vuelve a concentrarse en la nota.

En cuanto a Tenny, halló el modo de salir de mi suite mientras os acompañaba al carruaje. No hay ni rastro de él, pero lo encontraré pronto. Siempre tuyo, D. H.

Maldito Tenny. ¿Dónde estará? ¿Habrá acudido a su señor padre, el abstinente, para revelárselo todo? ¿O hará tal y como le ha amenazado y empleará lo que sabe acerca de ella para forzar un matrimonio?

Matilde se frota los ojos. En cuestión de un instante, va a tener que despertar a la abuela y contárselo todo. No soporta la idea, pero Leta y ella sabrán encargarse de la situación.

—¿Qué estás haciendo aquí a oscuras?

La abuela baja al jardín por las escaleras del porche. Lleva puesta una bata de noche gris muy elegante. Matilde guarda el pájaro y la nota de Dennan a toda prisa en el bolso.

—Pensaba...

—Pensabas —repite la abuela, con una sonrisa—. Es un pasatiempo peligroso.

—Eso era lo que siempre decía el abuelo.

—Pero creo que lo que quería decir era que era peligroso cuando me descubría pensando, ya que siempre le causaba problemas.

La abuela da una vuelta por el jardín, tocando las hojas y susurrándoles a las flores. Se la ve más salvaje entre su creación, y más joven. Aún podría ser una Nocturna.

—Acabo de tener una conversación de lo más interesante con tu hermano.

Matilde se queda sin aliento.

—Anda, ¿en serio?

La abuela se sienta en un banco y le indica con unas palmaditas que se coloque a su lado.

—En serio, pero ahora quiero que me cuentes tu versión de lo que ha pasado esta noche.

Matilde ya se ha sometido a una de las reprimendas de su señora madre, que ha enumerado todos sus crímenes con los dedos: uno, traer a Æsa tarde a casa y bastante ebria; dos, pasar la noche en un club para caballeros; y, tres, ser una salvaje caprichosa. Pero esta conversación va a ser mucho peor.

Matilde se sienta y trata de buscar las palabras adecuadas mientras se arma de valor, pero la abuela habla antes de que ella tenga ocasión de hacerlo.

—Samson dice que se ha producido un incendio extraño en el hotel. —Le da un golpecito con los dedos en el dorso de la mano de Matilde: es la señal que emplean las Nocturnas para reconocerse—. Dime, cielo. ¿Lo has provocado tú?

El corazón le late desbocado. ¿Cómo es posible que lo sepa? ¿Cómo ha podido adivinarlo?

—Ah… —Las palabras se le quedan en la garganta—. No era mi intención.

—Cuéntame qué es lo que ha pasado —le dice, dejando escapar un suspiro.

Su primera reacción es mentir, pero la necesidad de respuestas es mayor que el temor a una reprimenda. De modo que le confiesa lo que le dijo a Tenny en el salón de baile hace ya varias noches, y también lo que ocurrió en el Club del Mentiroso. Sin embargo, cuando va a revelarle su encuentro con Dennan, algo se lo impide. Ya ha quebrantado demasiadas normas para una noche.

Cuando termina, el silencio se apodera del ambiente. Matilde oye el chapoteo del canal al otro lado del muro de piedra y una melodía que suena a lo lejos, pero este jardín es un mundo pequeño y aislado. Lo que le dijo Alec el otro día vuelve a ella: «Me gustaría que alzaras la mirada por encima de los muros de tu jardín y que vieras lo que ocurre al otro lado». Por alguna extraña razón, le parecen más hirientes ahora que entonces.

Al final, la abuela habla:

—Hay demasiadas cosas que no sabemos sobre lo que podían hacer en realidad las Fyre de la antigüedad. Los páteres enterraron e hicieron arder casi todos los textos que hablaban de ellas, se han perdido y ocultado demasiadas verdades. Lo único que nos queda son las historias que se transmiten de una generación a otra en las grandes casas, y quién sabe cómo han podido alterarse. Las historias de la familia Dinatris afirman que la Fyre de la que descendemos tú y yo podía controlar el fuego.

Matilde se mira las manos. Durante las noches de invierno, Samson y ella metían las manos en la chimenea para ver quién podía acercarse más. A diferencia de él, ella no parecía quemarse nunca. ¿Acaso el fuego que siente siempre ha estado aguardando en su interior?

—Se dice que las mujeres que poseían magia eran afines a uno de los elementos: tierra, fuego, agua y aire —prosigue la abuela—, que daban forma a la clase de magia que podían conjurar. Creo que esta afinidad aún da forma a nuestra magia, aunque no entendamos muy bien cómo. A veces, una pequeña parte de esa antigua magia aflora en nuestro interior. Una chica puede congelar el agua con la yema del dedo, y otra puede manipular el hierro o calentar una habitación.

—¿Y tú podías, abuela? —pregunta Matilde de golpe—. ¿Podías emplear tu magia?

Otro silencio. Esta vez, uno más corto.

—¿Magia elemental? No. Nunca.

—¿Y tu don de Nocturna?

—Matilde, ¿lo has empleado? —pregunta la abuela, tensa—. ¿Has cambiado de forma?

—En el club —responde Matilde, asintiendo—. Me cambió la cara, el pelo, la ropa, la voz... todo.

—¿Y las otras? —pregunta la abuela—. ¿También?

—Sí —responde Matilde, con una exhalación—. Las tres.

Creía que la abuela se sorprendería cuando se lo contara, pero no lo parece. Tiene las manos recogidas sobre el regazo. A Matilde se le acelera la respiración cuando recuerda las últimas semanas y la conversación entre susurros que mantuvieron la abuela y Leta. Luego también recuerda la conversación que mantuvo ella con Krastan el otro día.

«Sabes de sobra que no puedo blandir mi magia».

«Aún no, Stella. Aún no».

Fue como si Krastan supiera —como si, en realidad, todo el mundo supiera— algo que ella no sabía.

—Sabías que esto podía ocurrir —dice Matilde—. ¿Verdad?

—Ay, cielo. —La abuela cierra los ojos durante un instante. Aún es hermosa, pero ahora tan solo parece vieja—. Debería habértelo contado antes.

—Pues cuéntamelo ahora.

La abuela no aparta la vista de los lirios alados. Tienen un aroma muy dulce con un leve toque a putrefacción.

—Como ya sabes, mi don era distinto al tuyo. Yo era el Maniquí, y ayudaba a mis clientes a que resultaran atractivos a los ojos de quien quisieran cortejar. Sin embargo, durante el verano de mis diecisiete años, me negué a atender a los clientes. Era igualita que tú: me irritaba la idea de casarme con alguien que otra persona hubiera elegido en mi nombre. Cuando dejé de entregar mi magia, esta empezó a acudir a mi llamada. Podía alterar mis ojos o mi pelo, o cubrirme la piel de ilusiones. Cuanto más tiempo pasaba sin entregársela a nadie, más tenía para mí.

Matilde se aferra al banco. Una verdad oscura la envuelve con sus zarcillos, y sus espinas amenazan con perforarle la piel.

—Cuando se lo dije a mi señora madre, me contestó que tenía que guardar silencio, entregar mi magia más a menudo y darle menos vueltas al asunto. Me dijo que las chicas que no lo hacían ponían en peligro todo el sistema que las mantenía a salvo. Tenía razón, claro, pero me volví atrevida. ¿Cómo iba a no hacerlo? Un día, puse en práctica mi magia donde alguien pudiera verla, y esa persona resultó ser un páter.

Matilde se estremece.

—¿Qué pasó?

—Fue tras de mí. Me escapé y fui a ver al chico con el que me estaba viendo en secreto, que me escondió en el desván de la tienda de su padre. Luego halló el modo de que el páter guardara silencio para siempre. Nunca le pregunté cómo lo había hecho… No quería saberlo. Pero me sentí muy agradecida de que estuviera dispuesto a pagar un precio tan alto por un error que había cometido yo.

La mente de Matilde va de un lado a otro; está llena de preguntas, pero no sabe por cuál empezar.

—¿El abuelo era el hijo de un tendero?

—Ay, Matilde —se ríe la abuela—. Cuando te gusta una historia, te aferras a ella.

De repente, las ramas de los árboles parecen estar demasiado cerca y el suelo que siente bajo los pies descalzos se siente demasiado blando.

—No puedes estar refiriéndote a Krastan.

—No seas tan estirada. —La abuela curva los labios; hay cariño y tristeza en ellos—. Antaño fue joven, igual que yo, y estábamos locos el uno por el otro. Sin embargo, aun con lo que había hecho por mí, mi señor padre jamás habría aprobado nuestro matrimonio. Mi huida de aquella noche se convirtió en un escándalo, y no tardaron en prometerme con tu abuelo.

La mente de Matilde se tambalea, sacudida por esta revelación. Krastan le dijo que quería a su abuela, pero no esperaba que lo dijera de ese modo. Y, desde luego, no esperaba que la abuela correspondiera a sus sentimientos. ¿El hijo de un alquimista y la hija de una gran casa? Impensable. Por un instante, ve los rizos suaves de Alec y su sonrisa disimulada en la mente.

—Pero yo creía que querías al abuelo.

—Al final lo quise —responde la abuela, con un suspiro—, pero una parte de mi corazón jamás salió del desván de la tienda de Krastan. Allí encontré cosas que no he vuelto a encontrar jamás.

Una pregunta comienza a formarse, una pregunta que le recuerda a una de esas piedras del jardín que a Samson tanto le gustaba voltear para chillar al ver las criaturas que había bajo ellas. Teme lo que pueda descubrir al girar esta piedra, pero tiene que preguntarlo. Tiene que saberlo.

—¿Krastan Padano es mi abuelo?

La abuela no responde, pero su silencio es una respuesta en sí misma. De repente, a Matilde le cuesta respirar.

—¿Lo sabe mi señora madre? —pregunta Matilde.

—No.

—¿Y Krastan?

—Lo sospecha.

¿Es por eso por lo que siempre la mira con tanto cariño? Durante todos estos años, no ha compartido con ella este secreto.

—Podrías haberte fugado —dice Matilde—. Después de aquello dejaste a Krastan. ¿Y a él le pareció bien?

—Hice lo que debía —responde la abuela, que se yergue, tan digna como siempre—. Las mujeres como nosotras siempre anteponen el deber.

Algo en las palabras de su abuela le hace pensar en la colección de mariposas de su abuelo. Aún cuelga sobre su inmenso escritorio de madera de roble. Recuerda cómo clavaba los alfileres con delicadeza sobre el terciopelo, asegurándose de que el ambiente fuera lo bastante seco y fresco para que sus alas se mantuvieran inmaculadas. Había muchos coleccionistas que apreciaban y codiciaban esas mariposas. Matilde jamás se paró a pensar en lo inquietantes que eran; bichos muertos expuestos, atrapados para que otros pudieran admirarlos. Una belleza aprisionada bajo un cristal para toda la eternidad.

Matilde se levanta y camina por la hierba. El agradable borboteo de la fuente suena como si se estuviera burlando de ella. La dulzura empalagosa de los lirios hace que tenga ganas de arrancarlos.

¿Cómo es posible que haya tardado tanto en averiguar el secreto de Krastan y el de la magia de las Nocturnas? Podría haber empleado su propia magia todo este tiempo, y ni siquiera se le ocurrió intentarlo. De pequeña le dijeron que era imposible y se lo creyó.

—Por eso me preocupé cuando Leta cerró el negocio —comenta la abuela—. Le dije que era cuestión de tiempo que empezarais a descubrir la verdad por vuestra cuenta.

¿Era esto sobre lo que siempre susurraban entre las sombras? ¿Cómo mantener en la ignorancia a sus pajaritos?

—También me lo has ocultado a mí. —Era su regla principal. Mintámosle a todo el mundo, pero no nos mintamos entre nosotras—. Lo sabías y no me dijiste nada.

—Siempre has sido una cabeza loca, querida. No sabía qué harías si descubrías que podías emplear tu poder. Hay verdades que es mejor mantener ocultas.

Matilde siente el pecho en llamas. ¿Cómo puede decirle eso su abuela? Le escuecen ojos por las lágrimas.

—Deberías habérmelo contado.

—No me gustaba tener que ocultártelo —responde la abuela, con un suspiro—. De veras. Creía que así podría protegerte para que no cometieras las estupideces que cometí yo.

—No, querías amansarme —replica Matilde—. Querías que fuera una buena chica, una chica obediente. Por los diez infiernos, eres peor que mi señora madre.

Las palabras se desvanecen en el ambiente impregnado del aroma de los lirios.

—Es muy difícil mantener la existencia de las Nocturnas en secreto —responde la abuela, sin perder la calma—. Cuando una emplea su magia, resulta más difícil esconderla y entregarla.

—¿Y por qué deberíamos entregarla? ¿Por qué deberíamos regalar nuestro poder?

La abuela la mira fijamente. Aun en la oscuridad, le brillan los ojos.

—Cuando las últimas Fyre se ocultaron en Simta, dejaron de emplear su magia elemental. ¿Sabes por qué?

Pues claro. Le han contado esa historia miles de veces desde que era niña.

—Porque les resultaba más difícil esconderse de esos espantosos hombres que enarbolaban espadas en llamas.

—Los páteres les hicieron cosas horribles, Matilde. Y no fueron los únicos. A veces, sus vecinos y sus amigos también les hacían daño. Hay historias sobre gente que intentó cultivar su magia, para embotellarla como si fuera uno de los preparados de los alquimistas; sobre reyes que hallaron modos de controlarlas y de emplear su magia; de gente que las persiguió porque tenían miedo. Una mujer con esa clase de poder es un peligro.

Es por eso que las casas las animaron a emplear su magia en secreto. Las Fyre no sabían que aquel gesto se torcería de modos extraños e insospechados, pero decidieron aceptarlo. Es mucho más fácil esconder algo que nadie puede ver.

Algo en las palabras de la abuela la hace pensar en los salukis de los vigilantes. Sus criadores favorecen ciertos rasgos en las crías y se encargan de eliminar otros. Las casas hicieron lo mismo, y dejaron a las Nocturnas solo con unos poderes que ellos pudieran controlar. Poco a poco, las convirtieron en una herramienta para que dejaran de ser una amenaza.

El tono de voz de la abuela se vuelve urgente.

—Ha pasado tanto tiempo desde entonces que se nos ha olvidado por qué aquellas mujeres permitieron que las casas las guiaran, por qué decidieron sacrificar su magia en lugar de salir a la luz. Es peligrosa, Matilde, tanto para nosotras como para quienes nos rodean. ¿Quiénes somos nosotras para despreciar su sacrificio?

«Sacrificio», «honor», «deber»… son palabras que se sienten como una jaula.

—Sé que no te gusta —dice la abuela—, pero este es el sistema, y tenemos que confiar en él. Las grandes casas se han esforzado por mantener a las chicas en el camino correcto e impedir que escojan el de la destrucción. Se castiga a quienes no obedecen, y no quiero que eso te pase a ti.

Matilde contiene el aire. ¿Qué es lo que intenta decirle? Las palabras rabiosas de Sayer vuelven a ella. «Te crees intocable con esa casa y ese nombre tan elegantes. Mi señora madre también pensaba lo mismo, pero acabó aprendiendo la lección». Su madre había dado a entender que Nadja Sant Held era la única responsable de haber caído en desgracia, pero es posible que eso también fuera mentira.

—¿Y qué se supone que debo hacer ahora? —susurra Matilde—. ¿Olvidarlo y hacer como si nada?

La abuela se levanta con el rostro envuelto en sombras.

—Necesitamos que te cases. Cuanto antes, mejor. Y deberás plantearte en serio hacerlo con Tenny Maylon.

A Matilde se le revuelve el estómago.

—Debes estar de broma.

—Yo me encargaré de que guarde silencio —dice su abuela—. Además, pese a sus numerosas debilidades, es bastante buen chico.

Matilde se queda mirándola, boquiabierta a causa del espanto. Hay tristeza en la mirada de la abuela, pero eso no basta para que cambie de idea. Las mujeres de la familia Dinatris hacen lo que deben hacer, por muy desagradable que sea; de modo que espera que Matilde haga lo mismo.

«Te crees intocable con esa casa y ese nombre tan elegantes».

«Haz el favor de quitarte esa venda de oro de los ojos».

Ya se la ha quitado.

Se escucha un ruido que proviene de la puerta del jardín. Una especie de arañazo y un estallido de la madera al romperse.

—¿Quién puede ser a esta hora? —pregunta la abuela, con el ceño fruncido.

La voz que responde es de grava y sal.

—Los soldados de Marren, que vienen a impartir justicia.

La abuela se pone delante de Matilde y la empuja hacia la casa.

—No hay justicia aquí de la que se tenga que ocupar un páter.

—Eso es justo lo que diría una bruja.

Matilde siente un escalofrío y el miedo la envuelve. Otro arañazo, otro golpe en la puerta, tan fuerte que hasta tiembla. Los fanáticos van a tirarla abajo.

Sayer contempla una oscuridad cada vez más profunda a través de la ventana en la casa de Leta. La habitación está demasiado tranquila, pero el ambiente está demasiado cargado. Le encantaría que hubiera un poco de brisa, pero no se mueve nada.

Está cansada, pero, después de la noche que ha tenido, es incapaz de dormir. Sigue esperando oír la trompeta de Rankin; una llamada a las armas, noticias nuevas. Algo que hacer. Quiere ir a ver a Fen, pero Leta está muy atenta desde que ha llegado a casa. Sayer la oye moviéndose por la vivienda como un fantasma.

No sabe qué pensar de todo lo que ha ocurrido, ni tampoco cómo sentirse al respecto. No deja de repetir la escena con su señor padre en su mente. No ha parado desde que salió del hotel. Sigue recordando el modo en que ha hablado de las Nocturnas y cómo le ha clavado los dedos en el brazo. La satisfacción vengativa de emplear la magia contra él ya se ha desvanecido en las horas que han transcurrido desde entonces, y ya no queda más que un dolor rabioso y hueco.

No sabía cómo se sentiría cuando conociera a Wyllo Regnis. Jamás se imaginó que le resultaría tan doloroso. Al menos está bastante segura de que no se lo dirá a nadie. Ya fingía que no sabía nada de la existencia de su hija cuando sabía que no era así, pero ahora que sabe que puede usar la magia… Toda su reputación gira en torno a ser un abstinente. No querrá que nadie averigüe que es el padre de una chica como ella.

Soy una huérfana, piensa Sayer. *No tengo familia.*

Ya lo sabía antes, pero ahora lo sabe con una certeza desgarradora.

Alguien llama a la puerta. Sayer resopla.

—Adelante.

Leta entra con una bata con cisnes negros bordados y el pelo oscuro recogido. Se ven todos los días, pero no es normal que venga hasta el dormitorio de Sayer. Si le sorprende ver a su pupila vestida con unos pantalones que ha robado de uno de sus innumerables armarios, no dice nada al respecto.

—Me alegro de que estés despierta. Tenemos que hablar.

Sayer levanta las rodillas. Leta se posa en el borde del asiento de la ventana y deja que el silencio se convierta en una garra. Antaño su nombre en clave era Urraca, y su don era encontrar cosas que estaban enterradas. Su mirada penetrante hace que Sayer se haya preguntado a veces si aún conserva algo de aquella magia. Después de lo de esta noche, no le parecería tan raro.

—Adoraba a tu señora madre, ¿sabes? —le dice Leta.

De todas las cosas que Sayer creía que le diría, esta no era una de ellas.

—Fuimos Nocturnas juntas, pero estoy segura de que eso ya lo sabías.

Tiene sentido. Tenían más o menos la misma edad y eran buenas amigas. Leta fue la única que acudió cuando su señora madre necesitó ayuda.

—Era encantadora. —Los labios de Leta se curvan y forman una sonrisa—. Era una persona rebosante de dulzura. Las otras chicas me trataban fatal al principio. Se negaban a que una chica a la que habían encontrado en un burdel fuera amiga suya.

De modo que los rumores sobre Leta son ciertos. Matilde se escandalizaría, pero Sayer la respeta aún más. Leta fundó su gran casa a partir de la nada. El privilegio que te ganas peleando es distinto del privilegio que obtienes por nacimiento.

—A mí me daba igual —prosigue Leta—. Había sobrevivido a cosas peores que sus opiniones sobre mí. Pero la noche en que conocí a las demás Nocturnas, Nadja se levantó de un brinco de su asiento y me dio un abrazo. «Hermana», me llamó. «Estamos encantadas de tenerte aquí». Conocía mi pasado, pero no creo que me juzgara por él. Era como una manta cálida que envolvía mi amargura.

Sayer aparta la mirada. Qué extraño le resulta oír que la mujer que te crio tuvo una vida completamente distinta antes de que tú llegaras.

—Le dije que no se dejara cegar por esa dulzura suya. —La leve sonrisa ha desaparecido, reemplazada por algo más frágil—.

Le hablé de las cosas que le dirían los hombres para ganársela. Nuestra Madam no nos tenía tan vigiladas como os vigilo yo. Tu señora madre fue el motivo por el que decidí asumir el cargo. Demasiadas visitas y demasiadas promesas provocan una tragedia. Cuando me lo confesó todo, ya era demasiado tarde para lidiar con el destrozo.

Sayer traga saliva. Ella era el destrozo que estaba creciendo en el vientre de su señora madre. Nota como algo se le retuerce en el pecho.

—Tu abuelo dio por hecho que Wyllo se casaría con ella. ¿Quién no querría a una Nocturna por esposa, aun con el embarazo no deseado? Pero ya se había prometido con la hija de una familia muy rica de abstinentes. No quería que se produjera ningún escándalo, de modo que incluso negó haberse acostado con ella. Era un hombre que estaba ganando fama, y que formaba parte de un grupo de nobles de las casas que afirmaba que la Iglesia tenía razón respecto a la magia. No podía permitir que nadie averiguara que era un mentiroso.

Leta parece más sincera de lo que Sayer la ha visto jamás. La furia que arde en su interior es equiparable a la que siente ella.

—Me dijiste que erais como hermanas —dice Sayer, con la voz tomada, casi temblando—. ¿Por qué no la ayudaste?

—Lo intenté —responde Leta, con tono agudo de nuevo—. Le dije que compraría una casa para ambas si su familia la desheredaba. Sé lo que es perder a un bebé, y las cicatrices que deja en ti.

¿A qué se refiere? Sayer no logra captar el significado de sus palabras ni de su expresión.

—Pero tu señora madre era muy orgullosa —prosigue Leta—, y era muy cabezota. Las cosas tenían que salir como ella quería, o no las quería en absoluto.

No es así como la recuerda Sayer. La señora madre que ella recuerda habría aprovechado cualquier oportunidad de vivir aquí que se le presentara. ¿En qué estaba pensando? Le duele el pecho al darse cuenta de que jamás podrá preguntárselo.

—Sus señores padres, los Sant Held, la habrían aceptado de nuevo, pero le exigieron que renunciara a ti. —Leta mira por la ventana, como si estuviera viendo el pasado en la oscuridad—. Le dijeron que podía pasar las últimas semanas del confinamiento con unos primos en Thirsk y que ellos te criarían. Luego podría volver a ser una Nocturna sin que nadie se enterara de nada. En cambio, decidió fugarse, se cambió el nombre y se escondió en el Distrito del Grifo. Nada de lo que le dije logró hacerle cambiar de idea.

Sayer se queda con la boca abierta.

—¿Se fue al Grifo… por decisión propia?

Leta asiente.

—Nadja tenía muchísima imaginación. Creyó que si se hacía la mártir, Wyllo cambiaría de parecer e iría a buscarla. Luego, cuando los meses se convirtieron en años y él seguía sin volver con ella, se sintió demasiado avergonzada como para reconocer que se había equivocado.

Pero Sayer sabe la verdad. Wyllo fue a buscar a Nadja Sant Held, pero no para honrarla, sino para arrebatarle su poder. *Esto es lo que pasa cuando necesitas a alguien*, piensa. Es lo que pasa por poner tu destino en las manos de otros.

Algo suena en mitad de la noche: puede que sea un pájaro o un insecto. El aire se ha convertido en un aliento contenido.

—¿Por qué me estás contando todo esto?

Leta le dedica una mirada fulminante.

—Porque me estás ocultando secretos, igual que ella, y me niego a cometer los mismos errores.

Sayer inspira hondo. Quizás haya llegado el momento de confiar en ella y revelarle a Leta lo que ocurrió en el club.

Algo vuelve a sonar fuera, aún más fuerte.

—Maldita sea —se queja Leta, que arruga la nariz—. ¿Hay un gato ahí fuera muriéndose?

No. Es una trompeta que suena como agitada, y alguien que la toca muy mal. Rankin.

Sayer se pone en pie en cuanto alguien cruza la puerta del jardín de Leta sin esforzarse por ocultarse. Sale corriendo de la habitación, recorre el pasillo, baja por las escaleras y abre la puerta del porche.

—Fen, ¿qué estás haciendo?

Fen abre la boca en cuanto Leta llega con ellas.

Sayer se prepara para lo peor. ¿Una andarríos en el jardín? Leta querrá que la arresten, pero lo único que hace es quedarse mirándola muy fijamente.

—¿Te conozco de algo? —pregunta Leta con voz extraña y torciendo el cuello.

—No —responde Fen, sin apenas dedicarle un vistazo—. Y tampoco vas a hacerlo ahora.

Sayer las mira a ambas; el ambiente está tan tenso como el cable de una trampa. Por todas las oscuridades de las profundidades, ¿qué está pasando?

Fen se vuelve hacia ella.

—Los En Caska Dae están a punto de asaltar la mansión de los Dinatris.

Sayer suelta una maldición. Tenny, Matilde debe de haberse ido de la lengua. La arrogancia de Matilde se ha vuelto en su contra.

—¿Cómo lo sabes? —pregunta Leta.

—No hay tiempo para explicaciones —responde Fen—. Tig, si quieres ayudarlas, no hay tiempo que perder.

Le lanza a Sayer una de esas máscaras baratas y brillantes que se pone la gente en el Grifo para el Carnaval de la Noche Menor. Fen se saca una para ella; un zorro sonriente.

—Espera. —Los pensamientos de Sayer van de un lado a otro—. ¿Vienes conmigo?

—Si tú vas, yo voy —responde Fen—. Juntas, como las sombras.

El juramento de las Estrellas Oscuras. Sayer traga saliva con dificultad.

—Vosotras dos no vais a ninguna parte —dice Leta con la voz aguda.

—¿Vas a dejar a dos de tus chicas solas, a merced de unos fanáticos? —pregunta Fen, volviéndose hacia ella.

—Convocaré a las casas.

—No llegarán a tiempo.

Leta se gira hacia Sayer.

—Quédate aquí. Es una orden.

Quizá debería hacerle caso; a fin de cuentas, ella nunca ha querido ser una heroína. Pero Sayer no va a abandonar a las chicas.

Me pregunto, amor mío, si en alguna ocasión te obsesionas con aquellas historias que encontré hace ya tantos años; las que hablaban de las Fyre de la antigüedad. Sé que lo único que quieres es proteger a Matilde cuando le dices que tan solo puede entregar su magia a otras personas, pero, Frey, la estás manteniendo débil, tan débil como lo estabas tú cuando me dejaste. Le estás recortando las alas y le estás impidiendo alzar el vuelo.

UNA CARTA
QUE LE ESCRIBIÓ KRASTAN PADANO
A LADY FREY DINATRIS
Y QUE NO LLEGÓ A ENVIAR.

11

ⅅESENMASCARADAS

Æsa observa a Matilde y a lady Frey desde su dormitorio cuando un montón de chicos comienzan a invadir el jardín. Van todos vestidos con túnicas grises y llevan un emblema en el pecho que no logra distinguir. Muchos portan ballestas. Al verlos, a Æsa se le forma un nudo en el estómago.

Alguien la agarra del brazo: es Oura, la señora madre de Matilde.

—Quédate aquí —le susurra Oura—. Y, si se acercan a la casa, escóndete.

—¿Quiénes son? —pregunta, con el corazón latiéndole desbocado.

La boca de Oura es una línea fina pintada de negro.

—Nada bueno.

La mujer se apresura hacia el pasillo. Æsa espera un momento antes de ir tras ella y baja las escaleras hasta llegar a la sala del desayuno. Un gran ventanal que llega hasta el suelo se ha quedado abierto a la noche estancada. Æsa se esconde tras las cortinas y observa desde el marco cómo Oura se acerca al porche con los puños cerrados.

—Esto es una invasión de una propiedad privada —exclama lady Frey—. Marchaos ahora mismo o habrá consecuencias.

—Solo respondemos ante Marren y los Eshamein —dice el hombre que va al frente del grupo, con una voz fría y profunda—, no ante ti.

Es más anciano que el resto, tiene la cara surcada de cicatrices y manchada con rayas de pintura roja. Es como si alguien se hubiera mojado la mano en sangre y le hubiera acariciado las mejillas.

A Æsa le hormiguea la piel; no es la primera vez que ve a este hombre. Lo ha visto en sus sueños, o lo que creía que eran sueños, porque esto parece más bien una pesadilla.

Samson sale al porche con el pelo revuelto y se coloca al lado de su señora madre.

—¿Qué significa todo esto? ¿Quiénes sois?

—Soy la Mano Roja de Marren —responde el hombre—, y somos sus sirvientes, Las Cuchillas de la Llama.

Æsa se aferra con fuerza a la cortina. Lady Frey y Matilde se están acercando al porche, pero los chicos de gris las tienen rodeadas y cada vez se aproximan más a ellas, como la red de un pescador.

—¿Y qué creéis que estáis haciendo aquí? —pregunta Samson, con tono burlón.

—He venido a por la bruja —responde la Mano Roja, y señala a Matilde.

A Samson se le escapa la risa.

—¿Es que ha perdido el juicio?

—Se trata de una acusación muy grave —dice lady Frey, que los mira a todos con el ceño fruncido.

—Eso de ahí es el auténtico peligro. —La voz de la Mano Roja es como la marea, resulta casi hipnótica—. Lo que porta no le pertenece, lo robó del Manantial. Ya es hora de que responda por sus crímenes.

—Mi hija no ha cometido ningún crimen —responde Oura, con la voz cargada de rabia—. ¿Quién te crees que eres para acusarla.

—Un vigilante no, desde luego —responde lady Frey, que no pierde la calma—. No tenéis derecho a entrar aquí.

—Tiene razón. —Samson ha bajado las escaleras y ha pasado al lado de los Caska para ubicarse frente a la Mano Roja, junto a la fuente—. Escuchadme bien, esta es mi casa. Marchaos ahora mismo o me aseguraré de que lo lamentéis.

La Mano retira los labios y revela los dientes.

—Ardemos con un propósito. Tus amenazas no significan nada para el fuego.

Mueve un dedo y algo cruza el aire: una flecha. Æsa ve cómo golpea a Samson en el hombro derecho. El chico cae al suelo. Oura grita y baja corriendo las escaleras para ayudarlo. Matilde también corre hacia él.

La Mano Roja se abalanza hacia Matilde y la agarra por la tira del bolso de cuentas. Æsa no le ve la cara a su amiga, pero siente su miedo.

—Ni se te ocurra.

Se oye un rugido atronador.

—¡No, Matilde! —grita lady Frey.

La Mano Roja retrocede a trompicones. Matilde tiene algo en la mano. Parece una pelota, pero brilla. No, no brilla… arde.

Los chicos de gris se dibujan la señal de los Eshamein en la frente. El brillo de la esfera de fuego se refleja en sus ojos asombrados y aterrados.

—La casa Dinatris no admite intrusos. —Matilde tiene la mirada enloquecida—. Os sugiero que os vayáis antes de que os haga arder.

Nadie se mueve, todos están embelesados. La expresión de la Mano Roja es de un júbilo extraño, pero entonces dice:

—A por ella.

Unos pocos chicos, los más valientes, se acercan a ella. Matilde dispara la bola de fuego. Uno de ellos grita cuando se le prende la ropa, y otro intenta apagar las llamas antes de que se extiendan, pero Matilde ya está arrojando otra bola. ¿De dónde salen? Se le han chamuscado algunas partes del camisón, y las llamas parecen acariciarle la piel, pero no queman.

Los chicos de gris dan vueltas a su alrededor, intentando acercarse. Parece que quieren apresarla, no matarla. Pero Æsa sabe qué es lo que va a pasar a continuación porque lo ha soñado: la Mano Roja busca algo en su túnica gris con el rostro cubierto de cicatrices retorcido. Las llamas de Matilde se reflejan en algo brillante.

El océano se alza en el pecho de Æsa.

—¡Matilde, cuidado!

Æsa sale por la ventana y extiende los brazos como por instinto. Es como si la magia fluyera a través de ellos y brotara de su interior como una ola estremecedora. El agua de la fuente se alza por encima del borde, se extiende por el jardín y se envuelve como un muro alrededor de Matilde. El puñal de la Mano Roja desciende, pero la hoja se sumerge en el agua, que de repente se convierte en un capa de hielo sólido. Æsa ve a Matilde a través de ella, que la mira con asombro.

Bruma marina en la nariz, las olas en los oídos. Æsa se siente como una sheldar; y que los dioses la asistan, porque podría decir que casi esta disfrutando de ello.

La Mano Roja alza una mirada cargada de rabia y de una sensación de triunfo.

—Ahí hay otra —ruge—. ¡Atrapadla!

Varios chicos de gris comienzan a acercarse a ella enarbolando sus ballestas. Æsa podría meterse corriendo en la casa, pero Matilde está atrapada en el hielo, y Frey y Oura están junto a la fuente, sobre Samson. No puede abandonarlos.

—Acompañadnos por voluntad propia —les ordena la Mano—, y nadie más tendrá que sufrir por vuestros pecados.

La palabra «pecados» la sorprende y le hace bajar las manos. El muro de hielo de Æsa se agrieta, se derrite y se derrama por la hierba. Los chicos de gris cargan contra ella. Se las van a llevar, y Æsa siente un sollozo contenido en la garganta.

Pero entonces se oye una onda de sonido: una corriente de aire que se abre paso a través de la calma. La Mano Roja sale disparada por los aires y cae al suelo. Los chicos de gris empiezan a desplomarse también; uno de ellos se aprieta la barriga, otro se araña el cuello. Uno pelea como un loco contra algo que no ve, y luego cae como si le hubieran dado un puñetazo en la mandíbula. Las ballestas salen volando de las manos de los chicos y aterrizan en los arbustos. Hay un movimiento en el aire, como sombras que se retuercen. Si Æsa entrecierra los ojos, le parece ver a...

Por todos los dioses.

¿Sayer?

Dos figuras enmascaradas aparecen y desarman a los Caska antes de que les dé tiempo a reaccionar. ¿De dónde han salido? Una de ellas lleva una máscara de zorro, la otra es la de un tejón. El tejón lleva algo en la mano: una esfera de cristal. Cuando dos de los Caska se abalanzan hacia él, la arroja al suelo y la rompe. Algo sinuoso emerge de la esfera, algo que parecen pájaros de humo. Las aves rodean a los chicos de gris, que empiezan a golpearlas. Uno de ellos suelta un grito agudo de terror.

Æsa corre a través del caos hacia Matilde y ambas avanzan a trompicones hasta la fuente, donde se ha agrupado el resto de la familia Dinatris. Deberían meterse en la casa, pero parece que Samson no puede levantarse, y hay demasiados chicos con ballesta dispuestos a dispararle a todo lo que se mueva.

De repente se oye un grito y aparece Sayer con una máscara de tigresa. Uno de sus amigos, el tejón, se tropieza con una ballesta, cae al suelo y sale rodando hacia ellos. El zorro hace una pirueta grácil y se dirige hacia la Mano, enarbolando un puñal. Uno de los Caska se abalanza sobre el tejón, pero Sayer alza la mano, cierra el puño, y el chico se tambalea y se lleva las manos al cuello como si no pudiera respirar.

—Parad —ruge la Mano Roja—, o empezaremos a disparar.

Sayer baja la mano y el chico vuelve a tomar aire. Los enmascarados y Sayer retroceden hasta la fuente y se acercan al resto del grupo. Varios de los Caska siguen gritando e intentando acabar con los pájaros de humo, pero la mayor parte del grupo los tiene rodeados. No tienen a dónde huir.

—El Pontífice quería que le lleváramos a una como prueba —susurra la Mano Roja—, pero voy a llevarle tres. Sois un veneno escondido a plena vista.

Los chicos de gris se llevan los puños al pecho y susurran juntos una oración. «Un fuego purificador para purificar al mundo». Hay tanto odio en sus rostros que Æsa no logra contener la vergüenza que siente.

No deja de pensar en lo que dirá su madre cuando se entere de esto, en lo que dirá su padre. También piensa en Willan, que le dijo que volvería a buscarla. «Juré protegerte». Pero llega demasiado tarde.

Matilde le agarra la mano, mete la otra en el bolso y saca algo: un vial oscuro.

—Conque veneno, ¿eh? —grita—. Pues toma un poco.

El vial se rompe en la base de azulejos de la fuente. Un humo negro y denso se expande como una nube. No, no es humo, más bien es… oscuridad. Dioses, le pican mucho los ojos. Los En Caska Dae gritan y tosen, pero Æsa ya no puede verlos.

—A la casa —ordena lady Frey—. Rápido.

Pero ¿por dónde se va a la casa? Es difícil saberlo por culpa de la oscuridad. Matilde no le suelta la mano y Æsa busca la de Sayer a tientas para asegurarse de que no se quede atrás.

Algo ocurre en cuanto sus manos se encuentran. Sienten un escalofrío cuando se unen, y luego una oleada repentina. Es como si todas las otras veces que se tocaron no hayan sido más que una onda ligera. Esta vez es agua y luz, roca y tierra, viento y fuego, que cobran vida. Matilde nota una sensación de plenitud desbordante; una sensación que parece apropiada. Pero luego se desvanece y la deja sin aliento.

El suelo se estremece. De algún modo, parece menos sólido bajo sus pies. Los árboles rugen, es el sonido de un barco en medio de una tempestad, y algo se desliza junto a ella. Es como si todo el jardín hubiera cobrado vida violentamente.

Cuando la Mano Roja habla, lo hace con un tono casi reverente.

—Ana. ¿Eres tú?

Uno de los Caska grita, y luego otro hace lo mismo, con lo que la oscuridad se convierte en un mar de gritos de pánico.

Matilde está que arde, tanto por fuera como por dentro. Esta oleada repentina es como estar demasiado cerca de la chimenea. Quieres su calor, pero también temes que te queme. Y entonces, de repente, el fuego retrocede.

El jardín está lleno de ruido: hojas que susurran, madera que se parte, palabrotas, gritos. Algo que no puede ver sacude el aire junto a su cabeza. El Manto Nocturno lo cubre todo, pero no durará mucho. Tiene que escapar.

Se acerca a Samson, pero ya hay alguien levantándolo del suelo. Alguien la agarra del brazo y vuelven por las escaleras a trompicones hasta la casa.

—Te veo, ladronzuela —grita la Mano, una y otra vez—. ¡Te veo!

Matilde se da la vuelta una última vez en el porche para asegurarse de que nadie se quede atrás y abre la boca, incrédula, ante lo que cree ver. Todo el jardín ha cobrado vida. Las enredaderas azotan y los arbustos estrangulan; los árboles han sacado las raíces del suelo y han atrapado a los Caska con ellas, como si fueran serpientes. La Mano Roja está preso en la fuente, agitándose por la rabia.

—No podéis huir de mí —ruge, clavándole la mirada—. ¡Marren obtendrá su venganza!

Matilde entra en la casa y cierra la puerta con llave. Su familia entera se ha desplomado contra una pared en el vestíbulo principal. Samson tiene la cabeza apoyada en el regazo de su señora madre, quien trata de detener la hemorragia del hombro. Los ojos de su hermano resplandecen cuando la mira.

—Tilde —carraspea—. ¿Acabas de crear bolas de fuego?

Pero ella no le hace caso y se pone en cuclillas. Su madre la mira con terror. ¿Teme a los En Caska Dae, o a su hija por lo que acaba de hacer?

—Mi hermana tiene poderes mágicos —balbucea Samson—. Y la chica a la que he estado cortejando también. Maldita sea menuda…

La abuela le ordena que se calle y centra la mirada en Matilde.

—Tenéis que iros. Ya.

Matilde frunce el ceño.

—Pero…

—Escúchame. Id a la tienda de Krastan. No volváis a casa hasta que tengáis noticias mías.

Pero este es su mundo, su familia, y todo está hecho pedazos.

—No voy a abandonaros.

—Sí lo harás —responde la abuela—. Debes hacerlo.

Su señora madre le agarra de la mano y le da un beso fervoroso.

La abuela le aprieta la otra.

—Vuela con cuidado, cielo. Vuela fiel a ti misma.

Alguien tira de ella y, de repente, echan a correr.

—Hay varios chicos en la entrada —jadea Sayer—. Los estoy oyendo intentando echar la puerta abajo.

—¿Pues a dónde vamos? —pregunta Æsa.

La pregunta saca a Matilde de su aturdimiento.

—Al tejado.

Llegan a lo alto de las escaleras en cuantos los En Caska Dae irrumpen en el vestíbulo. Matilde los oye gritarle a su familia.

«¿Dónde están?». Nota el corazón en llamas, pero no puede mirar atrás.

Siguen subiendo —¿siempre ha habido tantas escaleras en esta casa?— hasta llegar a la trampilla del tejado que queda cerca de la habitación de su señora madre. Matilde tira de ella y suben raudamente hacia un desván agobiante y mohoso tan grande como la planta de la casa.

—Por aquí —les susurra Matilde, y se apresuran a través de las reliquias de la familia Dinatris.

El sudor se le acumula bajo la correa del bolso, que aún lleva sobre el hombro. El camisón de satén morado no deja de enredársele en todas partes. Joder, ¿por qué no se ha puesto zapatos? No pensaba que fuera a tener que huir para salvarse vestida solo con la ropa de dormir. Tiene que tragarse una risa de loca histérica.

En el extremo más alejado, abre una ventana redonda de color rosa y sale por ella, luego se queda mirando mientras los demás suben al tejado. Sayer, el zorro y el tejón parecen haberse escapado de una fiesta con una temática muy extraña. Ella y Æsa son las únicas que llevan el rostro al descubierto.

Nos han desenmascarado.

Corren hasta el puente flotante, una estructura estrecha que se extiende hasta la siguiente mansión. Están ahí para escapar de un incendio o, por lo visto, de unos fanáticos religiosos. Pero hasta que Sayer y ella no lo despliegan, no recuerda que está sin terminar y que no llega hasta la cornisa de la otra mansión.

El zorro se ha acercado hasta el borde del tejado y mira hacia el jardín. El tejón se para a su lado y le da un tirón del chaleco naranja.

—Tenemos que irnos.

El zorro no se mueve. Se ha quedado paralizado, con los puños cerrados como si hubiera quedado fascinado con algo.

Al chico de la máscara de tejón le tiembla la voz.

—Fen... Por favor...

«Fen». Matilde se sobresalta al oír el nombre. El zorro no es un chico. Es la criminal de Sayer. Fenlin Brae inspira hondo y se gira hacia ella. Matilde solo le ve un ojo.

—Tú primero, Rankin —ordena Fen.

El tejón le hace un gesto de obediencia y empieza a correr, con una trompeta sacudiéndose a su espalda. Cruza el puente, salta el hueco y aterriza en el tejado de los vecinos. Luego va el zorro, que antes se da la vuelta y les hace un gesto para que se den prisa, pero Matilde no se siente segura. Ojalá tuviera un momento para recobrar el aliento.

De repente oye una tela al rasgarse. Se da la vuelta y se encuentra a Sayer con un puñal en la mano, rajando el satén delicado de Matilde.

—Sayer, ¿qué cara...?

—Los camisones no están hechos para fugarse —gruñe Sayer.

La raja que corta le llega casi hasta el hueso de la cadera. Los gritos que vienen de abajo se oyen cada vez más fuertes.

—Venga —les grita el tejón, extendiendo las manos—. Os ayudamos.

Pero Æsa se ha quedado paralizada en el borde del puente, con su camisón de terciopelo azul y el pelo brillante y alocado alrededor del rostro.

Se oyen unos pasos cerca; muy cerca. El pánico le revuelve el estómago a Matilde, pero la abuela le enseñó a llevar una máscara, incluso cuando no tiene una, para que el mundo solo viera lo que ella quiera enseñar. De modo que se arma de valor, agarra a Sayer del brazo y tira de ella hacia Æsa.

—Venga, chicas. Saltamos juntas.

Matilde empieza a contar: «Tres, dos, uno», y las tres Nocturnas vuelan. El hueco no es muy grande, pero la caída sí. Es como si estuvieran cayendo en un mundo nuevo y desconocido.

Cuando aterrizan parece que están a punto de caerse, pero entonces echan a correr, y Matilde siente el bolso de cuentas contra la cadera. Las tejas resbaladizas hacen que se tropiece y las más afiladas le hieren los pies, pero apenas las siente. El corazón le late tan acelerado que tiene la impresión de que va a estallarle. La luna sobre el mar tiñe la silueta de la ciudad de Simta mientras cruzan los tejados, de un puente a otro, corriendo por crestas que a veces no son más anchas que un antebrazo. Æsa se resbala en una ocasión y agita los brazos. Sayer casi le arranca la bata cuando intenta evitar que se caiga.

Matilde extiende los brazos en la oscuridad como si fueran un par de alas. Procura no mirar hacia abajo ni hacia atrás. Tres saltos más entre los tejados hasta llegar a la última casa y entonces, llega el momento de bajar.

La ventana del desván está cerrada con pestillo. El zorro rompe el cristal naranja de un codazo y mete la mano por el hueco. Matilde siente la necesidad de decir algo, lo que sea.

Si no, puede que llore o que se ponga a gritar.

—Vaya, Fenlin, parece que no es la primera vez que entras por la fuerza en una casa.

El tejón —¿Rankin era?— se echa la máscara hacia atrás y sonríe, con lo que revela un hueco entre los dientes.

—Pues deberías verla con las ganzúas.

—No tenemos tiempo para ser delicadas —responde Fen con un gruñido.

Atraviesan corriendo la mansión en la que, para suerte de todos, no hay nadie. Matilde solía jugar aquí con las gemelas Layton. Su aspecto es distinto al de sus recuerdos; todo parece más amenazante, pero no hay tiempo para asustarse por unas cuantas sombras. Los chicos de gris no deben estar muy atrás, de modo que siguen adelante, bajan las escaleras, cruzan un jardín silencioso y salen a hurtadillas por la verja que da a la calle.

—¿A dónde vamos? —susurra Æsa.

Los dedos de Matilde se envuelven en torno al pájaro que le entregó Dennan, que sigue en un bolsillo de su bolso.

—Mi abuela me dijo que fuéramos a casa de Krastan. Deberíamos hacerle caso.

—¿El Alquimista Amarillo? —pregunta Sayer—. ¿Estás segura de que podemos fiarnos de él?

—Conoce mi secreto —responde Matilde con un suspiro—, y su aprendiz también. Fue él quien fabricó la poción con la que hemos escapado.

—Me cago en los gatos, Dinatris —susurra Sayer, enfadada—. ¿A cuántas personas se lo has contado?

—A tantas como tú —responde Matilde, señalando a Fenlin y a Rankin.

—No empecéis —susurra Æsa—. Ahora no.

—La niña rica tiene razón —dice Fenlin en voz baja, para que lo oiga solo Sayer—. Son de fiar. El aprendiz, Alecand Padano, está en la guardia de las Estrellas Oscuras.

Matilde no entiende lo que significa eso, pero seguro que Sayer sí. Deja escapar un suspiro.

—Pues vamos.

La carrera a través de Distrito del Pegaso se alarga porque se limitan a circular por callejones tenuemente iluminados. Debe de ser la una o las dos de la madrugada, por lo que no hay mucha gente en la calle. Las polillas de fuego de los faroles gritan, brillantes y delatoras, por encima de ellas. Los cristales y la suciedad se le clavan a Matilde en los pies. Sus pasos tambaleantes se mueven al compás de sus pensamientos: *Ese hombre ha disparado a Samson. Ese hombre ha intentado secuestrarme.* Ha invadido el hogar en el que se creía protegida, el lugar en el que nadie se atrevería a entrar. Pero también hay otro pensamiento: *Æsa y Sayer han puesto sus vidas en peligro para protegerme.* Le falta el aliento.

—Por aquí —jadea, señalando una calle más ancha.

Varias personas se asoman a las ventanas y a los pórticos. Solo espera que nadie la reconozca.

De repente oyen gritos tras ellas. ¿Los Caska? Matilde gira bruscamente hacia unas escaleras hundidas bajo el nivel del suelo y pega la espalda contra la pared. Los demás van tras ella y contienen el aliento mientras tres chicos de gris pasan justo por encima.

Fenlin se echa la máscara hacia atrás, con lo que revela una mandíbula afilada, un parche en el ojo de color verde y una boca arrolladora; besuqueable si te gusta darle un toque letal a tus citas.

—Hay más —dice Rankin, que se ha asomado para echar un vistazo—. Me cago en los gatos, mira que son pesados.

—¿Cómo es que nadie los ha detenido aún? —pregunta Sayer, con el ceño fruncido—. No son vigilantes.

Fenlin se encoge de hombros y responde:

—Nadie va a sacarnos de esta.

La mente de Matilde va de un lado a otro, tramando planes y descartándolos.

—No pueden vernos cerca de la tienda de Krastan. No pueden enterarse de que nos está ayudando.

Sayer se retira la máscara; tiene la frente cubierta de sudor.

—Yo puedo convertirme en una sombra, y quizá pueda hacer lo mismo con Fen y con Rankin.

—No, Tig —responde Fenlin, negando con la cabeza—. Será mejor que te la guardes para ti.

Sayer y Rankin hablan a la vez, y Fen le dice algo a Æsa. Matilde agarra el medallón e intenta no pensar en ese espantoso hombre, la Mano Roja, que ahora sabe quién es y dónde vive… Le ha destrozado la vida.

Y siente ganas de arrebatarle algo a él.

Matilde cierra los ojos. Ni tiene nada suyo que pueda sostener para ayudarla con la transformación, pero da igual. Tiene sus manos grabadas a fuego en la mente, secas y rugosas como el papel, y también sus ojos, que arden tras la marca de la mano que luce en el rostro. El calor titila, siente cenizas en la boca y una calidez ondulante que le recorre el cuerpo entero y brilla como una segunda piel.

Cuando abre los ojos, Rankin está mirándola.

—Joder, señorita, ¿qué le ha pasado en la cara?

Matilde alza la mirada y se encuentra con que todas la observan asombradas. Preocupada, se lleva una mano a la mejilla.

—¿Tan mal lo he hecho?

—No, está genial —responde Sayer, que no deja de parpadear—, pero es que es… inquietante.

Fenlin tiene cara de haber visto a un fantasma.

—Esa es una manera muy agradable de decirlo.

Cuando Matilde se mira las manos, es como si viera las de la Mano Roja sobre las de ella, y se estremece.

—¿Sueno como él? —pregunta—. No lo distingo.

Todas asienten, y entonces Matilde traza un plan. A Sayer no le gusta tener que separarse, pero Matilde la convence de que es la mejor opción. Luego Sayer se convierte en sombras, y Fen y Rankin van tras ella. Sayer se encargará de reconocer el terreno. Mientras tanto, Matilde agarra a Æsa del brazo y reza para que la magia aguante.

Solo han recorrido una manzana cuando se encuentran con los Caska. Gracias a los dioses que la Mano Roja no está con ellos.

—Señor —dice uno de ellos, expectantes—, ¿cuáles son sus órdenes?

Matilde va a responder, pero el miedo la deja sin palabras.

Nunca te quites la máscara, piensa. Es una de las normas de las Nocturnas. *Jamás permitas que te vean.*

—La tengo —dice, con una voz robada cargada de confianza en la que no queda lugar para las dudas—. Las demás van por allí, hacia el canal. Id a por ellas.

Parecen dudar y no apartan la mirada de Æsa. *Maldición.*

—¿Es que no me habéis oído? —estalla Matilde—. He dicho que vayáis a por ellas.

Los chicos hacen una señal sobre el corazón y echan a correr.

A Matilde se le forma un nudo en el estómago y se siente como si varias polillas de fuego le estuvieran recorriendo la piel; le cuesta pensar por culpa de la sensación.

—Matilde —le susurra Æsa—, se te ve la cara.

Matilde se limpia las manos en la falda.

—Bueno, pues será mejor que nos demos prisa.

Recorren la calle intentando que el amparo de las sombras las proteja. Doblan dos esquinas más y ven a lo lejos la tienda de Krastan. Sayer y sus amigos ya han llegado. Están demasiado a la vista.

Las chicas corren hacia el resto del grupo. Cuando Matilde trata de abrir la puerta, la encuentra cerrada con llave. Pero Krastan estará arriba; tiene que estarlo. No puede acudir a nadie más.

Llama a la puerta amarilla, a la espera de que aparezcan gritos por detrás. Le duelen los pies y tiene la respiración entrecortada. Cuando está a punto de arriesgarse a gritar, la puerta se abre y se topa con la cara de sorpresa de Alec.

—Me cago en los gatos. ¿Tilde?

—Déjanos entrar. Está siendo una noche horrible.

Alec retrocede y el grupo ingresa por la puerta. Una única vela arde sobre el mostrador. El ambiente está cargado con un aroma a tierra y a hierbas. El agotamiento golpea a Matilde de repente. Siempre ha pensado que las chicas que se desmayaban fingían, pero, de repente, tiene la impresión de que va a desvanecerse.

Alec las está mirando.

—¿Qué pasa?

—Krastan me dijo que viniera aquí si en algún momento necesitaba un puerto en mitad de la tormenta —le explica Matilde—. Bueno, pues lo necesito. Todas lo necesitamos.

Los ojos oscuros de Alec la examinan como si fuera una poción complicada.

—¿Quién te ha descubierto?

Matilde inspira hondo.

—Unos páteres fanáticos.

Alec suelta una palabrota.

—¿Os han seguido?

—Lo han intentado —responde Rankin—, pero les hemos dado esquinazo.

—Gracias por los Asustones, amigo —le dice Fenlin, y luego se quita la máscara de zorro. Parece haberse recuperado de ese extraño episodio que ha tenido en el tejado—. Ha funcionado de maravilla. ¿Qué era esa poción oscura que le diste a la ricachona? Tendrás que prepararme un poco.

—Lo haré, Fenlin —responde Alec con un suspiro—, pero a saber qué haces con ella.

Por las oscuras profundidades, ¿cómo es posible que Alec y esta andarríos se conozcan? Matilde está demasiado abrumada como para preguntarlo.

Alec mira el suelo con el ceño fruncido y se fija en las pisadas ensangrentadas.

—Toma —le dice, sacándole un par de alpargatas desgastadas de detrás del mostrador—. No puedes ir por ahí dejando un rastro.

Luego cierra la puerta de la tienda y las lleva hacia el pasillo trasero. Las alpargatas son demasiado grandes, y Matilde se tropieza antes de dar siquiera cinco pasos. Alec la sujeta tomándola del brazo. Matilde quiere bromear y decirle que primero debería invitarla a cenar, pero está demasiado cansada. Alec huele muy bien: como a humo y hojas de ortino. Algo que se acerca demasiado a un sollozo le llena la garganta.

En la habitación trasera secreta, Alec saca un tarro de una de las estanterías que hay cerca del rodapié. Una sección entera de la pared del fondo se abre y revela una puerta; otra habitación secreta cuya existencia desconocía Matilde.

Con una vela en la mano, Alec guía al grupo por unas escaleras destartaladas hasta llegar al sótano. Pocas casas en Simta tienen sótano; el nivel del agua es tan alto que tienden a inundarse.

—Apartaos —ordena Alec, que levanta una de las esquinas de la alfombra y revela una trampilla redonda de metal oscuro con grabados de flores y caballos alados.

—Creía que ya no existían los túneles —comenta Sayer, con el ceño fruncido—, que estaban inundados.

—Es una de las mayores mentiras de Simta —responde Alec.

La trampilla se abre con facilidad sobre sus bisagras y deja ver un agujero oscuro. Alec se saca una bolsita de un bolsillo, la agita hasta que esta empieza a brillar y la suelta en el foso. Luego echa una cuerda que, de algún modo, está atada a la trampilla y a la alfombra.

—Normalmente hay una escalera —les dice Alec—. La bajada no es muy grande, pero, si sujeto la trampilla, podréis descender con la cuerda.

Rankin se sienta en el borde del agujero.

—Si caemos de pie no pasa nada.

Y se tira. Æsa suelta un grito ahogado, pero solo tardan un segundo en oír los pies al golpear el suelo y los gritos llamándolas. Una a una, todas van tras él hasta que Alec y Matilde se quedan a solas. Él le tiende la mano, pero ella no puede moverse.

—No pasa nada, Tilde —le dice—. Te lo prometo.

Pero este agujero va a apartarla de su mundo y de su familia. No consigue quitarse de encima la sensación de que no podrá volver jamás.

—Tú primero entonces —dice, después de tragar saliva.

Alec abre la boca como para discutir —de hecho, a Matilde le gustaría que lo hiciera, porque así todo sería más normal—, pero el chico desaparece por el agujero.

Matilde se sienta en el borde y agarra el bolso y el medallón con fuerza. Una de las pantuflas destrozadas se le sale del pie y cae al vacío. Antes Matilde solía ponerse las pantuflas de su abuela por la casa y recorrer los suelos de madera. Era una chica llena de sueños, sin miedo a nada, que sabía cuál era su vida. El dolor le atraviesa el corazón, pero el mundo no va a esperarla. De modo que recompone la compostura, aprieta los dientes y se suelta.

Alec la atrapa en sus brazos. El camisón destrozado se le sube hasta los muslos y deja las piernas al descubierto.

—Suéltame —le dice, sonrojada—. No hace falta que te hagas el héroe.

—Pues no te hagas la princesa —gruñe él—. Menudos pies llevas.

Matilde forcejea hasta que Alec la deja en el suelo. Le duelen los talones pero, vayan adonde vayan, quiere llegar hasta allí por su propio pie.

El túnel oscuro se extiende hacia ambos extremos y no es demasiado grande: de hecho, Alec podría tocar el techo inclinado. Matilde apoya un dedo contra una de las paredes, que sollozan en algunas secciones. Supone que debe de tratarse del agua de los canales, mezclada con cosas en las que no quiere pensar demasiado.

—¿Qué es este sitio? —pregunta Sayer.

Alec tira de la cuerda hasta que la trampilla se cierra con un *clic*. La bolsa resplandeciente proyecta una luz violácea en sus mejillas.

—Creemos que antiguamente se empleaban para mover cosas por la ciudad. Luego como catacumbas. Durante las Grandes Revelaciones se convirtieron en un escondite.

Nadie habla mientras caminan. El túnel huele muy fuerte a algas, humedad y musgo. Matilde intenta no pensar en la ciudad que se alza sobre ellas, aplastándolas. Más adelante se ve luz. Al fin doblan una esquina hacia lo que Matilde cree que será otro túnel, pero en realidad llegan a un sitio que parece el interior de una iglesia, con su vértice afilado, sus colores agobiantes y la luz deslumbrante. Cientos de orbes de luz flotan sobre ellas y conforman un paisaje estelar que hace que las paredes resplandezcan e iluminen las numerosas carpas de colores. También hay varios puestos, y mucha gente que las observa.

—Alec —susurra—, ¿dónde estamos?

Alec sonríe por primera vez desde que Matilde apareció ante su puerta.

—Bienvenidas al Subsuelo.

Tercera Parte

Lo
Que
Ocurre
En La Oscuridad

Te acogemos tal y como eres y te damos la bienvenida.
Trae tus dones, tus heridas y tu fuego.

UNA NOTA GRABADA EN LA PARED
DE UNO DE LOS TÚNELES DEL SUBSUELO.

12

TRAE TU FUEGO

Matilde se ha quedado sin palabras, y puede que sea la primera vez en toda su vida que le pasa. Mira a Sayer y a Æsa, pero ambas lo observan todo con asombro. Cuando Alec empieza a andar de nuevo, no pueden hacer otra cosa que seguirlo.

Serpentean a través de lo que parece un mercado bullicioso, bastante parecido al Mercado de Aguaclara. Hay mucha gente, sobre todo teniendo en cuenta lo tarde que es, y parece que aquí los vendedores que agitan las manos sobre hileras de tarros y viales comercian con mercadería ilegal. Un hombre le está explicando a un cliente que el bálsamo que vende lo mantendrá fresco durante las noches calurosas; al mismo tiempo una mujer está mostrando unos tés artesanales que son capaces de lograr que incluso los platos más exiguos y sosos sepan como un festín. Cerca de ellas, alguien hace malabares con varios orbes de cristal ante una pandilla de críos. Cuando deja caer uno al suelo, los niños sueltan un grito ahogado y el gas que había en su interior adquiere la forma de caballo que avanza al galope.

Un árbol enorme se alza en mitad del camino pedregoso y sus ramas están repletas de pequeños orbes de luz. Matilde estira la mano para rozar una de sus hojas moradas. El árbol —y todo este lugar— parece imposible. No entiende cómo algo puede crecer aquí abajo.

Varias miradas, recelosas y curiosas, se posan en las Nocturnas, pero nadie les impide el paso. Parece que la presencia de Alec es un salvoconducto. El recinto abovedado se extiende hacia el fondo. Matilde ve túneles más pequeños que se ramifican del principal, frente a los que hay tiendas menos ajetreadas y faroles frente a las puertas. Ve a un grupo de hombres jugando a las cartas, a una mujer que mece a un bebé que no para de llorar. Es imposible que toda esta gente viva aquí, ¿no?

Cerca del extremo del túnel hay un arco más pequeño. Alec las guía a través de él y llegan a una hornacina en la que charlan varias chicas. Algunas de ellas forman un círculo alrededor de una chica de pelo rizado que lleva un vestido blanco lleno de volantes, desgastado y pasado de moda. Le tienden un trozo de una fruta de gulla, y el vestido empieza a tornarse del mismo color, hasta que toda la tela adquiere el rosa intenso de una puesta de sol. Matilde no ve poción o talismán alguno, solo a la chica, que da vueltas sobre sí misma sin parar de reír. No parece la obra de ningún encantador que haya visto antes.

Una de las otras chicas suelta un grito cuando el pelo de la joven empieza a teñirse de rosa, a juego con el vestido. La chica deja de dar vueltas y se observa los brazos cuando estos también cambian de color. Parece confundida ante este giro de los acontecimientos, pero no asustada; como si volverse rosa no fuera preocupante.

Entonces Matilde ve a otra chica —puede que de unos quince años, aunque podría ser más joven— de pie con una vela en la mano. La llama pasa de rojo a azul y a verde cada vez que la chica acerca los dedos. Matilde quiere gritarle —¡se va a quemar!—, pero cuando la chica la pellizca, atrapa una llamita verde y se la va pasando entre los dedos, como si fuera una moneda. Matilde no puede apartar la mirada. Cuando se gira hacia Sayer y Æsa, ve que parecen tan desconcertadas como ella.

—Necesito tumbarme —le dice a Alec, tomándolo de la mano—. Creo que estoy imaginándome cosas.

—No es una ilusión —le dice él, con tono amable—. Lo que ves es real.

Entonces la chica mira hacia ella. El instante en que sus miradas se encuentran es un pedernal que golpea una roca: una chispa que estalla. El fuego verde crece, se estremece y cobra vida de un modo casi violento.

La chica lo arroja al suelo y lo apaga a pisotones. Todas las demás la miran, con los ojos abiertos de par en par. El ambiente ha cambiado, como cuando se avecina una tormenta en Simta.

La chica del fuego verde se lleva una mano al pecho.

—¿Lo sentís?

Muchas asienten; y entonces se produce una explosión de susurros.

—¿El qué? —pregunta Sayer, que es la primera en reaccionar.

Dos personas emergen de uno de los túneles laterales. La primera es una chica pelirroja que lleva una túnica del mismo color y una expresión de complicidad. El hombre tiene el pelo gris y va vestido todo de amarillo. Los ojos de Krastan, cálidos y amables, se posan en Matilde.

—Stella. Nos has encontrado.

—Tal y como te dije que haría —dice la chica de rojo, que le hace un gesto con la cabeza a Alec.

Matilde no entiende sus palabras, ni tampoco este lugar ni este instante. Siente que se tambalea, que pierde el equilibrio sobre sus pies doloridos.

—¿Qué ha pasado? —pregunta Krastan, juntando las cejas.

La preocupación en su voz hace que la tranquilidad que se ha obligado a mostrar comience a quebrarse.

—¿Qué es esto? —pregunta Matilde, señalando con la mano hacia las chicas—. ¿Qué es lo que estoy viendo?

—Chicas mágicas —responde Krastan—. Chicas como tú.

—Pero... —Matilde no encuentra las palabras—. No hay más chicas como las Nocturnas.

Se produce un instante de silencio, y la joven de rojo enarca una ceja.

—¿De verdad creías que erais las únicas?

Todo esto la supera. La máscara de Matilde se quiebra en pedazos, con lo que sus sentimientos quedan a la vista de todo el mundo.

Alguien la llama por su nombre —cree que se trata de Æsa—, pero Matilde no puede quedarse aquí. Un sollozo le trepa por la garganta, por lo que avanza con torpeza hacia uno de los túneles laterales, sin fijarse apenas lo que tiene delante. Tiene los pies en carne viva, pero sigue caminando y doblando esquinas. Por los diez infiernos, ¿cuándo se acaba este laberinto?

De repente llega a un pasillo tan oscuro que apenas se ve las manos; pero luego los muros se alejan y está en un espacio abierto en el que hay suficiente luz acuosa como para que empiecen a emerger formas. Se trata de una sala pequeña que, por fortuna, está vacía y en la que hay un estanque reluciente en el centro. Alguien ha arrojado varios orbes de luz al interior que emiten ondas para iluminar las paredes curvadas y con arcos que rodean la estancia. Matilde piensa en el orbe de cristal que su señor padre le trajo de uno de sus viajes a las Tierras Lejanas. Aún lo tiene en la mesita de noche, está lleno de edificios pequeñitos y de purpurina, y le cabe perfectamente en las manos. Sin embargo, ahora mismo es como si el cristal se hubiera roto y la ciudad se le derramara entre los dedos. Nada en su vida parece correcto; nada parece real.

Matilde pega un grito que rebota en las paredes y cae sobre ella como la nieve falsa del orbe de cristal, hasta que lo único que queda es el sonido irregular de su aliento.

¿Cuándo fue la última vez que gritó? No lo sabe, pero sí se acuerda de lo que le dijo su señora madre cuando lo hizo. «Las señoritas de las grandes casas no provocan semejante alboroto». Los gritos son demasiado ruidosos, demasiado brutos, demasiado abrumadores. Le han enseñado a contener su lado más salvaje, a enterrarlo donde nadie pueda verlo. No sabía hasta esta noche todo lo que estaba conteniendo.

—¿Tilde?

Alec emerge de entre las sombras con las manos en los bolsillos. Matilde se gira a toda prisa para que no le vea la cara.

—Estoy bien, Alec.

Una inhalación, dos, que resuenan en medio de todo este silencio.

—No hace falta que finjas —le dice él, con la voz áspera—. Soy yo.

Ese es precisamente el problema, que a Alec no puede mentirle. O al menos parece que el chico siempre logra discernir la verdad.

Siente que se acerca a ella, con ese olor a ceniza y a ortino. Su proximidad amenaza con volverla loca.

—Sayer nos ha contado lo que ha pasado —le dice—. ¿Estás preocupada por tu familia?

La familia a la que ha abandonado desangrándose en el suelo de su mansión. Su familia, su mundo, todo hecho pedazos.

—¿Tú qué crees? —le responde, dándose la vuelta.

Alec no retrocede, pese a la brusquedad con la que ella le contesta. Es como si fuera capaz de ver más allá de la rabia y mirara directamente el terror. Matilde no deja de ver a su abuela y a su señora madre en el suelo de su casa, lívidas y asustadas, mientras Samson se desangra en los azulejos intrincados. Los ha dejado allí, solos, con los Caska; solos, con todos los errores que ha cometido.

—No les pasará nada —le dice—. Tu abuela es una mujer inteligente. Además, es una de las matriarcas de las grandes casas. Ningún páter se atrevería a hacerle daño de veras.

Pero Alec no ha visto la mirada cargada de odio de ese espantoso hombre; como una llamarada de superioridad moral que ella no es capaz de controlar.

La verdad se le escapa.

—Ha sido culpa mía.

Creía que era como una flor joya, que se le daba bien engañar a los demás. Creía que lo tenía todo bajo control.

Alec le apoya una mano en el brazo, justo debajo del codo.

—Lo hecho, hecho está —le dice—. Ahora estás aquí.

Durante un instante se quedan ahí de pie, con los ojos negros de Alec en la oscuridad. Deberían recordar a un par de fosos, pero los orbes de luz los hacen brillar, y la dulzura que albergan anima a que la vean.

Alec le acaricia el brazo a Matilde hasta que llega a su mano.

—Siento que haya tenido que ser así, pero es bueno que hayas llegado hasta aquí. Puede que sea lo mejor.

Matilde se tensa.

—¿Cómo va a ser lo mejor haber tenido que huir de mi antigua vida para esconderme aquí?

—Simta necesita cambiar; puede que las Nocturnas también.

Pero Matilde no quiere cambiar, quiere retroceder en el tiempo y no lanzarle ese beso a Tenny Maylon, regresar a ese momento en el que la vida era un juego en el que iba ganando.

—Me lo ocultaste —le dice—. Tú, que siempre has dicho que no te gustaban los juegos.

—Yo quería contártelo, pero Krastan... —Alec se pasa una mano por los rizos—. Me dijo que a tu abuela no le haría gracia. No sabía si estabas lista para descubrir la verdad.

Hasta donde le llega la memoria, Matilde siempre ha estado segura de quién era. Una Dinatris, un Nocturna, una joven codiciada, protegida... especial. La guardiana de un poder que muy pocas personas llegan a sentir.

No eres más que un pájaro protegido.

Niega con la cabeza.

—Alec... —Se le escapa un sollozo—. Quiero irme a casa.

Pero no puede. Ni ahora, ni tal vez nunca. Se le corta la respiración.

—Ay, Tilde… no…

Algo en su voz le duele; su compasión es un puñalada en la espalda.

—Vete, Alecand —le dice, irguiéndose.

—No lo hagas —le responde él, agitando los pies—. No me apartes de ti.

—¿Es que no me has oído? —responde ella, intentando sonar tan fría como le resulta posible—. No te quiero.

Resulta que, a fin de cuentas, sí puede mentirle.

Tras un instante de silencio, Alec responde, ya sin rastro de compasión:

—Como quieras.

Solo cuando se marcha, Matilde permite que el llanto se apodere de ella y que lo que queda de su máscara se le desprenda del rostro.

Son muchas las fuerzas que dan forma a las familias. A veces surgen a partir de la sangre compartida, que ya existe en el suelo. Pero a veces se forjan como el acero, en las fraguas de nuestros retos.

FRAGMENTO DE UNA ENTRADA
DEL DIARIO DE DELAINA DINATRIS,
UNA DE LAS PRIMERAS NOCTURNAS DE SIMTA.

13

FLORES OCEÁNICAS

Æsa se maravilla ante todo mientras Sayer y ella recorren el Subsuelo. Cabría pensar que un lugar como este sería deprimente y oscuro, pero está lleno de vida y luz. Y también de magia… de muchísima magia; tanta que le satura las terminaciones nerviosas, ya desgastadas de por sí.

Sigue dándole vueltas a la escena del jardín, fragmentada en pedazos puntiagudos. Aún no es capaz de comprender qué fue lo que hizo. Igual que pasó en el Club del Mentiroso, su magia se alzó, hambrienta por escapar de ella. Fue casi como si estuviera… poseída.

—¿Cómo estás? —le pregunta Sayer, dándole un empujoncito.

Parece tan cansada como se siente Æsa, pero le brilla la mirada y se la ve más cómoda con los pantalones que con cualquiera de los vestidos que la ha visto ponerse. Parece más ella misma.

Æsa le da un trago al té que la chica de rojo —Jacinta— le ha servido. Sabe a miel y a canela.

—Confundida. Preocupada.

Para empezar, por su familia. ¿Leta seguirá mandándoles dinero después de lo que ha pasado? ¿Lograrán sobrevivir si no lo hace? Pero también le preocupa lo que ocurrió en el jardín, y la expresión que usó la Mano Roja para aludir a ellas: «Un veneno escondido a plena vista».

Durante toda su vida le han dicho que emplear la magia es un acto que lo corrompe todo y también a sí misma; que, antaño, la magia de las mujeres contaminó el Manantial del que nacía. Sin embargo, de pequeña, su abuelo le contaba historias sobre las sheldars y le decía que aquellas mujeres luchaban en nombre de quienes no podían defenderse por sí solos. Recuerda el modo en que el agua se alzó de la fuente y envolvió a Matilde para protegerla. No es posible que salvar a una amiga sea pecado.

—¿Y tú, Sayer? ¿Qué opinas de todo esto?

—Si te soy sincera, no sé qué pensar —responde, y pega un bufido—. Pero al menos estamos a salvo. Por ahora.

Doblan una esquina, cruzan un túnel ensombrecido y llegan al sitio donde Alec les ha dicho que encontrarían a Matilde. Está sentada, con la espalda apoyada en el borde de un estanque y las piernas encogidas, aunque Æsa puede ver varias manchas de sangre; madre mía, cómo tiene los pies. Se ha soltado la larga melena y se le ha enredado sin remedio. Para Æsa, Matilde siempre ha sido una criatura delicada y refinada. Es extraño verla en este estado tan deplorable.

—Sé buena con ella —le susurra Æsa a Sayer.

—¿Acaso no lo soy siempre? —responde Sayer, que casi parece indignada.

Si no estuviera tan cansada, quizá se reiría.

Matilde alza la mirada y Æsa le ve unas medialunas oscuras bajo los ojos, del color del ámbar, pero la joven intenta aliviar su expresión. Hasta esta noche, Æsa no tenía ni idea de hasta qué punto Matilde se ponía una máscara cuando estaba con ellas.

—Toma —le dice Sayer, tendiéndole a Matilde una taza humeante—. Bebe.

—¿Qué es? —pregunta Matilde.

—Té —responde Æsa—. La chica de rojo, Jacinta, dice que es para reponer fuerzas.

—No me digas —responde Matilde, con cara de duda—. Preferiría un copón de vino.

—Tampoco es como si pudieras ponerte muy quisquillosa —responde Sayer, con el esbozo de una sonrisa.

Matilde da un sorbo. Sayer se sienta en el suelo a su lado, sin llegar a rozarla. Æsa se acomoda en el borde del estanque. Prácticamente percibe los movimientos sutiles del agua, que se mece al compás de su respiración. Tiene sentido que ella tenga un vínculo con el agua. ¿Acaso no lleva el océano llamándola durante toda su vida, como si fuera un viejo amigo? Pero sabe lo fácil que es que la corriente se vuelva contra ti.

Vuelve a pensar en el jardín de los Dinatris, en el momento en que alzó la mano y la magia brotó de ella. Fue como la primera vez que besó a Enis: agradable; demasiado agradable. Y también peligroso. Las mejillas se le enrojecen por la vergüenza, pero la oscuridad las oculta.

Los sonidos del Subsuelo llegan a ellas flotando en medio del silencio y la luz tenue. Alguien toca una canción lenta y pesarosa de jazz con una trompeta. Varios pasos apresurados resuenan en la distancia, luego escuchan una risa.

—Bueno, Sayer —dice Matilde al fin—, ¿cuánto hace que le contaste nuestro secreto a esa andarríos?

—No tanto como desde que se lo contaste tú a Krastan y a Alecand Padano.

—Pero ellos no se relacionan con matones que venden contrabando —responde Matilde, resoplando por la nariz—. ¿En qué estabas pensando?

—Estarías muerta si no fuera por Fen —estalla Sayer.

—¿Queréis parar ya la dos? —responde Æsa, que deja escapar un suspiro de frustración—. Estamos juntas en esto. Si no podemos confiar las unas en las otras, ¿qué nos queda entonces?

El silencio vuelve a envolverlas. Podrían hablar de un millón de cosas —de cómo se han metido en este lío, de cómo van a salir de él—, pero ha sido una noche intensa; demasiado demoledora.

—Supongo que debería daros las gracias —responde Matilde, en voz baja—. Por haber venido a salvarnos.

Sayer se acomoda junto al borde del estanque.

—Tuvisteis que hacerlo por mí —continúa Matilde—. Todo esto es culpa mía, y lo siento.

Sus palabras resuenan el aire, tan altas que parece imposible.

—¿Un «gracias» y también una disculpa de Matilde Dinatris? —pregunta Sayer, bromeando—. ¿Has estado bebiendo? ¿Estás enferma?

Un hipido, que bien podría ser una risa o un sollozo, es la única respuesta que recibe.

Æsa obedece a su impulso y comienza a peinarle el pelo a Matilde con los dedos para intentar deshacer los nudos. Luego le hace un trenza. Matilde, con la cabeza echada hacia atrás, deja escapar un suspiro.

—Vamos a jugar a un juego —dice al cabo de un rato—. Cada una dice un secreto. Empiezo yo. —La pausa que hace Matilde es breve pero intensa—. Acabo de enterarme de que Krastan Padano es mi abuelo.

Æsa está tan impresionada que se ha quedado sin habla.

—¿Lady Frey... con el Alquimista Amarillo? —pregunta Sayer, con un sonido ahogado.

—Por lo visto —responde Matilde con un suspiro.

Æsa da por hecho que no va a dar más explicaciones. Este parece la clase de secreto que la mayoría de las chicas de las grandes casas se llevaría a la tumba. Pero entonces Matilde comienza a contarles la charla que ha tenido, hace tan solo unas horas, con lady Frey sobre su pasado. Le sabe mal por Matilde porque le han arrebatado su vida y ella conoce muy bien lo dolorosas que pueden resultar esas heridas.

La voz de Matilde se desvanece.

—¿Te molesta que sea de baja alcurnia? —pregunta Sayer.

—No. —Matilde se recoloca el camisón—. La verdad es que no. Lo que me molesta es que mi abuela me haya mentido.

—Si te sirve de consuelo —responde Æsa—, la verdad es que parece un buen hombre.

—Lo sé. —Matilde toma aire, temblorosa—. Lo es.

—Al menos Alecand es adoptado, ¿no? —comenta Sayer, estirando las piernas—. No tienes por qué preocuparte.

—¿Por qué debería preocuparme? —pregunta Matilde, enojada.

—Por nada —responde Sayer, pero Æsa ve la sonrisita que esboza.

Otro silencio, un poco más ligero que el anterior. Los orbes del estanque proyectan sombras en sus rostros. Es mucho más fácil hablar con sinceridad a oscuras.

Al final, es Sayer quien sigue hablando:

—Os dejé solas en el Club del Mentiroso porque vi a mi señor padre.

Su voz suena como una herida en carne viva. Æsa estira la mano para tocarla, pero duda.

—Sayer, ¿quieres contarnos la historia de tus padres? —pregunta Matilde.

El silencio se alarga durante tanto tiempo que vuelve a llegar música por el pasillo, rebotando en las paredes redondeadas.

—Empieza con una chica enamorándose de un monstruo —responde Sayer.

Les narra la historia de una Nocturna y un cliente que la sedujo para luego abandonarla junto con todas las promesas que le había hecho; de una mujer que dejó que la utilizaran una y otra vez; de una chica que se aferraba a la moneda que su señor padre, ajeno a la verdad, le había arrojado; de una chica que creció mientras oía a su padre escupiendo veneno.

—Me descubrió husmeando en el pasillo del club —dice Sayer, con un tono sorprendentemente inexpresivo—. No me reconoció, ni siquiera desde tan cerca. Se pensó que era una chica de compañía.

—Por los diez infiernos —salta Matilde—. Menudo desgraciado.

Æsa sabe muy bien lo que piensa su padre sobre quienes emplean la magia. No quiere averiguar qué es lo que podría pensar de ella. Aun así, es incapaz de imaginárselo tratándola de un modo tan cruel.

—Lo siento mucho —le dice, apoyando la mano en el hombro de Sayer.

Sayer se encoge, pero no se aparta.

—Tu señora madre se merecía algo mejor —le dice Matilde, con voz tranquila y feroz—. Tanto por parte de él como de las casas.

Sayer no dice nada, pero el ambiente cambia y se torna más cálido.

—¿Y tú, Æsa? —pregunta Matilde—. ¿Cuál es tu secreto?

Responde sin pensar; está demasiado cansada como para ocultarlo.

—Estuve a punto de besar a tu hermano en el club.

Matilde se gira de golpe.

—Espera, ¿qué? —pregunta Matilde, girándose de golpe hacia ella—. ¿A mi hermano? Puaj.

—En su defensa diré que los cócteles del club iban bien cargados —responde Sayer.

Otra pausa, y entonces todas se echan a reír. No dejan de reírse, es una sensación de liberación hermosa. Cuando al fin logran parar, Æsa inspira hondo. Debe de ser muy tarde; puede que incluso haya amanecido. Aquí abajo no tienen forma de saberlo.

—Dejémonos de secretos —dice Matilde, como si fuera un juramento y una oración—. Se acabaron las mentiras. No sé qué es lo que va a pasar ahora, pero tenemos que permanecer unidas.

Son unas palabras cargadas en medio de esta oscuridad acuosa.

—Estoy de acuerdo —responde Sayer—. Tenemos que permanecer unidas.

Æsa las toma de la mano y siente un hormigueo cálido entre ellas. De magia, sí, pero también de otra cosa.

—Vale.

Luego guardan silencio. Æsa se sienta en el suelo, al lado de Sayer. De repente, sus párpados ya no quieren permanecer abiertos. Se le cae la cabeza sobre el hombro de Sayer, y Matilde deja escapar un leve ronquido, como si fuera un gatito.

Cerca de las cuevas de Illish crece una planta que flota libre, sin que sus largos zarcillos se aferren a nada, hasta que encuentra a otra como ella. Sus raíces se entrelazan, forman un grupo inmenso y solo entonces florecen.

A eso se parece este instante. Aunque haya sido una noche aterradora, ahora que está enredada en estas chicas, Æsa se siente más en casa que desde hace mucho tiempo. Son tres flores oceánicas.

El Pontífice entrelaza las manos. Cuando servía como páter en el Distrito del Grifo, las tenía cuarteadas por luchar en nombres de los dioses, pero ahora las tiene suaves. Utiliza una crema de leche de cabra y pétalos de flor de estta para mantener la piel elástica. A fin de cuentas, ya no tiene que esforzarse para obtener todo cuanto desea. Es la voz de los dioses, y los hombres como el que balbucea ahora ante él, con un tono de voz demasiado elevado, están destinados a ser artífices de su voluntad y su justicia. Sin embargo, sus acólitos no siempre hacen lo que se les dice.

La sala de audiencias de la iglesia de Augustain tiene techos altos, muebles de calidad y toda clase de detalles. Los Hermanos, sus consejeros, se sientan en sendas sillas doradas con la espalda recta. El Pontífice se alza por encima de todos ellos, por supuesto, en lo alto de un estrado. Intenta que no se le note lo enfadado que está mientras el hermano Dorisall habla sin parar.

—Las encontré —dice Dorisall. Tiene la pintura roja de la cara corrida, y al Pontífice le habría gustado que se hubiera aseado antes de convocar esta audiencia que no estaba planificada. El hombre parece fuera de sí—. Al fin las encontré, y hemos averiguado que las grandes casas han estado ocultándolas durante todo este tiempo.

Se refiere a las brujas. Solo de pensarlo, el Pontífice siente la emoción por todo el cuerpo. Hacía tiempo que sospechaba que las grandes casas guardaban secretos sacrílegos, pero ahora lo sabe con certeza. Qué ganas tiene de emplear su traición a los dioses como excusa para arrebatarles parte

de su poder, pero este páter ha complicado bastante las cosas...

—Hermano Dorisall —le dice el Pontífice, alzando la mano—, te envié para que encontraras pruebas sobre la existencia de estas brujas, pero no me has traído nada.

—Las vi emplear la magia, Pontífice. Mis acólitos pueden dar fe de ello.

«Sus acólitos». A este hombre se le está empezando a quedar pequeña la sotana.

—Me temo que las palabras de un puñado de chicos demasiado entusiastas y de su maestro no bastan para presentarlas ante la Mesa. Estarán bastante tensos después de lo que habéis hecho.

Dorisall frunce el ceño y hace un gesto hacia el techo, hacia las celdas en las que aguardan los Dinatris y el joven noble de la casa Maylon.

—El joven, Teneriffe, responderá a vuestras preguntas de buen grado. En cuanto a los familiares de la bruja, interrogadlos.

Una sensación de desagrado invade al Pontífice. Jamás le ha caído bien lady Frey Dinatris; una mujer jamás debería ser la dirigente de una casa. Aun así, sigue siendo un miembro influyente de una de las familias más adineradas de toda Simta. No puede meterle un suero de la verdad por el gaznate sin que haya consecuencias. Ojalá el hermano Dorisall entendiera algo de política o supiera lo que es la discreción.

—Te ordené que investigaras los rumores sin llamar la atención —le recuerda, alargando las últimas palabras, para que resulten aún más afiladas—, que me contaras todo lo que averiguaras. En cambio, decidiste invadir la mansión de

testimonio podría valer una de las grandes casas sin mi permiso, sin el apoyo de los vigilantes, y luego perdiste la pista de estas brujas de las que me hablas.

—Respondí a la llamada de Marren —se justifica Dorisall, con el rostro enrojecido a causa de la rabia.

—La única llamada a la que respondiste fue a la de tu propia gloria. Y, al hacerlo, has provocado un desastre del que tendré que encargarme yo.

El hermano Dorisall abre y cierra la boca como un pez al que acaban de sacar del agua.

El Pontífice se levanta y su sotana morada se agita. Los Hermanos le siguen.

—Hermanos —les dice—, debemos andar con cautela. Nos encontramos en una situación delicada.

—Supongo que no estaréis pensando en liberar a los Dinatris, Pontífice —dice uno de los Hermanos, con el ceño fruncido.

—No, Hermano. Aprovecharemos nuestra ventaja mientras la tengamos, pero tenemos que interrogar a nuestros prisioneros con la mayor de las delicadezas, por lo que no es muy probable que nos cuenten lo que necesitamos saber.

—Sin embargo, el chico de los Maylon parece bastante prometedor —dice otro.

—Así es. —Su testimonio podría valer para justificar una redada en las casas, lo que supondría una oportunidad estupenda para sacar todos sus trapos sucios mientras el Pontífice avanza con paso honroso por sus pasillos. Esas familias están llenas de corrupción y tienen demasiada influencia en la Mesa—. Pero también necesitamos hallar el modo de sacar a las brujas del agujero en el que se hayan escondido.

El Pontífice aprieta las manos y forma con ellas un libro abierto.

—A la hora de montar un trampa, hay que alejarse de ella, o al menos hay que fingirlo. La presa debe creer que está a salvo. Hay que esperar a que haya introducido la pierna entera, y luego... —cierra las delicadas manos de golpe— atacaremos.

Lady Frey Dinatris endereza la espalda. Esta celda de piedra no se diseñó pensando en la comodidad de nadie. Es un lugar dedicado a la penitencia y a las confesiones, pero el Pontífice no obtendrá nada de ella.

A su lado, Oura solloza en silencio mientras le acaricia el pelo a Samson, que yace sobre su regazo. La herida ya no sangra tanto, pero los páteres no han llamado a ningún médico para que le atienda. Frey añade ese hecho a la lista de agravios por los que clamará venganza.

—¿Nos interrogarán? —susurra Oura—. No se atreverán, ¿no?

—Claro que sí —susurra lady Frey—. Puede que lo hagan.

Solo ha visto al Pontífice de pasada, cuando la Mano Roja los arrastró por la iglesia de Augustain y les hizo plantarse frente a los Hermanos como si fueran la captura del día. Ese hombre sabe esconder sus emociones —de lo contrario jamás habría llegado tan lejos— y, aun así, Frey ha logrado ver la satisfacción que sentía. La sed de poder.

Cierra los ojos. ¿Dónde estarán las chicas?, se pregunta. No las han atrapado, o estarían aquí. Le envía una súplica

silenciosa al hombre al que nunca ha dejado de amar, al hombre de mirada cálida y sonrisa fácil.

Por favor, Krastan, cuida de ella.

Porque si estos hombres capturan a Matilde, la matarán.

—He oído que emplean sueros de la verdad —gime Samson—. ¿Es verdad, abuela?

Ella también ha oído por ahí que la Iglesia emplea sueros alquímicos durante sus procedimientos. Un poco hipócrita, pero cualquier cosa puede considerarse sagrada cuando se hace en nombre de los dioses.

—Quizás. —Sin embargo, desde sus años de juventud, Frey se ha asegurado de guardarse un buen surtido de pociones ocultas siempre encima, entretejidas en la ropa interior, donde nadie se atrevería a buscarlas. Extrae una de ellas que se llama Juez y anula los efectos de cualquier otro alquímico. Fue el propio Krastan quien se la preparó—. Pero sé valiente, querido. Descubrirán que no tenemos nada que esconder.

—Deberías confesar —dice una voz cansada desde la celda de al lado—. Ya se ha descubierto el pastel.

Samson se sienta con una mueca de dolor.

—¿Tenny? ¿Eres tú?

El chico gruñe. No pueden verlo, pero es evidente que está hecho polvo.

—Lo siento, Sam —se disculpa—. No era mi intención que acabaras metido en todo este lío. Ya puestos, yo tampoco quería meterme.

—Teneriffe Maylon, si quieres enmendar tus errores —dice Frey, levantándose—, cuéntame lo que ha pasado. Todo.

Tras una pausa, la historia sale de él a trompicones. El beso al aire de Matilde en el baile de Leta, el aumento de su suerte y su caída en desgracia, su comportamiento en el Club del Mentiroso, y Dennan Hain en medio de todo este embrollo. Maldita sea, Matilde. ¿Por qué no hace caso nunca? Porque es igual a como era Frey: incapaz de ver lo que puede costarte ser imprudente.

Frey sopesa las palabras de Tenny, cribándolas y clasificándolas, tratando de comprender qué clase de amenaza representa este chico. Está claro que no tiene una voluntad muy fuerte. Si el Pontífice lo interroga, no aguantará.

—Si prometes no contarle nada al Pontífice, te echaré una mano con tus deudas y con tu señor padre —le dice Frey, sentándose junto a los barrotes—. Mi marido y él eran amigos. Si hablo con él, me escuchará.

—Pero... —suspira Tenny—. La situación se ha descontrolado. No puedo mentirle al Pontífice.

Un eco resuena por el pasillo, no muy lejos: una puerta que se abre. Ha llegado el momento de tomar una decisión.

Frey mira a través de los barrotes para asegurarse de que nadie la esté observando, y entonces le entrega un vial.

—Toma —le dice, esforzándose por emplear un tono maternal—. Es whisky con sirope de flor de estta. Te ayudará a calmar los nervios.

Frey contiene el aliento, temerosa de que no se lo beba, pero ella no es más que una anciana entrañable, como la abuela del chico, que intenta ofrecerle algo de consuelo. Al fin, lo oye tragar con dificultad.

Durante unos segundos no hay más que silencio, pero entonces Tenny Maylon comienza a resollar. Emite un sonido

como de asfixia y golpea la pared con la mano, pero luego vuelve a quedarse quieto.

Cuando habla, su voz es como la de un niño.

—¿Dónde estoy? ¿Qué... es esto?

Samson se pone lívido.

—Abuela, ¿qué has hecho?

—Protegernos —responde, con la voz tranquila, segura de sí misma.

Frey haría cualquier cosa por su familia. Para las mujeres como ella, el deber siempre es lo primero.

14

ᑭOLLUELOS

Matilde se bebe un café espantosamente mediocre e intenta no frotarse los ojos ni rascarse alrededor del cuello del vestido. Se lo han prestado, y el tejido barato de la tela le roza la piel. Nunca se había percatado de lo buenos que eran sus vestidos hasta que se los han quitado, junto con su armario, su casa, su familia… Se bebe el café de un trago, hasta los posos amargos.

Anoche —¿de verdad fue anoche?— las tres se quedaron dormidas junto al estanque. En un momento, Krastan acudió a ellas y las llevó hasta un pasillo lleno de hileras de catres. Recuerda levemente que la cubrió con una manta. Cuando despertó, rígida y dolorida, agotada, se lo encontró esperándola en una silla a su lado. Lo primero que le preguntó a Krastan fue si su familia estaba bien. «He mandado a unas cuantas personas para que vayan a echar un vistazo —le comentó él, con tono amable—, pero aún no me han dicho nada sobre los Dinatris». Matilde tiene que luchar contra el impulso de ir a comprobar cómo están con sus propios ojos, pero la abuela le dijo que se mantuviera al margen, de modo que intenta centrarse en la escena que tiene delante. Solo puede hacerse cargo de una de esas crisis que te cambian la vida al mismo tiempo.

Æsa, Sayer y ella están sentadas en una sala amplia de techo alto que a Matilde le recuerda a un salón de baile. Hay velas y orbes de luz amontonados en cada rincón, los cuales tiñen las paredes de un resplandor titilante. El chico de la trompeta de anoche, Rankin, está apoyado en la pared que queda justo detrás de ellas. Lleva revoloteando alrededor de Sayer desde que las ha encontrado durante el desayuno. Matilde se pregunta si Fenlin Brae, de la que no hay ni rastro, se lo habrá ordenado. A nadie más parece molestarle que haya una andarríos entre ellas.

La habitación está llena de gente. Krastan está de pie junto a la puerta, cerca de Alec, que se ha sentado en un cajón que ha puesto del revés y se dedica a ignorarla. En cuanto a esa chica, Jacinta... Desde su puesto, junto a Alec, su mirada afilada es molesta e insistente. Hace que Matilde se sienta como si fuera un bicho aplastado bajo un cristal al que están examinando con mayor profundidad.

Y luego están las otras chicas, algo más de una decena, formando una fila contra la pared de enfrente. Matilde recuerda haber visto a algunas de ellas la noche anterior, pero hay más de las que recordaba. Están observando a las Nocturnas como polluelos hambrientos que esperan a que les caiga un gusano en el nido.

—¿De qué creéis que va todo esto? —pregunta Æsa, y le da un sorbo a su taza de té.

Ella también lleva un vestido prestado, aunque el suyo es un poco más favorecedor. Sayer parece tan cómoda con la camisa suelta y los pantalones que resulta hasta molesto.

—No sé —responde Matilde, con un bostezo—, pero dame un poco más de ese espantoso café. Estoy hecha polvo.

Sayer inclina su taza hacia Matilde.

—La verdad es que pareces una rata de los canales asada a las brasas.

—Qué maleducada.

—Creía que habíamos dicho que no íbamos a mentirnos más —responde Sayer, sonriendo.

Matilde resopla por la nariz.

—Me gustaría creer que huelo bastante mejor.

—¿La gente de Simta come ratas? —pregunta Æsa, con una mueca.

—Yo nunca —responde Sayer—, pero Fen dice que si le echas salsa garno y cierras los ojos, casi parece lomo de cerdo.

Matilde se muerde la lengua para contener una réplica cortante.

Si lo dice una delincuente, entonces será verdad.

Sabe que Fenlin Brae ayudó a las Nocturnas a escapar de los Caska, pero sigue siendo una andarríos, ¿y acaso no son todos los criminales iguales? Matilde sospecha de Fen, pero Sayer parece contarle con facilidad todos los secretos y las historias que jamás le he confiado a Matilde.

Al menos sus compañeras Nocturnas están aquí, a salvo, y le dirigen la palabra. Tendrá que contentarse con eso.

Krastan se acerca a ellas. Tiene el rostro arrugado y amistoso de siempre, pero Matilde no puede evitar buscar trozos de sí misma. ¿Tal vez la nariz? ¿La curvatura de la mandíbula?

—Sigo sin creerme que este sitio exista —le dice Sayer—. ¿Cómo lo mantenéis en secreto?

—Con muchos encantamientos y hechizos que se renuevan cada dos por tres —responde Krastan—. Con conjuros que hacen que las entradas de los túneles parezcan paredes.

—Pero ¿quién lo construyó? —pregunta Matilde—. ¿Y para qué?

—No lo sabemos —responde—. El Subsuelo es muy antiguo, pero, al igual que casi todo lo que ocurrió antes de las Grandes Revelaciones, su historia se ha perdido. Lo único que podemos hacer es descifrar las pistas que nos dejaron.

Señala con la mano los murales que cubren las paredes de la sala. Parecen antiguos; los contornos plateados y desgastados brillan tenuemente con el vaivén de las velas, pero los colores siguen siendo intensos. Son escenas que parecen contar una historia de tormentas, guerra y peligros en las que las mujeres destacan en todas ellas. En los murales de la iglesia de Augustain, las chicas son brujas malvadas o damiselas en apuros, pero estos son distintos: aquí las mujeres parecen más bien reinas guerreras.

—Es un buen lugar para practicar nuestra magia —dice Jacinta mientras se levanta. Su pelo rojo oscuro hace pensar en que debe de tener algún ancestro de las Islas Illish; es un tono que queda muy bien en contraste con la piel leonada de Simta—. Pensamos que sería el lugar apropiado para que mostremos y expliquemos algunas cosas.

—¿Y qué te hace pensar que nosotras tenemos algo que mostrar? —pregunta Matilde, cruzándose de brazos.

—No tienes por qué sonar tan tímida —responde Jacinta—. Tampoco sirve de nada. Sé lo que sois; del mismo modo en que vi que vendríais hasta aquí.

El tono de sabia que emplea le resulta molesto.

—¿Ese es tu don? ¿Eres una especie de adivina?

Matilde lo dice a modo de broma, pero Æsa se pone muy tiesa.

Jacinta se saca lo que parece un mazo de cartas de los pliegues de la falda.

—Veo cosas; destellos del futuro. A veces no son más que sugerencias poco definidas, pero últimamente las imágenes son más claras.

Matilde aprieta los labios. Una de las amigas de su señora madre tenía la costumbre de contratar a una adivina para sus fiestas. Montaba todo un espectáculo a la hora de hablarle a todo el mundo sobre sus amados y sobre sus muertes prematuras.

—No dejaba de veros llegando aquí —dice Jacinta—. Llenas de poder; rebosantes. Y aquí estáis, revolucionándolo todo.

Las chicas del Subsuelo comienzan a susurrar entre ellas de forma agitada. Æsa y Sayer intercambian una mirada inquisitiva.

Matilde se dirige a Krastan.

—Acudí a ti —le dice, en voz baja—. Sea lo que fuere esto, quiero que me lo expliques. Quiero que me cuentes todo lo que has estado ocultándome.

La mirada de Krastan se agudiza mientras intenta descifrar la expresión de Matilde, pero ella la mantiene imperturbable. Krastan deja escapar un suspiro y asiente con la cabeza.

—Tu abuela me contó la historia que te repetían de pequeña. Que las últimas brujas poderosas, las Fyre, viajaron a Simta y se escondieron con las familias que acabarían siendo las grandes casas. Dejaron de emplear su magia, y tan solo les entregaban sus dones más sutiles a sus protectores hasta que llegaba el momento de ofrecérselo a otras chicas a lo largo de las generaciones.

»Pero con el tiempo, la magia cambió y se volvió cada vez más pequeña. «Es mucho más fácil esconder algo que nadie puede ver».

Matilde agarra con fuerza el café.

—Por eso las Nocturnas siempre vienen de las casas, porque la magia corre por sus venas.

Jacinta arquea una de esas cejas infernales.

—¿Nunca te has planteado que hubiera chicas que no confiaran en las «grandes casas»?

—No tenía motivos para ello. No sabía de ningún caso.

—Debe de ser doloroso descubrir que no eres tan especial como creías.

—Cin —le dice Alec, negando con la cabeza—. No te pases.

—Ay, anda —responde Jacinta, con una sonrisa—. Pero si no estoy haciendo nada.

Alec le dedica una mirada y levanta la comisura de la boca. Hay algo en ese gesto que hace que Matilde quiera prenderle fuego a la bonita melena de Jacinta.

—Supongo que siempre ha habido chicas con magia en su interior en Simta —dice Krastan—. No es muy frecuente, pero no tanto como te han hecho creer.

Aunque tiene las pruebas ante sus narices, a Matilde le cuesta aceptarlo. Le han dicho durante toda su vida que era un ave exótica.

«Debe de ser doloroso descubrir que no eres tan especial como creías».

—¿Y por qué nunca me dijiste nada? —le pregunta a Krastan, fulminándolo con la mirada.

Krastan extiende las manos.

—Todas esas chicas hacen lo que sea con tal de mantener su magia oculta, igual que tú. No sabía de su existencia hasta hace unos años.

«Unos años». Lleva años sin contárselo. ¿Y a la abuela qué? ¿Se lo contó?

—Y… ¿también pueden entregar sus dones como nosotras? —pregunta Matilde en voz baja.

—¿Con un beso? —Krastan asiente—. Si es lo que quieren, sí, pero no pueden pasársela las unas a las otras.

Igual que las Nocturnas.

—Pero la mayoría nos la quedamos —interrumpe una de las chicas. La larga melena le cae hasta los hombros en ondas enredadas—. Cuando la entregamos, nos quedamos vacías y… cuesta más conjurarla.

—Por lo visto, jamás les dijeron que no podían emplearla por sí mismas —gruñe Sayer.

A Matilde le parece imposible que haya habido un momento en el que lo creyó, pero la criaron con una serie de normas que no se podían quebrantar. Creía entender el juego al que estaba jugando.

—Antes no éramos tantas —explica Jacinta, tamborileando el mazo de cartas con las uñas pintadas—. Hasta hace solo unos meses, conocía a muy pocas; pero algo está cambiando.

Una arruga se forma entre las delicadas cejas de Æsa.

—¿A qué te refieres con «algo»?

A Krastan le brilla la mirada.

—Stella, ¿te acuerdas del otro día, en la tienda, cuando te dije que la antigua magia había estado durmiendo? ¿Que quizás estuviera despertando? —entonces señala a la fila de chicas—. Estas jóvenes son la prueba de ello. Cada día encontramos más. La mayoría de ellas no sabían que tenían magia en sus linajes. Sus poderes estallaron durante los últimos meses, como si alguien hubiera encendido una cerilla.

—Yo tan solo podía provocar chispas con los dedos —dice entonces la chica del fuego verde—. Pero ahora… me estoy volviendo más fuerte.

Los ojos dorados de Sayer se encuentran con los de Matilde y, por primera vez, entiende lo que quieren decirle. *Igual que nosotras.*

Recuerda que Sayer pareció llamar al viento en el jardín, y que Æsa tomó el control del agua de la fuente, y que ella conjuró bolas de fuego con las manos. Hace unos meses se habría echado a reír si le hubieran dicho que serían capaces de todo eso. Por lo que ella sabía, ninguna de las antiguas Nocturnas podía hacer lo mismo. «A veces la antigua magia aflora en nuestro interior», le dijo la abuela. Pero eso solo pasaba de vez en cuando, fragmentada… Esto parece más bien una marea que no deja de crecer.

—Pero ¿por qué? —pregunta, con las palabras afiladas a causa de la frustración—. ¿Por qué ahora? ¿Por qué está sucediendo?

—Quién sabe —responde Krastan, que se encoge de hombros—. Los páteres quemaron demasiados libros durante las Grandes Revelaciones, en el culmen de la caza de brujas. Aparte de los rumores y las leyendas, no sabemos mucho sobre lo que eran capaces de hacer las mujeres de la antigüedad ni cómo funcionaba su magia.

—Por suerte para todas —dice Alec entonces—, a Krastan siempre le han interesado estos temas.

—Así es, mi chico —responde Krastan con una sonrisa.

Se saca un libro maltrecho del morral. Tiene manchas en la cubierta que bien podrían ser zumo de bayas grimm, sangre, o ambas.

—La mayoría de los alquimistas son unos vagos —explica entonces—. Tan solo trabajan con lo que tienen a mano y con lo que saben que funciona, pero yo me he pasado años buscando libros sobre magia, intentando ver qué podía entender para comprender cómo funcionaba. Hablo de magia alquímica, pero también de otros tipos de magia.

Vuelve a mirar a Matilde, con la mirada cargada de secretos. ¿Acaso percibe que Matilde sabe cuáles son?

Deja el libro en el borde de un tonel y lo abre por una página desgastadísima. Las tres Nocturnas se inclinan hacia delante para mirar. Krastan pasa un dedo por una ilustración que fue pintada con mucho esmero: parece el símbolo que viene grabado en los libros de oraciones, una estrella de cuatro puntas cortadas en cuadrantes por las líneas de una «X».

—Parecen los Puntos de Eshamein —dice Æsa—, pero los símbolos son distintos.

Tiene razón. Los símbolos de los cuatro extremos no son los de los cuatro dioses; hay una hoja, nubes, olas y una llama.

—Es un símbolo antiguo —explica Krastan—. La Iglesia se apropió de los Puntos para los cuatro dioses, pero, hasta donde yo sé, este parece aún más arcaico.

Krastan roza el centro de la «X», que está decorado con unas líneas que hacen ver como si brillara.

—Imaginaos que esto es el corazón del Manantial, el lugar espiritual desde el que fluye toda la magia. Los puntos representan cada uno de los cuatro elementos. Por lo que sabemos, las chicas que poseen magia tan solo pueden acceder a uno de ellos, y el elemento hacia el que sientan afinidad determina qué magia puede emplear.

Encaja con lo que le dijo la abuela: que cada Nocturna sentía afinidad con uno de los elementos. Tierra, agua, aire y… fuego.

—Bueno, ¿y vosotras qué hacéis? —les dice Sayer a las chicas que están contra el muro.

—Chicas, ¿por qué no se lo mostráis? —dice Jacinta, con una sonrisa.

Una ola de excitación atraviesa a las chicas del Subsuelo. Cuando se levantan, Matilde piensa, como una tonta, en el comienzo de un baile, en ese instante tan emocionante en el que todos los bailarines toman sus puestos. Durante un momento, se produce un silencio de alientos contenidos, y luego empiezan.

Una chica sostiene en la mano un puñado de monedas. Son chelis de cobre, no valen mucho, pero de repente se ablandan y se derriten hasta formar un charco.

Otra saca un poco de agua de un cuenco que ha traído consigo. El líquido debería escapársele entre los dedos, pero entonces cobra la forma de un conejo que va dando botes por el suelo. Acaba en el regazo de Æsa, sacude la nariz, y la chica se ríe.

La chica del fuego verde les muestra una llama que parece enroscársele alrededor del brazo y que cambia de color; primero verde, luego negra, luego morada. Se enrolla como una serpiente, casi como si estuviera viva.

La chica del pelo largo y salvaje estira un hilo fino entre las manos que chisporrotea como si fuera un rayo; de hecho, Matilde cree que es posible que sea un rayo. El aire se carga de olor a hierro. Rankin se ha separado de la pared, boquiabierto.

—Me cago en los gatos, menudos trucos.

—¿Y vosotras? —le pregunta Sayer a un grupo de chicas que no han mostrado su magia. Parece encantada con todo esto, mientras que Matilde apenas es capaz de asimilarlo—. ¿Qué podéis hacer?

—Es más complicado mostrar nuestros dones —responde una de ellas, sonrojada.

—El don de cada chica es distinto —explica Jacinta—. Hay poderes físicos como los que os han enseñado, que pueden manipular los elementos. Y hay otros más… complejos. Lili, por ejemplo, puede obligar a alguien a decir la verdad.

Una chica con un corte bob llamativo da un paso adelante.

—No parece funcionar en las otras chicas mágicas —dice Lili—. Parecen inmunes.

—Venga, va —dice Rankin, dando un paso adelante con los pulgares en los bolsillos del chaleco—. Inténtalo conmigo.

Lili le agarra de la muñeca con los dedos. Matilde espera que le haga una pregunta, pero Lili se limita a esperar a que Rankin abra la boca. Parece que le está costando bastante no abrirla. Cuando lo hace, las palabras le salen solas.

—Siempre me han gustado las chicas elegantes —dice, sonrojándose, pero parece que no puede dejar de hablar—. Seguro que la Dinatris se cree que soy demasiado joven para ella, pero creo que tengo alguna oportunidad.

Sayer rompe a reír. Lili le suelta la muñeca a Rankin y él se la frota, con el ceño fruncido. Matilde posa la mirada en Alec, que la observa con cara rara. Aturullada, aparta la vista. A su lado, Æsa parece estar dándole vueltas a algo.

—¿Cuál es tu elemento? —le pregunta a Jacinta.

—El agua.

—¿Y qué tiene que ver contemplar el futuro con el agua?

—Nuestros cuerpos están llenos de agua —responde Jacinta—, y el agua es un conductor. Los adivinos de la antigüedad la empleaban para contemplar el futuro.

Æsa se agarra a los pliegues de la falda; parece alterada. Matilde está a punto de preguntarle qué le pasa cuando habla Krastan.

—A veces la conexión con los elementos no es evidente —dice, más animado—. La magia del Manantial se manifiesta de distintos modos en cada chica y adopta la forma de sus necesidades y su personalidad.

—Y parece que también se intensifica con las emociones —interviene Alec—. Las emociones fuertes suelen despertar la magia.

Layla se enfadó con su compañero aprendiz de panadero y estuvo a punto de reducirlo a cenizas.

La chica del fuego verde se encoge de hombros, contumaz.

—Creedme cuando os digo que se lo merecía.

Por los diez infiernos, ¿cómo es posible que estas chicas hayan mantenido su existencia en secreto?

—Puede que por eso tu magia se haya manifestado en el club —le dice Æsa, muy bajito, para que solo Matilde pueda oírla—. Estabas asustada.

—Lo que estaba era enfadada —bufa Matilde.

Pero tiene razón. Cuando Tenny la empujó contra la pared, las emociones brotaron y, con ellas, la magia. Esta gente parece saber mucho más al respecto que ella.

—Bueno... —dice Jacinta, girándose hacia Sayer—. ¿Vais a enseñarnos vuestros poderes?

Matilde le dedica una mirada de «ni se te ocurra» a su compañera Nocturna, y Sayer le devuelve otra. «¿Por qué no?».

Sayer cierra los ojos. La sala cambia, huele a viento y al aire que precede a una tormenta, y, entonces, desaparece, camuflada entre las sombras cambiantes de la habitación. A Matilde sigue impactándola verla desaparecer. Sin embargo, cuando entrecierra los ojos, cree ver su forma. No es invisibilidad como tal, sino un truco de luz.

Alec está como si le acabaran de arrojar un cubo de agua fría.

—Este es nuevo.

—Convertirse en sombras, controlar el aire —murmura Jacinta—. Sin duda debe de tratarse del elemento del aire.

—También puedo hacer más cosas —responde Sayer. ¿Desde cuando se ha vuelto tan charlatana?—. Puedo solidificarlo para mantener algo, o a alguien, inmóvil.

¿Cuándo se supone que hizo eso? Está bastante claro que Sayer sabía desde antes de anoche que podía controlar su magia. Matilde la fulmina con la mirada, pero Sayer ni la mira.

—¿Y tú? —le pregunta Jacinta a Æsa—. ¿Qué sabes hacer?

—Bueno… —responde Æsa, inquieta, evidentemente incómoda—. Varias cosas.

Jacinta aguarda, pero Æsa no da más explicaciones. Es evidente que no menciona su don de Nocturna. Matilde piensa en cómo moldeó los pensamientos de Tenny en el Club del Mentiroso, con una voz que nadaba a su alrededor como un banco de peces muy inteligentes. No es lo mismo conocer cuál es el don de una Nocturna que verlo en acción. Matilde se estremece solo de pensar en ello.

Jacinta vuelve esa mirada de listilla hacia Matilde.

—¿Y tú qué?

Sabe que no sirve de nada ocultárselo, pero no le gusta sentirse como si la estuviera diseccionando y que los asuntos de las Nocturnas queden a la vista de todo el mundo.

—¡Puede adquirir el aspecto de otras personas! —exclama Rankin—. Le cambia la ropa, la cara… todo. Casi me caigo de culo al verlo.

Matilde le dedica una mirada cargada de veneno, y Rankin enmudece. Jacinta enarca las dos cejas infernales.

—Un fénix que se alza de sus cenizas. Me encantaría verlo.

Pues Matilde preferiría quitarse la ropa y ponerse a nadar en los canales.

—No pienso malgastar mi magia para enseñártela.

—No hace falta que te pongas tan mojigata —responde Jacinta, con los ojos en blanco—. A fin de cuentas, eres una Nocturna, ¿no?

—¿Se puede saber qué insinúas? —pregunta Matilde, tensa.

—Que no me esperaba que alguien que le vende sus besos a unos desconocidos fuera a mostrarse tan reservada.

Algo despierta en Matilde, caliente y desenfrenado.

—No me gusta tu tono.

—Y a mí no me gustan los negocios de las Nocturnas. ¿Acaso no sabes lo que nos haría la mayor parte de la gente de esta ciudad si nos descubrieran? Hemos tenido que pelear para mantenernos en secreto, y vosotras os habéis dedicado a mostrarle vuestra magia a cualquiera que pudiera pagar por ello.

Las palabras son una bofetada. Æsa parece afectada por lo que ha dicho, y Sayer tiene cara de que podría sacarse el puñal que seguro que lleva bajo la camisa.

—Jacinta —le advierte Krastan—, ya basta.

—¿Qué pasa? ¿Que es demasiado sensible para oír la verdad?

La temperatura de la sala parecer aumentar.

—No finjas entender que sabes quiénes somos —le advierte Matilde—. No sabes nada de las Nocturnas.

Jacinta mira a Alec.

—No me dijiste que tenía tantísimo carácter.

Algo le quema la lengua, algo que sabe a rabia y cenizas. Matilde va a hacerla arder hasta que no quede de ella más que un pegote de ceniza. Las llamas de las velas de la sala palpitan, se tiñen de blanco, y luego de rojo oscuro, cuando Matilde se levanta, lista para abalanzarse sobre Jacinta. Æsa y Sayer se acercan a ella para contenerla.

Un cosquilleo crece en su interior, igual que anoche en el jardín, cuando la magia de Sayer y de Æsa pareció chocar con la suya. Al tocarse, su magia se expande, la sobrepasa y sale de ella en ondas cálidas y resplandecientes.

Algunas de las otras chicas sueltan un grito ahogado. La que ha derretido las monedas de cobre se queda mirando el charco que aún sostiene en la mano mientras este se convierte en oro. La chica del fuego verde, Layla, sonríe cuando sus llamas forman un halo a su alrededor. El aire que las envuelve parece palpitar.

Pero entonces Sayer y Æsa la sueltan e interrumpen la conexión, con lo que la sensación de hormigueo se desvanece.

Las chicas empiezan a susurrar, deprisa y con urgencia.

«¿Lo has sentido?». «¿Y tú?». «¿Y tú?».

Matilde mira a Sayer, que parece tan alterada como ella. Æsa se ha llevado la mano al pecho, como si quisiera mantener dentro el corazón. Krastan, Alec y Rankin lucen confundidos. No saben qué es lo que ha pasado, ya que parece que solo las chicas con magia lo han percibido.

—¿Cómo lo habéis hecho? —pregunta Jacinta, con los ojos abiertos de par en par.

—¿El qué? —pregunta Krastan—. ¿Qué habéis notado?

—Mi magia ha brillado —responde Layla—. Como cuando llegaron las Nocturnas, solo que… más fuerte.

Todas las demás chicas se largan a hablar a la vez.

—No lo entiendo. —Matilde mira a Sayer y a Æsa—. ¿Qué es esto?

—No lo sé —responde Sayer—, pero será mejor que lo averigüemos.

Matilde mira el mural de la pared más cercana, el que muestra a una mujer con armadura, con la melena al viento, rodeada de soldados y de una gran tormenta. ¿El ejército lucha bajo su mando o contra ella? Cuesta saberlo desde donde se encuentra, pero se la ve llena de confianza. A Matilde le gustaría poder estirar la mano y adueñarse de su certeza, porque jamás se ha sentido tan alejada de sí misma.

He fabricado un extracto a partir de la hierba que se menciona en una de las obras menos conocidas de Marren. Parece que el texto da a entender que la corteza de weil breamus podría extraer la magia. Lo probaré en la chica, como siempre. Hasta ahora, se ha resistido a todos mis intentos, pero lo lograré. He descubierto que las mujeres tienen la piel más fina.

NOTAS DEL DIARIO DEL PÁTER DORISALL,
TAMBIÉN CONOCIDO COMO
LA MANO ROJA.

15

El Susurro De Las Hojas

Æsa se mueve a través de un jardín mágico. Y debe serlo, porque ni una sola planta podría crecer en este lugar sin ayuda de ninguna clase. La única luz que hay proviene de unos faroles de cristales tintados de violeta que cuelgan de unos ganchos, pero, no obstante, la vegetación parece desarrollarse sin problemas. Un musgo brillante se extiende por unas estanterías llenas de plantas. Las enredaderas se entrelazan a una cuerda que cuelga del techo arqueado, con lo que forman una cortina verde. Es imposible y hermoso, como gran parte de lo que habita aquí abajo.

Es difícil saber cuánto tiempo ha pasado desde que llegaron al Subsuelo. Y también cuesta saber cuándo es de noche y cuándo es de día. Algunas de sus nuevas amigas han estado yendo y viniendo a la superficie para tratar de averiguar qué es lo que está sucediendo arriba. La cosa no pinta bien. Parece que la Mano Roja acudió al Pontífice la misma noche en que huyeron y le contó lo que ocurrió en el jardín. Æsa se estremece solo de imaginárselo describiéndole lo que le hizo al jefe supremo de la Iglesia Eudeana. También se llevó a los Dinatris para interrogarlos. Lamenta que, por su culpa, la familia de Matilde tenga que enfrentarse a ese horror. Leta y unos cuantos dirigentes de las grandes casas irrumpieron al cabo de unas horas, y el Pontífice no contaba con suficientes pruebas como para mantenerlos entre rejas. Es la palabra de la Mano Roja contra la de la familia Dinatris, pero Æsa teme que su desaparición y la de Matilde hablen por sí solas.

Al menos la Iglesia no ha emitido ningún comunicado, y da la impresión de que la Mano Roja se ha calmado un poco. «Parece —dijo Sayer, tras meditarlo— que la Iglesia debe de haberlo atado corto». Pero ¿cuánto tiempo lograrán contenerlo? Æsa vio el fervor y la convicción en la mirada de ese hombre. ¿Estará justo por encima de ellas, hablando sobre brujas que pueden conjurar fuego y agua? ¿Cuánto faltará para que las historias de esa noche comiencen a extenderse?

Æsa deja escapar un suspiro y recoge un pétalo azul que ha aterrizado sobre su vestido. Qué alivio poder estar sola al menos un instante. Durante estos últimos días, las chicas del Subsuelo siempre están presentes, con la mirada cargada de adoración. Matilde ha empezado a llamarlas «nuestros polluelos» por el modo en que van detrás de las «aves» Nocturnas. Todos los días practican juntas en el salón de baile del Subsuelo para perfeccionar su magia. Cuando Æsa contempla a las otras chicas, no ve maldad en sus actos.

De algún modo, las Nocturnas parecen ampliar los poderes de todas, además de los suyos. Sayer ya puede desaparecer con la misma facilidad con la que respira, y Matilde puede alterar el color de sus ojos o la forma de su cara sin complicaciones. Ambas están mejorando a la hora de controlar los elementos para que el fuego y el aire hagan toda clase de cosas. Æsa también practica —separa el agua, la congela y la convierte en bruma—, pero sobre todo porque quiere aprender a contener su magia. Hace cosas insignificantes, por más que las chicas la presionen. Es más fácil confiarles a ellas semejante poder antes que confiárselo a sí misma.

«Tus poderes no van a desaparecer solo porque no te gusten», le dice Sayer, frunciendo el ceño.

«¿No sería mejor que los controlaras a que te controlaran ellos?», pregunta Matilde, con los labios apretados.

Pero Æsa no puede olvidar a la Mano Roja llamándolas «veneno». A ella no le resulta tan fácil olvidar las enseñanzas de la Iglesia.

De todos modos, no quiere practicar lo que le hizo a Teneriffe Maylon. Aún siente el torrente de emociones de aquel chico, listo para que lo manipule y para que la obedezca. Qué bien se sintió también cuando logró rozarle la mente.

Le recordó a los besos que le daba a Enis: a ese hambre salvaje e insaciable. A las hashna, con sus largas melenas, sus escamas relucientes y sus dientes afilados. Su canción es como una droga que atrae a los desgraciados marineros al agua, pero ahora se pregunta si es posible que las hashna no tengan intención de conducirlos hasta su muerte. Quizá lo único que quieran sea alguien a quien amar, solo que se dan cuenta de que los humanos no tienen agallas cuando ya es muy tarde.

Lo que tiene claro es que no quiere hacerle daño a nadie más, y para ello tiene que aprender a controlar su magia, a domarla.

Varios pasos resuenan por el jardín. Desde detrás de un helecho alto, Æsa observa entrar a Fenlin Brae, con las pisadas sigilosas de un gato.

La amiga de Sayer no se ha dejado ver mucho desde que llegaron. A diferencia de Rankin, Fen no parece querer observar a las chicas mientras practican con su magia. Sayer le dijo que a Fen no le gustan los lugares abarrotados y oscuros; tal vez sea ese el motivo de su ausencia. Pero Matilde tiene pensamientos más sombríos. «Te lo digo en serio —le ha susurrado en más de una ocasión cuando Sayer se da la vuelta—. Esa chica no trama nada bueno. No me fío un pelo». Fenlin guarda secretos, eso está claro, pero Æsa no cree que quiera hacerles daño. La verdad es que parece más bien que lo que intenta es que el mundo no le haga daño a ella.

Fen se acerca a una mesa de trabajo de una esquina repleta de tarros y viales. Un brillo de sudor le cubre el ceño, como si hubiera estado corriendo. El verde oscuro de su parche se camufla con las enredaderas.

Matilde insiste en que Fen tiene algo raro; algo sospechoso. Puede que lo piense porque no logra interpretar a Fen con la facilidad con la que descifra a todo el mundo. Es como si la chica llevara una armadura y así nadie pudiera tocarla. Pero aquí, donde cree que nadie la está observando, parece más relajada. Æsa ve su tensión, su frustración y su miedo. Hay algo atrayente en ella en este momento; algo que casi resulta... familiar. Algo que impulsa a Æsa, como una polilla que se acerca a una llama.

A escondidas, Fen mete la mano bajo el banco de trabajo y saca un tarro de algún rincón oculto. Retira un pellizco de su contenido, lo mezcla con una sustancia pálida de aspecto pegajoso y luego lo echa todo en una cajita de plata que Æsa la ha visto sacarse del chaleco. Debe de ser la almáciga que siempre está masticando. Matilde dice que huele a algas podridas, y no le falta razón: es asquerosa. Aun así, Fen se mete un poco en la boca y mastica con fuerza. Con las manos aferradas a la madera, cierra el ojo y todo su cuerpo se relaja, tras lo que toma aire con una larga inspiración entrecortada.

La atracción que Æsa sentía se desvanece y la verdad —la comprensión— queda al desnudo. Da un paso al frente.

—¿Lo sabe Sayer?

Fen aprieta los labios, pero no muestra su sorpresa al ver ahí a Æsa.

—¿El qué?

Æsa deja que el silencio se alargue y llene el ambiente verde que las envuelve.

—Que sabías de la existencia del Subsuelo antes de que llegáramos aquí.

Todo encaja. ¿Por qué si no estarían Krastan, Jacinta y las demás tan tranquilas con que hubiera una andarríos aquí abajo?

Fen la observa de arriba abajo, evaluándola y midiéndola con la mirada. Luego se pasa una mano por el pelo corto y arremolinado.

—Mi banda se encarga de encontrar cosas ocultas. Tesoros, secretos... Somos los mejores ladrones de toda Simta, pero me he asegurado de orientar a las Estrellas Oscuras en otra dirección, hacia el negocio de las plantas extrañas: nos ocupamos de ofrecer ingredientes que la mayoría de los alquimistas no puede obtener y que, por la Prohibición, fluyen como por cuentagotas. —Señala el jardín—. Y así es como lo hacemos.

—¿De dónde las habéis sacado? —pregunta Æsa, con los ojos bien abiertos.

—Traje varias semillas de contrabando desde Callistan —responde Fen—. Y luego trabajé codo con codo con Alecand Padano para hallar el modo de que crecieran aquí abajo. A cambio de su ayuda para que las plantas prosperasen, mi banda, las Estrellas Oscuras, ha mantenido a las otras bandas alejadas de este lugar.

Fen emplea un tono relajado, pero aferra con fuerza la caja plateada, como si temiera que Æsa fuera a arrebatársela.

—Menuda sorpresa —le dice—. Sayer cree que no te gusta la magia.

—Estas plantas no se emplean solo para fabricar alquímicos —responde Fen, encogiéndose de hombros—, también se utilizar para tratar heridas y aliviar los dolores.

Æsa le mira las cicatrices del cuello, justo por encima de la tela de la camisa. Se pregunta cuántos dolores habrá podido aliviar Fen.

—A Matilde no le caes muy bien, ¿sabes? —le dice Æsa.

—Pues claro que no —responde Fen, con algo que parece una carcajada—. Soy una andarríos. Seguro que a la ricachona le gusta más la espuma que se acumula en los estanques que yo.

—No es por eso —responde Æsa, acercándose al banco—. Es porque Sayer es tuya. Te pertenece. Más de lo que nos pertenece a nosotras. —Varias emociones intensas y enrevesadas cruzan el ojo marrón de Fen—. Matilde cree que Sayer está cegada por lo que siente por ti —prosigue Æsa.

Fen mantiene una postura rígida, como si estuviera envuelta en espinas.

—¿Y tú qué piensas?

Creo que tienes miedo, igual que yo.

—¿Lo sabe Sayer? —le pregunta, rozándole la mano con la delicadeza de la brisa marina.

A Fen se le endurece la expresión, se cierra en banda y no dice nada más. Pero Æsa ve...

—Deberías decírselo.

—¿Qué es lo deberías decirme? —pregunta una voz en la oscuridad.

A Sayer le gusta deambular por el Subsuelo dejándose guiar por sus sentidos. Aún le cuesta creerse lo inmenso que es este sitio. Alec le dijo que gran parte de los túneles solían ser un mercado ilegal y un refugio en el que esconderse de los vigilantes. Sin embargo, a medida que se endureció la Prohibición, varias personas decidieron quedarse aquí abajo. Algunas viven aquí, otras vienen y van. Ha habido ocasiones de sobra para que empezara a correr la voz, pero no ha sido así. Parece que, a fin de cuentas, las Nocturnas no eran el secreto mejor guardado de toda Simta.

Hoy ha encontrado un jardín secreto. Está repleto de hileras de plantas de hojas oscuras y anchas. Pasa junto a una mesa de orquídeas serpenteantes que se parecen mucho a las que cultiva Leta en su invernadero. Las flores son del mismo tono caramelo que el ojo de Fen. Sayer quiere hablar con su amiga sobre el Subsuelo y sobre todo lo demás, pero parece que Fen la está evitando. Otra vez. Desde la noche en que salvó a las demás Nocturnas se ha mostrado distante. ¿Será porque Sayer se ofreció a darles un beso a Rankin y a ella para que pudieran camuflarse con las sombras? «No, Tig, será mejor que te la guardes para ti». Pero, entonces, ¿por qué está así? Sayer sabe que Fen siempre ha evitado la magia, pero el poder de Sayer no es el alquímico de un encantador. ¿Será así como la ve Fen? ¿O como algo mucho peor?

Sayer disfruta de la oportunidad de explorar su magia y ampliar sus límites. Puede convocar el viento, oscurecer las sombras, escuchar conversaciones que tienen lugar en otras habitaciones y amortiguar el sonido. Aún le cuesta controlarla, sobre todo cuando siente emociones muy fuertes. «Toda magia tiene sus límites —dice Krastan—, incluso la que vive en tu interior». Es más intensa cuando las Nocturnas están juntas, piel con piel. Cuando eso ocurre, es como si el aire cantara con una fuerza a la que ninguna de ellas puede ponerle nombre. Æsa está preocupada por que su magia se esté volviendo más poderosa, pero a Sayer le gusta. Es un arma que quiere aprender a blandir.

Mete la mano en el bolsillo de forma inconsciente y saca el cheli que su señor padre le arrojó, el mismo que guardó para que le recordara que no debía volver a buscarlo. Sin embargo, cuando pasa los dedos por los bordes desgastados, piensa en todas las formas en que podría destrozarle la vida. Podría robarle, arruinarlo, como si fuera un fantasma vengativo.

Unas voces flotan a través de las hojas del jardín, bajas y con tono de secretismo. Sayer se acerca a ellas, pero se detiene al oír su nombre.

—¿Lo sabe Sayer?

Sayer echa un vistazo a través de las hojas y ve a Fen, que tiene la mirada gacha hacia donde Æsa la está tocando.

—Deberías decírselo.

Sayer quiere esperar, escuchar, pero algo en su interior la hace interrumpirlas.

—¿Qué es lo que deberías decirme?

Æsa da un paso atrás y Fen cierra los puños.

—Anda, Tig, qué alegría verte por aquí.

Sayer sale de entre las hojas y se dirige hacia la mesa de trabajo.

—Qué alegría verte a ti en general.

Los ojos verdes de Æsa van de la una a la otra. A veces pone esa cara, como si estuviera viendo cosas que nadie más puede ver. Puede que así sea. Es un pensamiento un tanto desconcertante.

—Me voy a buscar a Matilde —dice entonces.

Antes de marcharse, se acerca a Fen para susurrarle algo. El rostro de Fen se convierte intencionadamente en una máscara carente de expresión, indescifrable, pero Sayer ve algo agitándose bajo la superficie.

Cuando Æsa se marcha, Sayer se posa en un saliente cubierto de musgo que hay en la pared.

—¿A qué ha venido eso? —le pregunta a Fen.

—A nada —responde la chica, y se guarda la cajita plateada en el bolsillo—. Solo quiere que todas nos llevemos bien.

—Pues ya parecéis bastante amigas —comenta Sayer, arrancándole una hoja a una enredadera.

Fen responde con una leve sonrisa, y Sayer rompe la hoja en trocitos.

—Bueno —dice Sayer—. ¿Dónde has estado?

—Encargándome del negocio —responde Fen mientras se adueña de un vial que contiene algo viscoso y lo acerca a la luz—. Las Estrellas no se dirigen solas, ¿sabes?

—¿Le enviaste a Leta mi mensaje? —pregunta Sayer, apartando la mirada.

No podía decirle a Leta dónde estaba, pero no quería que se preocupara.

Fen asiente, tensa.

—Fui a verla.

—¿Está bien?

—Sí. Le ha dicho a la gente que te ha enviado a Thirsk por temas de salud. Tu secreto está a salvo.

Pero no el de Matilde ni el de Æsa. Es posible que el resto de la ciudad aún no lo sepa, pero los Caska lo saben, y también el Pontífice, aunque todavía no haya hecho correr la voz. ¿A qué estará esperando?

—¿Qué más te dijo? —pregunta Sayer, que deja escapar el aliento.

—Me preguntó qué ibas a hacer ahora. Le dije que no lo sabía.

Un silencio las envuelve cuando Fen rodea la mesa de trabajo y se acerca a ella.

—Dime —le dice, en voz baja—. ¿Qué estás pensando?

En lo mismo a lo que lleva dándole vueltas desde hace días, desde que fueron al Club del Mentiroso.

—Voy a vengarme.

—¿De quién? —pregunta Fen, mirándola muy fijamente—. ¿De la Mano?

—Lo tengo en la lista, pero me refiero a mi señor padre.

Sayer no le ha contado a nadie toda la verdad de lo que ocurrió con Wyllo Regnis en el club. No quiere que nadie sepa que se fue de la lengua. A saber qué puede hacer su padre con lo que ha averiguado. Sayer aún ve la furia en su mirada cuando empleó la magia para contenerlo. «Te haré pagar por esto». Pero es él quien va a pagar por todo.

—Es hora de que pague sus deudas —le dice a Fen.

—¿Para eso quieres emplear tus poderes? —le pregunta Fen, incrédula.

—¿Por qué no? —replica Sayer—. Dejó a mi madre en la miseria. No sabes ni la mitad de lo que ha hecho.

—Estoy segura de que no te faltan motivos, pero tenemos que encargarnos de un pez más gordo. Creo que tu venganza puede esperar.

Pero su señora madre esperó horas, meses y años. Murió esperando. Sayer no va a hacer lo mismo.

Fen se acerca a ella, despacio, con delicadeza. Todo el jardín parece contener el aliento.

—¿Y qué pasa con las otras chicas? —le pregunta Fen.

—¿Las Nocturnas? —pregunta Sayer, con el ceño fruncido.

—No, las otras. Por cada chica con poderes que ha logrado llegar al Subsuelo hay otra que sigue ahí arriba, indefensa.

Fen tiene la voz tensa a causa de una emoción a la que no sabe ponerle nombre.

—Cuantas más chicas haya, más probable será que alguien las descubra empleando sus poderes, o que los Caska o los vigilantes las encuentren; o un andarríos, lo cual sería igual de malo. ¿Qué pasaría si alguien como Gwellyn se topara con alguna? Una fuente renovable de magia de la que puedes disponer en cualquier momento se vendería por una fortuna.

De repente, Sayer se imagina a Gwellyn con una chica atada con correa, tirando de ella para que lo siga, y se estremece.

—¿Y qué quieres que haga al respecto?

—Únete a las Estrellas Oscuras de una vez por todas —le dice Fen—. Ayúdame a mantener ocultas a estas chicas.

—Puedo hacerlo y acabar con mi señor padre. —Además, maldita sea, están hablando de su vida, de su magia, no va a hacer con ella lo que le digan—. Se lo debo a la memoria de mi madre.

—Sabes que no es lo que querría para ti —responde Fen con tono gentil.

—Pero es lo que yo quiero —contesta Sayer apretando los dientes.

Fen está cerca, a un brazo de distancia. Sayer ve las cicatrices del cuello que tanto se esfuerza por mantener ocultas y, debajo, el pulso acelerado.

—No entiendes cómo es mi señor padre, ni lo que hizo. Necesito que sufra.

De lo contrario, este pozo de rabia que la devora por dentro no la abandonará jamás.

—¿Te crees que no sé lo que es buscar venganza? —le suelta Fen con la voz airada—. A mí me crio un páter que me odiaba, que me negaba la comida y me encerraba en habitaciones oscuras.

Se abre el cuello de la camisa, como si le rozara. Los ojos marrones tienen un brillo atormentado.

—Los primeros años que pasé en la calle solo pensaba en vengarme. De modo que una noche les envié un mensaje al resto de niños y niñas que aún seguían en el orfanato para avisarles de que salieran de allí antes de la medianoche, y entonces le prendí fuego al edificio.

Sayer no se mueve. Ni siquiera se atreve a respirar por miedo a que Fen deje de hablar.

—El páter logró escapar —continúa Fen—. Lo hizo con quemaduras muy graves, pero escapó. Sin embargo, el fuego se propagó por la calle, demasiado rápido para quienes dormían en las plantas superiores de sus casas. Murieron cinco personas antes de que pudieran dominar el incendio.

Fen aparta la mirada, pero Sayer ve los remordimientos que siente.

—Ese hombre se ha convertido en un monstruo aún más peligroso de lo que era, y es todo culpa mía. Fui yo quien lo creó.

Fen deja de hablar, pero sobre ellas pende una confesión silenciosa que le roza la piel a Sayer como un picor.

—Fen, ¿qué es lo que intentas decirme?

Fen apoya las manos en la pared, a ambos lados de Sayer. El modo en que se mueve hace que Sayer piense en un muelle enroscado que suplica por que lo suelten. No se están tocando. ¿Cuándo fue la última vez que lo hicieron? Da la sensación de que han pasado varios años.

—Que la venganza no arregla el pasado, que no arregla lo que está roto, tan solo te ciega y te impide ver lo que de verdad importa.

Sayer huele el hedor ácido de la almáciga. Aun así, no basta para que quiera apartarse. Quiere acariciarle las cicatrices y besarlas; desprender cada una de las capas que las separan hasta que no quede nada.

Sayer se inclina hacia delante, solo un poco.

Los exuberantes labios de Fen se separan, y su mirada aterriza en la boca de Sayer.

Sayer tenía intención de llamar al viento, que serpentea por el jardín haciendo que las plantas se estremezcan.

—¿Lo estás haciendo tú? —le pregunta Fen, ladeando la cabeza.

Sayer asiente.

—Siempre me ha gustado ese sonido —dice Fen, y cierra los ojos—. El de las hojas mecidas por la brisa.

Suena a confesión. Sayer la nota tratando de enraizar en su interior.

Están tan cerca. Si Sayer inclinara la barbilla, podrían besarse. Pero son amigas, solo amigas. No hay nada entre ellas.

A su alrededor, las hojas parecen susurrarle: «Mentirosa».

Una de ellas se separa; Sayer no tiene muy claro cuál. Da igual. Su señora madre le entregó su corazón a otra persona y eso acabó con ella. Quizá sea mejor mantener el suyo a buen recaudo en el pecho, donde nadie pueda tocarlo.

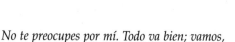

No te preocupes por mí. Todo va bien; vamos,
que sigo con vida. ~M

¿Qué pasó después de que os fuerais del club?
¿Dónde estás? ~D

No puedo decírtelo. En cuanto al resto… Bueno.
Los En Caska Dae irrumpieron en el jardín de mi familia y
las cosas se pusieron… feas. Las Nocturnas tuvimos que
buscarnos un sitio en el que escondernos. ~M

No deberíais tener que esconderos. Hablemos. Dime dónde
podemos vernos. ~D

Lo que haga a continuación es decisión mía. ~M

Sí, es decisión tuya, pero estoy aquí para cuando estés lista.
Tú y yo encontraremos el modo de arreglar las cosas. ~D

Una serie de notas que intercambiaron
Dennan Hain y Matilde Dinatris.

16

ARDER DESPACIO

Cuando Matilde al fin consigue quedarse a solas con Alec, se encuentran en una de las secciones más tranquilas del Subsuelo. Aquí las paredes son desiguales, como piedras preciosas cortadas sin precisión, y las estalactitas cuelgan como hileras de cera seca. Aun después de haber pasado varios días en estos túneles, este sitio sigue sorprendiéndola. Y pensar que ha estado aquí todo el tiempo, bajo sus pies.

Observa a Alec desde el marco de la puerta de lo que parece ser un taller improvisado, iluminado con farolitos. Brillan sin cesar, y cubren la habitación de un cálido resplandor anaranjado, fruto de algún alquímico. Lleva varios días intentando hablar con él para arreglar las cosas, pero Alec se pasa la mayor parte del tiempo en la tienda o hablando con Jacinta. Aunque a Matilde le da igual. Vamos, no le importa en absoluto.

Alec se apodera de un vial de cristal de una mesa de madera desgastada cubierta de morteros y tarros de vete tú a saber qué. Observarlo con la camisa arremangada, mezclando hierbas con una taza humeante de ortino al lado, le resulta reconfortante; es una imagen familiar en medio del caos en el que se ha convertido su vida.

Matilde entra y se dirige a él con la voz tranquila.

—¿Qué lío estás cociendo ahora?

Alec alza la mirada y la observa con una intensidad que se refleja en el brillo de esos ojos oscuros; una intensidad que hace que Matilde se inquiete de un modo que jamás ha experimentado hasta ahora.

—¿Qué te ha pasado en el pelo? —le pregunta Alec, enarcando las cejas.

Matilde da vueltas para enseñarle el corte bob. Uno de los polluelos se lo ha cortado.

—¿Qué tal?

—Te queda muy bien —responde Alec, elevando la comisura de la boca.

—Ya, bueno. —Algo aletea agitado en su pecho—. Ya que mi vida se ha trastornado por completo, me he dicho que debía cambiar de estilo para ir a juego.

No le dice que tuvo que contener las lágrimas mientras se lo cortaban, que al ver las ondas oscuras cayendo a su alrededor se sintió más alejada de su antigua vida que antes. Su señora madre odiaría el corte, eso lo tiene claro. Matilde se la imagina con los labios apretados, y también se imagina la sonrisa taimada de su abuela y la risa facilona de Samson al ver este acto de rebelión. Siente a su familia muy cerca y, al mismo tiempo, a miles de kilómetros.

Krastan le había asegurado que estaban todos bien, pero Matilde no se conformaba con obtener información de segunda mano, de modo que se escapó, alteró su rostro y fue a comprobarlo con sus propios ojos. A las otras Nocturnas —y a Krastan y Alec— no les gustarían sus escapadas, pero jamás corre peligro, no cuando adquiere el aspecto de otra persona. La primera vez se acercó hasta la verja del jardín. Vio a su familia a través de las ventanas, pero no se atrevió a quedarse allí mucho rato. Los vigilantes estaban patrullando el canal de al lado de la casa. Le resulta extraño que el Pontífice haya soltado a su familia y que a ella no la haya acusado en público, pero claro, él no es más que una voz en la Mesa. La política y el poder conjunto de las grandes casas parecen haberlo detenido. O eso, o está tramando un plan secreto, esperando el momento adecuado para actuar. De todos modos, no guardará silencio eternamente. Matilde lo tiene clarísimo. ¿Qué pasará cuando haga público su nombre? ¿Epinine Vesten encontrará el modo de llegar a ella y, luego, por su culpa, a las demás Nocturnas? ¿Se encargará la Iglesia de que ninguna de ellas vuelva a estar a salvo?

La voz de Alec aparta todos esos pensamientos.

—¿Vas a quedarte ahí plantada y limitarte a ser guapa o vas a venir a ayudarme?

—¿Dónde me pongo? —le pregunta Matilde, con una sonrisa, rodeando la mesa.

—Quédate aquí. —Le pasa un mortero y una pila de hojas finas—. Muélelas.

Matilde toma con la manilla. El aroma de las hierbas es fuerte, un poco picante. Se pregunta si arderán bien.

—¿Por que no lo estás preparando en la tienda? —le pregunta.

Alec se encoge de hombros.

—Krastan no viene por aquí muy a menudo, y hay proyectos de los que preferiría que no se enterara.

Ella le da un golpe con la cadera.

—Ahí de nuevo —le dice Matilde, dándole un empujoncito con la cadera—, corriendo riesgos.

—Soy un hombre de secretos —le responde.

Trabajan en silencio durante un rato. Cuando eran más pequeños, solían discutir mientras trabajaban, pero ahora no sabe qué decirle. Las cosas han cambiado.

—Bueno —le dice Alec al fin—. ¿Cómo es?

Se le acelera el pulso.

—¿Cómo es qué?

—Emplear tu magia.

Sus palabras rozan una maraña de emociones. ¿Que cómo es? Como si… flotara libre.

—Es abrumador. —Durante estos días, Matilde se siente como una bailarina a la que el suelo se le ha ablandado, con lo que se tambalea cuando, normalmente, avanza con paso firme—. Pero también emocionante.

Disfruta del modo en que su magia la hace sentir poderosa y fuerte. Sin embargo, cuanto más la utiliza, más segura está de que no puede regresar a su antigua vida. Se siente como si le hubieran arrebatado algo; una certeza. Antes sabía quién era y cuál era su lugar en el mundo: era una Nocturna y una Dinatris. ¿Quién es ahora que no es una Nocturna ni está con su familia?

—¿Y cómo te sientes al saber que hay más chicas que tienen tus talentos? —le pregunta Alec—. Layla parece tener mucho interés en ti.

La chica del fuego verde. Matilde sonríe.

—Cada vez me cae mejor —contesta Matilde, sonriente—. Me está pasando con todas.

Fue raro descubrir, como bien expresó Jacinta con tanta delicadeza, que Matilde no era tan especial como le habían dicho desde que era pequeña. Aún lo siente como un abrigo que no es de su talla, que le aprieta un poco. Sobre todo teniendo en cuenta que ninguna de esas chicas proviene de las casas. Hetty, que puede controlar el aire, es la hija de un herrero, y Layla… bueno. Matilde cree que un marinero la abandonó en el puerto y volvió a partir hacia el mar. Hace unas semanas no se habría parado a mirarlas dos veces y habría pensado que no tenía nada en común con ellas. No obstante, los polluelos podrían haber llegado a ser Nocturnas si hubieran nacido en otras circunstancias. Aquí abajo, en la oscuridad, son todas iguales.

—Ahora entiendo lo que me decías —le dice a Alec sin mirarlo—. Lo de que era un pájaro protegido. No sabía cómo vivían algunas de estas chicas.

—Bueno —le dice él—. No tenías motivos para saberlo.

Un sabor amargo le cruza la lengua.

El silencio se extiende, suplicando una confesión. Matilde se da cuenta de que no quiere ocultarle cosas.

—La verdad es que echo de menos mi antigua vida —admite en voz baja—. Y también a mi familia. Me siento un poco perdida sin ellos.

—¿Te gustaría volver a ser una Nocturna? —le pregunta Alec, con cara de extrañeza.

Matilde no tiene claro si podría volver a regalar partes de sí misma a desconocidos.

—No —responde, e intenta emplear un tono más desenfadado—. Pero me gustaría volver a tener acceso a una bañera de vez en cuando. Sabes que me gustan los lujos.

—Los cambios pueden ser buenos —responde Alec, mirándola a los ojos—. Con ellos aparecen nuevas posibilidades.

Posibilidades. Matilde mete la mano en el bolsillo y agarra el pájaro de metal de Dennan. La primera que vez que alteró su rostro y fue a comprobar cómo estaba su familia, también le envió un mensaje a Dennan. «No te preocupes por mí. Todo va bien; vamos, que sigo con vida». Al día siguiente, cuando subió al tejado de Krastan, donde había escondido la base del objeto, se encontró con el pájaro esperándola.

«¿Qué pasó después de que os fuerais del club? —le preguntó Dennan—. ¿Dónde estás?».

«No puedo decírtelo —le escribió—. En cuanto al resto...».

Matilde disfruta de esos viajes clandestinos a la superficie, de esos breves instantes en los que siente la luz del sol, pero también agitan sus miedos y sus frustraciones. No puede esconderse en el Subsuelo para siempre, pero tampoco puede regresar a su vida. Necesita trazar un plan primero; hallar el modo de proteger a su familia, a las Nocturnas y a ella misma.

La última nota de Dennan se siente cálida entre los dedos.

«Sí, es decisión tuya, pero estoy aquí para cuando estés lista. Tú y yo encontraremos el modo de arreglar las cosas».

Matilde quiere creerle, pero los próximos pasos que dé pueden forjar su futuro o destruirlo, por lo que no sabe hacia dónde darlos.

—Se te da fatal, Tilde —le dice Alec, que señala con la cabeza hacia el mortero mientras ella lo golpea con desgana.

Decide volver a coquetear con él.

—Pues entonces enséñame cómo se hace —le dice, a modo de desafío, consciente de que no lo aceptará.

Pero entonces Alec se acerca, se coloca tras ella y la rodea con el cuerpo.

—No le des así —le dice, y sus suaves rizos le acarician la mejilla—. Tienes que ir dando vueltas.

Coloca su mano sobre la de ella, encima de la manilla, e inclina el ángulo. Sus callos le rozan la piel.

—A mí me gustan los cambios —comenta Alec, con las llanuras de su pecho contra la espalda de Matilde—. Eso es la alquimia. Combinas dos cosas, pensando que sabes qué es lo que va a ocurrir, pero un único cambio en las condiciones puede alterarlo todo.

Su magia se agita; calienta la habitación y su sangre.

—No creía que te gustaran los juegos.

—No me gustan —responde Alec, acercándole los labios al oído—, pero los riesgos son harina de otro costal. Aprovechar las oportunidades. Forjar caminos nuevos...

Han dejado de moler las hierbas y están ahí de pie, apoyándose el uno en el otro. Matilde inspira su aroma a ortino y a ceniza.

Entonces recuerda las palabras que le dijo su abuela en el jardín.

«Una parte de mi corazón jamás salió del desván de la tienda de Krastan».

«Allí encontré cosas que no he vuelto a encontrar jamás».

Y, aun sí, se alejó de él y permitió que su familia tomara sus decisiones por ella.

«Las mujeres como nosotras siempre anteponen el deber».

Krastan era aprendiz de alquimista, la abuela era una hija de las grandes casas; ambos nacieron y se criaron en mundos distintos. Pero, aquí abajo, esos límites parece más difusos que antes. Matilde no se siente tan atada por esas reglas.

Inclina la cabeza y el pómulo de Alec le roza la sien.

—¿Por qué no me has besado nunca?

Alec traga saliva y Matilde lo siente por todo el cuerpo.

—Durante todos estos años siempre has sabido lo que era —le insiste—. Sabías que poseía magia. ¿Por qué nunca me lo has pedido?

Alec baja la barbilla y deja los labios tan cerca de su cuello que puede sentir el calor que emanan. Pero entonces se aleja y Matilde vuelve a tener frío.

Cuando se da la vuelta, la expresión del chico es de diversión confundida.

—No lo sé —responde—. Jamás se me pasó por la cabeza.

Las palabras le hacen daño, pero no piensa dejárselo ver.

—No es como si no hubieras podido permitírtelo.

Quería que fuera una broma, pero le sale demasiado hiriente. Una sombra le cruza el rostro a Alec.

—Tengo que irme —le dice—. Mmm… ¿Te importa meter las hierbas en un tarro y sellarlo?

Y entonces Alec se marcha y deja a Matilde aún más confusa que antes, con el destello de las luces anaranjadas, ardiendo despacio.

A las grandes casas de Simta:

La Iglesia ha recibido informes que afirman que esconden a varias brujas entre ustedes. El Pontífice está convencido de que dicha información no puede ser cierta. Sin embargo, en servicio a los dioses y a las almas de todos los eudeanos, los vigilantes llevarán a cabo un registro exhaustivo en todas las grandes casas. Quienes cooperen serán tratados con amabilidad, y quienes sean sinceros recibirán una recompensa.

Esta es la voluntad de los dioses. Nos comprometemos a arrancar cualquier corrupción que haya enraizado entre nosotros. Honraremos el Manantial y dejaremos que nos limpie.

UNA NOTA FIRMADA POR EL PONTÍFICE
QUE RECIBIERON TODAS LAS GRANDES CASAS.

17

Todas Las Corrientes Del Destino

Æsa serpentea por el mercado del Subsuelo, pasa el árbol morado que crece en el centro y junto a varios puestos repletos de magia alquímica. Ya no se escandaliza tanto como antaño al verlos. Gran parte de lo que venden son medicinas, pociones que alivian los dolores y que permiten que los alimentos duren más. Piensa que hay gente en Illan que pagaría encantada por ellas, independientemente de lo que dijera el Páter Toth.

La gente inclina la cabeza cuando pasa a su lado, y hay quienes incluso se quitan el sombrero. Æsa acaricia uno de los pedazos de cristal marino que lleva trenzados en el pelo. Se ha convertido en una moda entre los polluelos desde que Æsa les contó las historias de las sheldar de Illish que le narraba su abuelo. Las chicas le pidieron que se los pusiera en el pelo y que se lo trenzara. Aún echa de menos Illan: a su familia, los acantilados y la canción eterna del mar. Sin embargo, por algún motivo que desconoce, aquí abajo, entre las chicas, la añoranza duele menos.

Las chicas también consiguen que Æsa le tema menos a su magia. Con ellas, le parece que es más un don que una maldición.

A fin de cuentas, Æsa no robó la magia del Manantial: se la entregaron. Está claro que los dioses no lo habrían hecho a menos que pensaran que era lo que debían hacer.

De modo que, poco a poco, intenta perfeccionarla y controlarla, pero hay una parte de su magia que se niega a que la dominen. Sus visiones empezaron como sueños y solo acudían a ella mientras dormía. Sin embargo, a medida que sigue trabajando con el agua, estas han empezado a aparecérsele mientras está despierta. Alecand le dijo que los adivinos de la antigüedad solían predecir el futuro en cuencos de agua y que dejaban vagar sus mentes por épocas y lugares distintos. Por cómo lo dijo, parecía que era algo que decidían hacer; pero en su caso no es así. Cuando pasa junto a un charco poco profundo, su mente se abalanza hacia él, como si se cayera de un barco en mitad de una tormenta. Es como revolverse en agua oscura, espesa y turbia. Nunca sabe dónde se encuentra la superficie.

Gira hacia la izquierda, hacia un túnel lateral, y se detiene frente a una tienda de lona. Antes de que le dé tiempo a decidir si de verdad va a entrar, una voz aflora desde el interior.

—Pasa, Æsa.

Jacinta está leyendo sobre un cojín inmenso. Una alfombra gruesa cubre las piedras frías. La tienda está repleta de libros y de faroles de cristal coloridos, que cuelgan de hilos junto con varios espejitos y que brillan como estrellas. Da la sensación de que Jacinta lleva mucho tiempo viviendo aquí.

—¿Qué te trae por mi humilde morada? —le pregunta Jacinta con una sonrisa.

Æsa traga saliva. Como Jacinta ve destellos del futuro, Æsa se imaginaba que ya sabría por qué ha acudido a ella.

—Esperaba que pudieras decirme cómo empleas las cartas para descifrar tus visiones.

Esperaba que pudieras decirme cómo puedo descifrar las mías.

Ha visto toda clase de cosas: a Matilde en un salón de baile con unas alas de fuego extendidas; a Sayer con un vestido elegante y una cuerda en torno a las muñecas. El corazón se le encoge con cada una de las visiones a causa del terror, pero no logra entenderlas. ¿De qué sirve ver el futuro si no es más que un sinsentido?

Aún no les ha dicho nada a las otras chicas. No quiere asustarlas. Pero Jacinta parece muy cómoda con su don y lo tiene controlado. Si alguien puede ayudarla, ella es la persona adecuada.

—Acércate. —Jacinta da una palmadita en el cojín, a su lado—. Te lo mostraré.

Æsa se sienta. Jacinta se saca las cartas pintadas a mano con las que ve el futuro y las extiende sobre la alfombra.

—Escoge tres —le dice Jacinta—. Solo tres.

Æsa pasa la mano por encima de las cartas. Sin pensar, deja que sus dedos escojan por ella. Jacinta les da la vuelta y las coloca arriba de las demás. Una telaraña, una serpiente y un pájaro feroz.

Jacinta entrecierra los ojos y reorganiza las cartas sin ningún motivo aparente que Æsa logre discernir.

—Las pinté yo misma —le explica, golpeándolas con las uñas pintadas de un tono oscuro—. Cada una tiene un significado principal. Solo tengo que extenderlas y dejar que mi magia las entrelace, esperar a que emerja una conexión entre ellas.

Æsa piensa en su padre, que siempre parecía saber dónde estarían los peces durante cualquier mañana. No hay magia en ello. «El mar tiene un patrón —le decía—, solo tienes que aprender a descifrarlo». Sin embargo, si sus visiones tienen un patrón, ella no es capaz de encontrarlo. El océano que vive en su interior parece formar sus propias mareas.

Jacinta ha relajado la mirada, como si estuviera viendo algo que Æsa no puede ver. Parece tan cómoda con su poder... Es como si nadie le hubiera dicho jamás que su magia podría corromperla o como si no se lo creyera si se lo dijeron. Æsa casi siente envidia.

—No tardarás en emprender un viaje —le dice Jacinta al fin—. Veo tres colinas pronunciadas junto a la costa.

Æsa se queda sin aliento. Suena como si hablara de Tres Hermanas, en la costa sur de Illan.

—¿Cuánto falta para ese viaje?

—Es complicado medir el tiempo. Podría ser mañana mismo o dentro de varios años.

Æsa tuvo una visión en la que aparecía Willan en un barco, de pie a su lado. ¿El chico forma parte de su futuro?

—Tomarás un camino sinuoso —prosigue Jacinta, juntando las cejas—, pero al final volverás a casa.

A casa. Cuánto lo ansía, pero solo de pensar en su casa se siente extraña. ¿Qué significa que puede que abandone Simta? ¿Dónde estarán las otras Nocturnas?

Inspira hondo.

—Jacinta… —le dice—. ¿Qué ocurre con los futuros que ves? ¿Siempre aciertas? ¿Acaso son hechos fijos o se los puede cambiar?

Jacinta se queda mirándola durante varios instantes. Luego deja que sus dedos bailen sobre las cartas. Saca una sin mirar y le da la vuelta. En ella se ve la silueta de una mujer con una armadura elegante, sin yelmo y con una mano sobre el corazón. El caballero.

—Cuando leo mi futuro, esta carta representa a alguien a quien amo; alguien a quien perdí.

Æsa observa el vestido de Jacinta; es del mismo rojo oscuro que lleva siempre. En Simta ese color se reserva para las viudas.

—A menudo le leía el futuro a Tom. Siempre veía lo mismo en sus cartas: ambición y riesgos, recompensas y desafíos. Sus lecturas siempre estaban llenas de vida.

Acaricia la carta como si acariciara una mejilla, con mucha ternura.

—Tenía un velero pequeño con el que transportaba pociones de contrabando hasta los barcos de la costa. Había construido un compartimento especial en el casco. Era un trabajo peligroso, sobre todo para alguien que actuaba al margen de las bandas, pero a Tom se le daba muy bien. Un día vi una caída en las cartas. No quise creerlo, ni fui capaz de ver cómo ocurriría exactamente. Era una posibilidad; una versión del futuro, de modo que le dije que fuera con cuidado, y luego decidí olvidarme del tema. Pero los vigilantes lo descubrieron, y no se celebran juicios para los reincidentes. Llegué a la calle del Patíbulo justo a tiempo de verlo.

Mantiene la voz firme e inexpresiva al mismo tiempo, afinada por la pérdida.

—Lo siento, Jacinta —le dice Æsa.

—Solo intento responder a tu pregunta —afirma ella, haciendo un gesto con la mano como para olvidar lo que acaba de decir—. El futuro es impredecible. El destino cambia, a veces a causa de las decisiones que tomamos por el camino. A veces todos los caminos llevan al mismo sitio, pero no creo que el futuro sea algo inmutable. Tenemos opciones. Nuestros destinos siguen corrientes muy distintas.

Æsa toma aire, estira la mano hacia las cartas y deja los dedos por encima. Puede hacerlo. Cuando siente una chispa ligera, se apodera de una carta.

Es una carta de líneas marcadas, pintura negra y dos ojos en llamas. El hombre de la túnica casi recuerda a un páter. Bajo él, viene una palabra: MUERTE.

Se le nubla la visión y se adentra a trompicones en la oscuridad. En ella, ve a alguien provocando una chispa. Intenta mirar, entender, pero está borroso. Hay un ruido, un ruido muy fuerte, y un torrente de agua. El suelo tiembla con un rugido leve y amenazante.

Con un grito ahogado, su mente vuelve a su cuerpo, y el corazón aún le grita con la fuerza del sueño.

—¿Æsa? —le pregunta Jacinta—. ¿Qué pasa?

Abre la boca para responder a Jacinta, pero entonces la puerta de la tienda se descorre de golpe y entran varias personas.

Matilde y Alecand, Sayer y Krastan. El ambiente se tensa con su presencia.

—Es una locura —dice Alec—, y lo sabes.

—No estoy de acuerdo —responde Matilde, alzando la barbilla.

La pena en el rostro de Jacinta se desvanece y da lugar a una diversión relajada. Matilde y Jacinta tienen más en común de lo que Jacinta cree.

—¿Qué es lo que está pasando? —pregunta Jacinta.

—Matilde piensa que ha llegado el momento de desafiar al Pontífice —le dice Alecand.

—¿Crees que voy a limitarme a pasar por alto lo que ha hecho? —pregunta Matilde con el ceño fruncido y los brazos en jarras.

—¿Pasar por alto el qué? —pregunta Jacinta, entrecerrando los ojos.

Alec le entrega una nota.

—Se las han enviado a todas las grandes casas.

El papel fino está marcado con los Puntos de Eshamein y el sello del Pontífice.

La Iglesia ha recibido informes que afirman que esconden a varias brujas entre ustedes. El Pontífice está convencido de que dicha información no puede ser cierta. Sin embargo, en servicio a los dioses y a las almas de todos los eudeanos, los vigilantes llevarán a cabo un registro exhaustivo en todas las grandes casas. Quienes cooperen serán tratados con amabilidad, y quienes sean sinceros recibirán una recompensa.

Esta es la voluntad de los dioses. Nos comprometemos a arrancar cualquier corrupción que haya enraizado entre nosotros. Honraremos al Manantial y dejaremos que nos limpie.

—Al menos no ha mencionado vuestros nombres —comenta Sayer, girándose hacia Matilde—. Algo es algo.

—Es como si lo hubiera hecho —responde Matilde, con voz calmada, pero está tan tensa que tiembla—. Todo el mundo sabe que mi familia está en el meollo del asunto y que me he esfumado. Quienes no saben que Æsa y yo somos Nocturnas lo sospechan, como mínimo.

El temor se apodera de Æsa.

—¿De verdad van a interrogar a todas las casas?

—Eso parece. —Krastan se quita la gorra amarilla y la estruja con las manos—. La suzerana lo apoya. Su palabra y la de la Iglesia bastan para que sigan adelante.

—Epinine Vesten no está apoyando a la Iglesia porque sea devota —responde Matilde—. Está tramando algo.

—¿Y qué se supone que vas a hacer? —pregunta Alec, dejando escapar un sonido de frustración—. ¿Plantarte allí y exigir una audiencia con el Pontífice? ¿Decirle que ha sido todo un malentendido y volver a tu antigua vida?

—Con lo único que cuenta es con la palabra de la Mano Roja —responde Matilde—. No puede demostrar que tengo magia. No pueden arrebatármela por la fuerza.

—Eso no lo sabes, Stella —le dice Krastan con delicadeza—. Existen historias sobre antiguos reyes feudales que controlaban a las chicas que poseían magia, y hay otras que hablan de que Marren encontró formas de someter a las Fyre sin tener que recurrir a su espada.

A Æsa se le encoge el pecho. ¿Existe un modo de controlar esto que habita en su interior? ¿De arrebatárselo?

—No sé cómo lo hicieron —prosigue Krastan—, pero la Iglesia tiene archivos, y no sabemos qué clase de conocimientos albergan.

—Interrogarán a mis amigas, a las antiguas Nocturnas —responde Matilde, apretando los puños en torno a la nota—. No puedo quedarme aquí abajo de brazos cruzados.

Æsa prácticamente ve los engranajes de la mente de Matilde, que parece una jugadora de cartas tratando de decidir su próxima jugada.

—Quizás haya otro modo de arreglar la situación.

—¿Cuál? —pregunta Sayer, con el ceño fruncido.

—El Pontífice es poderoso —dice Matilde—, sobre todo con la suzerana de su parte. Ambos son una amenaza, pero se acerca la votación de la Mesa. Si lográramos destituir a Epinine e intercambiarla por alguien a quien escogiéramos nosotros… alguien que velara por nuestros intereses…

—Estás pensando en Dennan Hain —dice Sayer, con el rostro inescrutable.

—¿El Príncipe Bastardo? —exclama Alec, con un suspiro ahogado.

—Quiere lo mismo que tú —responde Matilde, rígida—, sacar la magia a la luz. No cree en la Prohibición. No comparte las opiniones de su hermana.

—¿Y le confiarías nuestros secretos? —pregunta Jacinta, con los ojos entrecerrados.

—Ya confiamos en él en una ocasión —dice Matilde, buscando a Sayer y a Æsa con la mirada—. ¿Por qué no otra vez?

Puede que Matilde tenga razón. Dennan las ayudó la otra noche. Pero ¿podrá protegerlas de los peligros que se ciernen sobre ellas?

—Necesitamos un amigo poderoso —dice Matilde—. Alguien que no tema cambiar las cosas.

—Es un Vesten —responde Alec, tirándose de los rizos—. No va a cambiar las cosas. Tan solo quiere arrebatarle el poder a su hermana.

—No es verdad —contesta Matilde, enfadada—. No lo conoces.

—¿Y tú sí? —responde Alec, casi a gritos.

La tensión en el ambiente es lo bastante densa como para colgarse de ella. Uno de los espejos del techo da vueltas y lanza destellos de luces.

—Lo conozco lo bastante bien como para saber que no nos hará daño —responde Matilde—. Nos protegerá.

—Puede que a ti sí. —El tono de Jacinta es mordaz—. Pero ¿qué pasa con las demás? Si acudes a Dennan Hain, le revelarás nuestra existencia y también la de este lugar.

—¿Y de qué nos servirá quedarnos aquí? —responde Matilde, alzando las manos—. ¿Qué quieres que haga, Jacinta?

—No puedes irte. —Jacinta se mantiene en sus trece—. Estamos a punto. Puedo sentirlo.

La voz de Sayer adquiere un tono receloso.

—¿A punto de qué?

—Krastan, cuéntales lo que encontraste —dice Alec—, o se lo diré yo.

El silencio vuelve a caer sobre todos. Æsa no sabe qué es lo que se les viene, pero sí sabe que no está lista para oírlo.

Matilde se gira hacia su abuelo.

—¿Krastan?

Varias emociones centellean en sus ojos: cariño, tristeza y algo con un toque de arrepentimiento.

—Se trata de una historia —comienza a decir, tras suspirar—. La descubrí hace varios años, pero no le hice mucho caso. Sin embargo, ahora… Bueno, las cosas han cambiado.

A Æsa se le pone de punta el vello de la nuca.

—Habla de algo que ocurría de vez en cuando entre las Fyre. En ocasiones muy raras, aparecía un grupo especial de cuatro chicas, y cada una de ellas estaba conectada a uno de los cuatro elementos: tierra, aire, agua y fuego. Y eran poderosas, mucho más poderosas que las demás.

Æsa se acerca aún más a Krastan. El silencio late como un corazón desbocado.

—Pero estas cuatro chicas también estaban vinculadas entre sí —prosigue—. Se atraían con una fuerza imparable. La historia emplea una antigua palabra eudeana para referirse a ellas: *dendeal*.

—¿Y qué es lo que significa? —pregunta Sayer, que parece haber empalidecido.

—Vinculadas por el corazón.

Æsa piensa en el cosquilleo que siente cada vez que roza a alguna de las Nocturnas. Había dado por hecho que las chicas que poseían magia siempre la sentían, pero no le pasa con los polluelos. Es una sensación de plenitud que, poco a poco, se va convirtiendo en una ausencia; una sensación que parece indicar que, por algún motivo, aún no están completas.

—Cuanto más cerca están estas chicas —prosigue Krastan—, tanto en cuerpo como en espíritu, más crece el poder de la magia del Manantial que habita en ellas. Y, cuando se juntan y combinan sus poderes, es como si arrojaran una piedra a las aguas del Manantial y crearan ondas que alcanzan a todas las que hayan recibido su don. Así es como las Fyre de la antigüedad lograban separar los mares y mover montañas. Juntas eran lo bastante fuertes como para sacudir el mundo entero.

Æsa siente lo que siente cada vez que una visión se apodera de ella; como si la arrojaran al caos de lo desconocido.

—Me cago en los gatos —dice Sayer entre dientes—. No creerás que somos esas Fyre, ¿no?

—¿Por qué no? —responde Alec—. Hemos visto las señales.

Transcurren varios segundos en silencio que hablan por sí solos. Las luces parpadean, y Æsa cree que puede deberse a que a Matilde se le está acelerando el pulso.

—No es más que una historia —dice Matilde—. ¿Qué te hace pensar que pueda ser cierta?

—Te he visto, Stella —responde Krastan—. Os he visto a las tres amplificar los poderes de las demás; he visto cómo os fortalecíais las unas a las otras.

—Todas somos más fuertes con vosotras aquí —insiste Jacinta—. Y cada día llegan a nosotras más chicas con magia. Es como si algo las estuviera llamando.

Como si algo estuviera despertando su magia. ¿Es posible que ellas sean la causa?

—Pero has dicho que eran cuatro chicas —le dice Sayer a Krastan—. Cuatro.

—Supongo que la chica de tierra debe de estar cerca; puede que incluso en estos túneles.

Algo afilado y repentino atraviesa a Æsa; una certeza.

—El Manantial os unió —dice Jacinta—. Os entregó un poder que hace siglos que no existía. Debe de haber un motivo.

—¿Qué es lo que queréis de nosotras? —pregunta Sayer, con el tono cargado de sospecha.

—Nunca hemos tenido el poder necesario para cambiar a Simta —responde Jacinta—. Pero, si tuviéramos a las Fyre de nuestro lado, fortaleciéndonos, podríamos iniciarla.

—¿Iniciar el qué? —pregunta Matilde, rígida.

—Una revolución —responde Alec.

El silencio las rodea, fino y afilado.

—Antaño las Fyre emplearon sus poderes para darle forma al mundo —les dice Krastan—, para hacer de él un lugar mejor.

—No somos polillas de fuego —responde Sayer con tono de advertencia—. No podéis meternos en un tarro y convertirnos en la luz que os guíe.

Æsa piensa en su abuelo, en cuando le decía que albergaba a una sheldar en su interior. «Solo tienes que escuchar su canción y tener el valor de responder a su llamada». Si lo hiciera, ¿podría convertirse en una de las mujeres que aparecen en los murales del salón de baile del Subsuelo? Quizá con el apoyo de las demás...

El suelo tiembla bajos sus pies resbaladizos. La sensación de certeza vuelve a ella cuando un miedo gélido le cubre el pecho.

—Ay, dioses —susurra.

—¿Qué pasa, Æsa? —le dice Sayer, tomándola de la mano.

Vuelve a mirar la carta que aún sostiene en la mano.

—Es la Muerte.

Un chico de gris se arrastra por un túnel que huele a algas maxilar. Eli sabe que debería tener miedo, pero siente una llama ardiendo en su interior. Aún nota los dedos de la Mano Roja sobre su frente, bendiciendo su cruzada. El cuerpo de Eli pronto estará muerto, pero su alma habrá volado hasta los brazos de Marren.

Agachado, saca las herramientas con cuidado para que no se mojen. La mecha debe permanecer seca para llevar a cabo su función sagrada. Eli la enciende deprisa y las manos solo le tiemblan un poco. Un segundo, dos, y luego una chispa... Un fuego justo.

«Un fuego purificador para purificar al mundo».

18

VINCULADAS POR EL CORAZÓN

—El Subsuelo se está inundando —les advierte Æsa.

—A veces pasa —responde Alec—. Iremos hasta allí y taparemos la fuga.

—No podréis cerrarla. —Aún ve el agujero, inmenso e irregular, y el agua que entra a toda prisa por él—. Alguien ha reventado uno de los túneles. Justo debajo de uno de los canales principales.

—¿Quién ha sido? —pregunta Sayer con una maldición.

—Uno de los Caska —se obliga a responder Æsa.

De repente se levantan todos de golpe y salen corriendo de la tienda hacia el túnel, que tiembla como un mal presagio bajo sus pies. A ambos lados, la gente sale a trompicones de sus tiendas aferrándose a sus pertenencias, tomándose de las manos y recogiendo a sus hijos. Hay escotillas para escapar, ella lo sabe, pero nadie sabe hacia cuál dirigirse. Los retumbos parecen venir de todas partes.

Krastan agarra a Matilde del brazo.

—Id a la tienda —le dice Krastan a Matilde—. Debéis daros prisa.

Corren con el resto de la multitud hasta el agobiante mercado. Aquí los temblores son más bien rugidos. La gente se apresura hacia los túneles laterales, gritando nombres y llevándose todo lo que pueden. Derriban los postes de las tiendas y vuelcan mesas, con lo que las hierbas y los polvos cubren el aire. Alguien golpea a Æsa en el hombro, pero Sayer la agarra a tiempo.

—Venga —jadea Sayer—. Tenemos que darnos prisa.

Pero algo agarra a Æsa por las costillas y la sostiene con fuerza.

Una ola irrumpe en su campo de visión al final de un túnel arqueado. Æsa confiaba en que fuera un hilo de agua, en este lugar inmenso, pero es un torrente que brama como un dios iracundo. Observa, horrorizada, cómo se traga un cuerpo tras otro mientras le gente intenta escapar. ¿Cuántos túneles ha recorrido hasta llegar aquí? ¿Cuánto falta para que también se las trague a ellas?

La ola tan solo se divide cuando choca contra el árbol del mercado, que se tuerce por el impacto y libera varias hojas moradas.

—¡Æsa! —le grita alguien.

Sayer le tira con fuerza de la mano, pero no pueden huir, y Æsa está cansada de tener miedo y salir corriendo.

Las palabras de Willan se adentran a través del miedo. «Creo que eres más fuerte de lo que te imaginas». También las de su abuelo. Puede que haya una sheldar cantando en su interior; y el agua es su elemento.

Æsa decide escuchar su canción en este instante, y que pase lo que tenga que pasar.

Deja que el océano que alberga dentro de ella crezca y la llene hasta los topes. Se coloca delante de sus amigas y alza las manos.

—*Dwen!* —ruge en illish.

«Detente».

La magia brota de su cuerpo. Se alza desde los huesos, desde la sangre, como si hubiera estado aguardando este instante, y arroja una corriente invisible que parece chocar contra la ola y detener su impulso para que se mueva como sirope y no como el mar. Siente el peso del agua, empujando contra su magia.

Hace fuerza, los brazos le tiemblan. Hay muchísima agua, y no deja de entrar más del canal.

Unos dedos le rodean el brazo: Sayer. Matilde le agarra la otra mano a Sayer. Su magia se entrelaza como trozos de cuerda y las fortalece. Æsa siente una tormenta en la lengua y fuego en las venas.

El agua va frenando y se detiene como si hubiera impactado contra una barrera invisible. Trepa por el aire como una ola, casi tan alta como ella; más alta incluso. Es una cortina de agua que trepa por una pared de aire. *Sayer*. La chica tiene una mano alzada y la retuerce como si estuviera dándole forma. El agua oscura está llena de tiendas, ropa, sillas, barriles y —ay, dioses— cuerpos. Varios chocan contra la barrera y se les agitan los brazos y las piernas. Alec y Krastan se acercan hacia el agua para intentar sacarlos, pero la pared de aire es demasiado densa y parece estar creciendo para contener el agua que está llenando el túnel. No tardará en convertir el mercado en una tumba sellada.

—Hay demasiada —exclama Æsa, con el corazón en la garganta—. ¡No puedo contenerla!

—Yo tampoco —jadea Sayer. Varias grietas diminutas recorren la pared invisible y el agua se cuela por ellas—. Lo estoy intentando, pero...

—Si no aguantáis nos ahogaremos —contesta Matilde, apretando los dientes.

Algunos de los polluelos se han puesto a su alrededor con las manos extendidas, pero no pueden hacer nada. Necesitan a la cuarta; la pieza que les falta.

Hay una presencia en el túnel que envuelve a Æsa como si fuera una enredadera, que cada vez aprieta más. Apenas puede respirar bajo su atracción. Es la cuarta chica, que se está aproximando; pero aún no está lo bastante cerca.

Æsa se da la vuelta y extiende una mano temblorosa.

—Fenlin.

Fen tiene el pelo alborotado y los puños apretados.

—Qué…

No estaba presente cuando Krastan les ha contado la leyenda, pero está claro que debe de sentir su verdad.

—Fen —repite Æsa—. Por favor. Te necesitamos.

Fen niega con la cabeza. Æsa jamás ha visto una expresión tan herida.

Alguien pega un grito al otro lado del muro de aire.

Æsa se da la vuelta hacia la ola y ve a alguien colgando de una de las ramas medio hundidas del árbol, justo por encima del agua. Es Rankin, que intenta tirar de Verony —una de las chicas de aire— para sacarla de la espuma agitada. Ambos se aferran el uno al otro mientras se ahogan en el agua turbia. Rankin alza la mirada, con los ojos abiertos de par en par, asustados.

—¡Fen! —grita—. ¡Ayúdanos!

Fen escupe la almáciga y da un paso adelante con el rostro sombrío de una plañidera.

—Me cago en los gatos.

Agarra a Æsa de la muñeca y la magia la atraviesa. No. Se enfurece. Las hojas se sacuden, el fuego se enciende, el aire sopla y el agua choca; es una fuerza demasiado grande como para contenerla en el cuerpo. Ya sintió todo este poder en otra ocasión, en el jardín de las Dinatris, pero eso no fue más que una onda muy leve. Esta es la roca que crea las ondas reales y, con ella, llega una sensación de perfección absoluta e intensa. Es como si durante toda su vida le hubiera faltado una pieza y al fin estuviera completa. «Vinculadas por el corazón».

Æsa vuelve a centrarse en el agua, que deja de agitarse y se enrosca sobre sí misma como un gato adormilado. Las grietas de la pared de Sayer se reparan y el agua ya no se derrama por el borde. Fen respira con dificultad, sin apartar la mirada del árbol del fondo. Sus ramas empiezan a moverse con un crujido, se estiran hacia la barrera invisible y depositan a Rankin y a Verony cerca del borde del agua. Krastan y Alec corren hacia ellos para agarrarlos mientras tratan de superar el borde del muro.

Matilde y Sayer miran a Fen, boquiabiertas. Fen se centra en Rankin, que está de pie junto al muro invisible.

—No te quedes ahí parado como un merluzo —le ruge Fen—. Ayuda a toda esta gente.

Rankin vuelve en sí y se gira hacia el agua. La gente nada hacia la barrera e intentar pasar por encima de ella. Alec, Krastan y Rankin los ayudan a bajar hasta el suelo de roca, jadeando. Verony se coloca al lado de Sayer. Æsa ve otros cuerpos, sin vida, meciéndose en el agua. Reza por que la mayoría de los habitantes del Subsuelo estén tras ella, huyendo, y no ahogándose en la oscuridad.

—Tenemos que irnos —jadea Æsa. Todo el cuerpo empieza a temblarle—. Hay demasiada agua. No sé cuánto tiempo podré controlarla.

—¿Y no podéis empujarla hacia atrás? —pregunta Alec—. ¿O congelarla?

—Tampoco es como si nos hubieran dado un manual de instrucciones —responde Sayer entre dientes—. ¿Cómo quieres que lo sepamos?

—Creo que hay demasiada como para congelarla —responde Æsa—, pero no creo que podamos irnos sin más. Si paramos, la barrera no aguantará.

La gente a la que han ayudado a salir del agua se está levantando. Verony tiene los rizos pegados a las mejillas y los ojos abiertos como platos. Æsa mira hacia atrás y ve que las personas han dejado de correr, que todo el mundo se ha quedado a mirar. Rostros jóvenes y ancianos, y algunos polluelos, que las observan como si pudieran salvarlas de una catástrofe. Quiere demostrarles que hacen bien en tener fe en ellas.

—No podemos soltar la ola —dice Æsa, que piensa a toda velocidad—. Eso significa que tenemos que llevárnosla con nosotras.

—¿Qué? —pregunta Matilde—. ¿Que nos la llevemos como si fuera un perro con correa?

Æsa asiente.

—Tenemos que contenerla hasta que todo el mundo haya salido de aquí.

Krastan le susurra algo a toda prisa a Alec y luego ambos echan a correr hacia la multitud.

—¡Deprisa! —grita Krastan—. ¡Todo el mundo fuera! Solo tenéis unos minutos.

Y dicho esto, los pies se mueven y la gente comienza a gritar mientras escapa por el extremo seco del mercado, por cualquier ruta que logren hallar. Al poco tiempo, se han quedado las cuatro solas, con Jacinta, Rankin y Verony, que están empapados. La luz es extraña, como si estuviera bajo el agua. Varios orbes de luz errantes se mecen en la superficie del agua y brillan como fantasmas.

—Hora de irse —anuncia Æsa, e intenta sonar segura de sí misma—. ¿Listas?

—Supongo —responde Matilde con un bufido.

Æsa mira a Fen, que observa el agua como si quisiera apuñalarla, y a Sayer, que no aparta la mirada de su amiga.

—¿Sayer? ¿Fen?

Ambas asienten, sin pronunciar palabra. Entonces las cuatro dan un paso hacia atrás, y la ola y el muro de aire las siguen. Su murmullo inquieto reverbera en la piedra.

Dan otro paso, y otro, y el agua las sigue. Jacinta, Rankin y Verony las acompañan. Krastan y Alec van por delante, gritando hacia los túneles laterales por si acaso alguien se ha quedado atrás. Aparecen varios rezagados, boquiabiertos, que intentan comprender lo que están viendo. Un hombre tropieza con una piedra y Alec tiene que ayudarlo. Las mira atónito, puede que incluso con miedo.

Æsa percibe que la presión del agua aumenta, que quiere hundir los dedos en el Subsuelo, pero no piensa permitírselo. Necesita todas sus fuerzas para contenerla en el túnel del mercado. Es lo que haría una sheldar, así que eso es lo que hará.

Puede que, a fin de cuentas, su magia sirva para salvar y no para infligir daño.

Casi han llegado al final del mercado, donde el túnel se divide en dos. El de la derecha lleva hasta el jardín en el que habló con Fen el otro día; el otro conduce a la tienda de Krastan.

—¿Podemos hacer que la ola doble la esquina? —pregunta Matilde, sin aliento.

—Solo hay un modo de averiguarlo —responde Sayer.

Acaban de empezar a girar hacia el túnel de la izquierda, con la ola flotando en el borde del mercado, cuando varios gritos rebotan por las paredes. Un grupo de personas viene corriendo por el túnel de la derecha y casi se chocan con las Nocturnas. Tres chicos de gris van tras ellas.

Los En Caska Dae.

—¡Ahí están! —exclama uno de ellos, apuntándolas con la ballesta—. ¡Atrapadlas!

Verony se pone delante de Sayer con las manos extendidas.

—Dejadlas en paz.

Algo chisporrotea en las palmas de sus manos como un relámpago, algo que crepita cuando lo lanza contra uno de los Caska y lo envuelve como si fuera una red. El chico cae al suelo, se retuerce, y entonces todo el mundo se queda paralizado durante un instante.

Una flecha le atraviesa el pecho a Verony.

Sayer grita su nombre cuando Verony cae al suelo. Jacinta se agacha y coloca las manos alrededor de la flecha, pero la sangre sale a borbotones. Los ojos de Verony, llenos de miedo y de un terror espantoso, encuentran los de Æsa. *Haz que pare*, parecen decirle. *Ayúdame*. Y entonces se marcha.

El chico que ha disparado la flecha grita como si acabara de lograr algún tipo de proeza, como si esto fuera una cacería y Verony su premio. Los Caska ni siquiera han visto el muro de agua que se agita en el borde del mercado, ni tampoco el océano que se sacude rabioso en el pecho de Æsa.

Un zarcillo de agua atraviesa el muro de Sayer, tan grueso como ella, y serpentea por el suelo. Se adueña de las ballestas de los dos chicos que aún están de pie. Con su voluntad, lo extiende hacia el que ha disparado contra Verony, lo enreda en su torso y comienza a apretar. El chico intenta librarse de la serpiente clavándole las uñas, pero los dedos se le resbalan. Cuando aprieta con más fuerza, le rompe una costilla, y el chico grita.

—Somos las manos de Marren —aúllan los otros chicos—. ¡Nuestra misión es sagrada!

La canción del interior de Æsa suena tan alto que no es capaz de oír ninguna otra. La sheldar enseña los dientes, sedienta de sangre.

—No sois hombres de los dioses.

Hace que la serpiente vuelva al lugar del que vino, arrastra al Caska con ella a través de la barrera de Sayer y lo arroja a las profundidades del agua. El chico golpea la barrera una, dos veces, con los dedos extendidos contra ella. Luego deja de existir y se va flotando en medio de la oscuridad.

La ira se desvanece. No puede dejar de mirar el lugar en el que estaban las manos del chico. Ay, dioses. ¿Qué ha hecho?

Æsa se tambalea. Detrás del muro de aire, la ola se estremece.

—Venga, cielo —dice Matilde, con la voz débil pero controlada—. Solo un poco más.

Los otros dos Caska se han levantado y se alejan a trompicones por donde vinieron. Jacinta le cierra los ojos a Verony y susurra una oración.

Doblan la esquina y se dirigen hacia la tienda de Krastan, arrastrando la ola tras ellas. Cada vez se cuela más agua por las grietas de la barrera de Sayer. Æsa se siente como si ella también estuviera agrietándose, como si su concentración se estuviera haciendo pedazos. Hay tan pocas luces, y el agua es tan oscura…

Después de lo que parece una eternidad, llegan a la trampilla que conduce a la tienda de Krastan. Alec separa la escalerilla de la pared, tira de una cuerda, y abre. Lleva una de esas bolsas de luz que lo tiñe todo de morado.

—Vosotros primero —jadea Sayer—. Nosotras vamos detrás.

—Pero... —protesta Alec, mirando a Krastan.

—No nos haces ningún favor pensándotelo tanto, Padano —gruñe Fen—. Mueve el culo.

Y eso hacen. Krastan, Jacinta y Rankin suben por la escalera y desaparecen por la trampilla. Alec ata la luz morada a una cuerda y se la cuelga del cuello a Matilde. Sube a toda prisa, y las cuatro se quedan solas.

—No me soltéis —dice Æsa, con un grito ahogado. La ola pesa, y el agua que se cuela ya se agita en torno a sus rodillas—. No sé si podré contenerla si os separáis.

—¿Y cómo vamos a subir sin soltarnos? —pregunta Matilde.

A modo de respuesta, una cuerda cae a su lado. Fen la agarra con la mano libre y la enrolla en torno a la cintura de las cuatro.

—Tenemos que darnos prisa.

Les grita a los de arriba que esperen, y luego empieza a subir por la escalera. Æsa suelta un grito ahogado cuando la levantan en el aire. Más agua se libera y fluye. Sayer no aparta la mirada del muro de aire, pero le fallan las fuerzas. Æsa nota que se están cansando.

—¡Daos prisa, joder! —grita Matilde.

La cuerda que rodea a Æsa le quema cuando se tensa. La mano que tiene apoyada en Matilde se le resbala cuando alguien arriba grita: «Tirad». El nivel del agua aumenta, le desgarra la falda y hace que sus pensamientos se tambaleen. Trata de subir a tientas, pero los peldaños de metal de la escalera son demasiado resbaladizos. Es como si la estuvieran partiendo en dos.

La barrera de aire se rompe y la ola se abalanza hacia ellas y choca contra la escalera. Æsa grita cuando Matilde y Sayer desaparecen bajo la espuma. La cuerda da un tirón y le arrebata el aire, pero consigue agarrarse a los puntos de apoyo de metal que están clavados en el interior de la trampilla.

Alguien grita desde arriba.

—¡Sube, Æsa!

No ve nada, apenas puede respirar. Matilde y Sayer son un peso muerto que tiran de ella. Si no las saca, morirán. Busca a tientas otro punto de apoyo metálico y tira de ellas. Primero con una mano, luego con las dos. Intenta respirar, pero le duele todo.

Unas manos la agarran de las axilas y tironean de ella con tanta fuerza que pierde el equilibrio. Alguien amortigua el golpe cuando caen en un montón tembloroso en el suelo del sótano. La cuerda se afloja con una ráfaga de pasos y gruñidos. Sayer aterriza a su lado, escupiendo agua, pero Matilde está callada. Bajo el resplandor de la luz extraña, Æsa ve que Alecand se pone de rodillas.

—¿Tilde? —le dice, sacudiéndola con fuerza—. Maldita sea, Tilde, deja de hacer el tonto.

La tumba en el suelo, le acerca la oreja a los labios y la besa con fuerza. No, no la besa, le da aire. Una, dos veces. Matilde no habla; ella, que siempre está charlando, bromeando y persuadiendo al mundo para que se adapte a lo que a ella más le conviene. Pero tiene que despertar. Si no lo hace, Æsa se sentirá como si hubiera perdido… una parte vital. Una parte a la que aún no puede ponerle nombre.

Entonces Matilde gira hacia un lado y escupe el agua. Alec deja escapar un largo suspiro entrecortado.

Alguien cierra la trampilla con un chirrido y el Subsuelo queda atrás. La luz morada parpadea y se apaga; de repente, el sótano está a oscuras. Lo único que oye Æsa son las toses temblorosas, las respiraciones empapadas y el goteo del agua que se cuela por los agujeros de la tapa de la trampilla. Espera que la ola no las siga. De lo contrario, es posible que se deje arrastrar por ella.

Cierra los ojos y vuelve a ver al Caska golpeando la barrera de Sayer con los puños. Ha visto cómo se ahogaba y le ha dado igual. Su magia se adueñó de su rabia y la retorció hasta convertirla en algo monstruoso, algo que no ha podido apartar ni contener.

Se le escapa un sollozo en medio de la oscuridad.

«Hay una sheldar cantando en tu interior», pero su canción es la de una hashna, una canción de muerte y destrucción.

Parece que siempre ha sido un veneno.

Algo atraviesa Simta, algo silencioso y repentino, pero es una corriente que solo algunas chicas pueden sentir. Describirán la sensación de mil maneras distintas: como si un pedernal las golpeara entre las costillas, como un estremecimiento que recuerda a un trueno, como un escalofrío que les recorre la sangre. Pero todas estarán de acuerdo en que agitó algo en su interior y lo sacó a la luz.

En alguna parte del Distrito del Grifo, dos hermanas interrumpen una partida de Doce Estrellas. La cuerda que se extiende entre ellas se queda quieta, pero algo se sacude en su pecho. No, más bien se estremece, como los canales cuando el tiempo cambia y traen las tormentas del mar.

—¿Lo has sentido? —pregunta una de ellas, llevándose la mano a la clavícula, como si esperara que vibrara.

—Creo que sí —responde la otra—. Me hace cosquillas.

Ambas se ríen, nerviosas y un tanto emocionadas. Recogen la cuerda y se meten en casa para jugar a su juego preferido: el que mantienen en secreto. Normalmente tienen que esforzarse muchísimo para convocar el viento con el que mueven la moneda por el suelo del desván. Hoy consiguen levantarla sin tocarla, y se queda flotando en el aire, como una promesa.

En alguna parte del Distrito del Dragón, una chica cierra los ojos y desearía no estar en ese prostíbulo de la calle

Humeante. Sin embargo, sabe que su señor padre no va a venir a buscarla para llevársela a casa; la vendió para pagar sus deudas. Apoya las manos en el alféizar estrecho de la ventana y se inclina hacia el ajetreo de la calle. No sirve de nada desear que alguien venga a salvarla; no va a venir nadie. Pero entonces algo la atraviesa, tan cálido como unas ascuas. Una llama extraña prende en sus manos. Cuando las aparta, la madera está chamuscada.

¿Lo ha hecho ella?

Vuelve a apoyar un dedo tembloroso en el alféizar. La madera sisea. Graba su nombre, con una marca oscura. «Iona estuvo aquí».

En el piso de abajo, la Madam la llama a gritos. Odia ese sonido. Sin embargo, no puede contener la sonrisa.

En alguna parte del Distrito del Jardín, una chica de melena oscura está sentada en el tejado al que da su dormitorio, con las manos en torno a una maceta llena de tierra. Creía que podría hacer crecer la semilla si le cantaba. Desde hace un tiempo, las flores del invernadero le cantan, con una voz que nadie más parece oír.

Un hormigueo, y algo se despliega en su interior. Es como si el sol se asomara entre las hojas del jardín de su familia, como un estallido de calor repentino en la penumbra. Arruga la nariz y le pide a la flor de estta que crezca por ella. Sus pétalos, suaves como el terciopelo, se enroscan alrededor de sus pulgares. Parece canta su nombre: Jolena Regnis.

La hija menor de Wyllo Regnis emite un sonido de pura alegría.

19

A LA LUZ

Matilde nunca ha estado tan enfadada con la luz del sol. La obliga a ver todo lo que preferiría ignorar: el agua que gotea de la ropa y las expresiones afligidas, bañadas por una luz que le molesta en los ojos irritados.

Se aclara la garganta. Aún la tiene en carne viva por culpa del agua salobre. Todos los simtanos aprenden a nadar, y a ella se le da bien, pero sus habilidades no han servido de nada en el túnel. De no haber sido por la cuerda y este grupo de personas, estaría muerta. La ola debe de estar llenando el Subsuelo y ese salón de baile en el que practicó su magia con las demás chicas. Todos los murales de aquellas mujeres poderosas deben haber quedado bajo las aguas oscuras. Es como si una parte de sí se hubiera quedado allí abajo con ellas y la hubiera perdido para siempre; la parte que creía que el mundo era justo y que estaba diseñado a su medida.

Alec y Krastan acechan por la habitación secreta de la tienda. Todo el mundo contiene el aliento, a la espera de ver si hay alguien esperando para atraparlos. La tienda está demasiado tranquila y el ambiente demasiado relajado.

Los En Caska Dae quieren matarnos.

Aun tras el ataque en el jardín de su familia, una parte de Matilde se negaba a creérselo. Sin embargo, en los túneles, vio con sus propios ojos cómo el chico disparaba a Verony. Luego vio cómo Æsa lo arrastró hacia las profundidades del agua. Ahora, a su lado, la chica no deja de temblar con la mirada perdida. Cuesta creer que haya podido controlar semejante poder; que todas hayan podido controlarlo. Un poder que hace que los páteres las busquen con más ahínco.

—Estamos solos. —La voz de Krastan interrumpe sus pensamientos—. Al menos por ahora.

Nadie se mueve. Matilde hace girar la lengua reseca para intentar aligerar la voz y que recupere su cadencia habitual.

—Necesitamos ropa nueva, y un nuevo plan.

Nadie le lleva la contraria. Salen en fila, agotadas, por la puerta secreta, pasan por detrás del mostrador y suben las escaleras estrechas y chirriantes hasta llegar al apartamento de los Padano. Matilde se aferra al medallón y encuentra cierto consuelo en la familiaridad de su peso. El cansancio la llama, pero Matilde no puede entregarse a él. Tiene que mantenerse despierta, alerta.

Krastan señala dos puertas en extremos opuestos del pasillo.

—Las chicas por aquí y los chicos por allí.

Sayer entra primero con los puños apretados, sin mirar a Fenlin. Æsa la sigue, aletargada. Alec entra con Krastan en la otra habitación y deja la puerta abierta. Rankin no se mueve durante un instante y parece que quiere decirle algo a Fen, pero el rostro de la joven es de mármol; se ha cerrado en banda, no quiere que le hablen, de modo que el chico inspira hondo y se marcha con los hombros hundidos.

Matilde observa a Fenlin Brae, que tiene la mirada clavada en las tablas de madera del suelo. Siempre le ha parecido que la chica no era trigo limpio, y no le extraña… es la que más secretos guardaba. Fen, la andarríos que a Matilde nunca le ha caído demasiado bien, es una de ellas. Y se supone que es la cuarta del grupo, si lo que dijo Krastan sobre las Fyre es cierto. Por los diez infiernos.

¿Cómo ha logrado ocultarlo? Matilde ha sentido el hormigueo de la magia con Sayer y con Æsa, pero no con Fenlin. Es como si un muro invisible y malévolo rodeara a la joven. Matilde siente la magia latiendo bajo la piel, inexperta, aumentando. Inclina la cabeza para intentar llamar la atención de Fen.

—¿Quieres acompañarnos, Fenlin?

—Desde luego que no —responde Fen con todo el cuerpo tenso.

Pues bueno.

—Como quieras. —Matilde se gira hacia Jacinta—. Ahí hay otra habitación —le dice, señalándosela—. Si no te importa, las tres necesitamos un momento a solas.

Ni siquiera espera para ver si le importa.

La puerta se cierra con un *clic*. Sayer y Æsa están de pie junto a una ventanita amarilla, cada una perdida en sus propios pensamientos sombríos. Debería decirles algo, pero ¿acaso hay palabras con las que hablar de lo que han visto... de lo que han hecho?

No deja de ver a Verony poniéndose delante de ellas, como si pudiera protegerlas de los Caska. La flecha que le atravesó el pecho. Los gritos de triunfo de los chicos, como si la vida de la joven no tuviera valor alguno, como si solo les importara su muerte.

Pero ahora no es el momento de dejarse arrastrar por esos horrores. Aparta el pensamiento a un lado y se coloca su máscara más relajada.

—Vamos a cambiarnos —les dice—. No sabemos qué es lo que va pasar, pero no quiero que me sorprenda oliendo a agua del canal.

Todos los movimientos de Sayer son furia contenida. Abre la puerta del armario con tanta fuerza que el suelo tiembla. Matilde le hace hueco para que rebusque en su interior y se sienta en una cama estrecha hecha con esmero. Hacía años que no entraba en el cuarto de Alec. Hay una mesa llena de instrumentos cuyos nombres desconoce, una alfombra de muchos colores, una colcha bien remetida y una pila de libros sobre alquimia junto a la cama. Algo sale de uno de ellos: un puñado de cintas de seda entretejidas. Están desgastadas, pero Matilde las reconoce igualmente. Alec le dejó trenzárselas en el pelo en una ocasión, cuando el chico aún lo llevaba por los hombros. En cuanto se las vio en el espejo, le hizo quitárselas al momento. «Vale —le dijo ella, entretejiendo las cintas—. Te haré algo para cuando me eches de menos».

Dio por hecho que las habría tirado, pero aquí están, de marcapáginas. Al verlas, siente cómo su presencia amenaza con arrebatarle la calma. Piensa que se trata de la clase de calma que nace fruto de la conmoción o del cansancio. Se siente como si la estuvieran aplastando para sacarle todo el jugo, pero al mismo tiempo se siente más viva que nunca. Es como si al unirse con las otras tres para detener la ola hubiera despertado algo en su interior: una clase de fuego nuevo y emocionante.

También siente que tiene una nueva concepción de las chicas. No, lo que tiene es un vínculo. Oye a Fen cambiando el peso de un pie a otro en la habitación de al lado y las emociones de Sayer, desatadas en el pecho. Prácticamente puede ver la culpabilidad que siente Æsa, que brota como nubes azules a su alrededor. Ahora todas forman parte de ella; y ella forma parte de las demás.

Krastan dijo que algunas Fyre excepcionales sentían esa conexión. Que, cuando estaban juntas, se convertían en algo más. «Así es como las Fyre de la antigüedad lograban separar los mares y mover montañas. Juntas eran lo bastante fuertes como para sacudir el mundo entero».

—Toma. —Sayer le lanza un amasijo de ropas—. Ponte esto.

Deben de haberse quitado las prendas mojadas mientras Matilde estaba perdida en sus pensamientos, porque ambas llevan pantalones y unas camisas de un tejido tosco de distintos tonos de amarillo. Æsa sigue tirándose de los mechones de pelo húmedos que le caen alrededor del cuello. Es como si su piel fuera lo único que la mantiene entera. Matilde haría lo que fuera por borrar la tristeza de su rostro.

—Pero, Sayer, esto son unos pantalones.

—Es que si te esperabas un vestido, a Alecand se le han terminado —responde Sayer, con el rostro sombrío.

No debería hacer bromas, pero, de lo contrario, se pondrá a gritar.

—¿Y qué se supone que tengo que hacer con ellos?

—Meter una pierna en cada agujero —gruñe Sayer—. Es bastante evidente.

Tiene cara de que quiere liarse a puñetazos con todo, incluida Matilde, pero ella conoce a Sayer lo bastante bien como para que no le afecten sus respuestas. La rabia es su máscara preferida.

Matilde se desprende del vestido pero se deja la ropa interior. Puede que esté mojada, pero al menos en suya. Hasta ahora no se había dado cuenta de la sensación de control que le proporcionaban sus vestidos elegantes confeccionados a medida. Le dejaban claro quién era: una hija de las grandes casas, protegida, intocable. Pero ya no es así.

Los pantalones de Alec le quedan justos alrededor de la cintura, y la camisa huele a él: madera quemada, cenizas y ortino. Se roza los labios y piensa en él mientras toma aire. La rodeó con un brazo todo el tiempo mientras subían por las escaleras, pero, a la luz del día, se apartó de ella, igual que hizo aquella tarde en el laboratorio subterráneo.

Pero tiene preocupaciones más importantes que las señales contradictorias de Alecand Padano. Matilde se levanta —los pantalones le rozan los muslos de un modo extraño—, se acerca a Æsa y le acaricia el dorso de la mano con dos dedos.

—¿Qué estás pensando, cielo?

Una respiración, dos. A Æsa le tiemblan los hombros.

—Lo he matado.

Matilde no necesita preguntarle a quién se refiere.

—Y él mató a una de nuestras chicas —responde Matilde, tragándose el dolor.

—Si no lo hubieras hecho tú, lo habría hecho yo —añade Sayer, cerrando la puerta del armario a lo bestia—. Te lo digo en serio. Se lo merecía.

Æsa levanta la vista al oír aquello y sus ojos son una ruina del color del mar.

—No era más que un chico que seguía a la estrella equivocada. Ahora no tendrá ocasión de buscar otra que lo guíe.

Matilde piensa que el chico tiene lo que se merece, pero sigue siendo un asunto feo.

—Sé que estamos alteradas —dice entonces—, pero tenemos que hablar de…

—No —la interrumpe Sayer.

—Pero si ni siquiera sabes lo que iba a decir.

—He dicho que no.

Sayer mira hacia la puerta, demasiado turbada como para ocultar sus emociones. Es evidente que tampoco sabía el secreto de Fen, aunque parece que Æsa sí lo conocía.

—Tenemos que actuar deprisa —insiste Matilde—. Tenemos que hablar con Dennan.

—Acabamos de ver cómo inundaban el Subsuelo —le dice Sayer, con incredulidad—. ¿Y vas tú y quieres ponerte a jugar al politiqueo?

Su tono de voz hace que Matilde se encoja sobre sí misma.

—Los Caska saben quiénes somos, y, si esos dos chicos consiguieron escapar de la ola, saben de qué somos capaces juntas. Nos vieron. Tenemos que tomar el control de la situación antes de que la situación nos controle a nosotras.

—Voy a cargármelos a todos por lo que han hecho —dice Sayer, que se ha puesto a dar vueltas de un lado a otro—. Pagarán por ello.

—Entonces, dime, ¿cuál es tu plan? —le pregunta Matilde—. ¿Salir a la calle y empezar a asesinar a los páteres?

—Ellos parece que se mueren de ganas de asesinarnos.

El recuerdo de Verony sigue ahí, flotando entre ellas.

—La Iglesia lleva desde antes de que naciéramos vertiendo veneno en los oídos de la gente sobre las chicas que poseen magia —insiste Matilde—. Siempre habrá quienes teman lo que hay en nuestro interior. ¿Qué creéis que pasará si empezamos a prenderles fuego a las iglesias?

—Que nos verán tal y como somos —susurra Æsa—. Como monstruos.

Matilde mira a Æsa, sorprendida por lo que ha afirmado, pero Sayer aún no ha dicho la última palabra.

—¿Es que no lo entendéis? Asaltaron el Subsuelo por nuestra culpa. Esa gente ha logrado mantenerse oculta durante años y, cuando bajamos, los Caska lo hallaron en cuestión de días. ¿Creéis que es una coincidencia? Esas personas lo han perdido todo por nuestra culpa. Debemos hacer justicia en su nombre.

Matilde mete la mano en el bolsillo para buscar el pájaro de Dennan, pero entonces recuerda que se lo envió ayer. Un embrollo oscuro comienza a tomar forma en ella. Pero Matilde no le dijo a Dennan dónde estaban, solo que quería hablar con él sobre el futuro. Dennan no las entregaría a los Caska. Está convencida de ello.

—¿Y qué pasará cuando nos hayamos vengado? —pregunta Matilde—. ¿Crees que el Pontífice se encogerá de hombros y dirá que estamos en paz? ¿Que la ciudad nos dará una fiesta?

—Después de lo que le hicieron los Caska a tu familia, me sorprende descubrir que seas tan cobarde —responde Sayer con el ceño fruncido.

—Mi familia no puede permitirse que me convierta en una criminal —responde Matilde apretando los dientes—. Los pondría en peligro. Para ti es fácil hacer lo que te dé la gana, Sayer. No te queda familia que perder.

El silencio desciende como una lágrima dolorosa e irregular. Ojalá pudiera retirar lo que ha dicho.

—Lo siento. Es que… solo quiero recuperar mi antigua vida —explica Matilde, hablando en susurros—. Y a mi familia. Pero, primero, tenemos que ponernos a salvo. Tenemos que demostrarle a la gente que lo que la Iglesia dice sobre nosotras no es cierto.

—¿De verdad no lo es? —pregunta Æsa, más para sí misma que para las demás—. Se supone que las sheldars se dedican a salvar a los demás, y nosotras no dejamos de causar dolor.

Pero han salvado a otros, ¿no? Los sacaron del agua y detuvieron la ola durante el tiempo suficiente como para que escaparan. Además, aún queda mucho por descubrir entre ellas; lo presiente. Podrían remodelar el mundo a su conveniencia.

—Habrá personas que nos tendrán miedo hagamos lo que hagamos. Necesitamos a alguien que nos proteja, alguien que quiera pelear para cambiar la ley y que luche por nuestros intereses. Dennan es nuestra mejor baza.

—Vale, bien, vete a ligar con el Príncipe Bastardo —le espeta Sayer—. Yo no pienso detenerte. De todos modos, tú siempre haces lo que te da la gana.

«Yo». «Tú». Sayer habla como si las cuatro no estuvieran irremediablemente unidas.

Matilde piensa en sus antiguas hermanas Nocturnas con las que se reía, tramaba planes, hablaba de sus ligues y sueños imposibles. Estaban muy unidas, pero, aun así, no compartían esta especie de vínculo. Su unión no se basa en el amor, ni siquiera en una elección, sino en algo mucho más profundo; es mucho más que la sangre que les recorre las venas.

Estas chicas tan frustrantes y desquiciantes son sus hermanas, y no piensa dejar que se alejen de ella. No en estos momentos.

—No entiendo este vínculo que nos une —dice Matilde—. Pero sé que cuando estamos juntas somos más fuertes. Os necesito a las dos. Nos necesitamos las unas a las otras.

Sayer responde con un tono que es frío y acalorado al mismo tiempo.

—Yo no quería nada de esto, y sigo sin quererlo.

Sus palabras atraviesan a Matilde de lado a lado.

—¿Y tú, Æsa? ¿Qué es lo que quieres?

Pero Matilde ve que las ganas de pelear que mostró Æsa en los túneles la han abandonado. Su voz es la cosa más diminuta de toda la sala.

—Quiero irme a casa.

Matilde mira a sus hermanas; pero es que no son sus hermanas, porque han decidido no serlo.

—Estupendo —responde mientras se abalanza hacia la puerta, negándose a mirar atrás—. Supongo que eso significa que puedo volar por libre.

Mi hija es igual a como era yo, pero no quiere verlo. Se niega a convertirse en la maravillosa Nocturna que podría llegar a ser. Creo que el problema es que no presta atención a todas las partes de mis historias, solo se centra en lo que los otros nos arrebatan. Lo siento por ella: no sabe lo que es tener hermanas, chicas que albergan en su interior las partes más profundas de ti, que comparten tus sueños. Es un vínculo que contiene un poder que ella jamás ha conocido.

FRAGMENTO DEL DIARIO PRIVADO
DE NADJA SANT HELD.

20

SE ACABARON LAS SOMBRAS

Sayer avanza a hurtadillas por el pasillo, en el que, por suerte, no hay nadie. Parece que todo el mundo se ha cambiado y ha bajado a la otra planta. Agradece la oscuridad y este silencio temporal. Sigue tomando aire, pero parece que no consigue calmar la respiración.

Un mareo repentino hace que tenga que apoyarse contra la pared. Es ese aroma a humo y amargo de las hierbas de la tienda, que le resulta levemente familiar. O puede que sea que ha tragado demasiada agua en los túneles. Nota la magia apagada, como si estuviera tan cansada como lo está el resto de su cuerpo; como si tuviera el corazón roto, como el suyo. Aun así, percibe a las otras Nocturnas y a Fen. Oye sus alientos y siente sus latidos como un eco. Es como si llevara un trozo de cada chica atado en torno a las costillas y no la soltaran.

Sayer hablaba en serio cuando le ha dicho a Matilde que no quiere nada de esto. No acudió a las Nocturnas para acabar enredada en las vidas de otras personas. Esa clase de vínculos son una carga peligrosa y lo único que hacen es provocar dolor cuando se rompen.

Piensa en Fen, la única persona que creía que no mentía... al menos no a ella. Pero posee magia, y se lo ha ocultado a Sayer.

Al apoyarse contra la pared, los recuerdos toman forma y el pulso se le acelera. Recuerda el momento en el que se besaron en el callejón. Intentó entregarle su magia, pero no funcionó porque Fen ya poseía una magia propia. Aun así, el beso despertó algo en Sayer, algo con fuerza y melodioso. ¿Fue la magia de Fen la que amplificó su magia esa noche y le permitió convertirse en humo?

Ahora le cuadra que Fen se haya mostrado tan reservada, tan reticente a tocarla desde aquella noche. Fen debe de haber estado ocultando su magia de algún modo. Aun sí, Sayer debería haberlo sabido; debería haberse dado cuenta. Piensa en cuando Æsa le dio la mano a Fen, como si ya lo supiera. La traición le desgarra el pecho y le duele.

Æsa aparece en el pasillo con una camiseta amarilla de Alec y unos pantalones de un tejido tosco, con el rostro más pálido de lo habitual. Al menos tiene la mirada un poco más clara.

—¿Estás bien? —le pregunta Sayer, cruzándose de brazos.

—Me duele la barriga —responde ella con una mueca.

A Sayer también le duele.

—El agua de los canales de Simta nunca baja con facilidad.

Se detienen en lo alto de las escaleras. Matilde está bajando por ellas. En el Subsuelo, Sayer se habría partido de risa al ver lo rara que está Matilde con pantalones, pero ahora es incapaz. Sobre todo cuando ve quién se encuentra a los pies de las escaleras. Fen está apoyada contra la pared, a la sombra de una estantería enorme. Tiene el pelo mojado echado hacia atrás y su ojo es un farol fiero. Cuando sus miradas se encuentran, a Sayer se le encoge el corazón. No; le arde.

Una guerra se desata en su pecho. Un bando le dice que esa chica es Fenlin Brae, su amiga de toda la vida, su amiga más leal. Y el otro insiste en que no sabe absolutamente nada de Fen.

Sayer quiere apartar la mirada, pero no parece lograrlo. Fen separa los labios y forma una palaba que no llega a pronunciar.

«Huye».

Algo le recorre el espinazo. No se ha dado cuenta hasta ahora de lo extraño que está el ambiente, cargado con un silencio sereno y un olor enfermizo.

Æsa le aprieta el brazo.

—Ay, dioses, es...

Pero Sayer ya sabe quién es. Es incapaz de olvidar la voz de la Mano Roja.

—Baja, bruja —le dice a Matilde—. Ven aquí con nosotros.

Durante un instante, Matilde se queda paralizada. Sayer espera que la flecha de una ballesta la ensarte. Transcurre un segundo, luego otro, pero las flechas no llegan. En el Subsuelo, los soldados de la Mano Roja disparaban primero y luego hacían las preguntas. ¿A qué estará jugando ahora? Matilde parece saberlo, porque sonríe como si acabara de encontrarse con un amigo al que no ve desde hace años. Sayer no entiende cómo es posible que se le dé tan bien fingir, incluso en esta situación.

—Me alegro de verle —responde Matilde—. Menudo placer. ¿Le he hecho esperar mucho tiempo?

Sayer intenta convocar su magia, pero la nota apagada y debilitada. Han descubierto que tiene límites, que se agota cuando la utilizan en exceso. Puede que haya agotado todas sus reservas para contener la ola y que necesite tiempo para volver a acumularse. Tiene que hallar el modo de ver la planta baja de la tienda sin que la descubran. Mira a su alrededor. Ahí: a la derecha, una galería estrecha llena de cajas vacías. Agarra a Æsa del codo, se agacha y avanza a gatas, despacio y sin hacer ruido.

—Ha llegado la hora de que ajustemos cuentas, bruja —le dice la Mano Roja.

Sayer prácticamente siente que Matilde pone los ojos en blanco. Joder, menudo desparpajo tiene.

—Las cuentas se ajustan mejor con la barriga llena, y yo hace rato que no pruebo bocado. ¿Cómo ve que le prenda fuego?

¿De verdad puede conjurar el fuego? La magia de Sayer no responde a su llamada, ni siquiera con Æsa a su lado. Puede que esté intentando marcarse un farol ante la Mano Roja.

Sayer serpentea entre las cajas para ver mejor. Lo que ve hace que le entren ganas de ponerse a maldecir sin parar a gritos. La habitación principal de la tienda está repleta de Caska con las ballestas en ristre. Krastan ha apoyado la espalda contra el extremo del mostrador de madera frente al que se colocan los clientes. Alec está detrás, con la mano en el hombro de Jacinta para que se quede agachada y no la vea nadie. Fen está tan pegada contra la pared que es como si quisiera atravesarla a la fuerza. Es posible que, desde donde están los chicos de gris, no la vean, sobre todo porque Rankin se ha puesto delante de ella, como si quisiera ocultarla de sus miradas.

La Mano Roja tiene el mismo aspecto que recordaba: la cara cubierta de cicatrices, con la marca roja de una mano, la cabeza y las cejas afeitadas, la mirada firme. Es como si no perteneciera a este mundo. Sacude un incensario de cobre que emite un hilo de humo azulado.

—Adelante, bruja —le responde—. Me encantaría ver cómo lo intentas.

—Si cree que tengo reparos en prenderle fuego a hombre de la Iglesia, debería saber que no es el caso —responde Matilde con tono serio.

—Si me sucede cualquier cosa, mis chicos abrirán fuego. Y, aunque seas un demonio, no creo que quieras mancharte las manos con la sangre de todas estas personas.

Sayer mira dentro de las cajas que tiene más cerca. Puede que encuentre algo en su interior que le sirva para provocar una distracción. Tiene que haber alguna manera de librarse de ellos.

—No parece tener mucha prisa por acabar conmigo —responde Matilde—. Dígame. ¿Por qué inundó los túneles? Yo podría haber muerto, y las muertas no pueden hacer magia. ¿No me quería para eso? ¿Para que fuera una prueba?

—La explosión era para sacaros de ahí abajo, a la superficie, donde podríamos capturarlos —responde la Mano Roja, torciendo la boca—. El hermano Eli era demasiado entusiasta, pero eso no importa. Todo el que estaba allí abajo era una bruja o un blasfemo. Me complace llevar a cabo la obra sagrada de Marren.

La convicción que albergan sus ojos, esa luz ferviente, hace que a Sayer le den escalofríos.

—¿Cómo sabías que estaríamos aquí? —pregunta Matilde, con la voz inexpresiva, con un tono extraño.

—Me lo dijo un pajarito —responde la Mano, que curva la comisura de la boca.

Sayer ve que el rostro de Matilde empalidece. Las náuseas se intensifican.

—Venid sin armar un escándalo y no les pasará nada a vuestros amigos —le dice la Mano.

Se oye el *clic* de una ballesta.

—Si le dispara a alguien, se consideraría asesinato —responde Matilde—. Le colgarían por ello.

—¿Qué te hace estar tan segura? —responde la Mano, enseñándole los dientes.

El silencio cae, afilado como una espada. La sonrisa de engreído de la Mano Roja hace que Sayer quiera abalanzarse sobre él. Invoca su magia, con la esperanza de que se le ocurra un plan: pero nada, solo esa sensación de malestar aceitosa que le recorre las entrañas.

La Mano Roja avanza. Krastan se coloca delante de Matilde para protegerla, pero algo en las escaleras llama la atención de la Mano.

—El pequeño Johnny Rankin —dice entonces—. ¿De verdad eres tú? Has crecido un montón.

El chico aprieta los puños, pero Sayer se fija en que le tiemblan.

—Para ti soy Rankin. No te acerques.

Fen se aparta del muro y apoya la mano en el hombro de Rankin. La expresión de la Mano Roja se convierte en una mezcla de sensación de triunfo y rabia.

—Ay, Ana —le dice, con una sonrisa de lobo—. Al fin.

Fen parece alteradísima, con el rostro perlado de sudor.

—Te equivocas, anciano. No me llamo Ana.

—Jamás podría olvidarte, ladronzuela —responde la Mano Roja, acariciándose una de las mejillas—. Fuiste tú quien me hizo tomar este camino.

«Te veo, ladronzuela». ¿Acaso no fue eso lo que gritó la Mano en el jardín de los Dinatris? Sayer mira con nuevos ojos las cicatrices de la Mano. Son espirales brillantes, como quemaduras antiguas. Fen le prendió fuego al orfanato en el que Rankin y ella se criaron, con la esperanza de matar al páter que lo dirigía. El mismo páter que convirtió sus vidas en un infierno. Sayer mira a la Mano, y luego a Fen, que se ha quedado paralizada a causa de esta pesadilla de su pasado.

Matilde levanta las manos. Algunos de los chicos de gris agitan las ballestas, pero la Mano los detiene con un gesto. Después abre el incensario y vierte su contenido por el suelo. Matilde se lleva una mano al estómago y Sayer siente una náusea recorriéndole el cuerpo. Lo poco que sentía de su magia, desaparece... como una llama que se apaga.

—¿Qué... —jadea Matilde—, qué es lo que me has hecho?

Los chicos de gris parecen aliviados, pero la Mano Roja se ha puesto eufórico.

—Marren sabía que todo veneno tiene su antídoto, de modo que viajó hasta que encontró una planta que anulaba la magia de las brujas. Los demás páteres creían que se trataba de un mito, pero investigué, me pasé años desentrañando los secretos de su uso, y parece que al fin los he descubierto. Llevas todo este tiempo respirando matabrujas.

Por los diez infiernos, duele muchísimo, como si alguien estuviera intentado aplastarle las entrañas a Sayer. Matilde se agarra al mostrador y Æsa deja escapar un sollozo ahogado.

Hace una hora eran tan fuertes que podían detener una ola. Ahora la Mano Roja les ha arrebatado su poder.

Los Caska contemplan a su líder mientras recitan entre susurros la oración de la vela. «Un fuego purificador para purificar al mundo».

Sayer se da cuenta de que Alec está abriendo un cajón tras el mostrador con el pie, y que le está indicando a Jacinta que se ponga a rebuscar en su interior.

—Dime dónde están las demás —le ordena la Mano Roja—, o toda está gente sufrirá.

Sayer se prepara para que Matilde le diga: «Arriba».

—No —responde Matilde, con la voz tomada—. No traicionaré a mis hermanas.

—Creo que, con el tiempo, cambiarás de opinión —responde la Mano, acercándose.

El pánico se apodera de Sayer cuando dos Caska dan un paso al frente, sujetando las ballestas. Otros dos se acercan a Rankin y a Fen. Algo sale disparado y golpea a uno de los Caska, que cae al suelo, sujetando la cuchilla que tiene clavada en la pierna, mientras Rankin sonríe.

—Te he dicho que no te acercaras.

—Ya basta —ordena la Mano Roja. Señala a Matilde y a Fen—. Venid conmigo ahora mismo o mis chicos comenzarán a disparar.

Una pausa, un aliento contenido. Æsa le da un beso a Sayer en la mejilla. La chica se levanta y revela su presencia antes de que Sayer logre contenerla.

—No las necesita a ellas —dice entonces con tranquilidad, levantando las manos—. Iré con usted.

En mitad de ese silencio cargado de sorpresa, la Mano Roja alza la mirada, y alguien se abalanza sobre él: Krastan, que lleva algo en el puño. Una flecha sale disparada. Matilde pega un grito.

Krastan se desploma. Estira la mano hacia Matilde y mueve la boca mientas se desangra sobre el suelo de madera. Matilde se arrodilla a su lado y deja escapar un sollozo ahogado.

—¡Lleváoslas a todas! —grita la Mano.

Alec se agacha, agarra un vial que le ofrece Jacinta e introduce un polvo negro por la abertura. Luego susurra unas cuantas palabras y, cuando el contenido del vial comienza a burbujear, lo lanza por los aires con un rugido.

El vial se rompe sobre la sotana de la Mano, y algo sinuoso y brillante repta de su interior. Una criatura con garras hecha de un fuego verde furioso.

… La batalla se extendió con una furia terrible y los ríos
de sangre fluyeron entre la hierba.
Los ejércitos se separaron en torno a ella, que estaba sola,
vestida con una armadura, sin que le hubiera rozado ni una
flecha, ni una lanza, ni un conjuro.
Cuando alzó los brazos, ambos ejércitos se echaron
a temblar.
Pues, en esa época, las Fyre mandaban sobre los hombres
y movían montañas.
Era una época en la que aún gobernaban el mundo.

EL CICLO DE SICLID,
LIBRO II.

21
A TRAVÉS DE LAS LLAMAS

M atilde no puede respirar. Hay demasiado humo, siente demasiado dolor.

La criatura que ha creado Alec parece un dragón, largo y serpenteante, que muestra unos dientes de fuego de un verde pálido. Lame con voracidad las prendas de la Mano Roja y se enrosca en torno a su cuerpo, mientras este intenta quitarse al dragón de encima con un grito que hiela la sangre.

Los chicos de gris corren para apagarlo, pero temen la furia del dragón. Matilde se inclina sobre Krastan. El anciano le acaricia la mejilla, manchada de sangre. Está todo lleno de sangre.

—¿Puedes levantarte? —le pregunta—. Tenemos que…

—Sé valiente, mi querida Stella —responde Krastan con la voz ronca—. Sé fuerte. Cuida de Alec. Y dile a Frey que… Dile que…

Matilde le toma de la mano con la que le está acariciando la mejilla y la aprieta con fuerza.

—Que jamás debería haberla dejado ir —susurra.

Y entonces se le queda la mano flácida. Matilde la aprieta.

—¿Krastan?

Sus ojos resplandecen por la luz de las llamas, pero Matilde no ve nada en ellos. Ya no está. Se ha ido, y no ha tenido la oportunidad de decirle que sabía quién era. Creía que tendría más tiempo.

La habitación se sume en el caos cuando el dragón echa a volar, choca contra las vigas de madera y rebota en las estanterías abarrotadas, con lo que emite una lluvia de chispas y humo. La criatura se estrella contra la pila de matabrujas y el incensario del suelo y lo consume. Con tanto humo, Matilde no tiene forma de distinguir amigo de enemigo.

Debería levantarse, pero le falta el aliento. Alguien se arrodilla de golpe a su lado: Alec, que presiona la herida de Krastan y le agarra de la camisa.

—Tenemos que irnos. —Le tiembla la voz—. ¿Krastan? ¿Krastan?

Pero Krastan ha partido a un lugar donde ya no puede oírlos. Matilde contiene un sollozo.

—Alec, ya no está.

Se oye un rugido, algo que explota. Los ojos de Alec están cargados de dolor.

Alguien pega un grito: Matilde cree que puede que sea Jacinta, pero con el humo le cuesta ver las caras. Una flecha se clava en una de las estanterías.

—Tenemos que irnos —dice Alec, con la voz entrecortada.

—No quiero dejarlo aquí —responde Matilde, con el corazón partido en dos.

—Yo tampoco —responde Alec, y una lágrima se le derrama por la mejilla, tan veloz como una estrella.

Alec la toma de la mano. Matilde debe de haberse torcido el tobillo al caerse, porque le falla. Él la sujeta mientras ella busca la puerta principal. Apenas se ve entre tanto humo, así, ofreciendo la promesa de la luz del sol, pero Matilde sabe que no encontrará libertad al otro lado, sino una jaula.

Alec tira de ella hacia la puerta.

—No podemos salir por ahí —le dice ella, jadeando—. Me atraparán.

Y además es muy probable que disparen a Alec.

—Tampoco podemos volver a bajar —responde el chico—. La única opción que queda…

Matilde mira hacia las escaleras, donde aún no han llegado las llamas del dragón. Avanzan cojeando sobre fragmentos de cristal amarillo. Alec medio la ayuda a subir, medio la arrastra por las escaleras hasta que llegan al dormitorio. Una vez allí, la deja en la cama.

Mientras Alec se acerca a la ventana amarilla, Matilde está pensando en mil cosas a la vez. Al menos Sayer y Æsa no están aquí arriba. Deben de haber escapado; confía en que lo hayan hecho, y Fen también, aprovechando el humo y el caos. Espera que estén huyendo a toda prisa. Piensa en Æsa, en la expresión de derrota y aceptación que tenía al ponerse en pie. ¿En qué estaba pensando? Matilde cree que no entiende en absoluto a sus Nocturnas.

Alec pelea contra el pestillo de la ventana. El humo se cuela por debajo de la puerta. Toda la habitación tiene el mismo aspecto que… ¿hace unos minutos o toda una vida? Antes de que supieran que podían arrebatarles la magia. Antes de que Krastan… antes de que…

Matilde se adueña de las cintas del libro de Alec porque necesita algo a lo que aferrarse. Alec suelta una palabrota y ella levanta la mirada.

—¿Qué pasa?

—Que no se abre.

—Por los diez infiernos, pues rómpela.

Alec recoge varios instrumentos del banco de trabajo y los arroja contra el cristal amarillo. La sangre le gotea por el brazo cuando quita los fragmentos que quedan. A Matilde se le cae el alma a los pies: los hombros de Alec no caben por el hueco. Subir ha sido un error; uno de tantos.

Matilde cojea hasta la puerta y la abre. Las llamas han llegado al pie de las escaleras y han formado un muro verde pálido.

Suelta una palabrota.

—¿No tienes ningún modo de controlar a ese dragón?

—Es un fallo de diseño —responde, con un gruñido—. Lo tenía a medias.

El dragón sube volando por las escaleras. Matilde levanta las manos sin pensarlo y se estremece cuando las llamas chocan contra las palmas. Lo único que siente es un cosquilleo cálido. Se mira las manos, sorprendida, mientras el dragón se aleja. No se ha quemado.

En lo más profundo de su interior siente que algo se agita. ¿Es su magia, que vuelve a ella? La nota débil, pero quizá baste para que se salven. Se da la vuelta, con una nueva esperanza brotándole en el pecho. Cojea hasta Alec y le tira del brazo.

—¿Te acuerdas de lo que me dijiste? —le pregunta, atándole las cintas alrededor de la muñeca con un nudo—. ¿Qué jamás se te había ocurrido besarme?

Le acaricia el rostro y le alisa el pelo.

—Creo que me mentiste.

Sus labios chocan contra los de Matilde. El beso es como tomar aire después de haber estado bajo el agua. Los labios se separan como si quisieran beberse el uno al otro, con los cuerpos muy juntos. Alec la acerca contra él mientras Matilde le agarra de los rizos oscuros, tan suaves como los recordaba. Su ansia desesperada hace que la magia brote con fuerza.

Alec se sorprende cuando empieza a sentirlo, pero Matilde lo sujeta con fuerza. Su magia los salvará; no les queda otra. Le derrama un poco en la boca.

Cuando se separan, a ambos les falta el aire.

—¿Qué has hecho? —le pregunta él, jadeando.

—Alec, ¿confías en mí? —le pregunta Matilde, tomándolo de la mano.

—Parece una pregunta bastante peligrosa.

Matilde recoge una camisa del suelo.

—Tú sígueme.

Salen al pasillo. Matilde tiene que apoyarse en Alec. El muro de fuego ha trepado casi hasta lo alto de las escaleras, pero Matilde siente su magia fluyendo en ambos, y el fuego es su elemento; lo único que tiene que hacer es controlarlo a su voluntad.

Levanta la mano que tiene libre y les pide a las llamas que les abran paso. El fuego se resiste, se niega a controlar su sed avariciosa. Durante un instante, piensa que no la obedecerán, pero entonces las llamas retroceden y forman un camino.

—Tenemos que darnos prisa —le advierte a Alec—. No sé cuánto aguantarán las escaleras.

—Vamos a quemarnos —responde él con la voz ahogada mientras Matilde le ata la camisa alrededor de la boca y la nariz.

—No. —Al menos espera que no—. Mi magia está en tu interior. Imagínatela recubriéndote la piel como si fuera una armadura.

Y eso se imagina Alec cuando bajan las escaleras a toda prisa, con las llamas formando un túnel a su alrededor. El calor es peligroso, y las llamas le chamuscan las mangas a Matilde. Una bola de fuego roza el brazo de Alec, pero resbala sin quemarlo. El chico tiene los ojos abiertos de par en par, teñidos de verde a causa del fuego.

El dragón da vueltas por la tienda, sin dejar de rugir. Matilde ve a la gente huyendo, siente a sus hermanas en alguna parte, entre el humo, pero no ve nada; tan solo intuye el contorno del cuerpo de Krastan. Pasar por su lado le supone un esfuerzo descomunal. Alec no abre la boca, pero aprieta la mano sobre la suya.

Una viga cae cerca de ellos. Matilde tiene que concentrarse para mantener el fuego apartado. Hay hambre en el ambiente, es como si el dragón oliera sangre. Un paso, dos. Sus manos unidas es lo único que logra que mantenga la concentración. ¿Dónde está la puerta? Ahí. Avanza a trompicones hacia ella y, sin dejar de toser, salen a luz del día, tambaleándose.

Matilde toma aire del exterior y los pulmones le arden. Una multitud furiosa rodea la tienda, formando un círculo frente a la fachada. Algunas personas los señalan. Alguien grita:

—¡Ahí está!

Ve a los chicos de gris corriendo hacia ellos. Alec se tensa, listo para ponerse delante de ella, tal y como hizo Krastan. Pero Matilde se niega a perderlos a ambos.

Le da un beso en la mejilla.

—Esta vez intenta no echarme de menos.

Y entonces lo empuja hacia la multitud, que se encoge, pero, cuando Matilde convoca una bola de fuego en la palma de la mano, todas las miradas vuelven a centrarse en ella. Alguien agarra a Alec por los hombros y lo arrastra hacia el mar de personas: Fenlin. Matilde articula un «largaos» con los labios y luego toma aire con un estremecimiento. El gentío frena a los Caska, pero no lograrán contenerlos mucho tiempo. Las llamas devoran la tienda de Krastan. Si el fuego se propaga, podría arrasar la mitad del distrito.

En ese momento piensa en Krastan, en cuando le dijo que las Fyre eran salvadoras. Krastan, que sigue en esa tienda que tanto amaba.

Matilde alza las manos. La abuela le enseñó a imponerse sin tener que gritar, y es esa la voz que conjura cuando cierra los puños y dice:

—Ven.

El fuego se detiene, desaparece de las ventanas de la planta superior y se acumula en la planta baja de la tienda. La cabeza verde del dragón aparece por la puerta, con las escamas brillando con tanta intensidad que gran parte de la multitud tiene que apartar la mirada. La bestia sale a la calle con sus garras retorcidas y arrastra todo el incendio tras de sí. Se alzan varios gritos, pero el dragón no gira la cabeza de fuego. Se agacha ante ella y le hace una reverencia. Cuando Matilde da una palmada, la bestia se convierte en ceniza y el fuego se extingue.

Sorprendentemente, la calle entera guarda silencio. Tan solo se oye el siseo de la madera chamuscada y la respiración ronca de Matilde. Los susurros comienzan a extenderse entre la muchedumbre. «Bruja», sisean algunas personas; «Fyre», murmuran otras. Varios agitan el puño, otros se arrodillan.

Matilde no sabe qué es, pero se siente como un fénix que ha renacido a partir de las llamas del incendio... y también siente que se ha convertido en otra persona.

Alguien la agarra de las muñecas y le coloca las manos a la espalda. Le restriegan algo con un olor nauseabundo bajo la nariz.

—Te vienes con nosotros —dice uno de los Caska—. No te resistas.

Alguien empuja a Matilde desde atrás. La multitud se dispersa entre empujones y gritos, llena de rabia. Alguien la insulta. Alguien grita: «¡Nos ha salvado!».

Y entonces le tapan los ojos con algo. No es una máscara, sino una especie de saco. Una jaula espantosa en la que se ahoga.

Una por quienes perdimos,
una por quienes viven en soledad,
una por quienes enferman y quienes se alejan.

———

Las Estrellas reparten
una de justicia y una de venganza
para acabar con sus enemigos.

<small>UNA CANCIÓN DE TABERNA</small>
<small>DE LAS ESTRELLAS OSCURAS.</small>

22
Secretos Bañados
Por El Manantial

El Distrito del Jardín huele como siempre: a flores. Sayer inhala su aroma, pero no consigue quitarse de encima el pestazo del incendio. Además, siente una presión en el pecho que no parece ser a causa del humo.

Maldita sea, ¿cómo es posible que las haya perdido? Iba de la mano de Æsa mientras bajaban a toda prisa por las escaleras, pero alguien las separó de un tirón. El humo era espesísimo y lo cubría todo. Si Fen no la hubiera encontrado, jamás habría podido escapar.

Fuera de la tienda, la gente gritaba y corría, por lo que Fen, Rankin y ella aprovecharon el alboroto para esconderse entre la multitud. Sayer estiró el cuello para intentar ver a las chicas y la Mano… pero era demasiado tarde. Vio de refilón a Æsa y a Jacinta junto a un carruaje. Tres Caska les colocaron un saco en la cabeza y las ataron. Jacinta peleó, pero Æsa no opuso resistencia.

Sayer siguió mirando mientras Matilde y Alec salían de la tienda. Jamás olvidará que el fuego se hizo a un lado para que pudieran pasar. Luego Matilde empujó a Alec hacia la gente. Fen se lanzó a por él, pero Sayer no fue capaz de apartar la vista de su compañera. Todas las miradas se habían puesto en ella, que estaba con los brazos alzados y la melena con el corte bob al viento. Hizo que el dragón de fuego se arrodillase a sus pies, frente a todas aquellas personas. Lo controló como si fuera suyo.

Sayer intentó ir a por ella, pero los Caska fueron más rápidos. Le untaron algo bajo la nariz y le colocaron un saco en la cabeza. Luego la metieron en un carruaje sin ninguna clase de distintivo, pero no en el mismo en el que estaba Æsa. ¿Por qué las separaron? No vio a la Mano Roja en ninguno de los carruajes. Todo era caos y humo. Y ella no hizo nada, se quedó ahí parada y vio cómo le arrebataban a las Nocturnas.

Sayer llama a la puerta trasera de la casa de Leta, rezando por que no tarden en abrirle. Alec parece que está a tres respiraciones de desplomarse.

—No me parece bien —le dice Fen desde atrás, con la voz ronca por culpa del fuego—. Es demasiado arriesgado.

—Pues vete —le contesta Sayer, sin mirarla—. No te detendré.

Fen no contesta. Sayer levanta el puño para llamar otra vez cuando la puerta se abre de golpe.

—Señorita Sayer. —Se trata de Alice, el ama de llaves de rostro dulce. Dice mucho a su favor que solo haya abierto un poco los ojos ante lo que debe de ser una escena dantesca—. Gracias al Manantial. Lady Leta ha estado buscándola por todas partes.

Los acompaña hasta la inmensa e impoluta cocina de Leta. No tiene demasiada gente a su servicio, todas son mujeres y todas parecen estar junto al horno enorme. La cocinera deja caer una sartén con un golpeteo.

—La señora ha salido —le dice Alice, haciéndolos pasar—. ¿Quiere que envíe a alguien a buscarla?

—No —responde Sayer, que deja escapar un suspiro—. No pasa nada.

Alice sorprende a Sayer rozándole el hombro.

—Vaya al estudio mientras les preparo algunas cosas.

—¿Podría servirnos un poco de comida, señorita? —pregunta Rankin, con la voz que parece un graznido—. Esas tartas que he visto antes parecían querer un poco de compañía.

—Desde luego, joven —responde Alice—. Descansen mientras les corto unos trozos.

Los deja frente a la puerta del estudio de Leta. Hay muy poco ruido, todo parece demasiado tranquilo, demasiado limpio.

—Menudo casoplón —susurra Rankin—. Say, ¿has estado viviendo aquí?

Sayer asiente, pero lo siente como si todo esto perteneciera a otra vida, a otra Sayer. La última vez que estuvo en este dormitorio fue con las otras chicas. Aún ve a Matilde tirada en el sofá, burlándose de Æsa mientras le da sorbos delicados a su taza de café. Ambas la miran como fantasmas ansiosos.

Alec se tropieza y la saca de sus ensoñaciones. Fen y Rankin lo guían hasta uno de los sillones.

Sayer toma una jarra de agua y un vaso de una mesa auxiliar. Alec no levanta la mirada cuando le tiende el agua.

—Vamos, bebe —le dice—. Debe de dolerte la garganta.

Gritaba tan fuerte cuando lo han apartado de la tienda que Fen ha tenido que taparle la boca, pero desde entonces no ha dicho una palabra.

—Alec —repite, más alto.

Alec alza la cabeza, pero tiene los ojos vidriosos, la mirada desenfocada; luego deja escapar una risa aguda y extraña. Fen suelta una maldición y se apoya en una rodilla.

—¿Qué le pasa? —pregunta Rankin.

—Tiene el azúcar bajo —responde Fen—. Necesita ortino. Entrará en coma si no toma un poco.

Alec vuelve a reírse y dice algo entre susurros mientras se agarra a unas cintas brillantes que lleva atadas alrededor de la muñeca.

—Ya está. No queda nada.

Fen rebusca en los bolsillos del chaleco de Alec, luego en los pantalones. Levanta la palma de la mano hacia la luz: sostiene varias semillas.

—¿Es eso? —pregunta Rankin—. ¿Puede comérselas?

—No —responde Fen, con un susurro—. Necesitamos las hojas.

A Sayer se le dispara el pulso.

—Leta tiene toda clase de plantas en el invernadero —responde Sayer, con el pulso disparado—. Algunas son raras. Es posible que tenga un poco. Voy a…

Las semillas han comenzado a brotar en la palma de la mano de Fen. Las hojas violáceas del ortino tienen forma de estrella, pero al abrirse parecen lunas. Se giran hacia Fen, como si para ellas fuera el sol. Le enredan las raíces en torno a los dedos en un abrazo delicado.

Rankin traga saliva, pero no parece sorprendido al ver a Fen emplear la magia. Por los diez infiernos, lo sabía, igual que Æsa. ¿Es posible que todo el mundo salvo ella haya visto a Fen con claridad?

Fen arranca unas cuantas hojas y se las mete a Alec en la boca.

—Mastica rápido, Padano.

Alec obedece, y es lo único que se oye salvo el chisporroteo del fuego. Fen deja la planta en las manos de Rankin.

—Debería recuperarse en unos diez minutos. Si aún parece ido, hazle masticar unas cuantas más.

Fen se da la vuelta para marcharse. Rankin frunce el ceño.

—¿A dónde vas?

—A tomar el aire.

—Voy conti…

—Rankin, quédate.

Rankin hace una mueca, pero Fen no se da la vuelta para mirarla. Abandona la sala sin echar la vista atrás.

Sayer examina a Rankin. Tiene las mejillas cubiertas de ceniza y la ropa desgarrada como uno de los golfillos más pobres del Grifo. El emblema de las Estrellas Oscuras cae chamuscado sobre la solapa. Cuando inclina el rostro cargado de hollín, ve que tiene los ojos marrones muy abiertos, desconcertados. En ese instante le resulta tan joven.

—Say, ¿qué va a pasar con las otras chicas?

Traga saliva. ¿Cómo quiere que lo sepa?

—Quédate con Alec —le dice—. Y, cuando venga Alice, cómete una tarta. O dos. Enseguida vuelvo.

Rankin asiente. Sayer sale al pasillo y recorre la casa a hurtadillas. No hay rastro que indique a dónde ha ido Fen, y aun así, no le cuesta nada seguirla. A fin de cuentas, ahora están unidas por un vínculo. Quizá siempre lo hayan estado.

El ambiente es cálido en el invernadero de Leta. Se trata de un lugar inmenso, de unas treinta zancadas de lado a lado, pero con tanta planta parece más pequeño. Hay palmeras exóticas y plantas trepadoras por las paredes de cristal y cobre. El techo abovedado es de cristal tintado de ámbar, para impedir que las hojas se quemen. La luz rojiza tiñe las baldosas.

Fen está junto al estanque, tan quieta que casi podría formar parte de la estructura. Luego se inclina hacia delante, introduce las manos en el agua y la utiliza para peinarse el pelo. Fen echa la cabeza hacia atrás, el agua le cae por el cuello. Las hojas de las palmeras parecen inclinarse hacia ella, como si la reconocieran como Sayer jamás ha podido.

—Suéltalo ya, Tig. —Fen le habla con la voz tensa, sin rastro de emoción—. Di lo que tengas que decir.

Creía que lo sabía, pero se atraganta cuando las palabras se le enredan.

—Te lo contaba todo, Fen. Y tú lo único que has hecho es mentirme.

—No te mentí sobre las cosas importantes —le responde Fen, girándose hacia ella.

Brota la ira

—¿En serio, Ana?

Fen aparta la mirada.

—No me llames así.

—Pero es tu nombre real, ¿no?

—Es el nombre que me pusieron en el orfanato —responde, con un destello de calor—. No el que escogí para mí.

Pero Zorro Astuto no es un nombre; es una máscara que se pone para que nadie la vea. Sayer creía que conocía a la persona que había debajo.

—¿Desde cuándo tienes magia? —le pregunta.

Silencio.

—¿Cuánto hace que sabías que yo tenía magia?

Más silencio. Incluso ahora, Fen intenta esconderse de Sayer.

Sayer cierra los ojos. El silencio es tan espeso que oye su propio latido, que suena como unas alas golpeando un cristal.

—No sé quién fue mi señora madre —responde Fen—. Ni tampoco mi padre. No los recuerdo. La Mano Roja es el único padre que he tenido.

Sayer se estremece.

—En una ocasión me dijo que mi familia me abandonó porque creían que estaba maldita.

—¿Por qué te dijo eso? —pregunta Sayer, frunciendo el ceño.

El instante se alarga, verde y delicado. Fen levanta la mano.

—Por esto.

Poco a poco se retira el parche. Sayer se queda sin aliento. Lleva años preguntándose qué es lo que hay debajo: una cicatriz espantosa, una cuenca vacía, una esfera de cristal… Pero lo que se encuentra es un ojo, verde como las hojas, de un tono sorprendentemente intenso. Un color desenfrenado que no casa con el marrón caramelo del otro. Los eudeanos tienen un nombre para esos ojos: bañados por el Manantial. Es una marca que indica que alguien ha recibido el don del Manantial, lo cual no es algo que muchas chicas simtanas quieran tener.

Fen entrecierra los ojos, como si incluso esa luz tenue le resultara molesta.

—Por aquel entonces no era la Mano Roja. Era el Páter Dorisall, pero sus creencias eran las mismas. Odiaba cómo empleaba la magia la gente. Nos decía que estaban robando a lo más sagrado. Decía que si nadie controlaba la situación, los males de la antigüedad comenzarían a alzarse de nuevo. Se refería a las brujas, más concretamente. Estaba obsesionado con la idea de que se ocultaban entre las personas comunes. Quería pruebas, y ahí estaba yo, con mis ojos bañados por el Manantial.

Las hojas del invernadero parecen contener el aliento, a la espera. Fen baja tanto la voz que Sayer apenas puede oírla.

—No empezó hasta que tenía diez años, puede que once. Dorisall encontró un texto antiguo de la Iglesia que afirmaba que las emociones fuertes podían despertar la magia de una bruja. De modo que pergeñó modos de asustarme, de provocarme.

Fen tensa los hombros, que la arropan con fuerza. Los helechos que quedan cerca de la fuente parecen envolverla también.

—Todos los niños del orfanato sabíamos que había monstruos en el sótano de la rectoría. A veces oíamos sus gemidos y su rechinar de dientes por las noches. Empezó a encerrarme allí abajo sola durante horas, a oscuras. La primera vez recé para que alguno de los dioses me salvara de los monstruos. La segunda, me aferré a un cuchillo de mantequilla que había robado de la cocina y juré que los mataría si se acercaban a mí. Cuando mi magia despertó, ya sabía que no existían los monstruos, pero aún odiaba ese sótano. Fundí el cuchillo de la mantequilla y lo convertí en una ganzúa.

—¿Cuántos años tenías? —le pregunta Sayer.

—Doce.

Era mucho más joven que cuando Sayer sintió por primera vez la magia agitándose en su interior. Al menos ella tenía a su señora madre para que le explicara qué era lo que pasaba, una señora madre que jamás le pegó ni la encerró en un lugar oscuro.

—En ese sótano aprendí a escaparme por primera vez. «Ladronzuela», me llamó Dorisall cuando me encontró. «Mira que robarles tu penitencia a los dioses».

—¿No sabía que habías empleado la magia?

Fen niega con la cabeza.

—Después de aquella primera vez, me aseguré de no volver a usarla nunca. La enterré tan hondo como me fue posible, pero entonces…

Sayer aguarda. El aire a su alrededor está cargado de humedad, impregnado del olor a tierra y de la vida que lucha por seguir adelante.

—Me hice mayor. —Fen se lame los labios. Su rostro adquiere un cariz distinto cuando no está mascando almáciga; es como si se le aliviara la expresión—. Y Dorisall comenzó a obsesionarse cada vez más con su misión de encontrar a las brujas. Sus técnicas se volvieron mucho más bruscas. «El dolor y las privaciones son el camino auténtico al Manantial», me decía. «Solo puedes ver la fuerza de un árbol cuando le arrancas todas las hojas». En lo alto del marco de la puerta del aula guardaba un látigo, y lo empleaba contra mí más que contra cualquier otro. Era como si creyera que el dolor obligaría a mi magia a revelarse.

Fen estira la mano y se pasa el dedo por algunas de las cicatrices.

—Tenía una regla para cuando me azotaba con el látigo. No grites. No llores. Cuando me costaba no hacerlo, cerraba los ojos y me imaginaba que navegaba por Callistan. Una vez vi un cuadro de aquellos pantanos y se me quedó grabado en la retina. El musgo fantasma, los árboles enredados… No sé. Me resultaba… familiar.

Pues claro: Fen es una chica de tierra. Sayer se queda quieta, pero nota el mundo a su alrededor inclinándose.

—Hubo una paliza que parecía que no iba a terminar nunca. Tenía sangre en los oídos, en la nariz. Hasta en los ojos, Sayer. Pero entonces Dorisall le ordenó a Rankin que se pusiera a mí lado. Por aquel entonces, él tenía nueve años, y Dorisall sabía que lo consideraba un hermano. El miedo en el rostro de Rankin desató algo en mi interior. Acudí a mi claro imaginario y le supliqué que nos ayudara. Y entonces mi magia despertó, y no la contuve.

A Sayer le hormiguea la piel.

—¿Qué pasó entonces?

A Fen le tiembla un músculo de la mandíbula.

—Dorisall tenía un corona de espinas en el aula. El arbusto salió de su maceta y nos envolvió a Rankin y a mí como un escudo. Tendrías que haber visto la cara que puso Dorisall; jamás he presenciado tanto asco y emoción.

Sayer recuerda la cara que puso Fen cuando la Mano Roja la reconoció en la tienda de Krastan. El miedo. Fue como si su presencia le hubiera arrebatado toda la confianza que tanto le ha costado ganar, igual que hizo Wyllo Regnis con ella.

—¿Qué fue lo que hiciste entonces?

—Hice que la corona de espinas lo atacara. Mientras Dorisall se defendía, agarré a Rankin y eché a correr. Sabía que no podía permitir que nos encontrara. Sabía que tenía que esconderme. Pero el Grifo era mi hogar, no quería abandonarlo. De modo que me tapé el ojo, me cambié el nombre y me creé una vida. Una vida auténtica. Trabajé para los Cortes Rápidos y otras bandas, y me labré una reputación de alguien que podía entrar en lugares cerrados a cal y canto.

—¿Usabas la magia?

Fen sacude la cabeza muy rápido.

—No. Nunca.

—¿Por qué no? —pregunta Sayer, confundida, con el ceño fruncido.

—Porque lo único que me traía era dolor.

Sayer siente ese dolor en el vínculo que las une; los cortes son más profundos de lo que jamás se habría imaginado. ¿Es este el motivo por el que siempre se ha mostrado tan misteriosa? Nunca se ha alejado del todo de los demás, pero tampoco ha dejado que se acercase nadie. Salvo por la noche en que su señora madre murió y Fen se quedó con ella, acurrucada a su lado sobre las sábanas de Sayer; cuando dejó que Sayer se acercara y la abrazara.

—No quería tener que emplearla para tener ventaja —responde Fen—. Y no quería que los señores de los andarríos descubrieran que la poseía. Ya es bastante difícil mantener mi posición entre sus filas, así que imagínate lo que pasaría si lo averiguaran. Dirían que hice trampas hasta hacerme un hueco en el negocio. La magia pondría en peligro todo lo que he construido, si no algo peor. La mayoría de los andarríos se dedican al contrabando; cuanto más raro y exclusivo, mejor. Así es como me verían. Como algo que les interesa coleccionar. De modo que me juré a mí misma que la contendría y que me olvidaría de ella. Pero entonces...

La mirada de Fen encuentra la de Sayer. La fuerza de esos ojos de dos colores sigue impresionándola.

—No conocía a nadie como yo, nadie que tuviera magia. Pero oí rumores sobre tu señora madre que decían que quizás antaño hubiera tenido magia. Me dije a mí misma que daba igual, que podía contenerla, aunque tú también tuvieras. Pero jamás diste señales de ello; jamás lo mencionaste. Entonces, la noche en que tu señora madre murió, sentí algo cuando casi nos...

Besamos. Por eso se levantó de golpe y salió huyendo. Sayer creía que era por su culpa.

—Cuando abandonaste el Grifo, me dije a mí misma que era lo mejor. Habías vuelto con la gente de tu señora madre. Yo me mantendría ocupada con los asuntos de las Estrellas Oscuras. Me dije que no pasaría nada.

—Y luego te besé —continúa Sayer—, aquella noche en el callejón.

—Mantengo mi magia a raya —responde Fen, con los puños apretados—. Tan a raya, que a veces incluso me olvido de que está ahí. Pero con ese beso no pude controlarla. Era como si hubiera cobrado vida propia.

Sayer recuerda cómo sintió aquel beso, con sabor a tormentas y hierro, y la recarga que sintió. La tierra y el aire se encontraron en un torrente embriagador y cosquilleante.

Piensa en Gwellyn, en aquella noche, agarrándose la cara y chillando. «Mi diente». La corona azul de metal, sobre los adoquines, extrañamente deformada.

—El diente de Gwellyn —dice en alto, tomando aire—. ¿Fuiste tú?

Fen responde con un atisbo de sonrisa.

—Como ya dije en su momento, no era mi intención, pero no me da pena haber fundido esa cosa tan fea ni habérsela arrancado de la boca. —De repente se pone seria—. Nunca he perdido el control sobre mi magia como aquella noche. Fue peligroso. Así que me mantuve alejada, con la esperanza de que, con el tiempo, se fuera desvaneciendo.

Por eso se mantuvo al margen. Por eso no ha tocado a Sayer desde entonces.

—Fui a buscar a la Mano Roja, tal y como te prometí, para intentar averiguar qué se traía entre manos —prosigue Fen, pasándose una mano por el pelo húmedo—. La verdad es que no investigué tanto como debería. Creía que era imposible que te encontrara, y no quería verme envuelta en sus asuntos. Pero debería haber sabido hasta dónde estaba dispuesto a llegar ese hombre; cuáles podían ser las consecuencias. Entonces Rankin interceptó una nota que mencionaba el ataque a la mansión de los Dinatris. No podía permitir que le pusiera las manos encima a chicas que poseían magia. Otra vez no.

El ambiente del invernadero es demasiado caluroso, demasiado agobiante. Sayer se siente como si pudiera asfixiarla, pero no se mueve, apenas respira. Necesita seguir escuchándola.

—Me tomaste de la mano cuando Matilde empleó el Manto Nocturno de Alec —dice Fen—. Fue como si tu magia convocara a la mía. También sentí la de las otras chicas. Y también el jardín. Las raíces, las hojas... fue como si se convirtieran en una extensión de mi cuerpo, y la magia volvió a escapárseme.

Sayer recuerda que Fen apartó la mano, y que luego vino el sonido de los azotes de las ramas y el que hacían las raíces al desprenderse del suelo. Fue cosa de Fen. Fen estuvo a su lado e hizo magia, y aun así Sayer no lo sabía. No era capaz de verla.

El rostro de Fen ha adquirido una palidez enfermiza; vuelve a tocarse el cuello.

—Los árboles respondieron a mi miedo, igual que la corona de espinas hace tantos años. Y, aunque no pudo verme la cara, lo supo. Dorisall supo que era yo.

¿Qué fue lo que gritó la Mano Roja mientras huían del jardín? «Te veo, ladronzuela. Te veo». A Sayer le pica la piel.

Fen se queda callada. Se quedan ahí, mirándose la una a la otra. Los pocos pasos que las separan parecen un océano bajo la luz tintada de ámbar.

Fen era la amiga que escogió Sayer; la familia que escogió. Ahora se pregunta si en algún momento tuvo elección. Krastan les dijo que a veces aparecían grupos de Fyre, y que estaban unidas entre sí. Vinculadas por el corazón. ¿Ha sido siempre la magia lo que sentían entre ellas? ¿Acaso son reales sus sentimientos?

—Pero, para empezar, ¿cómo lograste ocultar tu magia? —pregunta Sayer, cruzándose de brazos—. ¿Cómo es que nunca la sentí cuando nos tocábamos?

Fen se saca la cajita de plata llena de rapé del bolsillo del chaleco. Tiene un brillo apagado.

—La Mano siempre estaba leyendo con atención los tomos de la gran biblioteca de la iglesia de Augustain para intentar hallar las hierbas que mencionaba Marren en algunos de sus textos más antiguos. Decía que existía una que se suponía que les arrebataba la magia a las brujas, pero el texto no era muy concreto. De modo que empezó a recolectar plantas extrañas de todas partes del mundo para hacer pruebas y averiguar cuál era. Yo le robaba muestras cuando no miraba, y las probaba.

A Sayer le falta el aliento.

—Podrías haberte hecho daño con ellas, Fen. Podrías haber muerto.

—Por aquel entonces, me daba igual.

Sus palabras sorprenden tanto a Sayer que vuelve a quedarse en silencio. Despacio, Fen toma una larga bocanada de aire.

—Al final encontré una que parecía funcionar si la masticaba —continúa, aún con la cajita en la mano—. Se llama «weil breamus». Las hojas frescas van bien, pero funciona todavía mejor cuando están secas. Robé varios esquejes y, cuando hui, me los llevé conmigo. Me aseguré de que nunca me faltara.

—La almáciga —responde Sayer. La resina que siempre está masticando Fen, con ese olor acre y húmedo. Volvió a olerlo en la tienda de Krastan, flotando desde el incensario de la Mano Roja—. Tiene matabrujas.

Fen asiente, sin llegar a mirarla a los ojos.

—Un poquito, lo bastante como para mantener la magia a raya.

Sayer se lleva la mano a la tripa al recordar cómo se sintió al inhalar el humo de las hierbas. Esa sensación nauseabunda que la hacía sentirse enferma y, más tarde, vacía, como si le hubieran arrebatado una parte del alma. De repente, unas lágrimas cálidas se le acumulan en el rabillo de los ojos.

La Mano Roja le hizo tanto daño que Fen prefiere envenenarse a enfrentarse a lo que vive en su interior.

—¿Por qué no me lo contaste? —susurra Sayer.

—Porque no se lo he contado a nadie. Apenas soy consciente de ello la mitad del tiempo.

—Pero ¿por qué ni siquiera a mí?

La noche en que su señora madre murió fue la noche más oscura de Sayer. «Me he quedado sola», sollozó. Pero entonces Fen la abrazó y le apoyó la mano en la nuca. «No es verdad». Sayer siempre ha intentado proteger su corazón, pero aquella noche se lo arrancó del pecho y dejó que Fen lo sostuviera entre las manos. Hoy sabe que Fen nunca ha hecho lo mismo con ella.

Siente la magia ascendiendo en la marea de su dolor, conjurando un viento que agita las hojas y las envuelve en el aroma del suelo franco. Se siente desnuda.

—No confiaste en mí. —Sayer traga saliva e intenta que no le tiemble la voz—. Y ahora me siento como si nunca te hubiera conocido de verdad.

Fen se acerca a ella. Tan solo se detiene cuando está a una mano de distancia.

—No digas eso, Tig. —Le agarra la mano a Sayer y se la lleva contra el pecho, justo encima del esternón. Siente el corazón de Fen latiendo con fuerza, como si intentara hablar—. A ti te he mostrado más que a nadie.

La crudeza de la voz de Fen la abre en canal. Una lágrima surca el rostro de Sayer.

—Estoy cansada de mentiras.

Sayer se aleja, a toda prisa. Las sombras de la casa la asfixian mientras cruza a ciegas el salón de baile hasta que llega al vestíbulo de la parte frontal de la casa. Se apoya en la pared, junto a un jarrón de enredaderas fantasma, altas y silenciosas. Las lágrimas trazan caminos ardientes por sus mejillas.

—Sayer.

Levanta la cabeza de golpe. Leta. No se parece en nada a Nadja Sant Held, pero, al verla, Sayer echa muchísimo de menos a su señora madre, y el dolor que siente le rompe algo en lo más profundo del pecho.

Leta abre los brazos. Sayer se introduce en ellos y deja que las lágrimas fluyan libres.

—No pasa nada —le susurra Leta—. Ya estás en casa.

Sayer cierra los ojos y finge que Leta es su señora madre, aunque solo sea por un instante. ¿Qué le preguntaría Sayer si tuviera la ocasión de hablar con ella?

¿Cómo he acabado aquí? Cruzó los canales para honrar una promesa, para ganar dinero y para forjarse una vida. No vino aquí para hacer amigas o para verse enredada en sus líos. ¿Cómo es posible que el destino de estas chicas se haya juntado con el suyo? Siente la urgencia salvaje de desvanecerse en las sombras y marcharse; de ser libre.

Pero aún oye a Matilde en la tienda: «No traicionaré a mis hermanas».

Aún siente el beso ligero de Æsa en la mejilla.

Aún ve la necesidad descarnada de los ojos de dos colores de Fen. «A ti te he mostrado más que a nadie».

Y ve a sus polluelos, que miran a las Nocturnas con esperanza, en busca de respuestas. ¿Dónde estarán todas esas chicas?

Sería más fácil alejarse de todo, pero sus amigas la necesitan. No piensa dejarlas en la estacada.

En la tormenta y el asedio permanecemos inamovibles.
Cuando nos amenazan, exhalamos fuego.

EL CREDO DE LA CASA VESTEN.

23

Una Jaula De Oro

Los captores de Matilde son unos bestias y aseguran con firmeza sus ataduras. Con cada uno de los botes que da el carruaje, la cuerda se le tensa sobre las muñecas.

—Cuidado —les grita Matilde—. No querréis que se me hagan quemaduras.

—Nos han dicho que te trajéramos con vida —responde uno de ellos—, a nadie le importa que resultes herida.

Matilde alza la barbilla, pero como tiene el saco en la cabeza no van a darse cuenta. En otra época estos chicos jamás se habrían atrevido a ponerle un dedo encima, pero ahora ya no la ven como una chica de las grandes casas. Ahora es una bruja.

El hedor de la mezcla que le han untado sobre el labio superior es abrumador. Debe de estar preparada con el matabrujas de la Mano Roja. Su magia guarda silencio en sus huesos, apenas la nota. Hace unos minutos ha hecho que un incendio se arrodillase ante ella. Ahora la llevan ante el Pontífice atada con una correa.

Respira lenta y superficialmente, pero el pánico no la suelta, así que se pone a trazar planes de venganza. Va a dejar a cada uno de los Caska en paños menores y a asarlos. Si la Mano Roja no ha muerto, volverá a prenderle fuego. La ira la ayuda a concentrarse, es mucho más fácil gestionarla que la pena. Puede que por fin haya comprendido a Sayer Sant Held.

Pero la ira no es capaz de aplastar los recuerdos que florecen en su interior. No deja de ver a Krastan, de sentir su mano cubierta de callos contra la mejilla. Recuerda sus susurros. «Sé valiente, Stella. Sé fuerte». Pero no fue lo bastante fuerte como para salvarlo. Matilde se traga un sollozo antes de que se le escape.

El cuello de la camisa de Alec le raspa la clavícula. Aún siente sus rizos entre los dedos, sus labios hambrientos sobre los suyos. Al fin la ha besado, y no porque deseara obtener su magia, sino porque la quería.

«Cuida de Alec». Son algunas de las últimas palabras de Krastan. Lo intentó, pero parece que lo único que sabe es meterlo en líos. Y ahora lo ha dejado solo, y ella también está sola.

El carruaje da una sacudida y la cuerda vuelve a tensarse. Matilde respira hondo. No es momento de ponerse a pensar en eso. Así solo se desorientará, y necesita todo su ingenio para lo que se viene.

El carruaje se detiene. Unas manos bruscas la arrastran bajo la luz del sol. Tiran de la cuerda con fuerza, pero Matilde se asegura de no tropezar. Reclamará toda la dignidad que pueda.

La llevan a rastras por unas escaleras. Deben de estar llevándola a la iglesia de Augustain, ante el Pontífice. No siente a ninguna de las Nocturnas cerca; espera que hayan podido huir, pero no ve nada, no tiene forma de saberlo.

La luz del sol cesa en cuanto entran en un lugar con eco. Esperaba encontrarse con el olor a incienso y cera, pero se topa con pulidor de plata y mármol frío. Las sombras se pegan contra la tela basta que le cubre los ojos. Al final se detienen y alguien llama a la puerta con un ritmo concreto. Las bisagras crujen y las faldas de alguien revolotean junto a sus pies.

Una pausa.

—Está hecha un desastre —dice alguien: una mujer. Qué extraño—. ¿Qué ha pasado?

—Hubo un incendio —responde uno de los chicos—. Casi no la sacamos.

—¿Y las demás? ¿Dónde están?

Se refiere a las Nocturnas. A Matilde se le eriza la piel.

—No lo sabemos. La tienda del alquimista era un caos. Los Caska se llevaron a una de ellas, como mínimo.

Los Caska. Matilde creía que estos hombres eran los Caska. ¿Quiénes son entonces?

—¿Y la hierba funciona? —pregunta la mujer—. ¿Estáis seguros?

—Gracias a ella estamos aquí —bufa otro chico—, ¿no?

Matilde vuelve a entrar en pánico. ¿Quién es esta gente? No tiene ni idea de en qué lío retorcido se ha metido.

Alguien la empuja hacia delante y una puerta se cierra tras ellas. Luego le quitan el saco de la cabeza y al fin vuelve a ver. Está en una habitación pequeña, libre de cualquier rasgo distintivo. Debe de estar en uno de los calabozos de la iglesia de Augustain.

La mujer es mayor, puede que tenga la edad de su señora madre, y lleva un vestido verde oscuro. Observa a Matilde, con la tez cubierta de hollín, la ropa de dependiente y los pantalones manchados de sangre; la sangre de Krastan.

—No puedes presentarte en este estado —dice la mujer.

—¿Ante quién?

La mujer no responde. Tan solo se limita a decirle:

—Escúchame con atención. No sirve de nada pelear contra mí. Hay guardias al otro lado de la puerta, y no podrás deshacerte de ellos. Todo será mucho más fácil si haces lo que te dicen.

Levanta unas tijeras y corta la cuerda. Matilde se frota las muñecas, doloridas por culpa de las ataduras, y mira hacia las puertas de ambos extremos de la sala. Quiere echar a correr, pero es muy probable que solo se le presente una oportunidad, y este no parece un instante muy prometedor. A lo mejor debería haber aceptado la oferta de Sayer y dejar que le enseñara a pelear.

—Quítate la ropa —le ordena la mujer—. La que llevas está destrozada.

—¿Perdón? —responde Matilde, que da un paso atrás.

—Quítatela o te la quitaré yo —responde la mujer con un suspiro.

Matilde se quita la camisa y los pantalones de Alec. Apestan a humo, pero le ofende tener que desprenderse de ellos. Finalmente se queda en ropa interior y con su medallón. La mujer estira la mano hacia el orbe dorado.

—No lo toques —salta Matilde.

La mujer aprieta los labios.

—Te lo devolveré cuando lo haya vaciado.

Matilde observa cómo la mujer derrama el Estra Doole en una pila. Krastan preparó esa poción con sus manos pacientes y manchadas. Nunca volverá a prepararle nada.

Tiene que morderse la lengua y contener las lágrimas.

Le colocan más pasta mezclada con hierbas bajo la nariz. El matabrujas huele fatal. Se pregunta dónde y cómo lo habrá encontrado la Mano Roja, y hasta qué punto puede someterla con sus efectos. Su magia regresó en la tienda; puede que el dragón haya quemado todo el matabrujas. ¿Qué pasaría si la obligaran a tragárselo? ¿Es lo bastante potente como para arrebatarle la magia para siempre?

La mujer le pone un vestido de cintura caída, de un dorado oscuro y resplandeciente, y le recoge el pelo a lo bob. Luego le cubre los brazos con unos guantes dorados. Matilde no entiende a qué viene tanto refinamiento.

—Dime. ¿El Pontífice arregla a todos sus prisioneros?

La mujer chasquea la lengua.

—No eres una prisionera. Eres una invitada.

Por las oscuras profundidades, ¿qué es lo que está pasando aquí?

La mujer abre una de las puertas, que da un pasillo estrecho y oscuro. Hay un guardia, pero no lleva el uniforme de los vigilantes, sino una túnica verde oscuro, como la de la mujer. Tiene un emblema en el pecho: un dragón enroscado en una flor verde. Un miedo terrible y repentino la invade.

Luego sigue al guardia a través de las sombras hasta que se planta ante una puerta verde oscuro con grabados de dragones entrelazados. La mujer le susurra algo al vigilante, que llama con un ritmo especial. Al otro lado responde una voz femenina. Se oye a lo lejos, pero le resulta familiar. A Matilde se le encoge el corazón, pero recuerda la primera norma para ser una Nocturna: *Nunca te quites la máscara. Nunca dejes que te vean.* Se yergue para ocultar el miedo que siente.

Las puertas se abren y revelan una habitación opulenta. Las paredes son rosadas y brillan como joyas por la luz que se cuela por las ventanas teñidas de rojo. Bañan a la suzerana de un carmesí violento.

—Matilde Dinatris —le dice Epinine Vesten, con una sonrisa en los labios—. Hace siglos que no nos vemos.

Solo tiene unos pocos años más que Matilde y unos rasgos delicados. Sus ojos son bastante oscuros, a diferencia de los de Dennan. También tiene el pelo negro, lustroso, recogido en una trenza elaborada. Lleva un anillo con una rocadragón amarilla engarzada, uno de los símbolos de la casa Vesten, que observa a Matilde como un inquietante tercer ojo.

—Siéntate —le dice, haciéndole un gesto con la mano—. Debes estar hambrienta después de tantas desgracias.

¿Estará al tanto de lo que ha pasado en la tienda de Krastan? ¿Sabrá lo que ha hecho Matilde con el fuego? Ojalá entendiera mejor qué es lo que está ocurriendo. El pestazo del matabrujas hace que le cueste pensar.

—Ese pringue que llevas en la cara es bastante desagradable —dice entonces la suzerana—. Límpiaselo.

Matilde parpadea, confusa.

La mujer de verde carraspea.

—Pero, suzerana…, su magia…

Epinine hace un gesto con sus delicados dedos para restarle importancia.

—No va a provocar ningún alboroto. ¿Verdad que no, Matilde?

Epinine tiene agallas, eso tiene que reconocérselo.

—Jamás se me pasaría por la cabeza.

—¿Ves? Ahora vete.

Cuando la doncella se retira, Matilde se sienta a la mesa, moja una servilleta en un vaso de agua y se limpia el pringue de la cara. Espera que la magia llegue de golpe, pero no es así. Fija la mirada en el copioso festín. Fiambre, pan blando, fruta resplandeciente. Epinine lo tenía preparado, estaba lista para que le trajeran a Matilde. Solo de pensarlo se le forma un nudo en el estómago.

—Espero que mis hombres no hayan sido demasiado bruscos —dice la suzerana—. Me alegra ver que estás bien, dadas las circunstancias.

Matilde tiene que contener las ganas de reírse.

—Sí, que te aten y te secuestren es maravilloso para el cutis. Deberías probarlo.

Epinine se recuesta en su silla, que recuerda a un trono.

—Uno de ellos me ha contado lo que ha ocurrido en la tienda del alquimista. Ha sido todo bastante menos limpio de lo que esperaba.

Para jugar a este juego, debe controlar cada gesto, cada tensión de los músculos y cada inclinación de la barbilla. Pero la rabia se abre paso con las garras a través de la compostura de Matilde; la rabia y el miedo de lo que está por venir.

—¿Tus hombres? —le pregunta—. Creía que eran de la Mano Roja.

Epinine deja escapar un suspiro.

—Ya, me imagino que debes estar confundida con todo lo que ha pasado. ¿Quieres que te lo explique?

Matilde aprieta los puños bajo la mesa.

—Adelante.

—Después de que la Mano Roja llevara a tu familia ante el Pontífice, creo que esperaba que le dieran una palmadita en la cabeza por haber tomado la iniciativa. A fin de cuentas, fue el Pontífice quien le ordenó que te buscara.

De modo que el Pontífice estaba involucrado en el ataque a las Nocturnas. Matilde tiene que contener un escalofrío.

—Se suponía que la Mano tenía que actuar con sigilo, pero luego tomó como rehenes a cuatro miembros de las grandes casas, sin pruebas tangibles que respaldaran sus acusaciones, solo la palabra de sus seguidores. Ha metido a la Iglesia en un atolladero, no te lo voy a negar. Los miembros de la casa de la Mesa convocaron una reunión de emergencia. Afirmaron que la Iglesia no tenía derecho alguno a mantener encerrados a los Dinatris, y que estaban furiosos por lo que le había pasado al joven lord Teneriffe Maylon. Resultó herido mientras estaba bajo custodia de la Iglesia y parece que ha quedado... bastante aturdido. Una pena.

Ay, Tenny. ¿Qué es lo que le han hecho? Matilde traga saliva con dificultad.

—Al final, el Pontífice tuvo que liberar a todo el mundo, pero, como jefe supremo de la Iglesia y comandante de los vigilantes, estaba en su derecho de investigar a las casas, para averiguar si las historias que se contaban sobre las Nocturnas eran ciertas.

La expresión de Matilde se torna amarga, y Epinine frunce los finos labios.

—Sí, se trata de un hombre aborrecible —prosigue—, de eso no cabe la menor duda. Pero también me apoya, y últimamente lo hace más que las casas. De modo que secundé su decisión, del mismo modo en que he secundado la Prohibición que tanto él como mi señor padre hicieron ley. Pero no quería que te encontrara.

»El Pontífice le dijo a la Mano Roja que actuara con disimulo, que se comportara. Pero vi una oportunidad en su ambición, de modo que llegamos a un acuerdo. En secreto, lo ayudaría a dar con tu paradero, y además le entregaría algo que quería si os capturaba a las cuatro con vida.

—Pues casi no lo hace por los pelos —responde Matilde con la mandíbula tensa—. Estuvo a punto de matarnos.

Epinine toma su copa y da vueltas al contenido. Tiene los dedos que parecen patas de araña.

—Ya, bueno. Eso me pasa por encargarle el trabajo a un hombre, ¿no crees? Les encanta resolverlo todo con un martillo. De haberlo sabido, les habría dicho que fueran más discretos.

Con qué palabras tan elegantes habla de un asesinato en masa. Matilde piensa en los ojos de Krastan, siempre llenos de vida, huecos para siempre. Empiezan a temblarle los puños bajo la mesa.

—Por suerte, tenía a mis propios hombres infiltrados entre los Caska —prosigue Epinine—. Para asegurarme de que las cosas salieran como yo quería. Y aquí estás, sana y salva.

Matilde se inclina hacia delante.

—Cuando el resto de la Mesa descubra que te aliaste con una secta de fanáticos y que los dejaste campar a sus anchas por toda Simta, te harán pagar por ello.

—Pero no fui yo quien los envió —responde Epinine, con una sonrisa de deleite—. Los En Caska Dae actuaron por su cuenta, desobedeciendo las órdenes, y pagarán por ello. En cuanto el Pontífice esté al corriente de cómo se han comportado, y ya te digo yo que no tardará mucho en descubrirlo, se asegurará de que así sea.

A Matilde le da vueltas la cabeza.

—Pero llegaste a un acuerdo con la Mano Roja. Se lo dirá a todo el mundo.

—Nadie le creerá —responde Epinine con un ruidito de desdén—. La Mano Roja ha enfadado a las grandes casas y es un peligro para la reputación de la Iglesia. La verdad es que me ha hecho muy fácil poder echarle toda la culpa.

Matilde toma aire despacio. Aún nota la magia aletargada, apenas presente, pero hay algo creciendo en su interior. Algo que puede que la queme, pero tiene que preguntárselo... tiene que saberlo.

—¿Cómo supiste dónde estábamos? ¿Cómo nos encontraste?

La suzerana se inclina hacia ella, como si fueran dos amigas compartiendo un secreto.

—Me lo dijo un pajarito al oído.

Un pajarito. Son las mismas palabras que empleó la Mano Roja en la tienda de Krastan. El calor le sube por el cuello, y luego se convierte en un frío gélido.

Epinine levanta la tapa de una bandeja con una floritura y revela un disco de metal oscuro con un pájaro encima. El pájaro de Dennan; el mismo que se han enviado una y otra vez, lleno de preguntas y promesas.

—La verdad es que es bastante ingenioso —comenta Epinine, sosteniéndolo entre los dedos—. ¿Sabías que no solo entrega mensajes? También puede guiar a una persona por la ruta que ha tomado.

A Matilde se le cae el alma a los pies.

—Vaya —añade la suzerana, con el ceño fruncido—. ¿Dennan no te mencionó esa parte?

Epinine saca la última nota de Matilde de la tripa del animal y la hace ondear como una bandera traicionera.

—Me prometía una y otra vez que me encontraría a una Nocturna. Pero era tan lento, tan sigiloso... Sabía que me ocultaba algo. Así que anoche lo invité a cenar y mantuvimos una larga conversación sobre el tema. Me lo contó todo. Dennan y yo hemos tenido nuestras diferencias, pero sabía que al final cumpliría.

Matilde se aferró a ese pájaro durante todo el tiempo que pasó en el Subsuelo para que le recordara las promesas que Dennan la había hecho. Pero el pájaro era como la correa que los Caska le pusieron alrededor de las muñecas… una atadura. Una mentira que la ha conducido hasta esta jaula.

—Dennan trabajaba para ti.

A Epinine se le ensombrece la expresión.

—Pues claro. Es mi hermano.

Pero no tiene sentido. Podría haberle entregado a Epinine en cualquier momento; sabía dónde estaba. Además, las ayudó a escapar del Club del Mentiroso aquella noche.

—¿Y por qué no está aquí?

—Está descansando —responde Epinine tras darle un sorbo al vino—. Ha sido un día complicado para todo el mundo.

Matilde se pregunta si con «descansando» quiere decir que lo han encerrado… o que lo han asesinado.

Quiere arder, pero la magia no responde a su llamada. Mantiene la expresión tan serena como le resulta posible.

—Bueno, pues aquí me tienes, y has armado una buena para encontrarme. Dime, ¿qué es lo que quieres?

—Ay, Matilde —responde Epinine, inclinando la cabeza para evaluarla con la mirada—. Quiero que seamos amigas.

Matilde intenta eliminar cualquier reacción de su rostro, pero la sorpresa debe haberlo traspasado.

—Mi infancia fue como imagino que fue la tuya, Matilde. —Epinine apoya la barbilla delicada en la mano, sobre la mesa—. Fui una niña privilegiada, a la que protegían y a la que le decían que tenía que seguir una serie de normas. Tuve que soportar miles de lecciones sobre la historia de Eudea, los Vesten de la antigüedad y las todopoderosas hazañas de los Eshamein. Tenían que hacerme ver la importancia de la Prohibición, pero debo decir que tuvieron el efecto contrario. Quería ser como las Fyre. Lo bastante fuerte como para que nadie se atreviera a interrumpirme, para que nadie se interpusiera en mi camino.

Epinine suspira.

—Pero a los hombres no les gustan las mujeres poderosas a menos que puedan controlarlas, sobre todo en el ámbito de la política. A las demás casas les da igual que mi señor padre quisiera que lo sucediera. ¿Una suzerana? Se dejará llevar por sus sentimientos, no será racional.

Tuerce la boca.

—Al principio me aceptaron porque creyeron que me doblegaría ante ellos. Luego, cuando no fue así, comenzaron a presionarme. Tuvieron el descaro de decirme que, cuando llegara el momento, votarían a mi favor si aceptaba casarme con el lord de las grandes casas que ellos escogieran. Si no, me arrebatarían el puesto durante la votación. Su intención era quitarle los colmillos al dragón.

Los dedos de Epinine se han vuelto blancos sobre la copa.

—Si fuera un hombre no me harían estas jugarretas, como es evidente; pero una mujer tiene que esforzarse el doble para conseguir que la gente la respete o la tema. Tiene que ser mucho más implacable que un hombre.

Matilde se aferra al borde de la mesa.

—¿Fue entonces cuando descubriste a las Nocturnas?

—Siempre ha habido rumores, y sabía que debía de haber algo de verdad tras ellos —responde Epinine con una sonrisa—. Si esas chicas existían, necesitaban la protección de las grandes casas. ¿Cómo iban a ascender en la sociedad y tener tanto poder si no? Sabía que sus amenazas no servirían de nada si tenía a sus chicas en mi poder, que no se atreverían a ponerme la mano encima.

Epinine se inclina hacia delante.

—Al principio pensé en secuestraros a todas. Pero cuando la Mano Roja me contó lo que tus amigas y tú hicisteis en el jardín... despertó mi curiosidad. Hace siglos que no se ve esa clase de magia. Con semejante poder en las puntas de los dedos, podría hacer mucho más que asegurar mi puesto en la Mesa. Quizá podría gobernar. Convertirme en reina.

A Matilde le hormiguea la piel.

—Ya conozco a esa chica illish tan dulce que vivía en tu casa. Se suponía que tenían que traerla aquí contigo, pero las cosas no han salido como esperaba, menudo incordio. Pero da igual: no tardaré en recuperarla. Ahora lo único que necesito es que me digas el nombre de las otras dos. Ayúdame a encontrarlas.

El sudor gotea por el espinazo de Matilde.

—¿Para qué? Ya tienes a una. Debe de bastar de sobra para tus propósitos.

A Epinine le brillan los ojos con un destello frío y reluciente.

—Porque uno de los chicos de gris acudió a verme hace unas horas y me contó que las cuatro juntas lograsteis detener aquella ola en los túneles. El chico estaba bastante alterado por que su amigo se hubiera ahogado, pero he de confesar que a mí me dio igual. Yo estaba emocionadísima por lo que me había contado.

Ay, dioses. Lo sabe. Epinine sabe lo que las cuatro pueden hacer juntas. No sabe nada de los polluelos, pero es cuestión de tiempo que descubra que hay más chicas que poseen magia. Antes que el resto de Simta.

—No soy un pájaro domesticado —responde Matilde—. No cantaré para ti solo porque me lo exijas.

—De verdad, Matilde —responde Epinine, bajando el tono de voz hasta que se convierte en una caricia—. Lo único que quiero es protegerlas. Vuestras vidas no tienen por qué ser distintas. Lo único que os pido es que rompáis vuestra lealtad con las demás casas y que seáis leales a mí; solo a mí. Serás mi compañera silenciosa, prácticamente como una hermana.

Al oír la palabra, Matilde piensa en Æsa y en Sayer. Tan frustrantes, tan confusas, tan contradictorias… Las echa tanto de menos que le falta el aliento.

—Voy a convocar una reunión en la Mesa —dice entonces Epinine—. El Pontífice no formará parte de ella, como es evidente. No puedo perder el apoyo de la Iglesia en este momento. Les diré a los representantes de las casas que tengo en mi poder a sus chicas mágicas, y que se quedarán conmigo a menos que me den su voto para ser la suzerana. Aunque no es que tenga intención de soltaros. Os trasladaremos a un lugar discreto. Después de lo que tú hiciste en la tienda del alquimista, no creo que podáis quedaros en la ciudad. Podréis vivir en un lugar seguro y tranquilo, y servir a vuestra suzerana. Jamás tendréis que volver a besar a ningún noble engreído de tres al cuarto.

Matilde alza la barbilla.

—¿Y por qué debería acceder a ayudarte?

—Porque quieres a tus amigas. Y a tu familia, claro.

El corazón de Matilde se echa a gritar.

—¿Qué le has hecho a mi familia?

—No te preocupes. Están sanos y salvo en una ubicación secreta. Son tiempos difíciles. No quería que les pasara nada.

El espanto la invade al imaginarse a su abuela, a su señora madre y a Samson en una habitación fría y húmeda, atrapados como lo está ella. Epinine le ha arrebatado a su familia y también la opción de decidir.

—He de confesar que siempre me has parecido aburrida, Epinine —responde Matilde, obligándose a esbozar una sonrisa—. Pero eres más retorcida que un señor de los andarríos.

Epinine se ríe con el tono agudo de una campana.

—Bueno, bueno. Verás a tu familia en cuanto demuestres tu lealtad. Dime. ¿Dónde están las demás Nocturnas?

Matilde traga saliva con dificultad.

—No lo sé.

Y era la verdad. Vio que metieron a Æsa en un carruaje, pero no sabe a dónde se la llevaron, y la última vez que vio a Sayer y a Fen estaban en medio de la multitud…

—Imagino que habrán abandonado la ciudad —responde Matilde, con la esperanza de que así sea.

—Lo dudo mucho. Tengo bloqueado el puerto y nadie puede salir por el Cuello hasta que pase la Noche Menor. Esta ciudad está más cerrada que una bota de vino.

A Matilde se le estrangula la garganta.

—En serio, Matilde. ¿Por qué decides pelear conmigo? Ahí fuera las chicas corren peligro. Es mejor que se unan a nosotras y que alteremos el mundo a nuestro antojo. Las chicas tenemos que cuidarnos entre nosotras.

—Ha sido un día muy largo —responde Matilde, intentando que no le tiemble la voz—. Necesito tiempo para pensar.

—Desde luego —responde Epinine, con tono cariñoso—. Pero la Noche Menor y la votación se celebrarán dentro de dos días, así que piensa rápido.

Matilde creía que casarse con alguien a quien no había escogido era el peor destino posible. Creía que entendía lo que era sentirse atada. Pero esta impotencia es peor que la cuerda que le ata las muñecas y muerde con las mismas ganas. No sabe cómo ganar en este juego.

Marren observó a la bruja que se había inclinado ante él
y le preguntó si le devolvería
su magia al Manantial.
«Un poder como ese jamás te estuvo destinado», le dijo.

Esto fue lo que ella respondió:
«No puedo devolverlo. Forma parte de mí».
De modo que Marren obró un milagro.
Su espada comenzó a arder. La hoja se volvió blanca
con el don del Manantial,
y Marren empleó el fuego sagrado para quitarle la magia
de un tajo.

EL LIBRO DE ESHAMEIN MARREN, 2, 5-10.

24

DEMASIADO PARA TI

Æsa escucha a los hombres a su alrededor, pero, con el saco sobre la cabeza, no tiene modo de saber quiénes son.

—Las hemos traído en nombre de la Mano Roja —explica uno de ellos.

—No respondo ante la Mano Roja —salta otro de repente—. Y, si son sus prisioneras, ¿dónde está él?

Æsa no ha visto a la Mano Roja entre el humo que escapaba de la tienda. Cuando uno de los Caska le puso el saco sobre la cabeza, no opuso resistencia. Notaba el cuerpo demasiado pesado, se sentía demasiado conmocionada como para hacer nada.

La discusión de los hombres se desdibuja y se convierte en tan solo un susurro suave que la mece como una ola. Æsa intenta navegar hacia los recuerdos de su hogar, hacia el adormecimiento, pero los susurros urgentes de Jacinta la mantienen amarrada.

—Si nos separan, no les digas nada —le dice, aferrándose a las manos atadas de Æsa—. No les enseñes…

—Cállate, bruja —ordena uno de los hombres.

Jacinta se tensa.

Æsa parece no poder sentir nada en absoluto.

Lucha, dice una voz en su mente, una voz que parece la de sus amigas. *Lucha, Æsa*. Pero, cada vez que lo intenta, la magia que alberga en su interior se convierte en un monstruo. Puede que haya llegado la hora de rendir cuentas.

Tiran de ellas hacia delante y sus pasos resuenan sobre el suelo de piedra. Las luces parpadean a través de la tela del saco, pero no bastan para ver nada. No sabe si está caminando por una prisión o por una casa. Las puertas chirrían cuando se abren y se cierran. El suelo de piedra pasa a ser una alfombra suave. El aroma del incienso se cuela a través de la confusión. Huele como la iglesia de Illan durante el día de Eshamein. El sinfín de palabras del Páter Toth se alza: «En las manos de los mortales, la magia se convierte en un vicio, y luego en un veneno». Æsa es un veneno. Willan le dijo que eso no era posible, y ella quiso creerle. Pero asesinó al Caska a sangre fría. Aún lo ve, golpeando el muro de Sayer con los puños, pero es demasiado tarde para salvarlo. Es demasiado tarde para que Æsa salve su propia alma. Es demasiado tarde.

Se detienen. Aquí la luz es más intensa y el aire está más limpio. Alguien mantiene una conversación entre susurros, que se interrumpe tan solo por el frufrú de unas mangas. El dolor grasiento que Æsa sentía en el estómago se ha desvanecido. Estén donde estén, no hay nadie quemando matabrujas. Puede que, a fin de cuentas, no estén en la guarida de los Caska.

De repente, una voz grave resuena por toda la habitación.

—Quitadles los sacos de la cabeza —ordena un hombre—. Dejadnos verlas.

Le retiran el saco. Æsa parpadea para protegerse de la claridad repentina. Varios haces de luz le impiden ver algo que no sean formas doradas. A medida que se le enfoca la mirada, aparece un techo abovedado revestido de cristales incoloros. Solo hay una clase de edificio en toda Simta en el que los cristales no son de colores para que los dioses vean a través de ellos sin problemas. El corazón, angustiado, amenaza con rompérsele.

Observa la fila de sillas que tiene delante, en las que se sientan varios hombres con sotanas moradas. El del centro es de la edad de su abuelo, y su sotana es de un tono más claro que las de los demás. El báculo dorado que sostiene en la mano resplandece bajo la luz. Se le corta la respiración. Conoce ese báculo, aunque solo por los sermones y las historias. En una ocasión, un hombre lo utilizó para obrar milagros antes de morir y convertirse en un dios.

—Arrodillaos ante el Pontífice —ordena alguien.

Æsa cae de rodillas. A Jacinta tiene que obligarla uno de los vigilantes. Hay varios por toda la sala, armados, pero ellos también se arrodillan y acercan los puños a los emblemas de las copas volcadas que llevan cosidas en el uniforme. No hay ni rastro de los Caska que las han traído hasta aquí.

—Bueno —dice el Pontífice—. Parece que la Mano Roja al fin nos ha traído brujas.

Varios vigilantes susurran entre sí. Uno de los hombres que está sentado tras el Pontífice le habla al oído. Debe de tratarse del Consejo de Hermanos, sus consejeros, cuyos ojos parecen una docena de espadas ardientes.

—Por favor, Pontífice —dice Jacinta, con la voz menuda y temblorosa. Es tan buena actriz como Matilde—. Estábamos de compras cerca de la tienda del alquimista cuando se desató el incendio. Luego hubo una aglomeración de gente y unos chicos nos capturaron. No sabemos nada de ningunas brujas.

—Recuerda dónde estás, niña —responde el Pontífice, señalando las ventanas de cristal—, y que los dioses nos observan.

Pero Jacinta no se echa atrás.

—Esto ha sido un terrible malentendido. Se lo juro.

La mirada del Pontífice se posa en Æsa, fría y evaluadora. La chica clava los ojos en la alfombra cuando él se mueve. Espera, conteniendo el aliento, a que este hombre que habla con los dioses, que habla en nombre de los dioses, la condene.

Unos dedos suaves le rozan la barbilla.

—No te escondas, niña.

Su tono de voz la toma por sorpresa: es cálido, casi paternal. Un brillante haz de luz le ilumina el rostro cubierto de arrugas y la cabeza desprovista de pelo.

—Estáis en la casa de los dioses —prosigue—. Aquí lo ven todo.

Æsa se estremece.

—Pero también es una casa purificadora. ¿No queréis desprenderos de vuestros pecados?

Son las mismas palabras que empleaba el Páter Toth cuando le confesaba su pecados en el confesionario de la iglesia. Las transgresiones que confesaba por aquel entonces le parecen tan nimias. Codiciar lo que otros tenían y ella no, ansiar cosas a las que no podía ponerles nombre. Desde entonces, sus pecados se han vuelto tan inmensos como el océano. Teme que nunca pueda volver a sentirse limpia de veras.

—Vamos. Dime la verdad —insiste el Pontífice, acariciándole la mejilla—. ¿Le robaste al Manantial?

Matilde mentiría. Sayer se negaría a hablar. Pero a Æsa la enseñaron a venerar a este hombre, que habla en nombre de todo lo sagrado. Seguro que confesarse ante él aliviaría su sensación de culpabilidad.

—Les pedí a los dioses que me la quitaran —susurra—. Pero se quedó aquí... en mi interior.

Varios hombros se yerguen, se oyen murmullos. Jacinta la fulmina con la mirada para que deje de hablar, pero Æsa se obliga a continuar.

—Nunca quise hacerle daño a nadie. —Una lágrima le cae por la mejilla—. Creía que podía controlarla.

Creía que podía emplear sus poderes para hacer el bien.

—No es culpa tuya. —La voz del Pontífice tiene la dulzura de una fruta que está a punto de empezar a pudrirse—. Eres una mujer, gobernada por tus emociones. Pues claro que no podías controlarla. Es un poder sagrado, es demasiado para ti.

Sus palabras hacen que se le enciendan las mejillas a causa de la vergüenza.

—Has cometido un error —prosigue, con los ojos oscuros en llamas—. Pero es posible que los dioses aún te perdonen si te muestras dispuesta a servirlos.

—¿Qué debo hacer? —pregunta Æsa, sin aliento.

—Dime los nombres de las otras brujas. Sobre todo de las que han estado escondiéndose en las grandes casas.

—No… No puedo —responde, mientras el temor se apodera de su cuerpo.

Está dispuesta a recibir el castigo que se merece, pero no traicionará a las demás.

—¿Crees que voy a hacerles daño? —pregunta el Pontífice con una sonrisa indulgente—. Sé lo que los cuentos de viejas dicen que los páteres les hacían a las brujas. Pero en los archivos de la Iglesia hay otras historias, otras opciones. No hace falta herir a las chicas por cuyas venas corre la magia.

A Æsa le da vueltas la cabeza.

—¿A qué se refiere?

—¿Y si te dijera que hay un modo de extraer la magia, de separarle de tu carne mortal? —le pregunta el Pontífice, acercándose a ella.

En ese instante, quiere creerle. Si pudiera desprenderse de esta cosa y entregársela a este hombre, cree que lo haría.

—No mataré a tus amigas, niña —susurra el Pontífice—. Simplemente recuperaremos lo que robaron.

—Mientes. —La voz de Jacinta suena grave y tensa.

La expresión paternal del Pontífice se endurece.

—¿Te atreves a cuestionarme?

—Æsa, no puede arrebatarte la magia. —Jacinta tiene los ojos clavados en ella, cargados de emoción—. Forma parte de ti. Es un don que es solo tuyo.

—La magia es sagrada —responde el Pontífice, furioso—. Son las chicas como tú quienes la convierten en un veneno.

—El veneno son estos hombres. —Uno de los vigilantes intenta contener a Jacinta cuando ella se arrastra hacia Æsa—. No permitas que te digan quién eres. Recuerda a las otras chicas. Recuerda…

El Pontífice le cruza la cara a Jacinta. El sonido hace que Æsa se estremezca de pies a cabeza, sacándola de lo que parece ser un trance.

Jacinta cae sobre la alfombra y le gotea sangre del pómulo. El Pontífice se da la vuelta y vuelve a centrarse en Æsa, como si Jacinta no estuviera allí. ¿Qué puede hacer? No lo sabe, pero este hombre ya no parece sagrado. Nada de esto parece la voluntad de ningún dios.

—Sé que quieres servir al Manantial —le dice el Pontífice—, que no quieres seguir envenenando un poder que jamás fue tuyo.

No es una pregunta, sino una respuesta que se superpone a cualquier otra que pueda dar. Suena como cuando Enis le decía que estaban hechos el uno para el otro, como el hombre del salón de baile de Leta que le ordenó que bailaran. Hombres diferentes cuyas palabras tienen un mismo propósito. Decirle quién es, decirle lo que debe hacer. Ahogar su voz.

Pero este hombre habla en nombre de los dioses. ¿Tiene razón en lo que dice sobre ella? ¿Sobre ellos? Jacinta vuelve a clavar los ojos brillantes en ella. «Recuerda a las otras chicas. Recuerda». Piensa en los polluelos, valientes y cargadas de esperanza. En la sonrisa taimada de Matilde, en la risa de Sayer y en la mano de Fen, uniéndolas a las cuatro. Volviéndola tan fuerte como para contener aquella ola y salvar a todo el mundo.

Pronuncia la palabra que ha estado creciendo en su interior.

—No.

Al Pontífice se le enrojecen las mejillas.

—¿Qué has dicho?

—Que no. Haga lo que quiera conmigo, pero no puedo darle lo que me pide. No lo haré.

Los Hermanos murmuran entre sí. La expresión del Pontífice se tensa.

—Existen otros métodos para obtener lo que quiero, ¿sabes? Y duelen.

El miedo la atraviesa, pero las sheldars de la antigüedad eran valientes. Æsa quiere creer que es posible que aún siga siendo una de ellas.

—De acuerdo —dice el Pontífice—. Te concederé una noche para que recapacites. Mientras tanto… —Señala a Jacinta—. Interrogadla.

Varios vigilantes dan un paso adelante y levantan a Jacinta a la fuerza. El miedo le destella en la mirada.

—Esperad —grita Æsa—. Pue…

—No —le dice Jacinta—. Puedo soportarlo.

¿Qué puede hacer? Hay demasiados vigilantes, van todos armados, y no hay agua que pueda controlar. Sus hermanas Nocturnas tampoco están aquí para fortalecerla.

—Mañana por la noche se celebra la Noche Menor —dice el Pontífice—. Te concederé hasta la mañana para que confieses. Si lo haces, los dioses se apiadarán de ti. Si no, ejecutaré a esta bruja. Su destino está en tus manos.

Cuando los dos vigilantes arrastran a Jacinta por los pasillos y por una serie de túneles oscuros, Æsa se lleva una mano al pelo. Aún tiene un trozo de cristal marino enterrado en una trenza que se hizo hace varios días. Lo frota con fuerza, pide un deseo.

Conviérteme en una sheldar. Ayúdame a encontrar un modo de salvarnos a todas.

Se dice que en la antigüedad Eudea estaba repleta de criaturas aladas. Dragones furiosos, fénix ardientes, grifos poderosos y pegasos gráciles. Todo el mundo los ansiaba: a fin de cuentas, ¿quién no ha soñado con volar? Muchos emplearon las manos, las cuerdas y las lanzas para adueñarse de su poder, para adueñarse de ellos. Pero las criaturas aladas no soportan el peso de las cadenas.

—Introducción al
Compendio de criaturas eudeanas
de la antigüedad,
por *Krastan Padano*.

25

NUEVAS REGLAS

El dormitorio de la torre en el que han encerrado a Matilde es una broma de mal gusto. Hay una cama doble con un dosel y sábanas de seda de Teka, pero ahí es donde termina la gracia. Las paredes no están cubiertas de papel; no son más que piedra basta, tapada en partes por tapices descoloridos por el sol. No es una celda, pero sigue siendo una prisión. Huele a moho, polvo y miedo.

Matilde se acerca a la ventana. No tiene barrotes, pero solo alguien con alas podría escapar por ella. Está en una de las torres, tan delgadas como un huso, del Palacio Alado, tan alta que nadie podría oírla. Las personas que entran y salen del palacio parecen insectos. Nadie levanta la vista. Está sola.

El cielo es el típico de una tarde de verano en Simta, salpicado de nubes magulladas y ensangrentadas. Ve casi toda la ciudad, desde las Esquinas hasta los límites. Al otro lado del agua divisa a un polillero llenando las farolas del Distrito del Jardín, a lo suyo, como si todo siguiera igual.

Le arde el pecho de frustración, se le forman varios nudos en el estómago. Llevan todo el día quemando matabrujas en un brasero al otro lado de la puerta para arrebatarle la magia. Aunque si pudiera emplear el don del Jilguero para cambiar su aspecto, no cuenta con las habilidades de Fen para abrir las puertas con ganzúas. De todos modos, ¿cómo va a marcharse si Epinine tiene apresada a su familia? No puede arriesgarse a que vuelvan a hacerles daño por su culpa.

Matilde no quiere ser un peón en el juego de Epinine, ni en el de ninguna otra persona. Ojalá supiera qué está ocurriendo en la ciudad. ¿A dónde se llevaron a Æsa con ese carruaje? ¿Estarán Fen y Sayer a salvo? ¿Y Alec? Tras la inundación, ¿a dónde fueron los polluelos? Si la suzerana ha averiguado sobre las chicas del Subsuelo, no se lo ha dicho. Pero su secreto ha quedado al descubierto, sobre todo después de lo que hizo ante la tienda de Krastan. La historia va a propagarse como un incendio.

Cierra los ojos para intentar pensar, pero está demasiado cansada. ¿Cuándo fue la última vez que durmió? Se ha pasado las horas intentando trazar un plan que le permita proteger a las Nocturnas y a su familia, pero no tiene ni idea de qué es lo que va a pasar.

A su izquierda se oye un leve chirrido. Los ojos se le abren de par en par cuando uno de los tapices se mueve. Se separa de la pared, como si un fantasma se estuviera desplazando tras él. Matilde retrocede y cierra los puños.

Dennan sale de detrás del tapiz. Tiene el pelo revuelto y un brillo febril en los ojos.

—¿Cómo es posible? —es lo único que logra decir Matilde.

Parece haberse quedado sin aliento; y su corazón se ha convertido en un desbocado pájaro salvaje.

—De pequeño solía jugar aquí —responde Dennan, que da un paso hacia delante, despacio—. Epinine nunca quería jugar conmigo, así que no conoce los antiguos pasillos que empleaba el servicio y que conectan las habitaciones.

Matilde siente un torbellino de emociones, y está demasiado cansada como para ocultarlo.

—¿Y por qué no entras por la puerta principal? Imagino que por ahí es por donde entran los carceleros que quieren hablar con sus prisioneros.

Dennan frunce el ceño, confundido.

—Deberías saber que yo también soy su prisionero.

Sus ojos del color de los cristelios son tan sinceros. ¿La esperanza que siente es una verdad o una mentira?

—¿Qué fue lo que te dijo Epinine? —pregunta Dennan con la voz tensa.

—Que fuiste tú quien le dijo dónde encontrarnos. Tú y tu pájaro.

—¿Mencionó lo que hizo para sonsacarme la información.

Matilde vuelve a mirarlo. Parece que está bien: no tiene heridas.

—No parece que haya tenido que sacarte la información a golpes.

—Podría haberme hecho papilla y aun así no le habría dicho nada.

Se le entrecorta la respiración. ¿Qué está diciendo?

—Anoche me convocó al palacio —explica Dennan, pasándose una mano por el pelo—. No me pareció prudente no presentarme. Fui un estúpido y me bebí el vino que me sirvió. El suero de la verdad que le echó fue fuerte; creo que es el mismo que emplea la Iglesia. Me dolía mentir, pero lo intenté, Matilde. Lo intenté. No quería que te encontrara. —Un silencio tenso—. Dime que me crees.

Antes se le daba tan bien discernir las excusas de la verdad, pero ahora Matilde no se fía de sí misma.

—No sé si puedo.

A Dennan se le contrae un músculo de la mandíbula.

—¿Por qué habría acudido aquella noche a advertirte sobre los planes de Epinine, o por qué te habría ayudado a escapar del Club del Mentiroso, si lo único que quería era entregarte a mi hermana?

Le arde el pecho.

—¿Pues entonces por qué me diste ese maldito pájaro?

Al oírla hace un gesto de dolor.

—Lo único que quería era no perder el contacto. Me juré a mí mismo que jamás lo utilizaría para seguirte. Pero quizá deberías haberlo hecho, maldita sea. —Su voz tiene un tono de frustración—. ¿Por qué no acudiste a mí cuando los En Caska Dae asaltaron tu casa? Podría haberte protegido.

—¿Y cómo lo habrías hecho? —exclama, agitando las manos—. ¿Nos habrías escondido bajo una mesa en el club del que acabábamos de escapar?

Matilde acudió a Krastan porque sabía que la ayudaría. Y ahora jamás volverá a verle sonreír.

Le tiembla la barbilla. Debería refrenar sus sentimientos, pero está harta de juegos y de máscaras.

—Ese pájaro no solo me delató, sino que también arruinó vidas —dice, conteniendo un sollozo—. Murieron varias personas.

Dennan cierra los ojos. La luz moribunda del sol le tiñe el rostro de un ámbar resplandeciente. Parece tan cansando como Matilde.

—Se suponía que nada de esto tenía que pasar. Jamás he querido que te atraparan de este modo.

Y, sin embargo, aquí está, enjaulada como un pájaro.

Pero, de cierta forma, siempre lo ha estado. En una ocasión, Alec le dijo que vivía en una jaula de oro, y ella no le creyó. Ahora sabe que estaba demasiado cerca de los barrotes como para verlos; que estaba demasiado enamorada de su brillo.

La pregunta que Alec le formuló en el Subsuelo retorna a su mente. «¿Te gustaría volver a ser una Nocturna?». Antes no lo sabía, no del todo. Pero ahora sabe que no puede regresar a esa vida, que es imposible.

En mitad del silencio, Dennan se acerca a ella. Le roza la mano, y Matilde no se aparta, sino que piensa en la noche en que Dennan acudió a ver al Jilguero, consciente de que era ella quien se ocultaba tras la máscara. No le pidió un beso. En cambio, le entregó algo y luego se alejó, para que ella decidiera qué hacer.

¿Qué fue lo que le dijo en el club? «No quiero comprar tu favor. Quiero ganármelo». Nunca ha intentado obligarla a nada, a diferencia de Epinine, o de su familia, que querían que se casara, que fuera una buena chica; una chica que no armara escándalos.

—Epinine tiene encerrada a mi familia —le susurra—. Les hará daño si no le entrego lo que quiere.

—¿Y vas a hacerlo?

—No creo que tenga elección —le dice, mirándolo.

—Siempre la hay. —Dennan le acaricia la mano a Matilde con los dedos cubiertos de callos—. En una ocasión me preguntaste qué era lo que de verdad quería. Así que dime, Matilde. ¿Qué es lo que quieres?

El aire húmedo se agita a su alrededor, listo para que alguien confiese. En alguna parte, entre las nubes, se oye el grito de un pájaro.

—Quiero que nadie pueda hacerme daño —le susurra—. Ni a mi familia ni a mis amigas. Estoy harta de huir. No quiero tener que volver a hacerlo nunca.

Dennan le acaricia la mejilla con el pulgar y le limpia una lágrima.

—Así será.

Matilde se siente mareada y desnuda, y se obliga a dar un paso atrás.

—¿Qué?

—Todo lo que te dije iba en serio —le dice—. Quiero ser suzerano. Quiero sacar a la magia de entre las sombras. Aún puedo obtener la mayoría de los votos de la Mesa si conseguimos derrotar a Epinine antes de que se celebre la votación.

Le parece que han pasado años, y no horas, desde que discutió con Alec y los demás tras afirmar que Dennan podía ser su mejor opción a la hora de estar a salvo; que, si fuera suzerano, las chicas como ellas tendrían una vida más fácil. ¿Aún piensa igual?

Carraspea.

—¿Tienes un plan?

Dennan asiente.

—El principio, pero no saldrá adelante sin tu ayuda.

Cuando Dennan le cuenta el plan, la mente de Matilde va de un lado a otro, buscando otras posibilidades y fallos. Juntos empiezan a mejorarlo. Es casi como cuando hace años jugaban juntos y se inventaban juegos y mundos.

¿Qué haría la abuela? ¿Y Leta? Se supone que las Nocturnas deben cumplir las normas y llevar una máscara. Pero las reglas no la han protegido, ni tampoco a Æsa ni a Sayer. Puede que haya llegado el momento de crear unas nuevas.

—Debería irme antes de que los guardias trajeran la cena —dice Dennan entonces—. Volveré más tarde.

Se da la vuelta para marcharse. El corazón maltratado de Matilde comienza a latir con fuerza.

—Dennan, espera.

No sabe qué es lo que quiere hacer hasta que se planta ante él. Matilde inclina la barbilla y junta sus labios con los de él. Dennan la abraza y la acerca contra su cuerpo. Su boca la devora. En ese instante se olvida de todo menos de la sensación que producen sus lenguas al rozarse. Piensa en Alec, lo que provoca un destello de dolor, culpabilidad y confusión. Lo ignora todo. Ahora mismo lo que necesita es este fuego embriagador.

Dennan le recorre el cuello y las clavículas con los labios. Cuando vuelven a juntarlos, la respiración de Matilde se ha convertido en un jadeo. Su magia no acude por culpa del matabrujas que están quemando, pero siente libertad al poder besar a alguien sin la magia de por medio. Le recuerda que no está sola; ya no.

Dennan se aparta y respira hondo.

—¿Qué he hecho para ganarme tu favor?

Me dejaste escoger mi propio camino.

—Es por la cicatriz del labio —le responde con una sonrisa—. Siempre he querido besar a un pirata.

Dennan se ríe y alivia parte del dolor de Matilde. Con él a su lado, quizás aún tenga posibilidades de ganar.

Cuarta Parte

Alas Bien Abiertas

La Suzerana Epinine Vesten

Le invita cordialmente

al

Baile de Máscaras
de la Noche Menor

Desde el atardecer hasta el amanecer,
la temática de la Noche Menor es:

Legado.

Venga vestido en homenaje a
la casa que lo formó,
la tierra en la que nació

–0–

el sagrado nombre que porta.

26
ᗑN ᐯENENO ᗑISᖴRAZADO ᗑE ᗑLGO ᗑULCE

atilde sigue a uno de los guardias de Epinine por el pasillo. Qué alivio volver a sentir la magia en lugar de esa náusea hueca que provoca el matabrujas. No pueden ahogar sus poderes si Epinine tiene que probarlos. Es una muestra de hasta qué punto cree la suzerana que ha ganado.

Se detienen frente a las mismas puertas verdes a las que la condujeron ayer por la mañana, cuando la trajeron al palacio por primera vez. El guardia llama y una voz flota desde el interior.

—Adelante.

La habitación tiene el mismo aspecto que la última vez que estuvo aquí, pero ahora es por la tarde. Las velas proyectan sombras extrañas en las paredes pintadas de malva. En esta ocasión no hay comida sobre la larga mesa de madera barnizada, tan solo una máscara blanca y reluciente junto a tres copas de cristal llenas. Matilde se pregunta para quién será esa tercera copa.

Epinine está espectacular. Lleva un vestido que recuerda a un dragón, el símbolo de la casa Vesten, con un conjunto de escamas de cuero que se superponen y cuyos colores van desde la tiza pálida hasta el hueso antiguo. Un volante de malla delicada le sobresale del cuello, rígido como un ala. Parece impenetrable. Matilde ordena a sus nervios que se tranquilicen.

—Bonito vestido —le dice, intentando emplear un tono aburrido—. El reptil te queda muy bien.

Epinine aprieta los labios.

—No te me pongas a hacer pucheros solo por que nadie te haya invitado.

Matilde aún lleva puesto el vestido de tubo dorado que le dio la doncella cuando llegó. También es un disfraz que permite que Epinine finja que Matilde está aquí por voluntad propia, como si fueran dos amigas que han quedado para tomar vino y conspirar juntas.

—Como deseéis, suzerana —responde Matilde, con una reverencia burlona—. Vuestra voluntad son mis órdenes.

Epinine le hace un gesto para que se siente. Matilde obedece, pero no cree que pueda quedarse quieta. Aunque el corazón le late desbocado, no puede permitir que Epinine se percate de la sensación de urgencia que la invade. Tiene que ponerse su máscara más convincente.

—Brindemos —dice Epinine—. Por nosotras y por el futuro.

Matilde alza la copa pero no se la pega a los labios.

—Bueno —dice Epinine—. Esta tarde he organizado una reunión con algunos de los miembros de las grandes casas que forman parte de la Mesa, después de la inauguración del baile. Les he dicho que te tengo bajo mi custodia, pero quieren pruebas.

Matilde asiente.

—De ahí que quieras uno de mis besos.

Epinine sonríe y los dientes blancos contrastan contra los labios oscuros.

—Como es de esperar, querrán saber dónde estás, pero, para entonces, mis guardias ya te habrán sacado de Simta y te habrán llevado a un lugar seguro. Las otras Nocturnas acabarán uniéndose a ti más tarde.

Matilde contiene el impulso de llevarse la mano al medallón. Empieza a notarse mareada.

—¿Y qué pasa con mi familia?

Epinine da una palmada con las manos finas.

—¡Ay, sí! Mira, te tengo preparada una sorpresa; algo para que confíes más en nuestra amistad.

Se saca una campanita y la hace sonar. Las puertas del fondo de la sala se abren y revelan a una de las doncellas de Epinine y a una mujer…

A Matilde se le sube el corazón a la garganta. Es su abuela.

Lleva un vestido azul oscuro, y se la ve tan serena y elegante como siempre. Pero parece distinta a como Matilde la recordaba: está más delgada, y tiene los ojos enrojecidos y la mirada salvaje.

Matilde se levanta al instante y se acerca a ella. La abuela la abraza y la aprieta contra sí.

—Abuela —le susurra—. Creía que… ¿Te han hecho daño?

La abuela toma aire y se estremece.

—No es tan fácil romperme.

Matilde se fija en que su abuela huele distinto, más a piedra que a las flores de su jardín. No se había dado cuenta de lo muchísimo que la echaba de menos. No quiere soltarla.

—Lo siento —le susurra Matilde—. Por todo.

—Yo también, cielo —responde la abuela, abrazándola con fuerza—. Yo también.

—Bueno —las interrumpe Epinine—. ¿Ves? Soy una mujer de palabra. Está a salvo. Y, si te comportas como es debido, al resto de tu familia no le pasará nada.

Matilde finge que duda, como si aún no hubiera tomado una decisión.

—De acuerdo. Te diré dónde están las otras Nocturnas, pero esta noche no.

—¿Crees que te encuentras en posición de negociar? —responde Epinine, enarcando una ceja.

—No puedes arrebatarme la magia por la fuerza: tengo que entregarla por voluntad propia —contesta Matilde, alzando la barbilla—. De modo que, si la quieres antes de tu reunión, sí lo estoy.

La abuela le pasa dos dedos por la palma de la mano: «Vuela con cuidado». Matilde le aprieta la mano.

—Vale. —La mirada de Epinine, normalmente serena, se ha vuelto ansiosa—. Ven aquí.

Matilde se acerca a la suzerana y se inclina hacia ella. Epinine levanta la cabeza, centrando la mirada en los labios de Matilde. Ni siquiera la está viendo; en absoluto. Tan solo piensa en el don que obtendrá con el beso. Igual que el resto de los clientes, Epinine ve a Matilde como una copa de la que beber. Pero esta noche no es solo un recipiente bonito. Es un veneno disfrazado de algo dulce.

FASTEN:

No es nuestro fin, ¿no?

GULE:

No. Sabía demasiado, así que le he hecho una visita.

FASTEN:

¿Y cómo te has encargado de que guardase silencio?

GULE:

Primero le supliqué clemencia, y luego lo maté.

—*Parte 3, acto 4, de* Comedias Simtanas.

27

La Guarida Del Dragón

Sayer sube los escalones del palacio, intentando no tocarse la máscara. La franja del color del humo tan solo le deja al descubierto la boca y la mandíbula, pero aun así se siente más expuesta de lo que le gustaría.

La mayoría de la gente de Simta se quedará hasta tarde para celebrar la noche más corta del año con citricello fresco y cerveza de verano. La gente del Grifo suele ponerse máscaras toscas de criaturas mitológicas durante la Noche Menor. Pero aquí las cosas son distintas: aquí llevan máscaras más sofisticadas. No debería sorprenderle que tantos miembros de la nobleza de las grandes casas asistieran a la fiesta de la suzerana, aunque Epinine apoye la investigación que la Iglesia ha iniciado sobre las casas. Esconden sus sentimientos tras las máscaras, como siempre. Esta noche, ella hace lo mismo.

Los invitados llevan vestidos con los que celebran su legado. Les han cosido aletas brillantes a las chaquetas y se han colocado flores en los peinados elaborados. Leta brilla envuelta en plumas: es un cisne negro, el emblema de su casa. Sin embargo, cubierta de negro como está, también podría ser un cuervo. El vestido de Sayer habla de un legado cuyo significado nadie podría reconocer. Es transparente, suelto, del gris oscuro de las nubes de tormenta y las sombras. Una capa corta resplandeciente le cae por la espalda, dividida por la mitad de tal modo que da la impresión de tener alas.

Sayer ve a alguien con una máscara de zorro. No es Fen —ella tiene su propia misión esta noche—, pero aun así el corazón le da un vuelco. Apenas han hablado desde que se vieron en el invernadero de Leta. Anoche, incapaz de dormir, Sayer sintió el ansia insistente de todas los cosas que no se habían dicho, de algo que han perdido y que no tiene muy claro que ella pueda recuperar.

Leta le acaricia el brazo.

—¿Estás lista para entrar en la guarida del dragón?

—Sigo pensando que deberíamos haber seguido con mi plan —responde Sayer, con el ceño fruncido.

Leta arquea una ceja por encima de la máscara.

—¿Entrar por la fuerza y llevárnosla? —contesta Leta, arqueando una ceja por encima de la máscara—. No es un plan muy elegante.

—Fue Alec quien sugirió lo de la fuerza —murmura.

Sayer quería camuflarse entre las sombras, colarse en el Palacio Alado, encontrar a Matilde y sacarla de ahí. Fácil y rápido. No entiende por qué tiene que disfrazarse y fingir.

—Tu plan era una insensatez —responde Leta, y se ríe para disimular ante cualquiera que las esté observando—. No tienes ni idea de lo que te vas a encontrar ahí dentro.

Madam Cuervo habló con los nobles de las grandes casas de la Mesa, que le dijeron que Epinine tenía a Matilde como rehén. Planea utilizarla para asegurarse de que la votación de mañana tenga el resultado que desea. Madam Cuervo les prometió que rescataría a Matilde antes de que se celebrara la votación, con lo que podrían echar a Epinine del cargo. Escogerán a alguien nuevo, alguien que proteja a la familia Dinatris y a las Nocturnas. El plan parece bastante sencillo, pero Sayer no termina de estar tranquila.

Los nobles de las casas dijeron que había que arreglar la situación para que todo volviera a ser como antes, pero hay secretos que, una vez desvelados, no pueden volver a enterrarse. La Iglesia sabe que entre las casas hay chicas que poseen magia. Los Caska que lograron escapar del Subsuelo, ¿le habrán contado lo que vieron al Pontífice? Cientos de personas vieron a Matilde domar el fuego frente a la tienda de Krastan. La historia de lo que ocurrió se mueve por Simta más rápido que el agua que circula por un canal inundado. A Sayer no le cabe la menor duda de que los señores de los andarríos ya las habrán oído. Chicos como Gwellyn, que ya sospechaban de Sayer; hombres que intentarán embotellar semejante riqueza para apropiarse de ella. Quienes no codicien a las chicas las temerán; e incluso les darán caza.

Los polluelos están al descubierto, más vulnerables que nunca. Votar a favor de otro suzerano que haya nacido en una de las grandes casas y que adore el *statu quo* no servirá para cambiar la situación.

—Sé que no te gusta trabajar con los nobles de las casas —le dice Leta—. A mí tampoco es que me entusiasme, pero ahora mismo nuestra prioridad es garantizar la seguridad de las chicas. Tenemos que esconderlas y ponerlas a salvo mientras podamos.

Sayer suelta un bufido.

—Pero sigo sin entender por qué tenemos que asistir al baile.

—El palacio estará lleno de invitados enmascarados yendo de un lado a otro —responde Leta—. Si te descubren en algún sitio en el que no deberías estar, siempre puedes decir que te has perdido. Además, no sabemos qué precauciones habrán tomado. Mejor entrar a la antigua usanza y evaluar la situación desde dentro.

Tiene razón. Epinine podría estar quemando matabrujas en los pasillos, podría mezclarlo en las bebidas… podría estar por todas partes. Parece bastante seguro que conoce la existencia de la hierba en cuestión. ¿Cómo si no habría podido evitar que Matilde cambiara de rostro y escapara por su cuenta?

Pero también puede que haya otros motivos. Nadie sabe dónde están los Dinatris. Desaparecieron, igual que Dennan Hain. Leta sospecha que la suzerana tiene presa a la familia de Matilde y que no dudará en emplear esa carta para asegurarse de que la chica haga todo lo que le pida. Los informantes del palacio de Leta y Fen no las han visto, pero han oído susurros que dicen que hay una chica encerrada en una de las torres.

Sayer aprieta los puños. No tienen modo de saber si Matilde aún sigue ahí dentro. Hasta donde saben, Epinine podría haberla sacado de Simta. Sayer no tiene forma de asegurarse. Lo único que puede hacer es confiar en que encontrará a Matilde en medio de toda esta locura. Esta noche, Sayer va a sacarla de este entuerto.

Están a punto de llegar a lo alto de los escalones de piedra pálida, donde se encuentran a varios oficiales esperando de pie. Es bastante probable que la fiesta esté llena de vigilantes; es otro de los motivos por los que Sayer no puede camuflarse entre las sombras e infiltrarse. No sabe si los salukis pueden percibir esa clase de magia, pero no quiere correr el riesgo de que la atrapen mientras es invisible. Es mejor entrar en la fiesta como lo haría una chica cualquiera.

—Sonríe, cielo —le dice Leta, y vuelve a rozarla—. Ahora no es el momento de parecer una víbora.

Sayer intenta fingir aburrimiento mientras leen las invitaciones con detenimiento.

—Bienvenidas —las saluda un oficial, que anota algo en su libro mayor—. Los vigilantes las cachearán antes de entrar.

Sayer mira hacia donde señala el oficial: a unos diez pasos, en el agobiante vestíbulo. Tiene que contener un grito ahogado al verlo. Se trata del vigilante del Club del Mentiroso, el que estuvo a punto de encontrarlas bajo la mesa de Dennan. Seguro que es él. Reconoce al perro, con sus manchas y el pelaje blanco, que inclina el hocico hacia ella y olisquea. ¿Podrá oler su magia incluso cuando no la emplea?

—¿En serio? —pregunta Leta, arrastrando las palabras, mientras el vigilante la cachea—. ¿Es preciso?

—Me temo que sí —responde—. La suzerana y el Pontífice así lo quieren.

Sayer mantiene la expresión imperturbable mientras el vigilante la cachea. Una perla de sudor le recorre la columna vertebral. Sus ojos la examinan, pero no la reconocen; claro, ni siquiera llegó a verla. El saluki vuelve a gemir, más alto aún.

Al vigilante se le ensombrece la expresión.

—Si lleva algo ilegal encima, será mejor que me lo dé.

Sayer se obliga a soltar una risa ligera y entrecortada.

—Ay, maldición, se me había olvidado.

Abre el bolso de mano y saca un pescado seco que tenía ahí escondido.

—Siempre llevo uno encima. A mis perros les encantan.

El saluki sigue olfateándola —a ella, no al pescado—, pero el vigilante no se da cuenta. Está demasiado ocupado sonriéndole.

—Vaya, una dama con buen gusto.

Y entran, arrastradas por la multitud, lejos del campo de visión del vigilante. Sayer deja escapar un largo suspiro en voz baja.

No puede evitar impresionarse al ver por primera vez el interior del Palacio Alado. El techo abovedado del vestíbulo es azul como el cielo de verano, repleto de imágenes de criaturas aladas. La observan desde arriba, con miradas perturbadoras, pero no son conscientes del poder que alberga Sayer en su interior. A diferencia de Matilde y Æsa, su identidad sigue siendo un secreto, al menos para la gente adinerada que ha acudido a la fiesta.

Leta se adueña de una copa de champán de una bandeja y la sostiene frente a los labios.

—¿Notas algo?

Se refiere al matabrujas. Sayer inhala hondo.

—No. Estoy bien.

Leta tira de Sayer. Su máscara de cisne se pega contra la de la chica.

—Encuéntrala —le susurra—. Y vuela con cuidado de vuelta a casa.

Sayer se traga el extraño nudo que se le ha formado en la garganta.

Y con eso, se da la vuelta, se adentra entre la multitud y desciende por el imponente Vestíbulo de los Semblantes, pasando junto a varias velas que tiñen el lugar de un dorado rosáceo. Hay cuadros y espejos por las paredes, y también guardias de palacio y vigilantes. Las conversaciones resuenan sobre el suelo de mármol.

Sayer inspira hondo y busca el hilo que la une a Matilde. Hace días que no lo siente, puede que porque las chicas no estén lo bastante cerca o porque las hayan drogado con matabrujas. Le preocupa que les hayan hecho daño, o quizás algo peor... pero no. Matilde está bien. Sayer solo tiene que esforzarse.

Algo se le aferra a las costillas, algo que contiene ese reconocimiento hormigueante. Parece hacerle señas y guiarla. Lo sigue a través del Vestíbulo de los Semblantes, cruza el salón de baile, que no deja de llenarse de gente, y la conduce hasta el extremo opuesto. Han apostado varios guardias en esta zona con el propósito de impedirle a cualquiera que se adentre en las dependencias privadas del palacio. Lo único que tiene que hacer Sayer es encontrar un sitio para convertirse en sombras sin que nadie la vea.

Retrocede y encuentra una puerta que conduce a lo que parece ser una sala de estar. Una cortina pesada cubre un arco a lo largo de una de las paredes. Leta le dijo que estas alcobas estaban repartidas por todas las salas públicas del palacio; son espacios destinados a la oración. Espera no tener que toparse con nadie en esta.

Se mete y, por suerte, la sala está vacía. Una única vela arde en un candelero con alas y proyecta sombras danzarinas. Sayer cierra los ojos y se prepara para camuflarse entre ellas.

Pero entonces oye una voz tras las sombras.

—Buenas, encantadora desconocida.

—Sayer se da la vuelta con el corazón desbocado y se encuentra al vigilante de las puertas del palacio.

—¿Se acuerda de mí? —le pregunta.

El pánico se aferra a las costillas de Sayer, pero se obliga a sonreír.

—El vigilante del perro bonito.

—Ese soy yo. —El chico se apoya en el lateral de la zona de oración—. Acabo de terminar mi turno, la he visto entrar aquí y se me ha ocurrido pedirle un baile cuando la fiesta empiece.

—¿No le preocupaba interrumpir mis oraciones? —pregunta Sayer, que intenta parecer tranquila.

—La verdad es que no —le responde él, con una sonrisa—. Nadie se esconde durante las fiestas para hacer algo tan decente como hablar con los dioses.

Sayer contiene una réplica cortante y decide optar por un tono ligeramente ofendido.

—Pues quizás habría que empezar a hacerlo. A todos nos vendría bien que la gente rezara en estos tiempos.

Sayer espera que su tono de reproche le haga retroceder, pero el chico da un paso adelante.

—Algo me dice que no es tan devota como quiere parecer, mi señora.

Antes de que a Sayer le dé tiempo a responder, el chico la agarra de la mano y tira de ella hacia él. Luego viene un entrechocar de labios y dientes. Los pensamientos se desvanecen de su mente; lo único que quiere es que se aparte. Y eso es lo que pasa, que se aleja con los ojos desorbitados cuando un vendaval lo empuja contra la pared de la alcoba.

—Tú —exclama, mientras se ahoga con el rostro enrojecido. Sayer lo envuelve en bandas de aire, igual que hizo con su señor padre hace tantas noches—. Tú...

—No me interesas —le dice—. Y lo sabrías si te hubieras molestado en preguntarme.

El vigilante abre la boca, pero Sayer concentra la magia a su alrededor y forma una burbuja invisible de aire. Estuvo practicando con Rankin en el Subsuelo: él gritaba, pero la burbuja ahogaba el ruido y lo contenía. Cuando el vigilante intenta gritar, lo único que oye Sayer es un suspiro.

—¿Wren? —pregunta alguien desde el otro lado de la cortina—. ¿Estás ahí?

Un segundo vigilante da vueltas por la sala.

Por los diez infiernos, no tiene tiempo para esto.

Sayer sabe que las bandas de aire no aguantarán a menos que las mantenga, pero no pueden descubrirla con el vigilante en esta situación. Se concentra, obliga a su cuerpo a fundirse con las sombras. El vigilante tiene mala cara.

Los pasos se acercan, cada vez más.

Otro vigilante con un perro aparta la cortina.

—¿Qué haces aquí? —le pregunta—. Creía que teníamos que reunirnos en...

Pero se interrumpe a sí mismo cuando ve a su amigo peleando contra una especie de barrera invisible. Sayer retrocede intentando no hacer ruido. El vigilante que acaba de llegar da un paso adelante, se queda a solo unos centímetros de ella. Sayer contiene el aliento, con el corazón en la garganta.

El saluki tira de la correa y olfatea sin parar. Está mirando justo a Sayer.

Tiene que salir de aquí, ya.

El perro gruñe y enseña los dientes, y Sayer pierde el control. El vigilante alza un dedo tembloroso hacia ella.

—¡Bruja! —grita con la voz entrecortada.

Sayer echa a correr de vuelta a la sala principal tras asegurarse de que su invisibilidad siguiera funcionando. Pero ¿de qué sirve ser una sombra en un lugar tan abarrotado? Serpentea entre la multitud tan rápido como puede y pone una mueca cada vez que roza a alguien. No pueden descubrirla aquí así. No van a hacerlo.

—¡Apartaos! Quitaos de en medio.

Sayer se atreve a mirar hacia atrás, hacia los dos vigilantes que la persiguen. El perro alza el hocico y olisquea para buscarla. ¿Será capaz de captar su olor entre toda esta gente? Para espanto suyo, parece que sí. Tira del vigilante y la sigue. Sayer estira el cuello por encima de todas las cabezas para decidir hacia dónde va. Hay guardias delante de cada puerta que se supone que los invitados no deben cruzar. La puerta principal está llena de gente: no puede retroceder por ahí. No va a marcharse hasta que encuentre a Matilde. Los vigilantes se acercan más con cada segundo en que no toma una decisión.

Sayer se da la vuelta y choca con una mujer de morado.

—¡Barnaby! —exclama esta, dirigiéndose al hombre que tiene al lado—. Casi me tiras.

—¿Eres tonta? —le pregunta él con el ceño fruncido—. No he sido yo.

Sayer se apresura, tan centrada en no chocarse contra nadie más que no se da cuenta de que ha entrado en el salón de baile hasta que las luces cambian. Mira a su alrededor, en busca de alguna puerta lateral por la que escapar, pero no hay nada. El saluki vuelve a ladrar, demasiado cerca.

Sayer echa la vista hacia atrás justo cuando alguien regaña a los vigilantes; se trata de uno de los guardias de palacio, que les dice que dejen de montar una escenita. El vigilante contra el que ha empleado su magia aún tiene la cara roja y señala hacia donde ha huido. El guardia le dedica una mirada de poco interés, y luego los obligan a salir del salón de baile. Pero ¿de cuánto tiempo dispone antes de que le cuenten lo que han visto a un páter, o puede que incluso al Pontífice? ¿De cuánto tiempo dispone antes de que den la voz de alarma?

Necesita sacar a Matilde de aquí antes de que lo hagan.

Y, de repente, comienza a sonar música en el escenario.

—El mundo es el que es —dice la chica—. No puedo hacer que algo se vuelva realidad solo con pensarlo.

—Puede que no pudieras en tu otro mundo —responde Brown Malkin—. Pero aquí, los pensamientos pueden alterar el flujo de los ríos, y también las mentes de otros si sabes cómo domar sus ríos.

Fragmento de

Aventuras en El Otro Lado.

28

Domar Ríos

Es por la tarde, piensa Æsa, pero el calor del día aún no se ha desvanecido y la abraza como un viejo abrigo asfixiante. No sabría decir cuánto tiempo lleva en esta celda, pero cree que ha pasado una noche entera y gran parte del día siguiente. Se imagina que los vigilantes se la han llevado a la infame Prisión Maxilar: Matilde le dijo en una ocasión que tiene un sector dedicado a quienes quebrantan la Prohibición, pero jamás se la había imaginado tan fría y húmeda. *Huele como si el Subsuelo se hubiera podrido*, piensa Æsa. Como si algo se hubiera arrastrado hasta una piedra hueca para morir. No sabe a dónde se han llevado a Jacinta. Cuando se lo pregunta a los vigilantes, miran a otro lado. De vez en cuando le parece oír sollozos ahogados de mujer que no sabe de dónde provienen. Siempre se le encoge el corazón al oírlos.

Ha pasado un día, así que esta noche se celebra la Noche Menor. Mañana el Pontífice le pedirá que confiese y, si no lo hace, se llevarán a Jacinta al cadalso. Sabe que se está quedando sin tiempo.

Se ha pasado todas estas horas buscando un modo de escapar. Por extraño que resulte, parece que los vigilantes no saben nada sobre el matabrujas, o al menos no lo están empleando. Puede que la Mano Roja haya mantenido su existencia en secreto.

Aun con toda su magia, Æsa no puede cortar los barrotes de hierro o reventar los cerrojos; sin embargo, cuenta con una habilidad que no saben que posee.

Cuenta las campanas: siete, ocho, nueve. ¿Y si no está de guardia esta noche? Pero entonces, al fin, el vigilante joven llega a su puesto. Cuando se apoya en el muro, Æsa alivia la expresión para adoptar una dulce y apenada. Ha llegado el momento de poner en práctica las lecciones de Sayer y de Matilde sobre las máscaras.

—Hola —lo saluda, agitando un poco la mano.

El vigilante se estira el cuello de la camisa. Tiene un cortecito justo por encima; debe de habérselo hecho al afeitarse, aunque no parece que tenga mucha barba que rasurar.

—Hola.

Los demás vigilantes apenas le prestan atención, pero este chico es distinto. Lo ve en el modo en que se le van los ojos hacia ella, y en el hecho de que se queda mirándola. La observa como si fuera una polilla de fuego herida que quiere cuidar. De modo que, cuando ronda cerca, Æsa se ha asegurado de parecer una doncella en apuros. No le resulta muy difícil.

—¿Te importa que me acerque a los barrotes? —Æsa se levanta y finge tambalearse un poco—. El frío me alivia el dolor de cabeza.

—¿No te encuentras bien? —le pregunta él, frunciendo el ceño.

—Seguro que no es nada —responde Æsa, mirándose las manos.

Tras un instante, el chico asiente.

—Venga, va.

Se agarra a los barrotes y cierra los ojos cuando apoya la cabeza contra el metal. Siente la mirada del chico recorriéndola entera, aprovechando que no puede verlo.

—Pronto terminará todo —le dice el chico—. Diles lo que quieren saber y ya. Te sentirás mejor.

—Lo sé —responde Æsa, que deja escapar un suspiro carga-do de tristeza—. Pero es que estoy tan cansada.

—Te creo. Este lugar podría conseguir que hasta Eshamein se diera a la bebida.

Æsa quiere darse prisa, pero debe tener cuidado. Solo ten-drá una ocasión de intentarlo.

—La noche está tranquila. —Tal y como esperaba—. ¿Han asistido muchos vigilantes al baile de la Noche Menor?

El chico se saca una petaca del cinto.

—Todo el mundo quería que le asignaran vigilar la fiesta, pero algunos hemos tenido que quedarnos aquí. He tenido mala suerte en el sorteo.

Æsa sonríe con timidez y mira al chico a través de las pesta-ñas.

—He oído historias sobre las fiestas de la Noche Menor de Simta —le dice con melancolía—, pero jamás he podido ir.

El chico se pasa una mano por el pelo. Lleva un corte espan-toso, como si se lo hubieran hecho con unas tijeras desafiladas.

—Yo no he asistido al baile de la suzerana, pero mi hermano mayor dice que no son más que un montón de miembros de la nobleza disfrazados. Pero las fiestas de por aquí son más épicas.

¿Qué haría Matilde para ganárselo? Æsa lanza un suspiro y pega el pecho un poquito contra los barrotes. Al chico se le van los ojos hacia abajo.

—Ojalá pudiera pasarme la noche bailando —dice, e intenta parece que se pierde en su propia fantasía.

—Bueno, quizá podríamos organizar nuestra propia fiesta.

A Æsa se le entrecorta la respiración cuando el chico da un paso hacia los barrotes, y luego otro. Deja la petaca en el suelo y se la acerca. Los demás vigilantes jamás se acercan tanto.

—Es vino de cereza —le dice—. Lo ha preparado mi madre, está muy bueno.

Æsa se la lleva a los labios. Pica, y la sensación la reconforta. Puede que la ayude a mantener la máscara en su sitio.

—Eres un chico muy dulce. —Æsa se prepara; la segunda parte del plan es más arriesgada—. A lo mejor podría darte algo para agradecerte tu amabilidad.

—¿Algo como qué?

—Bueno… podría darte un beso.

El chico se pone rígido.

—Soy un vigilante; soy abstinente.

—Lo sé —lo tranquiliza—. No me refería a esa clase de beso, sino… a uno normal.

Se le sonrojan las mejillas, y Æsa no hace nada por refrenarlo. El corazón le late tan rápido que podría rompérsele.

El chico niega con la cabeza, pero la mirada le brilla en la penumbra. El vigilante da otro paso adelante: Æsa estira la mano entre los barrotes. Una inhalación, dos, tres. No va a hacerlo.

Pero entonces susurra.

—Joder —y entonces se pega a los barrotes.

Æsa lo agarra de la muñeca, igual que hizo con Tenny Maylon. Ve las aguas de sus sentimientos y las distintas corrientes que se entrelazan para formar un río. Tiene que hacerlas fluir por donde ella quiere.

—Mi lugar no está en esta celda. —Su voz se incrementa y rebota con un tono extraño contra las paredes de roca—. No soy una bruja. Lo sabes.

—Lo sé. —El chico parpadea una, dos veces—. ¿Lo sé?

Ojalá hubiera practicado este arte en concreto cuando Matilde y Sayer se lo pedían. Las emociones del chico son resbaladizas; se retuercen en sus manos como peces mojados.

—Tienes las llaves —le dice—. Conoces el camino. Puedes liberarme. Quieres liberarme; convertirte en mi salvador.

Hace que sus palabras se adentren en él y que sus sentimientos se conviertan en los del chico, que tiene los ojos vidriosos. Al final, asiente.

—Vamos a sacarte de aquí.

Æsa se queda cerca de él mientras busca las llaves con torpeza. No sabe cuánto durará el control que ejerce sobre él, o si podrá mantenerlo siquiera si lo no lo roza. Cuando la puerta se abre con un chirrido, Æsa le toma de la otra mano y se separa de los barrotes. Luego sale al pasillo, un espacio estrecho y abovedado, envuelto en sombras parpadeantes. No ve más celdas ni vigilantes. El pasillo está vacío; por ahora.

—¿Dónde está Jacinta? —le pregunta.

—¿Quién es Jacinta? —responde él con el ceño fruncido.

—La otra chica que vino conmigo. A ella también quieres liberarla.

—Ah, bueno... está en el otro extremo del sector de los vigilantes. Está cerca del ala en la que encierran a los prisioneros normales.

Æsa se concentra, fuerza su convicción en él.

—A ella también quieres salvarla. Quieres ser un héroe.

—Ah... claro, sí —responde el chico, que parece borracho—. Sí, quiero ser un héroe.

Recorren un pasillo curvo y se guían únicamente por los candeleros de la pared, cuyas velas desprenden un hedor a grasa. La luz proyecta sombras macabras ante las que a Æsa le cuesta no asustarse; pero ahora no es momento de tener miedo.

Llegan a un cruce. Un pasillo más largo, tan ancho que podría pasar un carruaje por él, divide su camino en dos. Unas ventanas estrechas de cristales claros permiten que se filtren los destellos violetas del atardecer. En cuanto se pongan bajo la luz, ya no tendrán modo de ocultarse.

Ay, dioses: dos vigilantes se dirigen hacia ellos. Æsa se pega contra las sombras, con la esperanza de que no la vean. Pero si giran la cabeza un poco hacia la izquierda...

Sus pasos resuenan sobre el suelo de piedra. Æsa ve de reojo los uniformes, oye que uno de ellos se ríe. El otro dice algo de un perro. Después sus voces se desvanecen y Æsa deja escapar el aliento.

—Venga —le dice el vigilante hipnotizado—. Tenemos que darnos prisa.

Æsa no le lleva la contraria mientras cruzan una sala inmensa hasta llegar a una más pequeña. Doblan una esquina, dos, y la luz se vuelve más tenue. Si creía que su celda era sombría, las de aquí son mucho peores. El pestazo a orina y sudor podría arrancar la pintura del casco de un barco. Unas cuantas manos mugrientas aparecen entre los barrotes, pero Æsa no reconoce a la gente que permanece agachada tras ellos. Oye voces leves asustadas, de chicas. Se le va a salir el corazón del pecho.

La celda ante la que Æsa se detiene es tan estrecha que apenas se puede estirar el brazo en ella. A pesar de la suciedad y la mugre, reconoce los rostros de las chicas que están ahí encerradas. Son Layla y Belle, las dos chicas del Subsuelo. ¿Cómo las habrán encontrado el Pontífice y los vigilantes? Jacinta preferiría morir antes que revelar sus nombres, eso Æsa lo tiene claro. Pero ¿y si la han obligado a confesar? ¿Y si, y si...?

—¿Æsa? —susurra Layla.

—Shhh —le responde, intentando no soltar los pensamientos de su vigilante—. No os preocupéis. Vamos a sacaros de aquí.

El vigilante, obediente, saca las llaves y abre la puerta. Luego recorren el pasillo hasta la siguiente celda. Liberan a otra chica, y luego a otras dos. Las conoce a todas. ¿Dónde está Jacinta? Tiene que estar aquí. Tiene que estar bien.

Llegan a la última celda. El hedor de la sangre se extiende a su alrededor. Un cuerpo cuelga de dos cadenas, con los brazos abiertos como una estrella de mar rota. Tiene los ojos cerrados, y el pelo suelto y enredado. El vestido que lleva está destrozado.

—Jacinta.

La joven no alza la mirada. Æsa no sabe si aún respira.

Le transmite urgencia a la mente del chico, e intenta no hacerle sentir pánico, pero Æsa está demasiado agitada como para andarse con sutilezas. Las manos del chico tiemblan cuando sujeta la llave.

En cuanto la puerta se abre con un *clic*, Æsa corre hacia delante. Unos regueros rojos surcan las mejillas de Jacinta por encima del polvo.

—¿Jacinta? —Æsa le aprieta las mejillas con las manos. ¿Qué es lo que le han hecho?—. Despierta, por favor.

—¿Æsa? —dice ella, revolviéndose.

Le fallan las rodillas debido al alivio.

—Estoy aquí.

—Bien —grazna Jacinta—. Espero que los hayas matado. A todos. Su voz suena extraña, iracunda y hueca al mismo tiempo. Æsa le limpia parte de la sangre.

Oye un sonido ahogado tras ella. Layla y Belle están sujetando al vigilante, como para impedir que escape. El chico sacude la cabeza como si estuviera despertándose de un sueño.

—Esto no está bien —dice.

Æsa se acerca a él para agarrarle la muñeca.

—No es verdad. Estás haciendo justicia. Estás decidido a no marcharte de aquí sin esta última chica inocente.

El vigilante vuelve a negar con la cabeza, aún más fuerte.

—No tengo las llaves de los grilletes.

Se le para el corazón.

—Seguro que las tienes.

—No —responde el chico. Y luego, lo repite un poco más alto—. No.

De repente empieza a pelear con ella. Æsa pierde el equilibrio y ambos caen sobre un montón de paja podrida. El chico se ha colocado encima y la agarra del cuello. El pánico se apodera de ella.

De repente se oye un *clanc* y el chico cae de lado con los ojos cerrados. Belle le ha pegado con un cubo. Las otras chicas se han juntado y jadean con respiraciones entrecortadas y asustadas.

Tienen que largarse de aquí antes de que las encuentre otro vigilante. Pero ¿hacia dónde tienen que ir? Æsa no sabe cómo salir de Maxilar. Existen las mismas posibilidades de que se adentren en la prisión que de que salgan, y Jacinta aún está encadenada a la pared. No pueden dejarla aquí.

—Creo que puedo quemar las cadenas —dice Layla, y una llamita verde se prende entre sus dedos—. Solo necesito un minuto.

Se oye un grito al final del pasillo.

—No sé si lo tenemos —le responde Æsa.

Otro ruido: pasos apresurados, cada vez más cerca. Están a punto de atraparlas en este horror frío y espantoso. Æsa se coloca delante de las otras chicas y busca cualquier resto de agua que pueda haberse aferrado a las paredes, cualquier cosa que le sirva para defenderse.

Un vigilante irrumpe en la celda, con el rostro cubierto en sombras. Æsa levanta las manos e intenta que no le tiemblen.

—Atrás —le dice, y lo hace con firmeza—. No quiero hacerte daño, pero te aseguro que lo haré.

El vigilante le habla con un tono extrañamente delicado.

—No pasa nada. Soy yo.

Æsa se queda sin aliento.

—¿Willan?

Nada arde con la misma fuerza que el deseo de venganza.
No existe combustible que brille con tanta fuerza
ni durante tanto tiempo.

—PROVERBIO SYTHIANO.

29

JUGAR AL JUEGO

Matilde se frota los labios con fuerza para intentar limpiarse los restos del elixir con el que se los ha pintado. Le ha entrado un poco en la boca y su sabor amargo le pica en la lengua.

—¿Matilde? —dice la abuela, agarrándola del brazo—. ¿Qué pasa?

No puede responder. Dennan le dijo que no se bebiera la poción hasta el último momento, pero no le dijo que actuaría de este modo.

Epinine se dirige hacia las puertas verdes y tira del picaporte. Están cerradas desde fuera.

—¡Bren! —le grita al guardia—. ¡Entra ahora mismo!

Pero las puertas no se abren, y se oye un golpe en el pasillo. Epinine se tambalea hacia las otras puertas, pero también están cerradas.

A Matilde se le nubla la visión. Siente como si se le estuviera cerrando la garganta. Las rodillas le fallan y se cae al suelo.

—Tilde —exclama su abuela, que se agacha a su lado—. Dime algo.

Matilde se agarra del medallón. Las manos le tiemblan muchísimo.

—El... El medallón. Dame su contenido. Todo.

La abuela le arranca el orbe dorado y le quita el tapón. Cuando Epinine lo ve, se abalanza hacia ella, pero Matilde ya se ha bebido el antídoto.

—¿Qué es lo que me has hecho? —pregunta Epinine, que se ha doblado por la mitad, con las mejillas tan blancas como su vestido.

—Me arrebataste mi poder —responde Matilde con la voz rota—. Así que te he devuelto el favor.

Epinine se tira de los volantes del color del ópalo.

—¿Cómo lo has hecho? ¿Cómo has podido?

Pero a Matilde no le hace falta responder. Las puertas del dragón se abren y Dennan entra en la sala. Tiene el pelo echado hacia atrás y luce un aspecto inmaculado. Una flor verde oscuro, el emblema de la casa Vesten, le brilla en la solapa. Está deslumbrante.

—Asegurad el pasillo —le dice Dennan al guardia que va tras él—. No queremos que nadie aparezca por aquí.

—Sí, capitán —asiente el guardia.

Luego se abren las otras puertas y Matilde ve a más guardias; bueno, a la tripulación de Dennan, disfrazados de guardias. Dennan se ha puesto en contacto con ellos mediante uno de los carceleros que simpatiza con su causa. Lo han conseguido. Matilde deja escapar un suspiro tembloroso.

—Todo despejado, capitán —le dice a Dennan—. Nadie se ha enterado de nada.

Dennan le responde con un gesto de marinero, y luego se acerca a la suzerana, que se ha arrastrado hasta su sillón. Dennan tiene la expresión gélida, cargada de una furia justiciera. *Se mueve como un depredador*, piensa Matilde.

—Has sido tú —le dice Epinine, resollando—. Incluso ahora me traicionas.

—Bueno, hermana —responde Dennan, escupiendo la palabra—. Me parece apropiado, sobre todo teniendo en cuenta que fuiste tú la que me traicionó primero.

A Epinine le cambia la expresión; la rabia se convierte en incredulidad.

—Tienes intención de arrebatarme el puesto, ¿verdad? —Las palabras brotan de ella junto con una risa entrecortada—. La Mesa jamás te aceptará. Para ellos eres el Príncipe Bastardo, no eres un Vesten. Jamás serás el auténtico heredero de nuestro señor padre.

Dennan hunde los dedos en el reposabrazos del sillón con tanta fuerza que se le ponen los nudillos blancos.

—Yo les enseñaré cómo se supone que debe ser un Vesten. Dentro de poco, ni siquiera recordarán tu nombre.

Epinine trata de escupirle, pero solo le sale una baba roja. Es... ¿sangre?

—Todo podría haber sido de otro modo, ¿sabes? —le dice Dennan, cuya voz ha perdido el tono mordaz—. Si me hubieras tratado como a un hermano.

A Epinine le brillan los ojos.

—Debería haberte matado, tal y como nuestro señor padre me dijo que hiciera.

Dennan le dedica una sonrisa burlona, y sus hermosas facciones se afean.

—No estaba dentro de sus cabales cuando te lo dijo. Lo pusiste en mi contra.

Epinine se ríe y su sonido hace que a Matilde se le pongan los pelos de punta.

—Al final te vio tal y como eres, igual que yo.

Matilde no lo entiende. Se supone que la poción tiene que sumir a Epinine en un sueño profundo que la dejará inconsciente hasta que se hayan encargado de hablar con la Mesa. ¿Por qué no deja de gotearle sangre de la boca?

—Dennan, dale el antídoto —le dice Matilde, pero él apenas se digna a girar la cabeza para mirarla—. Le pasa algo.

—No —responde Dennan—. Va todo bien. Al fin.

Matilde se levanta y se acerca para rozarle el hombro. A Dennan le tiembla todo el cuerpo y vibra como un diapasón.

Matilde vuelve a mirar a Epinine, que tiene la boca llena de sangre y miedo en la mirada, y entonces lo entiende. Se está muriendo.

—Me dijiste que se dormiría —le susurra Matilde—. Esto no es lo que me prometiste.

—Te ha hecho daño —responde Dennan—. Nos ha hecho daño a ambos. ¿Y aun así quieres salvarle la vida?

Matilde se roza los labios, que aún le pican. No quiere ser una asesina.

—No lo hagas —le dice, le suplica casi—. Dennan, te lo pido por favor.

Hay un instante tenso y reluciente en el que cree que Dennan le hará caso, pero entonces da un manotazo sobre la mesa.

—Llevo mucho tiempo esperando este momento —responde con una especie de gruñido—. Lo necesito.

Dennan observa a su hermana, pero Epinine no aparta la mirada de Matilde.

—Eres una inconsciente si crees que mi hermano es tu salvador —le dice con la voz rota—. Solo se preocupa por sí mismo.

La suzerana toma una bocanada de aire entrecortada y la vida abandona su cuerpo. Sus ojos, antes brillantes, se quedan quietos y sin vida. El horror se apodera de Matilde: Epinine Vesten está muerta. Dennan la ha matado... *Yo la he matado.* El beso de Matilde ha enviado a la suzerana a las profundidades.

Un latido, dos. Las velas parpadean.

—Era una amenaza demasiado grande, Matilde.

Dennan da un paso hacia ella con los ojos claros y serios. Se parece al Dennan al que besó en la torre.

—Piensa en lo que nos hizo —le dice—, y en lo que le hizo a tu familia. No estaríais a salvo mientras ella siguiera con vida.

A la señal de Dennan, uno de sus guardias alza el cuerpo de Epinine. Dennan le deja un vial vacío y una nota en la parte delantera del vestido. Es horrible ver cómo se mece su cuerpo y luego se queda quieto.

—Tumbadla en su cama —les dice Dennan a los guardias—. Parecerá que se ha quitado la vida. Sabía que la Mesa iba a arrebatarle el puesto y no soportaba la idea. El estrés acabó con ella.

Matilde piensa en lo que le ha dicho Epinine, en lo de que una mujer tiene que esforzarse el doble para hacerse valer... qué rápido creerán que era una mujer débil.

—Me has mentido —le susurra.

—No quería que tuvieras que cargar con su muerte sobre tu conciencia —le responde Dennan, con el ceño fruncido—. Fui yo quien decidió asesinar a Epinine, no tú.

Pero lo ha hecho a través de ella, empleándola como si fuera un recipiente, un medio para sus propios fines.

—Ya se ha acabado —le dice Dennan—. Será lo mejor para ambos, te lo prometo.

Dennan le prometió muchas cosas, y Matilde aún quiere creerlas, pero ahora sabe que le mintió; y las mentiras son como los escarabajos de las ciénagas que se adentran en la madera de los botes de los canales: donde hay uno, hay muchos más, devorando los tablones desde el interior.

La abuela la agarra de la mano.

—Tilde. Dime que no has hecho ningún trato con él.

—Epinine era un peligro, abuela —le dice Matilde—. Alguien tenía que detenerla.

—¿Y crees que él no es un peligro? —La expresión de la abuela es una máscara de furia—. Dennan fue quien condujo a los En Caska Dae hasta nuestra puerta.

El espanto trepa por el pecho de Matilde.

—Fue Tenny Maylon quien les dijo mi nombre.

—Sí —responde la abuela—. El chico estaba en la iglesia de Augustain la noche en que la Mano Roja nos apresó. Cuando le pregunté por qué lo había hecho, rompió a llorar y me dijo que alguien le había llevado hasta la iglesia y le había animado a que le revelara tu nombre a ese páter.

—¿Dennan? —pregunta Matilde, dándose la vuelta—. ¿Es cierto lo que dice?

—No fue como te lo está contando —responde Dennan con un suspiro.

Sus pensamientos están hechos trizas, se niegan a cobrar sentido.

—Me dijiste que Tenny había escapado de tus aposentos. ¿Lo llevaste ante la Mano Roja?

—Lo llevé a la iglesia para que se confesara ante uno de los páteres. No tenía ni idea de que se trataba del fanático que había atacado a tu amiga. —Su voz adquiere un tono cargado de súplica desesperada—. Creía que el páter acudiría al Pontífice para relatarle lo ocurrido. Puede que sea el líder de la Iglesia, pero también es un político; sabía que no emprendería ninguna acción precipitada antes de que me diera tiempo a advertirte. Jamás se me ocurrió que podría invadir la propiedad de tu familia.

La traición es un animal que ruge en su interior, que se abre paso a zarpazos a través de la conmoción.

—Pero… Dennan, ¿por qué?

—Porque necesitabas un aliciente, Matilde —responde Dennan, alzando las manos—. Aun cuando atacaron a las Nocturnas, seguías sin estar lista para apartarte del sistema. Creía que lo verías si te liberaba. Lo único que quería era que fueras libre.

¿Libre? En todo caso, se siente aún más atrapada que antes. Durante todo este tiempo lo único que ha hecho Dennan ha sido fingir que le daba opciones. Sin embargo, la ha estado guiando por una senda que ella ha seguido a ciegas. Dennan ha estado jugando por su cuenta.

—Sé que he cometido errores, pero no podemos obsesionarnos con el pasado —le dice Dennan, tomándola de la mano—. Tenemos que seguir adelante. Estamos juntos en esto. Tú y yo vamos a alterar el mundo para que sea como nosotros queramos.

La abuela se coloca entre ambos.

—Si eres nuestro aliado, dime, ¿dónde está el resto de nuestra familia?

—No lo sé —responde—. Aún no lo sé. Pero, en cuanto pueda, les ordenaré a mis hombres que vayan a buscarla. Pronto serán libres. Os lo prometo.

Son palabras bienintencionadas, palabras bonitas, pero ahora todas sus promesas suenan huecas.

—¿Y cómo se supone que voy a fiarme de ti?

El instante, cargado y tenso, se alarga, pero entonces Dennan se apoya en una rodilla y aprieta una de las manos de Matilde entre las suyas.

—Estamos a punto de conseguirlo —le dice—. Hemos llegado hasta aquí juntos. ¿Quieres salir a la luz conmigo?

Parece que la está dejando decidir, pero ¿lo hace de verdad? Porque la verdad es que tiene razón: ya ha llegado hasta aquí. Su antigua vida ya no existe, su secreto ha salido a la luz.

Finalmente Matilde asiente.

—Me gustaría hablar un momento a solas con mi abuela antes de que nos vayamos —le dice.

—Desde luego —responde él tras un instante—. Esperaré fuera.

Y dicho esto, abandona la sala y cierra la puerta con cuidado a sus espaldas.

—Cielo. —La abuela sostiene el rostro de Matilde con ambas manos, con la mirada cargada de ternura—. ¿Qué es lo que vas a hacer?

No lo tiene claro. Solo sabe que no puede volver atrás; solo puede seguir adelante. Matilde no quiere huir de lo que sea que vaya a ocurrir a continuación.

Respira hondo, sin dejar de temblar.

—Voy a convertir a Simta en un lugar seguro para nosotras.

Parece más un deseo que una certeza. Lo único que puede hacer es confiar en que tendrá la fuerza necesaria para lograrlo.

Alguien lo llamó de entre las olas,
con una voz clara y un rostro hermoso.
Fue tras el sonido
del ser al que más quería.
Ella le dedicó una mirada amable,
con el viento meciéndole el pelo,
y le cantó: «Bésame
antes de que lleguemos a puerto».

LA BALADA DE LA ROCA BALLENA.

30

ROMPER CADENAS

Willan curva los labios y su sonrisa es tal y como la recordaba Æsa, que toma aire con un estremecimiento.

—¿Qué haces aquí? —le pregunta—. ¿Cómo nos has encontrado?

—Me han echado una mano —responde, señalando hacia la puerta con la cabeza.

Otro vigilante más bajito entra en la celda con los pasos ligeros de un gato. Algo se agita en el pecho de Æsa, un ansia que le resulta familiar.

—Me cago en los gatos —exclama una de las chicas—. Fenlin, ¿eres tú?

Fen se quita la caperuza de vigilante y se alisa el pelo rojo como el fuego.

—En carne y hueso.

El latido que siente Æsa en su interior es un ser con vida propia, que palpita entre ambas. Æsa abraza a Fen. La chica se tensa, pero no se aparta.

—No me creo que estés aquí —le dice Æsa, abrazándola con fuerza—. Pero ¿cómo lo…?

—Te lo explico luego —responde Fen, apartándose—. Vamos un poco justas de tiempo.

Willan asiente.

—Será mejor que nos vayamos. No sé a vosotras, pero a mí este sitio me pone los pelos de punta.

Tras ellos, Jacinta suelta un gemido.

—Las cadenas —le dice Æsa.

—Yo me encargo —responde Layla, que se arremanga.

—Estás cansada —le dice Fen con un suspiro—. Déjame a mí.

Tiene algo distinto en la expresión. Æsa cree que no es porque no esté masticando almáciga. Æsa piensa que puede que Fen emplee su magia para manipular el metal, pero, en cambio, usa un juego de ganzúas. En un instante, uno de los grilletes de Jacinta se abre con un *clic*. Willan la sostiene mientras Fen se encarga del otro. Jacinta cae sobre los brazos de Willan, apenas es capaz de mantenerse en pie. El alivio invade a Æsa, pero no dice nada. Nadie habla.

Fen se saca un tarro de la chaqueta que le ha robado a uno de los vigilantes.

—Levantad la barbilla —les dice a todas mientras extrae un gel oscuro del interior.

—¿Qué es? —pregunta una de las chicas, arrugando la nariz.

—Lo ha preparado Alec. Dice que sirve para amortiguar el ruido que hagamos.

Fen se lo extiende a todas por el cuello. Huele a fruta podrida y a agua estancada, pero Æsa tiene preocupaciones más acuciantes. La respiración superficial de Jacinta, por ejemplo, o que las descubran.

Fen encierra al vigilante en la celda antes de marcharse. Æsa se queda mirándolo; sigue inconsciente sobre el montón de paja. A partir de ahora el chico la odiará. A ella y a las chicas que son como ella. Solo de pensarlo siente remordimientos.

—No os separéis —les ordena entonces Fen—. Que nadie se entretenga.

—Pero ¿y los guardias? —pregunta Æsa con el ceño fruncido—. Seguro que encontraremos a alguno.

Fen la atraviesa con la mirada.

—Confía en mí. Nos hemos encargado de ellos.

Caminan en silencio a través de las sombras. Las chicas permanecen cerca de Æsa y Willan carga con Jacinta por delante. Æsa aún no puede creerse que esté aquí. Fen las conduce por el camino por el que vinieron, con el puñal desenfundado y pasos sigilosos. No se encuentran con ningún vigilante mientras descienden por unas escaleras estrechas y llegan a otro pasillo tan oscuro como el de la planta superior. Fen abre las celdas junto a las que pasan, para asombro de las formas encogidas que hay encerradas en su interior. Algunas salen tambaleándose, sin dejar de parpadear.

—¿Crees que es buena idea? —le susurra Willan.

—Cuantos más prisioneros liberemos, más divididos estarán los vigilantes y los guardias de la cárcel. —Fen tensa la mandíbula—. Además, nadie, ya sea ladrón o mendigo, merece pasar aquí sus días.

—Tienes razón —asiente Willan.

El grupo se detiene frente a una puerta cerrada. Fen la abre y todas la siguen por lo que parecen ser los barracones. Las habitaciones están llenas de literas, de las perchas cuelgan uniformes de vigilantes y hay varias botas puestas en hilera junto a las puertas. Pero ¿dónde están los vigilantes? Es imposible que estén todos en el baile de la Noche Menor o patrullando las calles.

Pasado un rato, se detienen frente a una puerta con un cartel en el que pone PROVISIONES. Fen saca un trozo de tela y se lo coloca alrededor de la boca.

—Quedaos aquí, y no respiréis muy hondo.

Fen abre la puerta y se apresura a través de lo que parecen pilas de ropa sucia. No... son cuerpos. Vigilantes. Tienen la cabeza apoyada sobre los brazos, encima de una larga mesa de madera; algunos están tumbados de espaldas en el suelo. Varios salukis yacen a su lado, con las patas extendidas, como si se hubieran quedado congelados mientras corrían.

—Willan —le susurra—. ¿Están…?

—No —le responde—. Fíjate en el pecho.

Les sube y les baja, como si estuvieran durmiendo. No parece que ninguno de ellos vaya a despertarse.

Fen arrastra un cuerpo tirándole del cuello de la camisa a través de este desastre. De vuelta en el pasillo, con la puerta bien cerrada, sacude al chico.

—Me puse a pensar: «¿Cuál es el mejor método para noquear a tantos vigilantes como sea posible?» —dice Fen—. Teniendo en cuenta que era la Noche Menor, sabía que tendrían ganas de juerga y que pasarían de las precauciones habituales con el aliciente adecuado. De modo que alguien les regaló una caja de *whisky* illish de buena calidad y contrató a Rankin para que tocara un par de canciones.

Ay, dioses, es Rankin. Tiene el rostro tan ceniciento. Fen le unta una pasta sobre la nariz y le da una bofetada suave. Respira una vez, dos, y luego empieza a toser y a escupir mientras se aferra a su trompeta. Æsa siente el alivio de Fen como si fuera suyo.

—Rankin, ¿ha ido todo como lo planeamos?

—Sí, jefa. —Le sonríe y le muestra el hueco entre los dientes—. La resina que había en la campana de la trompeta funcionó de maravilla. Estaba en mitad de la canción cuando se desmayaron. Alec es un brujo.

—Sí que lo es, sí —responde Fen—. ¿Puedes caminar?

—Pues claro.

—Estupendo. Tenemos que darnos prisa. No creo que se queden así mucho más tiempo.

Corren por varios túneles y se detienen ante varias esquinas cuando no ven lo que hay más adelante. Æsa tiene las manos frías y cubiertas de sudor y la respiración acelerada. Cada vez que llegan a una puerta cerrada piensa que ya está, que es el fin, pero Fen las abre al momento con sus ganzúas. Finalmente salen a un pequeño patio amurallado bajo el cielo nocturno y una luna que tiñe las piedras de un azul plateado.

—¿Y ahora qué hacemos? —susurra Layla.

—La abro —responde Fen, señalando la inmensa puerta de madera y metal que está en el otro extremo—. Y nos largamos.

—Que nadie se olvide de los de ahí arriba —les dice Rankin.

Æsa sigue su dedo con la mirada y se encuentra a varios guardias de la prisión a unos seis metros de altura, recorriendo el perímetro de uno de los muros exteriores. Llevan los abrigos del uniforme de la prisión, no el de los vigilantes, pero eso da igual. Æsa tiene muy claro que no dudarán a la hora de abrir fuego.

—El pringue de Alec nos ayudará a ahogar el sonido de nuestros pasos, pero no nos ocultará —les susurra Fen—. Pegaos al muro.

Fen va en cabeza. Una a una, van deslizándose con la espalda adosada al muro de piedra. Æsa oye los pasos de los guardias por las pasarelas, los oye comprobar sus ballestas. Contiene el aliento hasta que no puede más.

Fen llega a la puerta, e inclina la cabeza como si estuviera escuchando algo. Pero también se oye otro sonido; alguien está cantando por encima de ellas.

—Ay, mi hermosa doncella, ardo por conocer tu reino… —Æsa mira hacia arriba y ve las puntas de unas botas en el borde de la pasarela—. ¿Por qué no me dejas trepar tu torre y explorar tus cavernas…?

Mientras canta, algo cae sobre ellas y fluye a su alrededor. Belle se aparta de la pared con cara de asco. Si el guardia mira hacia abajo, las verá. No tienen dónde ocultarse, no tienen a dónde huir.

De repente la canción se ve interrumpida por un timbre grave. El guardia suelta una palabrota y luego oyen el sonido de sus pasos mientras se aleja. Se oyen más botas que se dirigen al interior de la prisión. Creen que el causante de que la alarma esté sonando sigue en el interior del edificio, intentando escapar.

Las chicas corren hacia Fen. Varias gotas de sudor le surcan la cara, parece agotada, pero ha abierto la puerta. Salen a la calle, doblan la esquina y se encuentran un carruaje esperándolas. Rankin sube de un brinco al pescante. El carruaje es negro y malva, y cuatro caballos negros tiran de él.

—Es el carruaje de Leta —dice Æsa—. ¿Cómo es posible que lo tengas?

—Sube y ahora te lo explico —le dice Fen mientras ayuda a Willan a subir a Jacinta.

Entran a toda prisa, y el carruaje se llena de alientos acuciantes y el olor a algas maxilar. Son tantas que algunas de las chicas tienen que sentarse en el suelo. Fen da varios golpes al techo y los caballos empiezan a moverse. Las cortinas están echadas, pero Jacinta se ha apoyado contra la pequeña abertura que hay entre ambas y toma aire como si quisiera limpiarse los pulmones del lugar en el que han estado.

Æsa es la primera en hablar.

—Por favor, explícamelo.

Fen sonríe, pero lo hace con un deje de fragilidad.

—Dicen por ahí que el Pontífice ha encerrado a varias chicas mágicas para interrogarlas. Sabía que tú eras una de ella. Imaginamos que la Noche Menor era el mejor momento para sacarte de allí porque el Pontífice estaría en el palacio, al igual que gran parte de los vigilantes.

—Pero ¿cómo sabías dónde estaríamos?

—Un guardia de la prisión me debía un favor —interviene Willan en ese momento—. Le dije que me dibujara varias «X» en un mapa de la cárcel, que no me hiciera preguntas, y que me dijera los horarios del cambio de guardia de los vigilantes.

—¿Y vosotros de qué os conocéis? —pregunta Æsa, mirándolos a ambos.

—Cuando volví a Simta hace unos días fui a buscarte —responde Willan—, pero me encontré la casa de los Dinatris a oscuras. Acudí a Madam Cuervo, dispuesto a llegar a un acuerdo a cambio de respuestas. En cambio, fue ella la que quiso hacer un trato. Me dijo que si ayudaba a rescatarte, pagaría mis multas y retiraría el embargo de la embarcación de mi padre.

Æsa recuerda lo que Willan le dijo hace tantas noches en su cuarto, que Leta se había asegurado de que su lealtad perteneciera a las Nocturnas. Ha regresado a por su barco, no a por ella.

—Creyó que tenía que chantajearme —le dice Willan en illish—, pero habría ido a buscarte de todos modos.

La intensidad de sus ojos del color del mar ilumina la oscuridad.

—Bueno, ¿y ahora qué?

—Os voy a sacar de la ciudad en barco —responde Willan con una sonrisa.

—El trato era que retiraríamos el embargo del barco si su tripulación y él accedían a ayudar a un grupo de chicas a pasar los controles portuarios —interviene Fen.

—¿Has avisado a las demás? —pregunta Jacinta con la voz desgastada.

Fen asiente.

—Hice correr la voz por los canales del Subsuelo y dije que cualquier chica que quisiera salir de Simta tenía que reunirse con nosotros en un muelle en concreto. Ya deberían estar en la bodega del barco.

—Pero ¿y Matilde? —pregunta Æsa con el pulso disparado—. ¿Y dónde está Sayer?

—La suzerana tiene a Matilde —responde Fen, a la que se le ha tensado la mandíbula.

—¿Qué? —pregunta Æsa, mareada.

—Sayer ha ido al palacio para rescatarla. Deberían estar en el puerto cuando lleguemos.

—¿Y si aún no han llegado?

—Entonces tendréis que partir sin ellas —responde Jacinta, sin aliento—. No...

Una explosión de sonido alcanza el carruaje. Los cristales se rompen y salen despedidos hacia todas partes. Æsa siente dolor en la mejilla cuando algo la golpea y le fragmenta la visión. Cuando se recompone, ve una flecha clavada en el asiento, a tan solo unos centímetros de donde tenía la cabeza Willan, envuelta en llamas y humo. Willan apaga el fuego mientras el carruaje dobla una curva demasiado rápido. Æsa no consigue que le respondan los brazos.

—Maldita sea —ruge Fen—. ¿Quién ha sido? ¿Los guardias de la cárcel? ¿Los vigilantes?

El rostro de Layla se cubre de líneas sombrías cuando asoma la cabeza por la ventana.

—No. Mucho peor.

En cada generación nacen cuatro Fyre vinculadas
por el corazón. Una vez que se unen, el vínculo
no puede romperse. Juntas son más fuertes, sacuden al mundo entero.

—Fragmento de Historias Secretas de Canton.

31

ℐNCANDESCENCIA

Sayer, aún invisible, se pega contra una de las paredes del salón de baile cuando Dennan Hain sale de detrás de un telón y se adueña del escenario con forma de medialuna. La multitud estalla en murmullos de sorpresa: no lo esperaban a él. ¿Qué significa que ocupe el lugar de Epinine?

—Buenas noches y feliz Noche Menor. La suzerana Epinine y yo nos alegramos de que hayan venido.

El Príncipe Bastardo está en el centro del escenario, donde los candelabros brillan con más intensidad, frente a unas sillas que rodean el borde exterior. Quienes se sientan en ellas van enmascarados, pero Sayer sabe quiénes son: los que están apiñados a la izquierda son los delegados de las naciones extranjeras, que siempre navegan a Simta para celebrar la Noche Menor. Los que están a la derecha son los representantes de la Mesa: cinco nobles de las grandes casas y el Pontífice. Todos dirigen el rostro hacia Dennan Hain, pero Sayer no aparta la mirada del telón. No ve a Matilde, pero sabe que está ahí detrás; la siente. La tiene justo ahí y no tiene modo de llegar a ella.

Uno de los miembros de la Mesa le dice algo a Dennan, pero ella está demasiado lejos como para enterarse. Sayer emplea una de las habilidades en las que estuvo trabajando durante el tiempo que pasó en el Subsuelo y crea un túnel de aire entre ella y el escenario para amplificar sus voces.

—¿Dónde está la suzerana? —exige saber el Pontífice, con su sotana morada que se traga toda la luz—. No me han informado de ningún cambio en el programa.

—Está indispuesta —responde Dennan—. Les envía sus más sinceras disculpas. Yo estoy aquí como su representante.

Con las máscaras, Sayer no puede verle la expresión a nadie, pero nota la tensión en el ambiente.

—No tiene ninguna autoridad —responde el Pontífice—. No es un miembro de la Mesa.

—Pero soy un Vesten —responde Dennan, con un brillo en la mirada—. Y Epinine puede compartir su puesto conmigo si así lo desea.

Los miembros de la Mesa comienzan a susurrar y a hacer preguntas. La multitud se agita, inquieta.

Dennan da un paso hacia delante y alza la voz para que le oiga toda la sala.

—Nos hemos reunido aquí para celebrar la noche más corta del año. Ha llegado el momento de desterrar las sombras que, en mi opinión, hemos dejado que reinen en Simta durante demasiado tiempo.

Los susurros se han desvanecido; los ha reemplazado un silencio sepulcral. Dennan tiene a todo el mundo cautivado.

—Las sombras han protegido a los corruptos y les han permitido crecer y prosperar. Han ayudado a esconder los actos violentos de una secta de renegados que se hace llamar En Caska Dae. Se han alimentado de la oscuridad de nuestra república y se han dedicado a extender mentiras y odio, y a atacar a una de las familias más importantes de la ciudad. Todo en nombre de la Santa Iglesia.

El Pontífice se levanta con las manos extendidas.

—Actuaron sin la autorización de la Iglesia, pero hay que decir que llevaron a cabo las obra de los dioses. —Señala con el dedo a los otros miembros de la Mesa—. ¿Osáis hablar de oscuridad? La Iglesia ha hecho todo lo posible para mantenernos a todos alejados de la tentación, pero las grandes casas han estado ocultando a chicas con magia desde hace mucho tiempo.

Los delegados extranjeros se aproximan y empiezan a susurrar entre ellos. Hay murmullos entre el público; la confusión, la rabia y el miedo se entrelazan en sus voces.

—Estoy cansado de rumores —responde Dennan—. Dejemos que quien ha ocasionado tantas historias hable por sí misma.

Matilde aparece por una rendija del telón. Algo se agita en el interior de Sayer y hace que el pecho se le inunde de calor. Matilde lleva un vestido dorado que casi parece arder bajo la luz de las velas, el pelo corto perfectamente arreglado; es la elegancia personificada. Aun así, Sayer percibe confusión en ella, dudas... incluso miedo.

El Pontífice parece enfurecido.

—¿Qué hace la bruja en su poder?

—¿Qué clase de juego es este? —pregunta uno de los nobles de las casas, tan bajito que Sayer tiene que esforzarse para oírlo—. No puede exhibirla cuando le venga en gana. Devuélvanosla.

—Estoy aquí por voluntad propia, gracias —responde Matilde, con expresión sombría—; además, no os pertenezco. A nadie.

—Matilde se encuentra bajo la protección de los Vesten —explica Dennan, apoyándole una mano en la espalda—. Alguien debía ponerla a salvo después de la persecución a la que la han sometido. Por lo visto, las casas no han estado a la altura de la tarea.

Matilde da un paso adelante y alza la voz hacia la multitud.

—La Iglesia afirma que hace años acabó con todas las chicas que poseían magia. No es verdad; yo soy la prueba.

Al fondo del salón de baile, los salukis sollozan. La concurrencia se agita y susurra. La sala recuerda a una tormenta a punto de desatarse.

—Tengo magia en mi interior, y fue un regalo del Manantial. Las chicas como yo no nos merecemos que nos persigan. Nadie debería menospreciar el poder que poseo.

Sayer no ve con claridad las caras de los delegados extranjeros, pero su interés es palpable. No apartan la mirada de Matilde.

—Ninguna mujer debería poseer lo sagrado —responde el Pontífice, con las mejillas enrojecidas—. Es blasfemia. Lo corrompéis.

Sayer siente la ira de Matilde brotando.

—Lo que pasa es que le da envida que el poder sea mío y no suyo.

¿Qué está haciendo Matilde? No debería estar ahí. Debería estar con Sayer, huyendo lejos de aquí.

—Matilde Dinatris nos ha enseñado a mi hermana y a mí una lección muy importante —dice Dennan—. La magia corre por las profundidades de las aguas de Eudea, es una de nuestras mayores fortalezas. Prohibirla es lo que la corrompe. Quizás haya llegado el momento de que tomemos otro camino.

Dennan mira a Matilde como si le estuviera cediendo el escenario.

Sayer siente el vínculo que las une tensarse.

Las velas de todo el salón de baile parpadean. Las llamas palpitan, se estiran, lo bañan todo con su luz. De repente, un resplandor feroz cubre a Matilde. Las llamas se extienden tras ella, como si dos enredaderas de fuego hubieran cobrado vida tras sus hombros. No... son alas. Su luz agitada alcanza los candelabros, incandescentes, y hace que el cristal desprenda un brillo cegador. Algunos miembros del público se hacen la señal de Eshamein en la frente, claramente asustados. Otros se limitan a observarla, asombrados.

—¡Bruja! —La voz del Pontífice es un rugido—. ¿Cómo te atreves a alardear de lo que le robaste al Manantial?

—No robé nada —responde Matilde, con una voz tan fiera como las llamas—. Nací con ella, y estoy cansada de que hombres como usted prediquen que he pecado.

Sayer no puede dejar de mirarle las alas. No puede dejar de mirar a Matilde, que se ha alzado ante los ojos de toda esta gente y de las ballestas de los vigilantes. Sayer no sabe si animarla o chillar.

—Vigilantes —grita el Pontífice—. Arrestadla.

Varios se lanzan a por ella, pero unos cuantos guardias de los Vesten salen de los bordes del escenario para detenerlos. Sayer se pregunta si estará a punto de desatarse una pelea cuando, de repente, una chica, una doncella, entra a trompicones en el escenario mientras se agarra las faldas.

—¡La suzerana ha muerto! —exclama.

Las alas de fuego de Matilde se apagan y la multitud deja escapar un grito ahogado colectivo.

—¿Qué has dicho? —pregunta el Pontífice.

—Está muerta. —A la doncella le tiembla la mandíbula—. Se… se ha quitado la vida.

Dennan pone cara de conmoción, pero Sayer siente los nervios de Matilde. No está sorprendida. Por los diez infiernos, ¿Epinine Vesten ha muerto?

La doncella extiende un rollo de papel.

—Ha dejado una nota.

Transcurre un instante, dos, mientras los miembros de la Mesa la leen. La habitación guarda tanto silencio que Sayer no tiene que esforzarse por oír a los hombres del escenario.

El delegado de las casas habla en voz baja y comedida.

—Dice que su última voluntad es que su hermano la suceda como suzerano.

Dennan se lleva una mano al pecho.

—Si la Mesa así lo quiere, estoy listo para servir.

Los guardias de palacio que rodean a Dennan se arrodillan ante él y se llevan los puños al pecho. En otras partes de la sala, más guardias imitan el gesto, aunque otros se limitan a fruncir el ceño.

—No... —dice el Pontífice, con la voz ahogada—. Hay un proceso para escoger al suzerano. Mañana se celebrará una votación.

—Desde luego —asiente Dennan—, y estoy seguro de que los miembros de la Mesa le concederán su voto al que consideren mejor candidato para el puesto.

El modo en que lo dice hace que a Sayer le dé la impresión de que está amenazando a los otros nobles, o quizás esté recordándoles un antiguo pacto. ¿Cuánto tiempo habrá estado planeando todo esto? Varios asienten en su dirección, como si estuvieran de acuerdo con sus palabras. El Pontífice debe de estar notando el cambio en el ambiente.

—El bastardo y la bruja quieren arrasar Eudea —grita. Parece fuera de sí—. Desafían abiertamente a los dioses. Arrestadlos.

Varios vigilantes alzan las ballestas y parecen dispuestos a emplearlas. Sin embargo, los guardias de palacio se interponen en su camino. Se oye un grito, un altercado. Una ballesta se dispara y la gente echa a correr. Alguien empuja a Sayer, pero está tan pendiente de lo que ocurre que no se fija en la chica a la que acaba de rozar.

Un destello púrpura atrae la atención de Sayer hacia el escenario: es el Pontífice. Tiene la mirada cargada de locura mientras se saca algo de la sotana.

Sayer saborea electricidad en la lengua.

No quiere que toda esta gente resplandeciente la vea. No quiere que la atrapen y que la encierren. Pero Matilde peleó por ella en una ocasión; e hizo mucho más. Ahora Sayer quiere luchar por ella.

Levanta las manos y la invisibilidad se desvanece. Alguien cercano se da la vuelta y grita. Sayer tira del aire y le pide que se junte. El salón de baile se estremece y estalla el rugido de un trueno que parece venir de todas partes. El viento envuelve la sala y apaga casi todas las velas. Matilde se da la vuelta al fin y sus miradas se encuentran. La magia de Sayer da un brinco ante la de Matilde, como un eco y una respuesta, y la llena de certeza y fuerza.

Su señora madre le dijo en una ocasión que las Nocturnas eran como hermanas, pero Sayer no la creyó. No obstante, ahora siente el vínculo que las une. Es una unión más profunda que cualquier otro tipo de vínculo que haya conocido hasta ahora, forjado no solo con magia, sino también con secretos susurrados a oscuras, sacrificios, risas y sangre.

El Pontífice se abalanza hacia Matilde con los dientes apretados y el acero desenfundado.

La voz de Sayer, más tormenta que chica, retumba por todas partes.

—Déjala en paz.

Alza las manos y las mueve por instinto cuando la magia la atraviesa. El viento que ha conjurado aúlla y ahoga los gritos de la gente. El Pontífice sale volando por los aires, atrapado en un torbellino. Grita, patalea, pero Sayer no lo suelta.

La gente la señala. Tiene que largarse, huir, pero ya es demasiado tarde. No puede hacer nada que no sea quedarse y luchar, y que pase lo que tenga que pasar.

Una nube de oscuridad comienza a formarse en uno de los laterales del salón de baile. Su viento se desvanece cuando un orbe oscuro atraviesa el aire y se rompe, con lo que derrama una oscuridad que parece una nube de tinta.

Otra estalla sobre el escenario. Matilde extiende la mano para buscar a Sayer antes de que la oscuridad se la trague entera.

Por los diez infiernos, Alecand. Debe de tratarse de su Manto Nocturno. Sayer le dijo que se mantuviera apartado.

El salón de baile se sume en el caos. Los invitados gritan, se desperdigan a empujones en busca de una salida. La multitud tira a Sayer hacia una nube de Manto Nocturno. Intenta levantarse, pero varias botas le pisan el vestido y están a punto de aplastarle los dedos. Apenas se ve las manos sobre el suelo.

Tiene que encontrar a Matilde, y rápido. Pero ¿dónde está el escenario? Avanza a gatas, le da un codazo en la pierna a alguien y al fin llega al borde de la nube. Se pone en pie e intenta ubicarse. De repente un par de brazos la agarran y la arrastran de vuelta hacia la nube. Sayer pelea, pero la sujetan con fuerza, le hacen daño. Hace todo lo que puede por respirar. De repente le untan algo bajo la nariz, algo cuyo olor le resulta familiar. El miedo y un malestar grasiento le provocan arcadas.

Su captor la arroja al suelo y Sayer se queda sin aliento. Intenta respirar cuando alguien le clava una rodilla en la espalda, alguien que huele a humo de clavo y a una colonia empalagosa. El miedo se apodera de ella.

—¿Qué se siente cuando eres tú la que tiene que arrodillarse? —pregunta Wyllo Regnis con un siseo.

ORQUÍDEAS EXTRAÑAS

NOMBRE

Morbus gordiala

DESCRIPCIÓN

Esta orquídea es una de las más raras de toda Eudea. Hay quien dice que su existencia es un mito. La mayoría de las orquídeas de los pantanos florecen durante ciertas fases lunares, pero esta tiene su propio ciclo caprichoso. Parece que solo desenvuelve los pétalos pálidos entre brumas densas, pero nadie entiende por qué. La gente de Callistan la llama Fantasma en la Niebla.

—Una entrada de
Flora y fauna de Eudea.

32

Salvaje y Verde

Æsa intenta sujetarse, pero se le nubla la vista. El carruaje choca contra un muro y se escucha un chirrido cuando roza la piedra.

—¡Agáchate! —le dice Willan, que la agarra—. Aún nos están disparando.

—¿Quiénes son? —le chilla.

—Los En Caska Dae —responde Fen, y luego suelta una palabrota.

Otra flecha incendiaria atraviesa el techo. Una de las chicas la apaga antes de que las llamas se extiendan. Æsa se pega a la ventana y, cuando mira hacia atrás, ve un destello gris a lomos de un caballo; y detrás vienen más.

—¿Cómo han podido enterarse? —grita Æsa—. ¿Cómo nos han encontrando?

Fen está rebuscando algo entre las chicas.

—Deben haber estado vigilando la cárcel, o puede que tuvieran un topo infiltrado. No lo sé.

Los edificios se convierten en un borrón de ventanas iluminadas en medio de la oscuridad. Las calles están a rebosar de gente. Muchas personas llevan máscaras, pero Æsa ve el terror que sienten cuando el carruaje casi los atropella. También oye sus gritos cuando pasan por su lado a toda velocidad.

—¡Vamos a matar a alguien! —le dice a Willan, agarrándolo del brazo.

—No si nos matan a nosotros primero —responde Fen, y saca una bolsa de debajo de uno de los asientos—. Que es justo lo que pretenden.

La chica saca una esferita de cristal de la bolsa, cuyo contenido humeante se agita como nubes inquietas. Se parece a la que empleó Rankin en el jardín de los Dinatris. Fen la arroja por la ventana y estalla contra uno de los caballos de los Caska en un remolino de humo. Varias formas extrañas —con colmillos, garras, alas y guadañas— se enroscan a su alrededor y trepan hasta que le cubren los ojos al jinete.

El caballo se encabrita cuando el chico comienza a gritar y a arañar el aire.

—Por los diez infiernos —jadea Jacinta—. ¿Qué es eso?

—Alec los llama Asustones —responde Fen—. El polvo te hace ver pesadillas.

—¿Tienes más? —pregunta Layla con una sonrisa.

Fen saca unas cuantas esferas de la bolsa y se las tiende. Las arrojan por la ventana y los Caska pelean contra monstruos imaginarios, pero no dejan de llegar más, y van pisándoles los talones por calles cada vez más estrechas.

Cuando se quedan sin esferas, Fen le da la vuelta a la bolsa y suelta algo sobre los regazos de las chicas. Son máscaras.

—No podemos permitir que nos sigan hasta el puerto —les dice Fen—. Tenemos que darles esquinazo, y, si no podemos hacerlo con el carruaje, tendremos que separarnos e ir a pie.

Fen sujeta una máscara en alto: es brillante, como las que llevaba la gente en la calle. La de Æsa es de un pegaso, la de Willan es de un fénix, la de Jacinta es un dragón y la de Fen es un zorro.

—Con esto podremos camuflarnos —les explica Fen—. No podrán encontrar unas cuantas gotas de agua en mitad del mar.

Se coloca la máscara. El carruaje da varios tumbos. Æsa se agarra a Willan cuando se llevan por delante un puesto del mercadillo y lanzan por los aires varias tazas de cerámica y una tina llena de un líquido de olor dulzón.

Jacinta se agarra al asiento, blanca como la tiza.

—Pero ¿cómo vamos a…?

Algo se estrella contra el lateral del carruaje. Willan rodea a Æsa con los brazos mientras viran con brusquedad, en lo que parece ser un círculo completo, hasta que se detienen de golpe.

Durante un instante, nada se mueve. A Æsa le zumban los oídos. Alguien abre la puerta más cercana de par en par.

—¡Salid, rápido! —les grita Rankin—. ¡El carruaje está en llamas!

Salen tambaleándose al suelo de adoquines. Æsa se levanta, sujetándose la máscara con firmeza, y busca un lugar por el que echar a correr. Lo único que ve son muros altos. A izquierda y derecha solo hay paredes y ventanas. Sus perseguidores las han atrapado en un patio. Solo hay una salida, y los Caska la están bloqueando con las ballestas en alto.

Todas se agachan tras el carruaje humeante mientras llueven las flechas. Uno de los caballos relincha: Rankin ha sacado una navaja y está cortando las bridas. Un caballo se libera y echa a correr con los ojos abiertos de par en par, aterrados. Los transeúntes que se han visto atrapados en medio de toda esta locura se pegan contra las paredes. Una chica de su edad abraza con fuerza a un niño pequeño con una máscara de fénix. Parece tan asustada como lo está Æsa.

Se oyen unas ruedas sobre los adoquines y luego un chirrido cuando se abre la puerta de otro carruaje. La lluvia de flechas cesa. Æsa se atreve a echar un vistazo por las ventanas rotas del carruaje y ve a dos figuras en las que se apoya una tercera. Cuando esta última se gira, a Æsa se le dispara el pulso.

Ay, dioses. La Mano Roja.

Aun desde tan lejos, ve las quemaduras que le ha provocado el dragón de Alec. Le han destrozado la cara, es como si se le hubiera derretido, pero lo que más miedo le da a Æsa es el fuego que arde en la mirada de ese hombre.

—Creíais que podríais huir, ¿eh? —les grita—. Pero Marren no va a permitíroslo. Vais a pagar por vuestros pecados, por haber actuado contra su voluntad.

Se acerca cojeando con la ayuda de dos chicos que mecen unos incensarios, trazando formas intimidantes en el aire. Æsa aún no lo siente, pero el matabrujas no tardará en alcanzarlas. Tiene que hacer algo antes de que le arrebaten la magia.

—Rendíos —ruge la Mano—, y quizá muestre piedad.

—¿Piedad? —gruñe Fen, lo bastante alto como para que la oiga—. ¿Desde cuándo sabes lo que es la piedad?

Un silencio tenso en el que solo se oye el crujir de las llamas que empiezan a cubrir el carruaje.

—Ay, Ana —se ríe la Mano—. Sabes que lo único que quería era salvarte de ti misma.

Æsa siente las emociones de Fen agitándose como los espantosos Asustones: asco y rabia, desafío y miedo. La chica saca algo del bolsillo y lo arroja por encima del carruaje. Cuando se rompe, la oscuridad se extiende sobre los adoquines y se traga a los Caska. Debe de ser Manto Nocturno. Les ha permitido ganar algo de tiempo, pero no mucho.

—¡Vamos, corred! —exclama una de las chicas.

Willan asiente.

—A lo mejor podemos rodearlos antes de que la oscuridad se desvanezca.

Pero Æsa tiene la mirada fija en Fen, que se ha arrodillado junto al muro más cercano. Respira con dificultad cuando apoya las manos en los adoquines y ejerce fuerza como si quisiera contener una herida. Cuando alza la mirada, su ojo enloquecido la mira desde detrás de la máscara.

Æsa, ayúdame.

No lo dice en alto, pero Æsa la oye.

Æsa corre, coloca sus manos sobre las de Fen y convoca su magia. La tierra se entrelaza con el océano y ambos se agitan, se abalanzan. A Fen le tiemblan los dedos bajo los suyos.

—No pasa nada. —Æsa no sabe cómo es posible que sepa qué es lo que Fen necesita oír. Puede que sea lo que ambas necesitan creer—. Puedes soltarlo.

Fen hunde la mano en el suelo y todo su cuerpo se echa a temblar. Un rugido le brota de la garganta y algo sale disparado de entre sus manos: una enredadera, que crece tan rápido que a Æsa le duelen los ojos al verla. Las raíces se deslizan, rompen las piedras y quiebran el suelo a su alrededor. A la enredadera le crecen ramas que se extienden sobre el muro y se aferran a él con sus dedos fibrosos. Los zarcillos atraviesan las ventanas y se enroscan alrededor de las tuberías, sumidas en un frenesí. Lo cubren todo de flores de color verde oscuro con forma de estrella.

—¡Subid! —les grita Fen—. Venga, vamos.

Algunas de las chicas comienzan a trepar por la enredadera, apoyándose en los bucles enredados y en las espirales. Cuando Layla se resbala, un zarcillo sale disparado hacia ella para que no se caiga. Tras dedicarle una mirada rápida a Fen, Rankin empieza a trepar. Una flecha le roza la cabeza con un silbido, pero la enredadera la aparta de un golpe. Es como si Fen le hubiera transmitido a la planta el deseo de proteger al grupo.

Jacinta deja escapar un grito cuando una rama se le enreda en la cintura y la alza hacia el techo del edificio. Æsa lo mira todo demasiado impresionada como para moverse.

—Venga —le dice Willan, extendiendo la mano hacia ella—. Daos prisa.

La enredadera ha llegado hasta lo alto del edificio y sigue creciendo sin parar. Ve a sus amigas subiendo por ella, trepando hasta el tejado. En el suelo, el Manto Nocturno comienza a desvanecerse.

—Venga —le dice a Fen—. Subamos juntas.

—No hay tiempo —jadea Fen—. Si no te subo yo, no lo conseguirás.

Æsa le agarra la manga a Fen.

—No pienso dejarte atrás.

Varias emociones cruzan el ojo de Fen, y entonces desaparecen. Algo agarra a Æsa de la cintura. Es una enredadera, que la sujeta con firmeza. Æsa intenta desembarazarse de ella, pero no la suelta.

—Ve al barco —le dice Fen con un gruñido—. Salid de Simta. Y si alguien intenta deteneros, luchad.

Æsa sale volando por los aires, por encima del Manto Nocturno y el carruaje. El viento se lleva el nombre de Fen cuando la llama.

Juntos, como las sombras.

EL JURAMENTO DE LAS ESTRELLAS OSCURAS.

33

COMO LAS SOMBRAS

Sayer pelea, pero Wyllo la ha sorprendido. Algo le rodea las muñecas y se aprieta en torno a ellas.

—¿Qué estás haciendo? —le pregunta Sayer con un grito ahogado.

Le pican los ojos por el Manto Nocturno.

—Te dije que me las pagarías —le responde Wyllo— y por fin ha llegado el día.

Wyllo la saca a rastras del caos que se ha formado en el salón de baile, a través de varias nubes de oscuridad hasta que llegan a un pasillo abarrotado. Cada vez que alguien pasa por su lado, Wyllo se escabulle por puertas laterales. Sayer, aturdida, intenta pelear, pero él tira de ella a toda prisa y su magia está bloqueada, enterrada en su interior. ¿Cómo se ha enterado Wyllo Regnis de la existencia del matabrujas? ¿Cómo lo ha conseguido? El corazón le grita demasiado fuerte como para pensar.

—Lo que hiciste en el Club del Mentiroso ya fue horrible —la reprende con un siseo—, pero ahora vas y cometes un acto de blasfemia ante toda Simta. No debería sorprenderme. Tu señora madre también era una imprudente. Imaginaba que habrías aprendido algo de sus errores.

La rabia centellea, pero el miedo que siente brilla con más fuerza. Sayer intenta mantenerse firme, encontrar el modo de liberarse, pero el matabrujas le está alterando los sentidos. Es como si fuera incapaz de respirar algo que no fuera su hedor.

—Debería llevarte a la iglesia de Augustain y ponerle fin a esto —le dice con un gruñido—, pero no me fío de que no vayas a soltar mentiras sobre tu linaje para intentar mancillar mi nombre.

—Entonces, ¿qué? —pregunta Sayer, saboreando la sangre en los labios—. ¿Vas a matarme?

—Lo prefiero a que alguien descubra que tengo una hija bruja.

Es la primera vez que lo oye emplear esa palabra: «hija». Hace que la bilis le trepe por la garganta.

Llegan a un pasillo abarrotado. Sayer da patadas e intenta gritar, pero Wyllo tira con fuerza de la cuerda que le ata las muñecas y le retuerce el hombro.

—O a lo mejor debería esconderte en mi casa de campo —le dice—. En vez de atormentarme, puede que me resultes útil de una vez por todas.

Sayer preferiría irse a las profundidades antes que entregarle su magia.

Grita hacia los vínculos que la unen con las otras chicas, aun cuando el matabrujas los ha ahogado. Les transmite todos los sentimientos que ha mantenido ocultos, enterrados en secreto en lo más hondo de ella. La necesidad de tener una familia tras la muerte de su señora madre. La sorpresa y la gratitud que sintió al encontrar hermanas en medio de la oscuridad, al hallar un vínculo donde antes no había nada.

Intenta alcanzar a Fen y le grita:

Te necesito.

Wyllo la arrastra hasta un patio que parece un cementerio de carruajes antiguos. Las estrellas del firmamento no son más que fuegos lejanos y fríos. En una ocasión Leta le dijo que Sayer era una estrella a la que había que pedirle deseos. Su señora madre siempre pedía que este hombre volviera a ella. Sayer aprendió de ella que lo único que se consigue necesitando a los demás es la ruina propia, de modo que se juró forjarse un futuro distinto. Hubo un tiempo en el que creía que sería más fuerte sola.

Cuando su padre la obliga a bajar varios escalones de piedra, le pide un deseo a la oscuridad.

Por favor, que mis amigas me oigan.

Pero las apartó a todas. Se ha quedado sola.

De repente, la presión en torno a las muñecas se alivia. Sayer tropieza cuando su padre brama algo. Sorprendida, intenta comprender lo que está viendo. Las cajas chirrían cuando los clavos salen de la madera, las herramientas se levantan del suelo y los radios se liberan de sus ruedas. El metal se vuelve líquido y fluye como mil estrellas fugaces, formando líneas largas. Su señor padre levanta las manos, pero no puede hacer nada cuando el metal le envuelve el cuerpo, se endurece y lo atrapa en su interior.

Tanto él como la trampa de metal caen y chocan con un estruendo contra el suelo de piedra.

—¡Sácame de aquí, demonio! —grita con la voz cargada de pánico.

Sayer se libera de las ataduras de las muñecas y se limpia el matabrujas de la cara.

—No, gracias. Me gustas más cuando estás encerrado.

Se acerca a él y se inclina sobre el hombre al que ha temido, despreciado y ansiado tener. Su señor padre de sangre, pero nunca de nombre.

—Voy a encargarme de ti, Wyllo Regnis —le susurra—. No esta noche, pero algún día.

Se saca la moneda del bolsillo, la misma que él le arrojó desde el carruaje hace tantos años, y se la coloca en la boca, como se hace con los muertos.

Wyllo grita algo, aun medio ahogándose con la moneda en la boca, pero Sayer se da la vuelta. Se acabó, por ahora.

Algo en el patio tira de ella y se envuelve en torno a su corazón.

Un vigilante sale de entre las sombras de un carruaje roto. Sayer se tensa por instinto, pero luego ve más allá del uniforme destrozado y manchado y encuentra una melena en llamas.

Sayer se acerca a Fen con pasos inseguros. La chica ha perdido el parche y el ojo verde brilla en la oscuridad. Tiene la camisa y el cuello manchados de sangre.

—Estás herida —exclama Sayer.

—Estoy bien. —Fen intenta sonreír—. Seguramente sobreviviré.

Sayer tomar la mano de Fen y la sujeta con fuerza.

—¿Cómo me has encontrado?

—Eso no importa. Juntas, como las sombras. —Pega la frente a la de Sayer—. Siempre te encontraré. Eres mi sombra, Tig, y yo soy la tuya.

Sayer inspira hondo y se permite sentir la verdad de sus palabras.

—Fen, te…

A Fen se le ponen los ojos en blanco y se desploma sobre el suelo de adoquines.

El viento se doblega, las olas escuchan.
Los campos se postran y los perros se apresuran
para responder a la sheldar cuando llama.

———

Los osos se alzan y las flores se mecen,
con un escudo en la mano, la oscuridad a raya mantienen
para ayudar a la sheldar cuando llama.

FRAGMENTO DE UN POEMA ILLISH:
«LA SHELDAR CUANDO LLAMA».

34

EL VALOR DE UNA SHELDAR

Æsa se encuentra en la proa del barco de Willan, desde donde ve el mascarón: una mujer con la melena desordenada y los brazos echados hacia atrás, protegiendo la nave. Æsa se pregunta si ella tendrá la fuerza para hacer lo mismo.

Willan está al timón, haciéndole gestos con la mano a la tripulación, que va de un lado a otro. Cuando da la orden, izan las velas verde oscuro del barco y las atan. No paran, pero trabajan en silencio. No pueden hacer demasiado ruido.

Los hombres de Willan —que antes eran de su padre— se han encargado de las patrullas cercanas, pero eso no quiere decir que estén a salvo, que no puedan descubrirlos. No cabe duda de que las campanas de la alarma de la cárcel de Maxilar siguen sonando y que hay ojos buscándolas por todas partes. Están en un embarcadero con forma de medialuna, el que está más alejado del puerto, donde la Marina simtana guarda todas las naves confiscadas. Las aguas de la laguna Susurrante están calmadas; demasiado incluso. Al menos se ha puesto el sol y el cielo se ha oscurecido.

Los barcos se extienden hacia la izquierda y ocupan todo el puerto hasta el extremo más lejano, donde se halla una torre de vigilancia. Hay otra en la punta más cercana de ellos, y dos más en cada uno de los extremos del Borde Simtano, la franja de tierra que protege el puerto de las grandes olas. Seguro que en las cuatro hay miembros de la Marina con catalejos. Pero este es un barco pirata, diseñado para ser sigiloso y actuar en secreto.

Varias chicas del Subsuelo se han escondido bajo la cubierta. Æsa ha intentado que Jacinta bajara con ellas, pero se ha negado. Verla así, herida y cubierta de sangre, hace que a Æsa le duela el pecho. Pero lo que más le duele es que las otras chicas hayan desaparecido. El pánico se apodera de ella y hace que se sienta abandonada. ¿Qué habrá pasado con Fen después de que Æsa la dejara en aquel patio? ¿Dónde estarán Matilde y Sayer? ¿Por qué no están aquí?

Jacinta se apoya en la barandilla, a su lado. El agua choca contra el casco del barco cuando bajan los remos; hay tan poco viento que tendrán que salir remando.

Æsa traga saliva a través del nudo que se le ha formado en la garganta.

—Tenemos que esperarlas.

—Si nos atrapan estamos muertas —responde Jacinta—. Y lo sabes. Tus chicas saben cuidar de sí mismas.

«Tus chicas». Matilde, Sayer y Fen están ahí fuera, y quizás estén metidas en un lío, pero con cada segundo que pasan aquí es más probable que vuelvan a encerrarlas en Maxilar. Siendo sincera, Æsa quiere abandonar Simta. Pero, entonces, ¿por qué se siente tan mal?

Un llama cobra vida en el horizonte. No: proviene de una de las torres de vigilancia del Borde. Pocos instantes después, la torre opuesta, la que se encuentra en la ciudad, también se enciende. Luego ocurre lo mismo con las demás. El tañido furioso de las campanas empieza a sonar.

—Tripulación —grita Willan—, ¡zarpamos!

El tiempo se estira de un modo extraño cuando se alejan del embarcadero. Los remeros jadean y hablan entre susurros, demasiado bajo y demasiado alto a la vez. Se deslizan sobre las olas, se alejan cada vez más, pero se mueven demasiado despacio. Æsa se aferra a la barandilla con el corazón en la garganta.

Transcurren varios minutos. Las campanadas le desgastan la compostura. De pronto, uno de los miembros de la tripulación pega un grito.

—¿Qué es eso? —pregunta Æsa, observando hacia la oscuridad con los ojos entrecerrados.

—Un barco de la Marina —responde Jacinta, con los ojos abiertos como platos.

Æsa ve el resplandor de sus luces y el contorno del casco. Se alza imponente en el agua, entre las dos torres, como un gigante sobre las olas.

—Tenemos que dar la vuelta —dice Jacinta—. No podremos pasar por su lado.

Pero Willan ya está gritando órdenes e intenta virar el barco hacia el extremo más alejado del Borde. Allí también hay un barco. Es más pequeño, pero sigue siendo un barco de la Marina. A Æsa le parece atisbar varias figuras corriendo sobre la cubierta. Entonces algo vuela hacia ellos, algo que arde con intensidad contra la oscuridad y que golpea las olas que rodean el barco. Æsa escucha el siseo y lo ve sumergirse bajo el casco.

—¡Flechas incendiarias! —grita Willan—. Y eso ha sido un disparo de advertencia.

¿La Marina les está disparando?

—¿Por qué lo han hecho? —le pregunta Æsa a Jacinta—. No pueden saber quiénes somos.

Jacinta mantiene la mirada fija en el barco.

—Deben haberse enterado de la fuga de la prisión.

La tripulación del barco de la Marina más cercano se encuentra en la barandilla, lista para disparar con lo que parecen ser unas ballestas enormes. Willan vira el barco a izquierda y derecha para que les resulte más difícil apuntar, pero los dos extremos del puerto están bloqueados por buques de guerra. ¿Cómo van a escapar?

Otra saeta de fuego vuela hacia ellos. Æsa siente el calor en las mejillas, demasiado cerca.

—Æsa, van a hundir el barco —le dice Jacinta, agarrándola de la mano.

Æsa traga saliva.

—Willan sabe lo que hace.

—Pero él no puede hacer lo que haces tú.

—¿Y qué crees que puedo hacer?

—¿Tu elemento es el agua, no? Y eres una Fyre.

Pero esta no es el agua que contiene una fuente o una única ola que se abalanza sobre ella. Esto es el océano, y Matilde, Sayer y Fen no están con ella. Las otras chicas son mucho más fuertes que ella.

—Hay demasiada —le susurra—. No puedo hacerlo.

Jacinta le dedica una mirada inquebrantable.

—Pero puedes intentarlo, por mí y por todas las chicas de este barco.

Echa la mirada hacia atrás y ve a Willan al timón, con expresión seria y cargada de determinación. Ve a las chicas que salen a cubierta desde el interior del barco. Fen le dijo que luchara, y Æsa no piensa ser un blanco fácil. Levanta las manos, cierra los ojos y libera su poder. Deja que la magia le envuelva los huesos; no se resiste a ella, le da la bienvenida hasta que se desborda en forma de olas de luz líquida.

Aun así, una parte de ella —la parte que se entregó a la Mano Roja y al Pontífice— se encoge de miedo. Es la misma parte que aún teme que corra veneno por sus venas.

Su abuelo siempre le decía que había una sheldar cantando en su interior. «Solo tienes que escuchar su canción y tener el valor de responder a su llamada». Quizás el valor sea algo que escoges, como la amistad. Es escoger tener fe en la voz de tu interior.

El agua susurra su nombre. No la siente como si fuera un barco, sino como lo hacen los peces: rodeándola por completo, a la espera de que le hable. ¿Qué es lo que dirá?

Otra saeta de fuego viene directa hacia la nave. Las olas se agitan y forman espuma alrededor del casco. Æsa convoca una ola larga y esbelta a partir de la espuma. No... es una cabeza inmensa y brillante. Cuando se gira, sus dientes acuosos brillan bajo el resplandor de la luna y bloquean la flecha en el aire.

Alguien grita, pero el mar es inmenso y no tiene fondo. No puede darse la vuelta, o perderá el control.

Æsa le ordena a la serpiente de agua que proteja el barco, que detenga las flechas incendiarias. Æsa es la serpiente, ve el mundo a través de sus ojos acuosos y siente que el fuego de las flechas se le deshace sobre la lengua. Pero no basta; una embarcación de la Marina se acerca hacia ellos.

La serpiente se sumerge en el agua y se dirige hacia el navío. Cada vez que entra y sale del agua se vuelve más grande, más fiera. A través de sus ojos, Æsa ve a los marineros señalándola y gritando, aterrorizados. La serpiente se va a estrellar contra su barco y va a ahogarlos a todos.

No. No quiere matar a nadie, pero no puede controlarla. Es la magia la que la controla a ella. Pero al mismo tiempo siente a las chicas tras ella, que la vuelven consciente de su cuerpo, y también siente la mano de Willan sobre la columna vertebral, manteniéndola amarrada.

Æsa inspira hondo y se sumerge en su interior, en el mar de su alma, en la parte más sincera de sí misma, y pide tener el valor de proteger y salvar, no el de destruir.

Un gruñido se le escapa cuando la serpiente se hunde bajo el barco de la Marina. Se produce un instante de calma tensa, y luego la criatura se eleva como una ola poderosa y ruidosa. El pecho de Æsa se agita cuando le ordena a la serpiente que se levante, que sostenga el barco y que intente que no vuelque. Si puede alzarlo lo bastante...

—Lo estás logrando —le dice Willan—. Sigue, Æsa.

Le ordena a la serpiente que continúe alzándose, como una montaña que se mueve entre la oscuridad. Con cada una de sus respiraciones se acerca más a los acantilados del Borde. Pero, dioses, pesa tanto. Vacila. Jacinta le agarra la mano y le da un apretón.

La serpiente se agita, suelta espuma, pero Æsa le entrega todo lo que tiene. Le pide al mar, y también a sí misma, que le entregue lo que necesita.

El barco cae con un crujido sobre los acantilados, junto a la torre de vigilancia, que no deja de brillar. Se inclina como un ebrio contra las rocas, pero se mantiene en su sitio.

—Bien, Æsa —dice alguien—. Toma ya.

Alguien la agarra de la cintura cuando se cae, pero Æsa ya no está en su cuerpo. Está en su serpiente, nadando hacia las profundidades. Se zambulle y el agua le acaricia las escamas mientras se suavizan. Después se rompe y se hace una con las olas.

Las polillas de fuego se reúnen en grupos grandes porque se ven atraídas por el brillo de las demás. No parece ser un instinto de apareamiento, sino un deseo de comunicarse entre ellas. Siempre brillan con más fuerza cuando están juntas en medio de la oscuridad.

—ENCICLOPEDIA DE INSECTOS EUDEANOS.

35

LUCES EN LA OSCURIDAD

Matilde siente que tiran de ella a través de una nube de oscuridad punzante, a través de la cortina del fondo del escenario. Cuando se le aclara la visión, ve a un chico que lleva puesto el uniforme de los Vesten: ¿es un miembro de la guardia de Dennan? Pero entonces Matilde se fija en sus rizos.

—¿Alec? —Pues claro: el salón de baile se ha cubierto de Manto Nocturno. De repente, es como si se le hubiera subido el corazón a la garganta—. Por las oscuras profundidades, ¿qué…?

Alec la hace callar.

—¿Tú qué crees? Te estoy sacando de aquí.

Sus pensamientos parecen vino derramado; Matilde es incapaz de asirlos.

—Pero…

—Vamos, Tilde —responde él, agarrándola con fuerza del brazo.

La conduce a través de una puerta y bajan por una escalera sinuosa. Llegan a un pasillo desierto flanqueado por estanterías llenas de cazuelas y sartenes; deben de estar cerca de las cocinas. Matilde sabe que se trata de Alec, su amigo, que ha venido a rescatarla, pero está tan harta de que siempre la estén llevando de un lado a otro…

—Espera, Alec.

Pero él sigue tirando de ella.

—El barco no tardará en zarpar. No sé cuánto tiempo tene-mos. Necesitamos...

—Joder, Alec.

Matilde tira de él y se meten por una puerta abierta. La ha-bitación es estrecha y está llena de estanterías y cestas: es una despensa. Un farol de polillas de fuego brilla con fuerza sobre un taburete.

Matilde contempla a Alec con el pecho agitado y la mirada enloquecida. Luego le pasa los brazos por el cuello e inhala su aroma. Sigue oliendo a hierbas y a ortino, pero no es el mismo perfume que recordaba. Ahora tiene un toque amargo.

—No podemos pararnos —le dice Alec, pero él también la abraza—. Tenemos que llegar al barco, y rápido. La mayoría de las chicas del Subsuelo ya están en la bodega.

—¿De qué barco hablas? —Los pensamientos de Matilde no paran—. ¿A dónde vamos?

—Nos largamos de Simta para ponernos a salvo. Fen ha ido a Maxilar para liberar a Æsa y a Jacinta. Si ha ido todo bien, de-berían estar ya en el puerto.

Se le encoge el pecho. ¿Æsa estaba en Maxilar? Pero no tiene tiempo para lamentarse.

—Pero Sayer no está allí —responde—. Acabo de verla.

Recuerda a Sayer entre la multitud, levantando las manos para salvar a Matilde del Pontífice, mostrándole a toda Simta su poder.

—Nos reuniremos allí con ella —responde Alec—. Pero, Til-de, tenemos que irnos. Ya.

—Pero Epinine cerró el puerto. No lo lograrán.

—No nos queda más remedio que intentarlo.

Alec quiere que vuelvan a huir, como criminales. Quiere que se oculten entre las sombras... pero Matilde ya ha salido a la luz.

—No puedo —le dice—. No puedo marcharme de Simta.

—¿Qué? ¿Por qué?

—Porque mi familia está aquí y me necesita.

—Tu familia querría que te pusieras a salvo.

—¿Es que no lo entiendes? —le grita Matilde—. Alec, estoy cansada de huir.

Su voz altera a las polillas de fuego del farol, y las mejillas de Alec parpadean bajo su luz frenética.

—Si huyo, dará la impresión de que el Pontífice tiene razón cuando dice que somos peligrosas. Retorcerá todo lo que hemos hecho, pondrá a la gente en nuestra contra. Si huyo esta noche, me pasaré la vida escapando.

El rostro de Alec es una máscara de confusión.

—Pero ¿entonces? ¿Vas a quedarte aquí... con Dennan Hain?

Matilde se pone tiesa.

—No me quedo por él. Nada de esto tiene que ver con él.

Después de todo lo que ha pasado esta noche, Matilde no puede confiar en Dennan, pero quizá pueda dirigirlo, a él y a la Mesa, hacia donde más le convenga a ella.

¿Qué fue lo que dijo Dennan? «No podemos obsesionarnos con el pasado. Tenemos que seguir adelante». Ha llegado el momento de forjar el futuro que quiere para sí misma. Pero, para hacerlo, tiene que quedarse aquí, en el centro de todo. Tiene que ser un jugador más en este juego.

—Fuiste tú el que me dijo que quería que cambiaran las cosas. Tú... Krastan. —Intenta que no se le quiebre la voz al pronunciar su nombre—. Querías que mirara más allá de los muros de mi jardín. Bueno, pues eso hago, y ya no es un secreto que existen chicas que poseen magia. Alec, tengo la oportunidad de cambiar las normas para todas, de arreglar las cosas.

Alec extiende las manos.

—¿Lo estás haciendo porque quieres mejorar las cosas o porque quieres ser reina?

¿Cómo puede pasársele por la cabeza siquiera? Matilde quiere llorar contra su camisa y gritar y contarle todo lo que ha sucedido. Pero Alec tiene los ojos cansados, firmes, llenos de cosas que ella no está lista para ver.

Alec apoya las manos en las estanterías, a ambos lados, y Matilde respira su aroma a hierbas y humo.

—Tilde, Krastan se ha ido —le susurra—. La tienda ya no existe. Te necesito.

—Y yo necesito que te vayas antes de que alguien nos descubra aquí —responde ella, con voz gentil y acariciándole la cara.

Alec retrocede como si le hubiera pegado.

—¿De verdad vas a quedarte para convertirte en su Nocturna?

—No me quedo por eso. —¿Por qué no confía en ella?—. Alec...

—Krastan se estremecería si te viera convertida en la puta de los Vesten.

Sus palabras son una marca ardiente sobre la piel. Matilde le da la espalda.

—Pues piensa lo que quieras, pero vete. No necesito que me rescates.

Una parte de ella anhela que Alec sea capaz de ver a través de la máscara, que se acerque a ella.

—Ya, se me había olvidado —le responde—. Nunca lo necesitas.

Y luego se marcha. Todo se queda en silencio. Durante un buen rato, Matilde se limita a mirar las polillas de fuego, dentro de su jaula. Al final termina quitando el cierre y abriendo la puerta de cristal. Las polillas salen a toda prisa, pero parece que lo único que quieren es estar cerca de las demás, revoloteando en círculos. Una a una, se posan en su vestido dorado y lo hacen resplandecer. Le prestan sus luces en la oscuridad.

Déjame, dijo la Mujer de las Aguas.
No, respondió la Mujer de los Vientos.
No se puede cortar este vínculo que nos une.
Aunque seamos dos cuerpos,
nuestros corazones laten como uno solo.

—FRAGMENTO DE UN POEMA PERDIDO.

36

POLILLAS EN EL VIENTO

La vida de Matilde es mil capas de secretos. Algunos viven bajo su piel y los conjura cuando los necesita. Un destello en la palma de la mano, un par de alas llameantes. Otros están enterrados bien hondo: sus miedos, sus anhelos, sus inseguridades. Los oculta todos tras una máscara que no puede quitarse.

Recorre uno de los numerosos pasillos de la sección privada del Palacio Alado. Los guardias asienten a su paso. Los vigilantes y sus perros han desaparecido, y solo quedan los hombres que antiguamente eran los marineros de la tripulación de Dennan y otros cuantos que ha reclutado de la Marina. Todos parecen venerarla.

Las puertas del despacho del nuevo suzerano han quedado abiertas, pero Dennan no está ahí. Estará en alguna otra parte del palacio, planeando los próximos pasos. Han transcurrido tres días desde la Noche Menor, y Matilde cree que Dennan no ha dormido nada. Ella tampoco.

El día después del baile, durante la reunión de la Mesa, lo nombraron suzerano oficialmente. Matilde se sorprendió un poco de que tantas casas decidieran apoyarle, pero Dennan le confesó que tenía influencia sobre todas ellas. Además una de sus hijas —una Nocturna— está de su lado. Creyeron que era prudente hacer lo mismo. Por ahora. Nadie parece demasiado preocupado por la sospechosa muerte de la antigua suzerana.

«Si fuera un hombre no me harían estas jugarretas».

Aparta el recuerdo a un lado. Matilde se esfuerza en no pensar en Epinine cuando está despierta porque la mujer ya la atormenta en sueños demasiado a menudo.

Como era de esperar, no todas las casas están contentas con que Dennan sea el nuevo suzerano. El discurso que pronunció en el baile sobre querer abolir la Prohibición ha provocado un alboroto entre los más devotos. Hay otros que, en cambio, ven en Dennan la oportunidad de limitar el poder de la Iglesia. La Iglesia, evidentemente, lo ha condenado, aunque el Pontífice no estuvo en la reunión de la Mesa porque arrestaron a ese hombre insoportable por haber intentado asesinar a Matilde. Sin embargo, sabe que hay gente en Simta que apoya lo que hizo. Hay quienes han empezado a manifestarse a las puertas del palacio con carteles que van desde HONRAD EL MANANTIAL a MATAD A LA BRUJA.

La ciudad está escogiendo bandos y la tensión es cada vez mayor. Prácticamente se puede saborear la guerra en el ambiente.

Matilde entra en los cuartos que Dennan ha despejado para su familia. Su señora madre está frente al escritorio, escribiendo una carta, y Samson se ha tirado en un canapé y olisquea un plato que huele muy bien. Parece que desde que lo han liberado lo único que le apetece es comer.

—Tilde —le dice con la boca llena—. ¿Le has prendido fuego a alguien mientras estabas fuera?

—Para, Samson —le chista su señora madre.

—Hoy no —bromea Matilde—, pero puede que lo intente si me tocas las narices.

Samson pone los ojos en blanco. Se ha tomado la magia de su hermana y su nueva situación con más filosofía y elegancia de lo que Matilde se habría imaginado. Aún le sorprende y la alivia tener a su familia allí con ella. Dennan los encontró el día después del baile, en una casa en ruinas en el Distrito del Dragón, y los trajo a palacio. Su familia parece la misma de siempre, pero también distinta. Se les ve más cautelosos. O puede que sea cosa suya.

Dennan piensa que, por ahora, es más seguro que se queden aquí en vez de volver a casa. Ya han intentado prenderle fuego a la casa de los Dinatris, a modo de advertencia. Aunque ahora mismo apenas confíe en Dennan, está de acuerdo con él. Quiere mantener a su familia cerca.

Matilde se acerca al balcón cubierto, donde la abuela ha decidido pasar casi todo su tiempo. Guarda silencio desde que Matilde le relató todo lo que había ocurrido. Cuando se le quebró la voz al contarle lo de Krastan, unas lágrimas silenciosas se deslizaron por las mejillas de su abuela.

«Es culpa mía que ya no esté», le dijo Matilde.

«Cielo, Kras habría hecho cualquier cosa por salvarte. Te quería».

No se merecía lo que le ocurrió, y el hombre que lo asesinó aún sigue libre. Nadie es capaz de encontrar a la Mano Roja y a sus acólitos, pero Matilde tiene claro que no será la última vez que les cause problemas. Ese hombre es una de las muchas amenazas que va a tener que intentar contener.

Sale al balcón, que da a las Esquinas, y cuyo mirador está rodeado de unas alas de piedra en forma de arco con ventanas en su interior. El resplandor de la luna se extiende sobre el agua como un millón de lentejuelas. Simta parece hermosa, pero Matilde ve las sombras como jamás las había visto antes. Se pregunta cuántas chicas con magia se ocultarán aún entre ellas.

Al oírla acercarse, la abuela se da la vuelta con una sonrisa. El farol de polillas de fuego que ha dejado sobre el alféizar le tiñe el rostro de una luz cambiante.

—¿Sabes? —le dice, mirando a Matilde—. Creo que jamás te he visto en pantalones.

A Matilde se le escapa una risita.

—La culpa es de Sayer, que es una mala influencia.

Al pensar en Sayer se le encoge el corazón.

Matilde ha repasado muchas veces aquel instante que hubo entre ambas en el salón de baile, cuando Sayer extendió las manos, rodeada por el chasquido de los rayos, y se reveló ante toda aquella gente por Matilde. Al día siguiente, tras el caos, temió que algún vigilante la hubiera apresado, pero, a la noche siguiente, Matilde se encontró una nota en sus aposentos. «Espero que sepas lo que estás haciendo, Dinatris». Matilde está molesta por que se camuflara en las sombras y no se quedara a hablar con ella. Tienen que hacerlo, y pronto.

Se pregunta si Sayer y Fen estarán juntas. Sabe que Æsa escapó de la ciudad y dejó un buen recuerdo tras ella. Ahora la llaman la Bruja de las Olas, que posó un barco inmenso en lo alto de los acantilados del Borde, como una ballena varada. Se habla de ella por toda Simta y, sin lugar a dudas, en otras partes.

No es la única marca que han dejado las Nocturnas. Hay rastros de quemaduras en la calle Herster, en el Distrito del Pegaso, y también están las grietas del suelo del salón de baile del palacio que provocaron los rayos. Dicen por ahí que una enredadera inmensa se aferra a la pared de un patio del Distrito del Fénix. «Creció de repente —susurró una de las nuevas doncellas—, bajo las órdenes de alguien que llevaba una máscara de zorro». Hace siglos que no se ve una magia igual. «La antigua magia está despertando —se cuchichea por ahí—. Es un peligro». Si la gente supiera lo que son capaces de hacer cuando están las cuatro juntas…

Pero ese secreto murió con Epinine; bueno, en gran medida. Hay gente del Subsuelo que fue testigo de lo que eran capaces de hacer, y también están los dos Caska. A saber a quién le habrán contado lo que vieron. Al menos Dennan no lo sabe, y Matilde no piensa contárselo. Hay secretos que es mejor enterrarlos… al menos de momento.

Bien entrada la noche, Matilde yace en la cama y piensa en los murales que vio en el Subsuelo, en lo poderosas que parecían las Fyre de la antigüedad. ¿Cómo es posible que las derrotaran? Quiere descubrir todos sus secretos y sus historias.

Son tantas las cosas que ellas aún no saben sobre las Fyre.

Se alegra de que las otras chicas estén a salvo, pero echa de menos la sensación de estar juntas. El lugar en el que deberían hallarse sus vínculos se ha convertido en un anhelo vacío. Recuerda lo que sintió al tomarse de las manos, cuando se fortalecieron. ¿Qué más podrán hacer juntas? ¿En qué podrán convertirse?

—¿Estás segura de esto, Tilde? —le pregunta la abuela, haciéndola volver al presente.

—¿De qué?

—Del camino que has elegido.

Se refiere a haberse quedado en el palacio, a haberse aliado con Dennan Hain o, al menos, a fingirlo. Cada vez que está a su lado, recuerda las palabras rabiosas de Alec. «Krastan se estremecería si te viera convertida en la puta de los Vesten». Durante estos últimos días, Dennan ha intentado arreglar lo que se ha roto entre ellos; la ha hecho partícipe de muchas reuniones y la ha llamado su «consejera en asuntos mágicos». Parece sincero cuando dice que quiere que sea su compañera, pero Matilde no puede olvidar lo bien que se le da mentir a ese hombre. No puede fiarse de él, pero sí puede utilizarlo. De modo que se ha vuelto a poner una máscara.

—Convertirte en la imagen pública de las chicas con magia te ha transformado en un objetivo —prosigue la abuela—. Preferiría que te escondieras y estuvieras a salvo.

A veces, en sus momentos más bajos, Matilde anhela su antigua vida, con los chistes privados y las noches relucientes; pero Matilde ya no es una Nocturna. Esa vida ya no existe. Ha llegado el momento de forjarse una nueva. No solo para ella, sino también para Alec, los polluelos y toda la gente del Subsuelo. Si ella no es capaz de hallar el modo de mejorar las cosas, ¿quién lo hará?

—Las cosas están cambiando, abuela —le responde—. Ahora tenemos poderes que hace generaciones que no se ven. Cada vez hay más chicas con magia en su interior. Si juego bien mis cartas, puedo lograr que todas estemos a salvo.

—La gente teme al poder, sobre todo cuando lo posee una mujer —le dice la abuela con el ceño fruncido—. Estás jugando con fuego.

—Pero es mi elemento —responde Matilde, arqueando los labios.

Por muy confiada que suene, en realidad está plagada de dudas.

Contempla las Esquinas y desearía estar surcándolas con un bote. No ha abandonado el palacio desde que Epinine la encerró allí. Sin embargo, ya no es una prisionera: podría marcharse en cuanto quisiera. Ha decidido quedarse y, aun así, a veces se siente atrapada.

Pero incluso los pájaros enjaulados pueden decidir, ¿no? Pueden graznar, golpear los barrotes con las alas para intentar liberarse o fingir que los han domado hasta que alguien abre la puerta.

—Krastan creía que estaba destinada a hacer algo grande —le responde, conteniendo las lágrimas—. No quiero decepcionarlo.

—No lo harás —susurra la abuela—. Sería imposible.

Pero Krastan creía que Matilde era una Fyre. Ni siquiera ahora tiene muy claro si confía en él, pero la fe de Krastan es como una llama en su interior que brilla tanto que casi quema.

Sayer está bajo una farola de polillas de fuego en el Distrito del Jardín. Hace años estaba en este mismo sitio, esperando a ver si su señor padre la reconocía, pero ahora se rodea de sombras para asegurarse de que no lo haga.

Al otro lado del la calle distingue la aldaba de la puerta azul oscuro de la casa de los Regnis: una cabeza de lobo que sujeta una anilla con la boca. Desde donde está parece un monstruo. Confía en que sea un monstruo herido. Durante la Noche Menor tuvo que olvidarse de su señor padre para poner a salvo a Fen, que cayó inconsciente. Él debe haber estado allí tirado durante horas, puede que incluso durante toda la noche. Sayer no sabe qué historia le habrá podido contar a quienquiera que lo encontró, pero ahora ha vuelto a su cómoda mansión como si no la hubiera amenazado con matarla. En Simta siempre sufre la gente equivocada.

Se lleva una mano a la muñeca. Todavía le duele por culpa de la cuerda con la que la ató; solo de recordarlo se pone mala, pero no tanto como con el matabrujas. Sayer aún no sabe cómo es que Wyllo descubrió su existencia. ¿Es posible que lo haya obtenido gracias a la Mano Roja? No entiende por qué lo mantendría en secreto del resto de la Iglesia pero se lo entregaría a un magnate de una gran casa. Parece que la planta no es muy conocida en Simta, pero Sayer se pregunta cuánto faltará para que la situación cambie.

Invisible, se acerca a los escalones de la entrada y respira hondo: aquí no hay matabrujas. Pega la oreja a la puerta y se saca el juego de ganzúas del bolsillo. No tarda mucho en abrirla, y las bisagras, que están bien engrasadas, no hacen ningún ruido.

El vestíbulo es de techos altos, poliédrico, como una gema tallada, con espejos que cuelgan de cada una de las paredes pintadas de azul oscuro. El suelo de mosaico representa un lobo de caza, tras una bandada de criaturas aladas. No le impide adentrarse en la casa. Pasa de puntillas junto a jarrones llenos de flores y retratos familiares con marcos dorados. Quizás en una versión distinta de su vida, podría haber acabado en uno de esos retratos. Pero Sayer no tiene familia.

Al menos no una de sangre.

Pasa del salón a la sala de estar, con pasos ligeros y cuidadosos. Finalmente encuentra a su señor padre. Está sentado frente a un escritorio, en un despacho sin ventanas, inclinado sobre un libro de contabilidad. La habitación huele a humo de clavo y a pulidor de madera. En la pared, justo encima de él, cuelgan las astas de un animal.

Sayer se acerca hasta que llega a su lado. Una vez allí se asegura de que su invisibilidad siga funcionando. Qué satisfactorio resulta verle la herida de la mejilla, pero no basta, ni de lejos. Saca un puñal de la vaina.

Lleva días pensando en qué va a decirle justo antes de apuñalarlo, pero no deja de pensar en las palabras de otras personas, que suenan demasiado fuerte.

Su señora madre le dijo: «Estabas destinada para la belleza y la luz, no para la violencia».

Fen: «La venganza no arregla el pasado. Solo te ciega y te impide ver lo que de verdad importa».

Levanta el cuchillo. Un movimiento, y todo habrá acabado. Se lo ha buscado él solo. Está lista para librarse de él.

Le tiemblan las manos. *Por los diez infiernos. Hazlo, Sayer.*

Wyllo eleva una mirada cargada de rabia.

—¡Minna! —grita.

Sayer pega un bote. Al momento, su esposa aparece por la puerta. Parece más joven que en los óleos, más frágil.

—¿Sí, querido?

—Los libros de cuentas dicen que encargaste unos pantalones de jardinería para Jolena.

A Sayer le parece que hay un toque de miedo en la voz de Minna.

—Me pareció mejor a que se ensuciara los vestidos todos los días.

Un puño aterriza en la mesa con un crujido.

—Me niego a que mi hija juegue en la tierra como si fuera una golfilla. Debería pasar ese tiempo atendiendo a las lecciones que tanto dinero me cuestan.

—Ya se lo he dicho —responde Minna—, pero ya sabes cómo es nuestra hija. Ella tiene sus ideas.

—Me prometiste que tendríamos hijos, y lo único que me has dado son hijas con ideas.

Sayer quiere apuñalarlo justo en ese instante. Puede que a Minna ni siquiera le importe. En cambio, retrocede en silencio.

No es solo que no quiera apuñalar a Wyllo delante de esta mujer de huesos delicados. Es que Fen tiene razón: su señora madre no querría que lo hiciera. Además, ¿qué conseguiría con ello? Cuando se vengue de su padre, quiere que la vea llegar. Sayer quiere que sufra lentamente antes de mandarlo a las profundidades.

Da media vuelta y sale de la habitación. Pasa junto a Minna y camina de puntillas por los bordes de la casa. Es posible que no apuñale a Wyllo esta noche, pero está demasiado enfadada como para marcharse ya; y que la aspen si no va a robarle alguna de esas baratijas tan caras.

Sayer camina junto a una ventana abierta que da a un jardín amurallado. El olor de las plantas le recuerda a Fen, que durmió durante dos días enteros en casa de Leta. Sayer le limpió las heridas y se sentó a su lado mientras revivía en su mente lo que ocurrió aquella anoche. Fen conjuró el metal del patio e hizo que volara. Luego le susurró: «Tú eres mi sombra, Tig, y yo soy la tuya».

Pero esta mañana, cuando Sayer se ha despertado, Fen se había marchado sin despedirse siquiera, igual que hizo Sayer hace ya tantos meses. Imagina que se lo merece. Tienen que hablar, pero algo le ha impedido ir a buscarla. ¿Cómo va a hacerlo cuando no sabe qué es lo que quiere o lo que son? Lo único que tiene claro es que están unidas.

Destierra los pensamientos de su mente cuando sube por la gran escalera. Despacio, muy despacio, intentando no hacer ningún ruido. Cuando llega a lo alto, pasa junto a los dormitorios, en dirección al final del pasillo. Una voz dulce emerge de una puerta, cargada de frustración.

—Joder.

Sayer entra a hurtadillas, con curiosidad. El dormitorio es todo volantes y colores pastel, pero no hay nadie en él. Al otro lado de una ventana abierta, Sayer ve un destello de un camisón pálido. Hay una niña sentada en el tejado. Debe ser Jolena, la jardinera. Desde donde está, Sayer la ve de perfil. No debería sorprenderse de que la niña se pareciera un poco a ella, pero, aun así, lo hace. Puede que tenga trece años, y está limpia y reluciente. Hasta el lazo que lleva en el pelo indica una vida libre de preocupaciones. Sayer tuerce los labios y un sabor amargo le cubre la lengua.

Pero la niña tiene las manos sucias. Tiene medialunas oscuras bajo las uñas, y parece que sostiene un puñado de tierra. Lo mira como si esperara que fuera a ocurrir algo. Un hormigueo le recorre la piel a Sayer.

La niña hace un puchero y suelta otra palabrota. ¿Qué está haciendo?

Sayer sale por la ventana con cuidado y se acerca a ella. La niña vuelve a mirar la tierra, con el ceño fruncido. Canta una cancioncita en voz baja, y entonces suelta un grito ahogado cuando algo empieza a brotar de la tierra. Es una planta, que abre las hojas desiguales ante los ojos de Sayer y crece a toda prisa... Parece cosa de magia. Es que es magia.

Wyllo Regnis tiene dos hijas mágicas.

¡Gatos!, qué rabia le daría descubrirlo.

Debería marcharse, pero se sienta a la derecha de la niña, aún envuelta en sombras. Jolena se yergue y se queda muy quieta.

—¿Hola? —pregunta en un susurro.

Sayer contiene el aliento, sin saber qué hacer.

—¿Eres la Bruja de las Tormentas?

Sayer sonríe. Ha oído el nombre que le han puesto los rumores en Simta después de lo que hizo en el palacio. Aún no saben su auténtico nombre. Nadie lo sabe, salvo las personas en las que confía y el hombre espantoso del piso de abajo.

—Me parece que la gente lo dice como un insulto, pero a mí me gusta —prosigue la chica—. Es imponente.

—A mí también me lo parece —responde Sayer.

Jolena suelta un grito ahogado. Sayer no debería revelarle su rostro a esta chica, pero tras mirar hacia la ventana para asegurarse de que nadie las pueda ver desde la puerta, se vuelve visible. La sonrisa de la niña es inmensa, sin límites. Tiene las mejillas cubiertas de pecas, como un cielo repleto de estrellas.

—Sabía que eras tú. ¿De verdad desataste una tormenta en el interior del palacio? —pregunta, como si fuera lo más normal del mundo que una chica apareciera de la nada en lo alto de un tejado—. ¿De verdad levantaste al Pontífice por los aires?

Sayer asiente.

—Por los diez infiernos —suelta entonces la niña—. Ojalá lo hubiera visto.

Sayer observa la planta que Jolena ha hecho brotar.

—Por lo visto, tu también tienes un talento especial.

—Solo hace unas semanas que lo hice por primera vez —responde Jolena con el ceño fruncido—. Aún no entiendo muy bien cómo funciona, pero lo averiguaré.

El caso es que, cuanto más poder tenga la niña, más gente querrá arrebatárselo. Sayer lo sabe de sobra.

Matilde quiere cambiar el sistema desde dentro. Sayer lo entiende, pero la política siempre avanza despacio, mientras que los rumores y el miedo vuelan. La Iglesia no deja de hablar de dar caza a las chicas que poseen magia, sin importar lo que diga la Mesa al respecto. Hay gente buscando a chicas como esta niña, ya sea para aprovecharse de ellas o para someterlas, y no existen leyes que las protejan. En las calles, las chicas no tienen a nadie.

Jolena acaricia con el dedo la planta, en la que una flor blanca con el borde rojo ha abierto los pétalos.

—¿Has venido a enseñarme a usar mi magia? —le pregunta, mirándola desde abajo.

—He venido para decirte que debes de tener cuidado con dónde la practicas. Aquí fuera podrían verte.

Un destello cruza los ojos de Jolena, y Sayer ve parte de sí misma en ellos.

—Me da igual lo que diga la gente. No me avergüenzo.

A Sayer se le forma un nudo en el pecho que no estaba ahí antes.

—Ojalá pudiera volverme invisible. —A la chica se le ensombrece el rostro—. Mi señor padre no me deja hacer nada. Dice que tengo que comportarme como una dama, así que me paso la vida encerrada.

Encerrada en esta casa, con un hombre que ya ha intentado hacer daño a una hija que posee magia. ¿Qué haría si supiera que hay una viviendo bajo su techo? Es un miembro de su familia; la misma que decidió honrar. Pero Sayer no puede olvidarse de cuando la llevaba a rastras de las muñecas. «Prefiero matarte a que alguien descubra que tengo una hija bruja». ¿Cuántos padres habrá en Simta que piensen igual?

—Oye, ¿tu señor padre sabe lo que puedes hacer?

—No —responde Jolena—. No me gusta guardar secretos, pero mi madre me ha dicho que no se lo puedo decir jamás.

Sayer se pregunta cuántos polluelos quedarán en Simta. No pueden haber huido todas con Æsa a bordo de ese barco. ¿Cuántas chicas nuevas habrá que, al igual que Jolena, acaben de descubrir su magia y que no tengan un Subsuelo al que huir? ¿Quién cuidará de ellas a partir de ahora?

—No puedo enseñarte a camuflarte en las sombras —le dice, sacando el puñal—. Pero quizá pueda enseñarte otras cosas.

Sayer voltea el cuchillo en el aire y la hoja centellea. De repente se detiene y flota sobre su mano.

Jolena se queda boquiabierta.

—¿Me vas a enseñar a hacer flotar cosas?

—No —responde Sayer con una sonrisa—. Te voy a enseñar a pelear.

Al cabo de un rato se marcha de allí tras haberle entregado el puñal a Jolena y una nota que la niña le ha prometido que dejará en el escritorio de su señor padre.

Voy a estar vigilándote, Wyllo Regnis. Si me entero de que le has hecho daño a otra chica con magia, te mandaré a las profundidades.

Saludos cordiales,
La Bruja de las Tormentas

Sayer regresa hasta la farola de polillas de fuego, cuya parpadeante luz dorada le hace pensar en Matilde. Sayer no entiende qué es lo que intenta conseguir en ese palacio a base de cháchara y manipulaciones. Es evidente que cree que puede cambiar las cosas mostrándose ante todos.

Sayer entiende que las cosas tienen que cambiar. Puede que incluso crea que debería hacer algo para que cambiaran, pero no va a hacerlo a plena vista, con toda Simta pendiente de ella. Sayer va a convertirse en un puñal en la oscuridad.

Fen extiende las manos sobre la mesa. Quiere rascarse la costra que ha empezado a formársele en el hombro. En realidad quiere arrancársela, pero ha aprendido a no llamar la atención sobre lo que le duele. Sobre todo en esta mesa, en el desván de la Sala del Trono, frente al resto de los señores de los andarríos. Ya se siente demasiado expuesta para su gusto.

Se bebe su chupito de *whisky*. La verdad es que Fen no bebe, pero tiene muchos dolores que aliviar. Hace tres noches escapó por los pelos de Dorisall y sus compinches en aquel patio del Distrito del Fénix. Una flecha le atravesó el hombro, por lo que se vio obligada a trepar por la enredadera con una sola mano y el corazón acelerado mientras Dorisall la llamaba a gritos desde abajo por su nombre. Y Dorisall sigue libre, lamiéndose las heridas, reuniendo fuerzas. Tiene que contener un escalofrío. Fen debería haberlo matado hace muchos años. Sin embargo, cada vez que está cerca de él, vuelve a sentirse como una niña pequeña atrapada en el sótano. ¡Gatos ardientes!, es Fenlin Brae: ella no le tiene miedo a nada.

Lo cual es la mentira más gorda que ha logrado que la gente crea.

El jefe de los Cortes Rápidos da golpecitos en la mesa con los nudillos.

—Caballeros, empecemos. Tenemos mucho de qué hablar.

Los siete señores de las bandas de Simta están aquí, con sus galas habituales. Fen lleva su mejor chaleco naranja y un nuevo parche verde en el ojo. Sus hombres de confianza están sentados en sillas a la derecha. Olsa es de fiar: es leal y no hace muchas preguntas. Gwellyn, el segundo del viejo jefe del Kraken, la fulmina con la mirada desde el otro extremo de la mesa de madera barnizada. Que mire todo lo que quiera; Fen tiene problemas más graves de los que ocuparse. La ola arrasó su jardín del Subsuelo, y con él, todo el dinero que había invertido allí. Las Estrellas Oscuras andan un poco cortas de dinero, así que necesita encontrar el modo de arreglar la situación. No tiene tiempo para obsesionarse con Sayer, pero no puede dejar de pensar en ella ni en lo que pasó la otra noche fuera del palacio. El recuerdo palpita como una herida que se niega a cerrarse. «Siempre te encontraré. Eres mi sombra, Tig, y yo soy la tuya». Ya puestos, podría haberse arrancado el corazón y haberlo dejado sobre los adoquines. Esa noche permitió que se le escaparan muchos secretos.

El jefe de los Cortes Rápidos la saca de su ensimismamiento.

—Las cosas están cambiando en Simta, y lo están haciendo rápido. Así que nosotros también tenemos que hablar sobre qué vamos a hacer con estas chicas mágicas.

En realidad quiere discutir sobre cómo controlarlas y utilizarlas. Una sensación de asco se apodera del cuerpo de Fen, pero no puede notársele.

—No queremos desatar una guerra entre las bandas —farfulla el jefe de los Mares Profundos—. Debemos mostrarnos civilizados. No podemos arrebatarles las chicas a otras bandas, y tenemos que dejar muy claro cómo vamos a reclamarlas para nosotros.

—¿Y si hacemos lo de que quien la encuentra se la queda —interviene Gwellyn—, sin importar de que zona se trate?

Fen se asegura de mantener el tono de voz inexpresivo.

—Hablas de ellas como si fueran botellas de contrabando, Gwell, como si pudieras adueñarte de ellas y metértelas en el bolsillo. Estamos hablando de personas.

Gwellyn sonríe y les muestra a todos el hueco en el que debería llevar su corona azul.

—Entiendo que digas eso teniendo en cuenta con quien... te relacionas.

El vello de la nuca se le eriza a causa de la tensión. Se refiere a Sayer. Puede que Gwellyn no esté seguro de que tenga magia, pero lo sospecha. Ese comentario era para alterarla, y lo ha conseguido.

—Ya sabéis que no podéis arrebatarles la magia por la fuerza —comenta Fen—. Tienen que entregárosla por voluntad propia.

El jefe de los Aterradores se inclina hacia adelante.

—Dinos, Fenlin, ¿cómo lo sabes? ¿Tienes información que quieras compartir con el grupo?

Fen se encoge de hombros y entierra el pánico bien hondo.

—Es lo que se dice por ahí.

Busca la cajita de almáciga y se lleva un pellizco a la boca. No le queda mucha, y la mayor parte de su suministro esta sumergido bajo la ciudad. Otro problema del que tiene que encargarse. Sin embargo, si algo le ha enseñado la vida, es a sobrevivir.

«No pasa nada —le dijo Æsa esa noche antes que Fen la pusiera a salvo—. Puedes soltarlo».

Para ella es fácil decirlo. Nunca ha tenido que vivir en el Grifo. Si estos hombres supieran de lo que es capaz, emplearían la magia en su contra. Destrozarían la vida que se ha forjado, la banda a la que adora. Pero no lo saben y, por lo que a Fen respecta, así van a seguir las cosas.

—No estamos hablando de llevárnoslas por la fuerza —resuella el anciano jefe del Kraken—. Existen muchas razones por las que una chica con semejante poder querría la protección de las bandas. Estoy seguro de que la mayoría de ellas trabajarían gratis para nosotros.

Pero en Simta no hay nada gratis, y hay un millón de maneras de conseguir que alguien cumpla tu voluntad. Las bandas lo hacen todo el tiempo. De repente se imagina uno de los prostíbulos de los Cortes Rápidos llenos de chicas que venden sus besos y que le entregan todas sus ganancias a la banda. A Fen le hormiguea la piel. Tiene ganas de gritar, pero se obliga a recostarse, como si esto no fuera con ella. No puede permitirse el lujo de oponerse a los demás en este tema.

Pero tampoco puede obviarlo. Eso fue lo que hizo con la Mano Roja, y mira qué bien salió todo. Fen tiene parte de culpa por lo que ese hombre acabó siendo, y también de que el matabrujas se haya convertido en un problema más grave. Quién sabe cuánto tiempo logrará ocultarse de hombres como los que hay reunidos en esta mesa. Quién sabe cuánto tiempo podrá mantener a salvo sus secretos...

Fen piensa en todas las chicas del Grifo que se encuentran en la situación en la que estuvo ella: asustadas y poseedoras de un poder que las convierte en un objetivo. *Juntas, como las sombras.* Sin embargo, siente que tiene demasiadas sombras de las que ocuparse.

Æsa cierra los ojos y deja que el mar le salpique la cara. La proa del barco se mece con delicadeza sobre las olas. Los illish consideran al mar como un ser vivo, con sus diferentes estados de ánimo y sus propias opiniones; pero para Æsa está más vivo que nunca.

Se agarra a la barandilla del barco. Hay marineros trabajando a ambos lados, pero ninguno se acerca a ella. Desde que despertó de su hechizo, han mantenido las distancias. Agachan la cabeza y se dibujan la señal de respeto de los illish sobre la frente. Es como si de repente la vieran como un símbolo y no como una chica, pero lo entiende. Después de haberse entregado completamente a su magia, se siente apartada de todo cuanto la rodea. Sigue perteneciendo a este mundo pero, de algún modo, aún está bajo las olas.

El sol se escabulle hacia el horizonte, pero es difícil no pensar en lo que se viene. Han pasado varios días desde que se marcharon de Simta, y no deja de pensar en Matilde, Sayer y Fen. ¿Estarán bien? ¿Habrán logrado ayudarse unas a otras? Ha intentado buscarlas con los vínculos que las unen, pero estos guardan silencio. Quizá solo cobren vida cuando están cerca.

Jacinta y la mayoría de las otras chicas están abajo. Æsa las evita siempre que puede porque todas la miran como si supiera lo que les depara el futuro. Se pasa el tiempo en cubierta, escuchando a las gaviotas llamarse entre sí. Revolotean en el aire, despreocupadas y libres.

—Qué buen día para navegar.

Willan se pone a su lado. A diferencia de su tripulación, él no agacha la cabeza. La mira con esos ojos serenos y cálidos que recuerda de antes de que la dejara en Simta.

El chico se inclina hacia el viento; parece en casa sobre las aguas. También se le ve guapo, brillando bajo la puesta de sol.

—Deberíamos verlas dentro de una hora o así.

Se refiere a las Islas Illish. Æsa debería estar eufórica, pero ya no siente nada como pensaba que lo sentiría.

Willan la observa como si acabara de decir lo que piensa en alto.

—Siempre que vuelvo a Illan se me escapa una sonrisa —le dice—. Algunos de mis recuerdos más felices pertenecen a ese lugar. Pero también me entristece porque no es lo mismo sin mi padre. Me pregunto si, después de que te vas por primera vez de casa, puedes volver de verdad.

Æsa traga saliva con un nudo en la garganta.

—Durante muchísimo tiempo lo único que quería era volver a casa. Pero ahora… —Willan aguarda, expectante—. Supongo que me da miedo lo que mis padres puedan pensar de mí.

Pero sobre todo su padre. Æsa sabe que no puede desprenderse de su magia. Forma parte de ella, y no tiene por qué ser algo malo, como afirman el Pontífice y la Mano Roja. Pero ¿se sentirá decepcionado su padre por que su hija sea una sheldar? ¿La verá como algo a lo que tenerle miedo?

—Quién sabe —responde Willan—. Quizá te sorprendan.

Sus miradas se encuentran. ¿Cómo es posible que este chico la haga sentirse anclada y temblorosa al mismo tiempo?

—¿Qué harás cuando desembarquemos? —le pregunta Æsa, intentando mantener un tono de voz despreocupado—. ¿Irás a casa de tu padre durante un tiempo? ¿O zarparás de nuevo?

Willan la mira como si fuera el horizonte hacia el que navega.

—De ola en ola, navegamos juntos, Æsa.

Las palabras tienen el peso de un juramento, de una promesa solemne. La corriente que existe entre ellos parece cobrar más fuerza. Su madre solía contarle la historia de como conoció a su padre, su apselm, su amado. Sus miradas se encontraron mientras bailaban alrededor de una hoguera nocturna, y le dijo que prácticamente podía ver su futuro juntos entre las llamas. Su historia ya estaba escrita; solo tenía que decidir si iba a emprender el camino hacia ella.

Pero ¿se atreverá?

Æsa le da la mano y sus dedos se entrelazan. Le da tiempo a ver su sonrisa antes de que una visión llegue por sorpresa. En el futuro, Willan se acerca para besarla con pasión, con el sabor de la sal y el mar en los labios. Cuando se aparta de ella, ve sangre, sangre que brota de todas partes y le cubre la chaqueta. Willan la mira como si ella lo hubiera herido.

Æsa se sobresalta y vuelve al presente. Willan la observa con el entrecejo arrugado.

—¿Qué pasa, Æsa?

Ella parpadea con fuerza y aparta la mano.

—No quiero hacerte daño.

—¿Por qué te preocupas por eso?

Porque ya le ha hecho daño a otro chico; y ahora es una sheldar, o algo parecido. Es lo que las chicas de abajo necesitan que sea. Son vulnerables, algunas de ellas no tienen familia y se dirigen a una tierra que la mayoría no ha visto jamás. Es probable que la Marina de Simta vaya a buscarlas y, si ellos no lo hacen, otros lo harán. Si se queda con ella, Willan se convertirá en un objetivo. Quizá no pueda ser una sheldar y una apselm al mismo tiempo.

Intenta responder con tono indiferente.

—De todos modos, he decidido que se acabaron los besos. No entiendo por qué ibas a querer quedarte.

Æsa espera haberle hecho daño, pero Willan le dedica una sonrisita.

—Buen intento, kilventra, pero si quieres librarte de mí, vas a tener que esforzarte mucho más.

Y dicho esto, se aleja de vuelta al timón.

Al verlo siente algo extraño. Ya ha visto este momento en sus sueños. Fue una de las primeras visiones que tuvo en Simta: Willan estaba a bordo de un barco, alejándose del atardecer. Se pregunta si el futuro que vio para él se habrá hecho realidad. ¿Estará escrito en la arena, siempre cambiante, maleable, o estará destinado a ocurrir? ¿Qué diferencia suponen las decisiones que toma?

Tres figuras oscuras aparecen en el horizonte rodeadas de pájaros. Son las Tres Hermanas: los acantilados que les dan la bienvenida a los viajeros que llegan a Illan desde el sur. De repente el júbilo la inunda, pero también siente algo más.

Æsa recuerda el día en que Jacinta le leyó el futuro. «Tomarás un camino sinuoso —le dijo—, pero al final volverás a casa». Sin embargo, ahora Illan ya no es el único lugar en el que habita su corazón. Se dejó una parte atrás, en Simta, junto a tres chicas. Su futuro no está nada claro, pero no puede desprenderse de la sensación de que volverán a encontrarse, de que la están esperando en una costa ahora tan lejana.

CONTINUARÁ...

AGRADECIMIENTOS

He fantaseado a menudo con escribir mis primeros agradecimientos. Qué maravilla tener tanta gente a la que darle las gracias.

Todo mi cariño a mi agente, Josh Adams (y a su compañera, Tracey), por creer en mí y en esta historia. Josh, gracias por ser un puerto en calma en mitad de la tormenta. Te debo unas albóndigas de Ikea. Muchas gracias a los agentes internacionales que hicieron posible que este libro viajara por todas partes y encontrara nuevos hogares que me muero de ganas de visitar.

Le deseo un montón de confeti a todo el mundo de Penguin Teen y de Nancy Paulsen Books. Qué gran equipo para emprender esta aventura. Quiero darle las gracias especialmente a Stacey Barney, mi talentosa editora, por querer a mis chicas mágicas con tanta pasión y por ayudarme a convertir esta historia en su mejor versión posible. Le doy las gracias a las estrellas por teneros conmigo. Gracias a Jennifer Klonsky, una de las primeras personas que se entusiasmó con esta historia, y a Nancy Paulsen por su apoyo incesante; y también gracias a todos los que han volcado su sabiduría y su esfuerzo para crear y promocionar este libro, incluidos Caitlin Tutterow, que siempre está ahí cuando la necesito, Felicity Valence y su equipo de *marketing* digital, mi encantadora publicista Olivia Russo y todos los correctores y revisores que me han salvado más veces de las que puedo contar con los dedos: Laurel Robinson, Janet Rosenberg y Cindy

Howle. También quiero darle las gracias a toda la gente que ha trabajado entre bambalinas y a la que aún no conozco. Soy consciente del trabajo que habéis hecho y os lo agradezco con todo mi corazón.

Una ronda de cócteles mágicos para todas las personas tan talentosas que se encargaron de que este libro fuera tan bonito. Aykut Aydoğdu se ocupó de dibujar la maravillosa ilustración (aún no me creo que sea tan hermosa) y Jessica Jenkings, que diseñó la cubierta de mis sueños. Sveta Dorosheva transformó mi mundo inventado en los mejores mapas que existen, y Suki Boynton hizo que las páginas brillaran con tanta fuerza. Soy una autora muy afortunada.

A todos los bibliotecarios, libreros, profesores, blogueros, *bookfluencers* y a todas las personas a las que les gustan los libros y que han corrido la voz sobre mi novela y se morían por leerla: vuestro trabajo es increíble. Estoy eternamente agradecida. Gracias a Miranda, una de las primeras *fangirls* de este libro, cuyo entusiasmo me ayudó a seguir adelante, y también a Carly, cuyos ánimos y chistes adecuados para la época me hicieron reír cuando más lo necesitaba. Y, desde luego, gracias a todo el mundo que escuchó *Pub Dates,* el pódcast en el que hablé del proceso de publicación de la novela. Me encanta que hayáis podido acompañarme en este viaje tan mágico. Gracias a ti, que me lees, por darle una oportunidad a esta historia.

Gracias a todos los fans de *The Exploress.* Cuando empecé el programa estaba sola y lo único que tenía era un micrófono y muchas ganas de contar historias sobre las mujeres a mi manera, pero me habéis ayudado a convertirlo en algo mucho más grande. Vuestro entusiasmo contribuyó a dar forma a esta novela. Estoy agradecida a todas las mujeres del pasado en cuyos hombros me apoyo, y también a mis amigas de pódcasts sobre la historia de las mujeres, sobre todo a Beckett y a Susan, a Olivia y a Katie, a Gen y a Jenny, y a Katy y a Nathan (¡vamos, reinas!).

Todo mi amor y todos los brownies del mundo a mi compañera de críticas, Ryan Graudin. No cabe duda de que me has hecho mejor escritora. Gracias por no soltarme la mano en ningún momento de estos diez años. A Amie Kaufman: mi Yoda del mundo editorial, la voz de la razón, mi amiga hasta la muerte. Estaría perdida sin ti. Al equipo de House of Progress por ser maravilloso, y aquí quiero aprovechar para darles las gracias a Lili Wilkinson, la maga de los sistemas de magia, y a Ellie Marney, por sus críticas y su apoyo.

Tengo mucha suerte de tener una amiga tan increíble como Kaitlin Seifert, cuyo entusiasmo impidió que le prendiera fuego al manuscrito en más de una ocasión. Es probable que hayas leído esta historia más veces que yo, y no sería tan buena sin los mensajes hasta bien entrada la noche sobre magia y sentimiento. Gracias también a Layla Seifert, mi primera lectora adolescente, por darles a mis polluelos unos poderes tan geniales. Gracias a Cath Gablonski, por su gran pericia a la hora de trabajar en este libro y sus ánimos constantes.

Gracias a todos los amigos que me han animado a lo largo de los años: Eve y las Sparkle Girls, Lyndsey, Nadja, Lori, Tori, Claire, Misty, Bel, Loran, Anna, Smeds, Goldman... la lista no termina nunca, y estoy superagradecida. A mis amigos del Nest y a mis estudiantes del Charles E. Smith Jewish Day School: ni os imagináis lo muchísimo que me habéis inspirado. Un agradecimiento especial a Steven Reichel y a Alison Kraner, que me hicieron sentir que mis textos eran dignos de ellos.

He tenido la suerte de tener a unos profesores magníficos sin los que no creo que este libro hubiera podido existir. La señora Rapson, que colocó mi poema en su escritorio y me animó a que siguiera escribiendo. Aaron Sacks y Jeff Rosinski, que me transmitieron su pasión por la historia y la literatura y me cambiaron la vida de modos que ni se imaginan. Jay Paul, el mejor profesor de escritura creativa de todo el mundo, y Kim Wilkins, que es quien sigo queriendo ser cuando me haga mayor.

Gracias a mi familia, que siempre han sido mis mayores admiradores: a mi padre (que puede que haya comprado más ejemplares de este libro de lo que se considera razonable), Carol, John (tendrás que leerte el libro hasta el final para descubrir cuánto de ti hay en él, hermano), Beth, los Chevalier y los Gablonski, incluida Elizabeth (deja el lápiz, que te veo), y todos mis canadienses preferidos. Un saludo especial a Ray (ojalá pudiera servir un par de copas de vino tinto para celebrar este momento juntos) y a mi sobrina Victoria: me muero de ganas de hablar contigo sobre el libro, y espero con ansia el día en que tú publiques uno. Gracias a mis abuelas, al tío abuelo Jack y al abuelo Chev, que inspiraron mi viaje creativo. Espero que me estéis viendo.

GRACIAS a mi madre, Edie Chevalier. Has estado conmigo desde el principio, desde que leíste las primeras páginas de la novela y me decías a gritos que siguiera adelante hasta que me hiciste la cena todas las noches mientras estaba con las revisiones. Gracias por enseñarme a amar las historias y por insistir en que las mías merecían ser leídas.

Gracias a Paul, mi marido, mi mejor amigo, mi compañero en todas mis aventuras. No habría logrado nada de esto sin ti. Te quiero.

¿TE GUSTÓ ESTE LIBRO?

Escríbenos a

puck@edicionesurano.com

y cuéntanos tu opinión.

¡Gracias por vivir otra
#EXPERIENCIAPUCK!